Über dieses Buch

Arthur Schnitzler begann sich gerade als Bühnenautor einen Namen zu machen, als er im Herbst 1893 der bereits prominenten Schauspielerin Adele Sandrock begegnete. Ihre kurze, aber stürmische Beziehung krankte bald an tiefgreifenden Differenzen und zerbrach schließlich. Die zahlreichen Briefe, die Adele Sandrock und Arthur Schnitzler einander während dieser Zeit schrieben, ergänzt durch die offenen, schonungslosen Tagebucheintragungen Schnitzlers, mit denen er sein ›Verhältnis‹ kommentierte, sind in diesem Band zusammengestellt. Ergänzt wird er durch die drei Szenen, in denen Schnitzler seine Beziehung zu Adele Sandrock gestaltet hat: ›Halb zwei‹, ›Haus Delorme‹, ›Der Dichter und die Schauspielerin‹ in ›Der Reigen‹.

Die Herausgeberin

Renate Wagner, geb. 1946 in Wien, studierte Theaterwissenschaften und Germanistik in Wien und promovierte über Arthur Schnitzler. Seitdem arbeitet sie als Journalistin und hat u. a. folgende Bücher veröffentlicht: ›Wiener Schnitzler-Aufführungen‹, ›Frauen um Schnitzler‹, ›Arthur Schnitzler (Biographie)‹.

Adele Sandrock und Arthur Schnitzler

Geschichte einer Liebe in Briefen, Bildern und Dokumenten

Zusammengestellt von
Renate Wagner

Fischer Taschenbuch Verlag

Bildnachweis:
Nachlaß Arthur Schnitzler (22)
Bildarchiv der Österreichischen Nationalbibliothek (7)
Österreichische Theatersammlung (2)
Koizarsche Kinematographische Sammlung (4)
R. Wagner (1)

Textnachweis:
Arthur Schnitzler, Halb zwei. In: Gesammelte Werke, Die Dramatischen Werke I, S. Fischer Verlag 1962, Seite 207 ff.
Arthur Schnitzler, Haus Delorme. In: Ver Sacrum, August 1970.
Arthur Schnitzler, Der Dichter und die Schauspielerin (aus »Reigen«). In: Gesammelte Werke, Die Dramatischen Werke I, S. Fischer Verlag 1962, Seite 371 ff.

Fischer Taschenbuch Verlag
Januar 1983
Umschlaggestaltung: Jan Buchholz/Reni Hinsch
Fischer Taschenbuch Verlag GmbH, Frankfurt am Main
Lizenzausgabe mit freundlicher Genehmigung
des Amalthea-Verlags, Wien/München
Titel der Originalausgabe: Adele Sandrock und Arthur Schnitzler, Dilly.
Geschichte einer Liebe in Briefen, Bildern und Dokumenten

Gesamtherstellung: Hanseatische Druckanstalt GmbH, Hamburg
Printed in Germany
1680-ISBN-3-596-25609-7

Inhalt

Vorwort

Die Schauspielerin Adele Sandrock und der Dichter Arthur Schnitzler waren in den neunziger Jahren des vorigen Jahrhunderts eineinhalb Jahre lang intim befreundet. Die Beziehung verlief stürmisch, krankte bald an tiefgreifenden Differenzen und zerbrach schließlich durch Gleichgültigkeit seinerseits, Betrug ihrerseits. Dennoch gab es darüber hinaus zwischen Adele Sandrock und Schnitzler bis zu seinem Tod immer wieder sporadisch Kontakte.

Die faszinierende Beziehung zwischen den beiden wird durch einen Briefwechsel dokumentiert, der sich im Nachlaß des Dichters befindet. Schnitzler besaß nicht nur die Briefe Adele Sandrocks an ihn, sondern auch seine eigenen Briefe an die Schauspielerin. Adele hatte ihm diese während der letzten Auseinandersetzungen im März 1895 zurückgeschickt. Damals verlangte sie auch die von ihr verfaßten Briefe, aber Schnitzler behielt sie.

Insgesamt existieren 257 Briefe und Telegramme Adele Sandrocks an Arthur Schnitzler. Mit Ausnahme von drei Telegrammen und einem Kärtchen waren alle entweder von ihr selbst oder nachträglich von Schnitzler datiert worden. Von Schnitzler gibt es 133 Briefe und Telegramme an Adele Sandrock. Nur 86 davon sind entweder von ihm selbst datiert worden oder konnten auf Grund von Hinweisen eingeordnet werden. Bei 47 Briefen und Telegrammen war nicht exakt festzustellen, wann sie geschrieben worden sind.

Die Veröffentlichung des Briefwechsels von Arthur Schnitzler und Adele Sandrock ist nicht auf wissenschaftliche Vollständigkeit angelegt. Die Auswahl gibt das Bild der Beziehung unverfälscht wieder und verzichtet bloß auf Unwesentliches und Wiederholungen. 60 Briefe und Telegramme von Schnitzler, 121 Briefe und Telegramme von Adele Sandrock wurden in das Buch aufgenommen. Dazu kommen zwei Briefe, an denen beide (in Form eines »Frage-und-Antwort«-

Spiels) schrieben, ein Brief, den sie gemeinsam an Richard Beer-Hofmann und Paul Goldmann richteten, sowie der Kondolenzbrief von Adele Sandrock an Heinrich Schnitzler nach Arthur Schnitzlers Tod.

Die Briefe werden durch Tagebucheintragungen Schnitzlers ergänzt, die Kontrast und Kommentar liefern und das Bild der Beziehung abrunden sollen. Hier ist Heinrich Schnitzler zu danken, der gestattet hat, daß erstmals in großem Umfang aus den Tagebüchern seines Vaters zitiert wird. Die Zwischentexte der Herausgeberin wollen nur das Nötigste an Information und Gliederung beitragen, um das vorgelegte Material in das Leben der beiden Beteiligten einzufügen, die im übrigen soweit wie möglich selbst das Wort haben.

Arthur Schnitzler hat drei Werke in unmittelbarem Zusammenhang mit Adele Sandrock geschrieben, die folglich hier aufgenommen wurden. Es handelt sich um den Einakter »Halb zwei«, der nach einer Nacht bei Adele Sandrock entstand; um die Szene »Haus Delorme«, Schnitzlers satirische Abrechnung mit der Familie Sandrock; und um den 8. Dialog aus »Reigen«, »Der Dichter und die Schauspielerin«, in dem Schnitzler gleichsam das Resümee aus der Konfrontation ihrer Persönlichkeiten zieht.

Ein großer Teil der unbekannten, in diesem Buch veröffentlichten Bilder von Adele Sandrock stammt gleichfalls aus dem Nachlaß von Arthur Schnitzler. Der Dank für deren Bereitstellung gebührt wiederum Heinrich Schnitzler, der im übrigen durch seine Bereitwilligkeit, die schwer lesbaren Briefe seines Vaters zu entziffern, dieses Buch überhaupt erst ermöglicht hat. Eine große Hilfe war auch Frau Maria Wagner, die Adele Sandrocks handschriftliche Briefe abschrieb.

Die Kenntnis von Adele Sandrocks Stück »Vergeltung« verdankt die Herausgeberin Herrn Reinhard Urbach. Viele Informationen über Adele Sandrock waren aus der Dissertation »Adele Sandrock« von Walburga Renger, München 1950, zu beziehen. Frau Therese Nickl schließlich war nicht nur bei der Erstellung von Anmerkungen behilflich, sondern hat auch die teilweise unzureichend abgeschriebenen Tagebücher von Arthur Schnitzler für dieses Buch mit den Originalen kollationiert, um die einwandfreie Wiedergabe zu ermöglichen.

Im Interesse der besseren Übersichtlichkeit und Lesbarkeit

wurden die zahlreichen Abkürzungen Schnitzlers durch Zusätze in eckigen Klammern ergänzt, ebenso die innerhalb des Textes notwendigen Kommentare der Herausgeberin. Orthographie und Interpunktion blieben grundsätzlich unverändert, Wörter, die im Original unterstrichen sind oder von anderen Personen hinzugefügt wurden, sind durch Kursivschrift gekennzeichnet. Die Buchstaben [TB] verweisen auf Tagebuchstellen, [Sa] auf die Briefe Adele Sandrocks, [Sch] auf die Briefe Schnitzlers.

Wien, im Oktober 1975

Renate Wagner

Einführung

Bemerkungen zu einem
»vielleicht sehr wichtigen Abenteuer«

Adele Sandrock und Arthur Schnitzler lernten einander im September 1893 kennen. Ihre intime Beziehung dauerte rund fünfzehn Monate, vom Dezember 1893 bis zum Februar 1895. Bedenkt man, daß Schnitzler fast siebzig Jahre alt wurde, Adele Sandrock sogar älter, mag das eine kurze Zeitspanne sein. Und doch hat sich bewahrheitet, was Schnitzler einst zu Adele Sandrock sagte: »Du wärst vielleicht ein sehr wichtiges Abenteuer für mich, wenn ich bestimmt bedeutend wäre.« (TB, 23. 12. 1893)
An seiner Bedeutung wird heute niemand mehr zweifeln und an der Wichtigkeit des Abenteuers gleichfalls nicht. Denn diese Liebesgeschichte ging nicht nur, was das stürmische Auf und Ab des Geschehens betraf, weit über das übliche Maß hinaus, sie trug auch künstlerisch Früchte: Adele Sandrock brillierte in mehreren Schnitzler-Rollen, Schnitzler verdankte Adele Sandrock nicht nur den Typus der »Schauspielerin« in seinem Werk, sondern auch drei Einakter, die ohne Adeles Vorbild wahrscheinlich gar nicht oder nicht in dieser Form entstanden wären.
Was haben die beiden einander bedeutet? Für jeden von ihnen war ihre Beziehung ein ambivalentes Erlebnis, extrem im Guten wie im Bösen. Die »große Künstlerin mit der mittelgroßen Seele« – so nennt Schnitzler seine »Dilly« (oder »Diltsch«), wie ihr Kosename lautet, auf einem undatierten Kärtchen. »Die große Künstlerin« zu besitzen, ist für den jungen Dichter eingestandenermaßen die erste Attraktion der Beziehung: daß sich diese Frau für ihn interessiert, die so ungleich berühmter ist als er (sie ist ein Jahr jünger) und deren Bedeutung als Schauspielerin bereits feststeht, während sein Schicksal als Dichter noch völlig ungewiß ist.
Die »mittelgroße Seele« wird ihm bald zum psychologischen Studienobjekt, wenn er das Auseinanderklaffen zwischen

Privatmenschen und künstlerischer Leistung analysiert. Die private Adele hat tausend Gesichter: »Dämon, liebes Kind, Engerl, Tragödin, Genie, Fratz, Canaille, Liebling, süßes Herz, fascinirende Person, gefährliches Wesen, herziger Schatz« (23. 1. 1894), so versucht er, ihr Wesen in Worte zu fassen. Sie ist hinreißend – aber sie läßt ihre Umwelt Launenhaftigkeit, Egozentrik, Herrschsucht und ein naiv übersteigertes Selbstbewußtsein spüren. Dilly lebt ganz im Augenblick (»Mein Element ist die Gegenwart«, schreibt sie am 4. 12. 1893) und vergißt jedes Gestern – daher auch ihre fast unglaublichen Stimmungsumschwünge von einem Tag zum anderen, Theaterdonner, an den sich Schnitzler erst gewöhnen muß. Zu diesem zweifellos anstrengend explosiven Wesen kommt eine dominierende Sinnlichkeit, die ihren Reiz für den jungen Dichter allerdings bald verliert. Er hat sich in der Schauspielerin eine geistige Gefährtin erhofft und muß erkennen, daß »gescheit« zu sein für Dilly nur eine der tausend Rollen ist, die sie privat spielt.

Für Schnitzler ist Adele die Frau zwischen zwei »Mizis«, zwischen den beiden großen Lieben seines Lebens, Marie Glümer und Marie Reinhard. Der Besitz Dillys besänftigt vorübergehend seine verletzte Eitelkeit, von Mizi Glümer betrogen worden zu sein; das ruhige Naturell Mizi Reinhards wird ihn von Adeles Einfluß befreien – Adele, der es innerhalb kürzester Zeit gelingt, ihn zu wilden Stimmungsumschwüngen zu treiben: bald begeistert sie ihn als Frau, als Schauspielerin, bald stößt sie ihn ab – und das von einem Tag auf den anderen.

Schnitzler seinerseits macht es ihr schwer. Er läßt sich nicht kommandieren, er besteht auf seiner Ungebundenheit, er hat sichtlich neben seiner »Liebe« zu ihr noch mancherlei zu tun. Das hat Adele auch, aber bei ihm duldet sie es nur ungern. Glücklicherweise hat Schnitzler für die wachsenden Spannungen ein Ventil: sein Tagebuch. Die Diskrepanz zwischen dem privaten Kommentar und den »offiziellen« Briefen an Dilly ist oft beträchtlich. Ja, sie mündet gegen Ende der Beziehung in eine Verlogenheit, die er selbst registriert und als »Schwäche« bezeichnet (TB, 5. 1. 1895). Erst Adeles Betrug mit Felix Salten befreit ihn – und Schnitzler wird, nachdem der erste Zorn überwunden ist, Salten »geradezu dankbar« (TB, 23. 3. 1895) dafür sein.

So berichtet dieses Buch nicht von einer »großen Liebe«, die bestimmend für ein ganzes Leben ist. Die beiden sind anfangs zweifellos ineinander sehr verliebt (Schnitzler schreibt ihr zauberhafte Briefe) und sexuell stark aneinander gebunden. Aber sie passen nicht zusammen. Er will sie geistig gleichberechtigt, sie will ihn auf den Knien (wobei der Widerstand, den er ihr entgegensetzt, einen zusätzlichen Reiz für sie bietet). Im Rückblick scheint es, daß sie ihn mehr »geliebt« hat als er sie, wenn das Wort »Liebe« in diesem Zusammenhang angebracht ist. Schnitzler war nur einer von vielen unter ihren zahlreichen Liebhabern, aber vielleicht »der eine«. Das Verhältnis jedenfalls geht bald schief: auf einen ermüdenden Alltag folgen Agonie, tobende Szenen, ein langsames Dahinsterben der Gefühle und ein Ende voll von Knalleffekten, die jeder Posse zur Ehre gereichen würden.
So, wie sie hier erscheinen, kennt man den Dichter und die Schauspielerin noch nicht. Man kennt den jungen Schnitzler, wie ihn der alte Schnitzler sehr kritisch und überdies aus der Distanz vieler Jahrzehnte in der Autobiographie »Jugend in Wien« zeichnete; man kennt den jungen Mann, der um seine dichterische Berufung ringt, aus den Briefen an Olga Waissnix; man kennt den Freund, den Autor Schnitzler aus Briefen an Hugo von Hofmannsthal, Otto Brahm oder Georg Brandes. Aber man kennt den Liebhaber Schnitzler noch nicht. Die Briefe an Mizi Glümer und Mizi Reinhard (sie befinden sich im Schnitzler-Nachlaß) werden hier Lücken schließen. In der Beziehung zu Adele Sandrock begegnet man erstmals dem Dreißigjährigen, für den die Liebe zum psychologischen Experiment, das Dichten zur Befreiung und Bewältigung wird. Man lernt den zärtlichen und stürmischen, den gelangweilten und angeekelten Liebhaber Schnitzler kennen.
Von Adele Sandrock gibt es ihre längst vergriffenen Erinnerungen, die 1940 von ihrer Schwester posthum herausgegeben wurden, und es gibt das nur als Bühnenmanuskript gedruckte Stück »Vergeltung« (1900). Beide Werke vermitteln einen Eindruck ihrer Persönlichkeit, sind aber einem breiten Leserpublikum kaum bekannt. Die Adele Sandrock, wie man sie aus deutschen Filmen, wie man sie aus der Memoirenliteratur deutscher Schauspieler und Theaterleute kennt, ist die alte Sandrock, »der alte Drachen« so vieler Filme. Die junge Dilly Sandrock, dreißigjährig, attraktiv, ein Skandalstar und eine

hinreißende Schauspielerin – so steht sie in dieser Beziehung zu Schnitzler erstmals vor dem heutigen Leser und offenbart in himmelstürmenden Briefen (ein Beitrag zum Stilblütenkitsch des 19. Jahrhunderts) ihre einmalige, nicht mit gewöhnlichen Maßstäben zu messende Persönlichkeit.
Darüber hinaus ist dieses für beide »vielleicht sehr wichtige Abenteuer«, das zwei Menschen in ihrem Widerspruch zeigt, Kommentar zu einem Stück Weltliteratur: es zeigt, wer »der Dichter« und »die Schauspielerin« im »Reigen« waren, wie es dazu kam, und was daraus wurde.

Der Dichter...

Arthur Schnitzler wird am 15. Mai 1862 als zweiter Sohn des Arztes Professor Johann Schnitzler in Wien geboren. Die ärztliche Laufbahn ist ihm (wie auch seinem Bruder) vorgezeichnet. Nach dem Besuch des Akademischen Gymnasiums (1871 bis 1879) studiert Arthur Schnitzler Medizin an der Universität Wien und promoviert 1885. Bis 1888 ist er Aspirant und Sekundararzt am Wiener Allgemeinen Krankenhaus, anschließend bis 1893 Assistent seines Vaters an der Allgemeinen Wiener Poliklinik. Von 1887 bis 1894 ist er zudem Redakteur der »Internationalen Klinischen Rundschau« und verfaßt eine Anzahl medizinischer Fachartikel.
Das Jahr 1893 bringt in seinem Leben manche Wendung. Nach dem Tod seines Vaters (2. Mai) scheidet Schnitzler aus der Poliklinik aus und eröffnet eine Privatpraxis. Nun kann er seinen schriftstellerischen Neigungen mehr Zeit widmen.
Arthur Schnitzler hat früh begonnen, sich literarisch zu betätigen. Schon als Achtzehnjähriger kann er einen Aufsatz und ein Gedicht in der Münchner Zeitschrift »Der freie Landesbote« veröffentlichen. Bald sieht er weitere Gedichte, kleinere Erzählungen und einige Szenen, die später zu dem »Anatol«-Zyklus vereinigt werden, gedruckt. 1890 findet er Anschluß an den literarischen Kreis im Café Griensteidl. Kontakte zu Hermann Bahr, Richard Beer-Hofmann, Hugo von Hofmannsthal und Felix Salten werden aufgenommen, aus denen sich Freundschaften der verschiedensten Art entwickeln.
In Schnitzlers Leben gibt es zwei wichtige Beziehungen zu

Frauen. Jene tiefe, freundschaftliche zu der verheirateten Olga Waissnix, die er 1886 kennengelernt hat und mit der er bis zu ihrem Tod (1897) einen für ihn wichtigen Briefwechsel führt. Olga Waissnix ist es übrigens, an die er im Herbst 1889 schreibt:

Im übrigen kommen Sie bald nach Wien, und wäre es auch nur um sich die Affaire Clemenceau anzusehen, in welcher die Sandrock einfach hinreißend spielt. Die Zeitungen sagen nicht genug; sie war der Baudius nicht nur ebenbürtig, sie übertraf sie.

Die entscheidende Leidenschaft in Schnitzlers Leben gilt jedoch der Schauspielerin Mizi Glümer, die er 1889 kennengelernt hat. Seine geradezu pathologische Eifersucht auf die Vergangenheit der Geliebten macht die Beziehung allerdings für beide bald zur Hölle.

[TB] 5. 2. 1890
Wir glaubten beide ganz im Ernst, daß sich noch nie zwei Leute je so geliebt haben wie wir. Dabei wieder fabelhafte Eifersuchtsszenen. Ich ihr, sie mir. Ich wegen dieser unsterblichen Vergangenheit, die mich peinigt. Nicht loszukriegen!

Allerdings geht Schnitzlers Liebe nicht so weit, Mizi Glümer zu heiraten. Eher nimmt er in Kauf, daß sie in Salzburg ein Engagement annimmt. Die quälende Beziehung setzt sich nach ihrer Rückkehr nach Wien fort, bis Schnitzler im März 1893 erfährt, daß sie ihn betrogen hat. Das kann er ihr nicht verzeihen.
Die nie ganz bewältigte Beziehung zu Mizi Glümer (wenn sie nicht in Wien ist, schreiben sie einander noch jahrelang Briefe, die Schnitzler sehr viel bedeuten) hat er schon 1890 in einem Stück zu gestalten versucht.

[TB]
Begann das »Mährchen« zu schreiben. »Das Mährchen von den Gefallenen.« – Befreie mich. – Psychologisches aus meinem Verhältnis mit Mz. [Mizi] – auch viel äußere Umstände – hoffe, daß es gelingt! –

Es gelingt ihm. In »Das Märchen« bringt sich Schnitzler als Fedor Denner selbst auf die Bühne. Dieser liebt die Schauspielerin Fanny Theren, die vor ihm schon andere Liebhaber hatte. Fedor erkennt »das Märchen von den Gefallenen« zwar als gesellschaftliches Vorurteil – aber er kann sich persönlich dennoch nicht darüber hinwegsetzen. Fanny Theren, die Fedor aufrichtig liebt, muß sich damit abfinden, daß sie ihn ihrer Vergangenheit wegen verliert.
»Das Märchen« wird Ende 1891 als Bühnenmanuskript gedruckt. In diesem Jahr wird auch erstmals ein Stück Schnitzlers aufgeführt – allerdings durch einen Irrtum: In der Schauspielschule von Leo Friedrich wird sein Einakter »Das Abenteuer seines Lebens« nur gespielt, weil man es für ein Werk seines Vaters, des berühmten Universitätsprofessors, hält. Dann nimmt sich der Schauspieler Josef Jarno zweier »Anatol«-Einakter an. Am 10. Jänner 1893 wird »Die Frage an das Schicksal« im Rahmen einer Privataufführung in Berlin gegeben, am 14. Juli 1893 bringt Jarno »Abschiedssouper« am Kurtheater in Bad Ischl heraus.
»Das Märchen« reicht Arthur Schnitzler dem Deutschen Volkstheater ein, das es sich zum Programm gemacht hatte, neben Volksstücken und klassischen Werken auch das zeitgenössische Schauspiel zu pflegen. Direktor Emmerich von Bukovics nimmt das Stück an.
Das ist Arthur Schnitzler, als er im Herbst 1893 Adele Sandrock begegnet.

... und die Schauspielerin

Adele Sandrock wird am 19. August 1863 als Tochter eines deutschen Offiziers und der bekannten holländischen Schauspielerin Nans Sandrock den Hagen geboren. Sie wächst in Holland auf. Als ihre Familie nach Berlin übersiedelt, muß sie Deutsch als Fremdsprache erlernen.
Adele wird Schauspielerin, ebenso wie ihre Schwester Wilhelmine. Die Ausbildung der Töchter übernimmt die Mutter selbst. An deren Seite debütiert die fünfzehnjährige Adele 1878 unter dem Namen »Frl. d'Artois« im Urania-Theater, einer Berliner Vorstadtbühne. Sie spielt in »Mutter und Sohn« von Charlotte Birch-Pfeiffer.

Adele spricht in Meiningen vor, wird für zwei Jahre an das berühmte Hoftheater verpflichtet und erlebt eine entsetzliche Enttäuschung, als – wie sie in ihren Erinnerungen berichtet – der berühmte Josef Kainz sich weigert, mit der Anfängerin aufzutreten.
Während Wilhelmine Sandrock 1884 an das Wiener Burgtheater engagiert wird, reist Adele Sandrock von Bühne zu Bühne: sie tritt in Moskau auf, in Berlin, auch in Wien. Man sieht sie in Wiener Neustadt und in Budapest. Der große Durchbruch bleibt vorerst aus.
Dieser findet am 6. Oktober 1889 im Theater an der Wien statt. Adele hatte seit längerer Zeit kein Engagement gefunden. Nun ergibt sich die Möglichkeit, kurzfristig als Iza in »Der Fall Clemenceau« von Alexandre Dumas einzuspringen. Nach der Premiere ist sie berühmt. Die harten Provinzjahre haben sich gelohnt – eine reife, interessante Schauspielerin steht vor dem Wiener Publikum. Emmerich von Bukovics, der Direktor des in diesem Jahr neu eröffneten Deutschen Volkstheaters, engagiert sie sofort an sein Haus. Sie wird die größte Zugkraft dieser Bühne, ein hochbezahlter Star – und eine launenhafte Diva.
Adele läßt sich nach unstetem Wanderleben in Wien nieder. Ihre Mutter wohnt bei ihr, ihre Schwester lebt in der Nähe, gelegentlich findet sich auch ihr Bruder Christoph ein. In diese Zeit fällt vermutlich Adeles Beziehung zu Burgtheaterdirektor Max Burckhard, der sie schon im Jahre 1890 für die Spielzeit 1895 an sein Haus engagiert.
»Man konnte die Sandrock eigentlich keine Schönheit nennen, aber sie wirkte höchst attraktiv und interessant. Brünett, mit hellen Augen, war sie mit ihren junonischen Formen und einer sonoren tiefen Stimme eine imposante Persönlichkeit«, beschreibt Tilly Newes, die spätere Gattin von Frank Wedekind, die Dilly Sandrock dieser Jahre.
Am Deutschen Volkstheater spielt Adele mit rauschendem Erfolg hauptsächlich Virtuosenrollen in Stücken zweiten Ranges von Ganghofer, Voß, Blumenthal, Birch-Pfeiffer, Schönthan, die teilweise für sie geschrieben sind. Man nennt sie »blonde Bestie« – in solchen Rollen garantiert sie den Kassenerfolg. Um ihre künstlerische Entwicklung kümmert man sich wenig. Die klassischen Rollen sind selten, noch

seltener die anspruchsvolleren modernen Aufgaben wie die Rebekka West in Ibsens »Rosmersholm«.
Das ist Adele Sandrock, als sich mit der Rolle der Fanny Theren in »Das Märchen« eine interessante Aufgabe zeigt – und in Arthur Schnitzler ein neuer Liebhaber.

Die Beziehung

I

»Süße, lockende Irrthümer«

(September bis 6. Dezember 1893)

Im September 1893 führen Schnitzler und Adolf Weisse, der schon damals neben seiner schauspielerischen Tätigkeit administrative Angelegenheiten erledigt (1905 wird er nach Emmerich von Bukovics Direktor des Deutschen Volkstheaters), Verhandlungen über die Besetzung des »Märchens«. Am 12. September unterschreibt der Dichter den Vertrag.
Für die Rolle der Fanny Theren ist zuerst Bertha Hausner, eine anmutige »Naiv-Sentimentale«, wie die damalige Fachbezeichnung sie einstuft, im Gespräch. Schnitzler hört, daß sie zu Richard Beer-Hofmann gesagt haben soll: »Wozu das ganze Stück? Ich versteh es nicht!« (TB, 11. 10. 1893)
Schnitzler sieht Adele Sandrock damals oft auf der Bühne des Deutschen Volkstheaters, auch in einer Rolle, die ihr nicht den geringsten Erfolg brachte: als Luise in »Kabale und Liebe«. Das deutsche Bürgermädchen widerspricht so sehr der »blonden Bestie«, daß man über ihren Augenaufschlag, ihre versucht süßen Töne nur lacht. Alles, was Schnitzler zu diesem Abend vermerkt, ist das lapidare Wort »Schrecklich« (TB, 5. 10. 1893). Zwei Tage später sieht er sie in der Premiere von Marco Brociners Stück »Sintflut«. Er vermerkt nur: »erbärmliches Stück« (TB, 7. 10. 1893).
Aber daß Adele Sandrock und nicht Bertha Hausner die ideale Besetzung für die Fanny ist, muß Schnitzler dennoch in die Augen gesprungen sein. Als er am 16. Oktober, diesmal mit dem Theatersekretär Müller, erneut über die Besetzung des »Märchens« spricht, fällt zweifellos der Name Sandrock, denn damals liest sie eben das Stück. Schnitzler hört davon zwei Tage später:

[TB] 18. 10. 1893
Im Kfh. [Kaffeehaus] vernahm ich von Salten, dem es Bahr erzählt hatte, die Sandrock sei von dem Stück ganz entzückt, was mich freute.

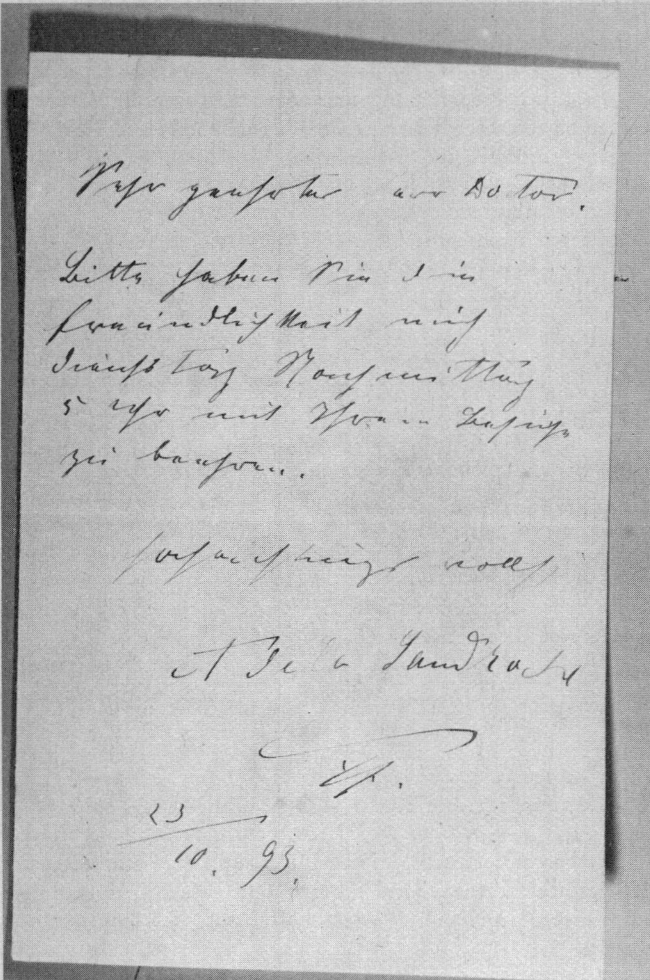

Sehr geehrter Herr Doctor.

Bitte haben Sie die Freundlichkeit mich Dienstag Nachmittag 5 Uhr mit Ihrem Besuche zu beehren.

Hochachtungsvoll

Adele Sandrock

23/10. 93.

Adele Sandrocks erster Brief an Schnitzler.

Mit ihrem sicheren Instinkt für Rollen und Wirkungen mag Adele Sandrock geahnt – vielleicht mehr geahnt als begriffen – haben, daß sich ihr mit der Fanny eine Rolle bot, die alles übertraf, was die anderen zeitgenössischen Dramatiker ihr zu bieten hatten. Hier war eine »große Liebende« und »Emanzipierte« zugleich, in einem Stück, das der Thematik nach »gefährlich«, also auf jeden Fall sensationsträchtig war. Und davon verstand sie etwas.
Schnitzler macht Adele Sandrock am nächsten Tag in ihrer Wohnung in der Operngasse 14 einen Besuch, findet aber nur ihre Mutter vor:

[TB] 19. 10. 1893
Traf die Mutter Sandrock zu Hause, holländisch, liebenswürdig.

Einige Tage später erhält er ein paar Zeilen von Adele Sandrock.

[Sa]
Sehr geehrter Herr Doctor.
Bitte haben Sie die Freundlichkeit mich Dienstag Nachmittag 5 Uhr mit Ihrem Besuche zu beehren.

Hochachtungsvollst
Adele Sandrock
23/10. 93 A.

[TB] 24. 10. 93
Bei der Sandrock, die also vom M[ärchen] »entzückt« ist, vom Arzt kam, wo sie elektrisirt wird, das Leben u[nd] das Volkstheater verflucht. – Die Mutter typisch: »Wie sie meine Adele (das [arme] Kind!) behandeln!« – Im Vorzimmer munterte sie mich zum Weiterschaffen auf, – ich habe nemlich Talent!

Damit ist die Besetzung der Fanny Theren mit Adele Sandrock eine beschlossene Sache, und Schnitzler weiß ohne Zweifel, daß er sich keine bessere Interpretin der Rolle wünschen kann.
Der Briefwechsel, den er in dieser Angelegenheit mit Olga Waissnix führt, spiegelt seine Gefühle wider. Und Olga,

hellhörig und ahnungsvoll, in Schnitzler verliebt und wohl auch eifersüchtig, ahnt früher als er selbst, was sich aus dem künftigen beruflichen Kontakt zwischen dem Dichter und der Schauspielerin entwickeln kann.

[Schnitzler an Olga Waissnix] 26. 10. 1893
Das Märchen kommt am 18., vielleicht schon am 11. November, also in etwa drei Wochen zur Aufführung. Die Besetzung ist, soweit die vorhandenen Kräfte reichen, gut. – Die Sandrock gibt die Fanny; sie ist, wie sie mir gegenüber äußerte und auch zu andern gesagt haben soll, von Rolle und Stück »entzückt«!

[Olga Waissnix an Schnitzler] 10. 11. 1893
Und die Sandrock? Sie hat so große, traurige Augen, u. Sie, Herr Doctor, ein so großes Bedürfnis nach Liebe, glauben Sie, daß sie in Ihrem Leben eine Rolle spielen wird?

Die kaum aufgenommene Beziehung reißt bis zu Beginn der »Märchen«-Proben wieder ab. Schnitzler sieht Adele Sandrock nur auf der Bühne: als Maddalena in Fuldas »Der Talisman«, als Franziska in »Mauerblümchen« von Blumenthal/Kadelburg, Durchschnittsware, die ihrem Talent keine befriedigende Entfaltungsmöglichkeit bietet. Im »Mauerblümchen« wirken übrigens zahlreiche Schauspieler mit, die auch im »Märchen« eingesetzt werden: Robert Nhil, Franz Tewele, Josef Giampietro, Moritz Broda, Julius Meixner und Lina Gribl.
Schnitzler übersiedelt damals in die Frankgasse 1, wo er eine Privatpraxis aufnimmt. Sein Gefühlsleben ist von der Sehnsucht nach Mizi Glümer und einem nicht sehr innigen Verhältnis zu einem einfachen Mädchen namens Jenny gekennzeichnet. Jennys Vorgängerin bei Schnitzler, Fifi, ist inzwischen in die Hände Felix Saltens übergegangen – ein Vorgang, der sich bei Adele Sandrock wiederholen soll ...
Ende November beschäftigt sich Schnitzler wieder mit dem »Märchen«. Die Zensurbescheide sind eingetroffen, und es gilt, die befohlenen Striche auszuführen. Am 24. November beginnen die Proben.

[TB]
Genau 3 Jahre nach der 1. Zeile des Märchens – erste Probe. – Versuch K[adelburg]s u[nd] andrer, Moritzki zu streichen. Leute sehr liebensw[ürdi]g. – Die Sandrock spielt schon heute entzück[en]d. –

Schon am darauffolgenden Tag ergreift Adele Sandrock die Initiative, die berufliche Beziehung auch auf privates Gebiet auszudehnen, und sie wird dabei nicht mehr lockerlassen.

[TB] 25. 11. 1893
Probe. – Sandr[ock]: – »Das geht mir schon die ganze Zeit im Kopf herum – ist das nicht eine Geschichte, die Sie selbst erlebt haben – ? . . . Ist es nicht die Geschichte mit der kleinen Gl[ümer]?« – »Die Rolle haben Sie mir auf den Leib geschrieben« (Wie ich sie nach Hause begleitete) – »Ich bin so eine Person, die das im Stand ist – wenn ich mich in einen verlieb', komm ich einfach zu ihm.«

Nun wohnt Schnitzler den Proben regelmäßig bei. Man ist ihm gegenüber sehr entgegenkommend und läßt ihn mitinszenieren. Am 27. November schreibt er Olga Waissnix, er habe »mancherlei dreinzureden«.
Kein Zweifel: weniges hat ihn je so gepackt wie das »Coulissenleben«, selten hat er sich so wohl gefühlt wie an diesen Vormittagen in dem halbdunklen Theater am Regietisch, wenn ihn das »gespenstisch nüchterne Hin und Her und Auf und Ab der Proben« umgibt.
In dieser Atmosphäre hat es Adele Sandrock leicht, den Dichter zu umgarnen. Offiziell liest sich das in dem Brief an Olga Waissnix so: »Sehr liebenswürdig die Sandrock, die die Rolle mit großer Liebe und ganz außerordentlich spielt.« Inoffiziell gibt es da bald einen Flirt, der von Adele mit größter Zielstrebigkeit verfolgt wird.

[TB] 29. 11. 1893
Probe. – Sandrock: – »Soll ich vielleicht die Maske von Fräulein Gl[ümer] nehmen?« – »Sie sind sicher wie der Fedor Denner!« – Hinter mir, während der Scene im 2. Akt, wo Weisse (Witte) über die Weiber redet, mich stossend u[nd] zwickend.

[Schnitzler. Das Märchen. Aus dem 2. Akt]
Fr. Witte [...] – ich bitte dich – die Modistinnen und die Vorstadtmädeln und die vierte Quadrille und die großen Kokotten und die kleinen Schauspielerinnen *(Fedor zuckt leicht zusammen)* und so weiter – da muß man doch wieder heraus – nicht?
Fedor Ja, freilich, freilich ... wenn man auch zuweilen Bessere findet, als unter denen, die wir zu unseren Frauen machen –
Fr. Witte Das, mein Lieber, ist ein Irrtum. Denn siehst du, diese Frauenzimmer, die wir ... nicht heiraten ... glücklicherweise ... haben alle gewisse Fehler, die wir immer und immer finden, sobald wir über unsere illegitimen Honigmonde hinaus sind.
Fedor Alle? – ... Alle?
Fr. Witte Ja ... und einige Fehler findest du sogar regelmäßig wieder: sie sind alle ein bißchen schamlos, ein bißchen verlogen und ein bißchen dumm.
Fedor Ah! Alle?
Fr. Witte Ja, weißt du, sie haben aber nicht nur jene süße Schamlosigkeit der Liebesnächte, welche uns berauscht – nein, sie haben auch eine kalte Schamlosigkeit des Tages, die uns beleidigt ... ein offenes Busentuch in irgend einem verfehlten Moment, einen feuchten Blick um eine Stunde zu früh, ein frivoles Wort, während wir an die Arbeit denken. – Und sie haben nicht nur jene holde, leichtverzeihliche Verlogenheit, die dir ewige Liebe schwört, um den Augenblick selbst zu verschönen – nein – sie haben auch die Verlogenheit der kleinen Ausflüchte und der großen Phrasen – und sie haben nicht jene liebenswürdige Dummheit, die Naivetät und Unschuld ist und die uns beglückt – nein, sie haben eine Art von enervierender, entsetzlicher Dummheit, die uns krank macht, rasend, vor der wir davonlaufen möchten –
Fedor Ja ... ja ... Ob nur nicht doch manchmal eine von diesen – anders ist als die andern ... und eine Art von Liebe verdient ...
Fr. Witte Du meinst die Mädeln mit dem tiefen Gemüt? Die sich umbringen wollen, wenn man sie verläßt! ... Sie bringen sich ja nicht um ... Es ist geradezu beleidigend.
Fedor Aber sage, wenn du so nachdenkst – unter allen deinen

Sie sind ein kleiner
süsser Mensch,
Das sagt Ihnen
Fanny
29/11 93

Adele Sandrocks erster »Liebesbrief«.

Erlebnissen – kein einziges wäre einer tieferen Erinnerung wert...?
Fr. Witte Ach, viele sogar... Es ist ja voll Anmut, wenn man so zurückdenkt – warum sollte man's nicht gerne tun?

[TB] 29. 11. 1893 (Fortsetzung)
Nach Hause begleitet. – »Sie sind arrogant u[nd] ein Poseur.« Finde einen Zettel in der Tasche: »Sie sind ein kleiner süsser Mensch. Das sagt Ihnen Fanny.« – Geschmeichelte Eitelkeit.

Am nächsten Tag – es ist der Tag vor der Premiere – schickt Schnitzler Adele Sandrock Blumen und seine ersten Zeilen. Noch ist er kühl und höflich, ganz der Dichter, der seiner Hauptdarstellerin Galanterien sagt.

[Sch]
Womit ich mir erlaube, verehrtes Fräulein, Ihnen einen guten und wohlgelaunten Morgen zu wünschen.

Ihr
Arthur Schn

30. 11. 93

[TB] 30. 11. 1893
Probe. – Die S[androck] mit den Blumen, die ich ihr geschickt. – Schlecht aufgelegt im 2. Akt, »Sie machen dem Fräulein B[ock] den Hof, während ich spiele –!« Nach der Probe »Ich habe Ihnen gestern einen Zettel in die Tasche gesteckt –« Berührte mich unangenehm. Nhil u[nd] sie ein Stück mit mir. – Decoration. S[an]dr[ock]: »Hat es bei Frl. Gl[ümer] so ausgesehn –«? Nüchternes Gefühl den ganzen Tag. Keine Erregung. – Empfind[un]g, wie gleichgiltig in höherm Sinn die ganze Geschichte ist. –
Von Mz [Mizi Glümer] kam ein wunderschöner Brief; hatte grad von ihr geträumt, – den Abend verbracht ich mit Jenny. – Wer mir das profezeiht hätt, als ich das Märchen schrieb[.]

[Sch]
Ich sage selbstverständlich gar nichts und küsse Ihnen in inniger Bewunderung die Hand!

Ihr treu ergebener
ArthSchn

1. 12. 93.
Wien.

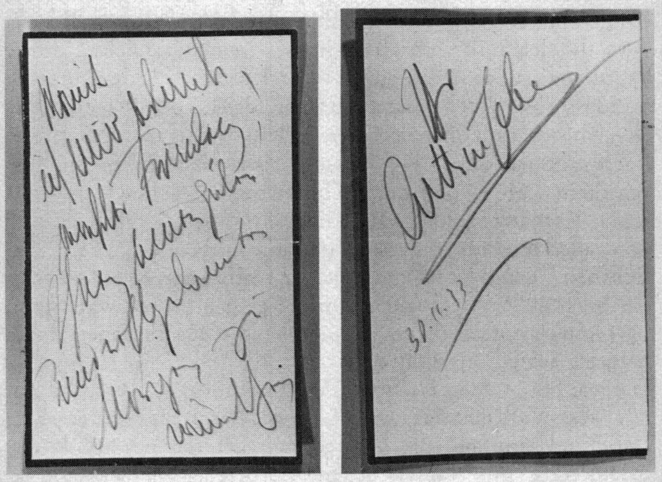

Schnitzlers erster Brief an Adele Sandrock.

[TB] 1. 12. 1893
Generalprobe. – Mit der S[androck] bis zu ihrem Thor. Ohne Aufregung der Tag. [...]
Theater. – 1. Akt Erfolg, 2. großer Erfolg, (2, 3 mal allein gerufen.) 3. Akt viel Zischen, eiserner Vorhang fiel rasch auf Zeichen von der Direct[ions]loge (Geiringer!) – Die S[androck]: »Ich habe Ihnen auch ein Bouquet gebracht. – Sie haben Augen wie eine wilde Katze. Süßer Mensch – Kommen Sie morgen um 12. – Das Märchen hat mir grad noch gefehlt.[«]

»Das Märchen« ist nicht nur für Arthur Schnitzler (seine erste Premiere an einem großen Theater immerhin, wer weiß damals, ob es je eine zweite geben wird?) wichtig. Es ist auch ein Abend, der den ganzen Griensteidl-Kreis angeht. Ein Abend, an dem – genaugenommen – das Publikum im Parkett als Heuchler beschimpft wird. Wie würde es reagieren?
Richard Specht, Schnitzlers Zeitgenosse, charakterisierte die Gefühle so:

Ich entsinne mich des Abends noch so gut. Wir jungen Leute waren voll fieberhafter Aufregung ins Theater gekommen, bange und froh zugleich: es galt für einen aus unserem Kreise, sich auf der Bühne zu bewähren, ein neuer Dichter sollte gegrüßt werden – würden sie ihn erkennen, würden sie seine Stimme, diese vox humana, durch all das hindurchhören, was (sie wußten es wohl) an diesem erlebten und heutigen Stück noch unerlebt und von gestern, was neben der Sprache wirklicher Menschen noch Theaterdialog, neben den seelischen Vorgängen noch »Wirklichkeit« war? (Und wie wenig von alledem war da; wieviel von junger Wahrheit und Echtheit.) Ein neuer Dichter sollte begrüßt werden; würden sie ihn grüßen? Sie haben ihn nicht gegrüßt. Und waren von vornherein entschlossen dazu. Daß die Kritik ihnen dabei half, ist das jämmerlichste daran.
Da war ein neuer Dichter, der aus innerstem Gefühl mit höchster Wahrheit das ewige Leid des Mannes gestaltete. Das Publikum empfand das als peinlich. Da war ein Stück, das offenherzig und tapfer gegen Vorurteile anstürmte. Das Publikum empfand das als unverschämt. Da wurde das

Seelenleben einer Frau gezeigt, die, wie man es zu nennen liebte, nicht mehr »rein« war, und es wurde gezeigt, daß sie reiner und wertvoller in ihrer selbstlosen, hingebenden Empfindung war als der Mann, der sie peinigte, und die anderen, die sie verurteilten. Das Publikum empfand das als indiskret. Das Publikum war überhaupt wieder einmal in seinen heiligsten Empfindungen verletzt. Und sie pfiffen auf Hausschlüsseln.

Nun hätte man meinen sollen, daß die Kritik, ihrer Verantwortung bewußt, hier werde eingreifen müssen, daß sie zwischen dem neuen Dichter und dem Publikum vermitteln würde, daß sie die Kraft der Menschengestaltung, die Höhe der Gesinnung, die psychologische Wahrheit, die Schärfe und den Mut der Dialektik erkennen und die Qualitäten des Stückes klar machen werde, ohne die Fehler zu verschweigen, daß sie die Einsichtslosen beschämen, den Stumpfgebliebenen die Augen öffnen werde. Aber auch die Kritik pfiff auf Hausschlüsseln. Daß hier eine junge, neue Kraft war, die sich stürmisch regte und doch niemals in Sturm und Drangmanieren verfallen war, spürte keiner. Sie schrieben nicht, daß die österreichische Bühne wieder einen Dramatiker ersten Ranges hatte. Sondern sie schrieben: Die Direktion »hätte diese brutale Cochonnerie überhaupt nicht zur Aufführung gelangen lassen dürfen und ein literarisch gebildetes, nicht durch die französischen Ehebruchsstücke moralisch degeneriertes Publikum hätte diese ekelhafte Ausgeburt einer krankhaften Phantasie sicher schon nach den ersten Szenen energisch ablehnen sollen«. Sie schrieben: »Man staunt über die furchtbare sittliche Verwahrlosung, die aus dem Werk spricht. Wir bitten Herrn Schnitzler inständigst, uns für Heuchler und Pharisäer zu halten; er wird uns dafür erlauben, daß wir ihn für etwas anderes halten, was jedes Handbuch der Naturgeschichte näher beschreibt.« Sie schrieben von einem »an Tollheit grenzenden Zynismus«, von »erschreckender Greisenhaftigkeit« der Dialogsprache; sie riefen: »Um Reinlichkeit wird gebeten!« und ein Wohlwollender nannte das Stück »das Werk eines begabten Dilettanten«.

Brutalität, ekelhafte, krankhafte Phantasie, Tollheit, Zynismus, Cochonnerie, Verwahrlosung, Schwein (nicht allzusehr verblümt), Unreinlichkeit, Dilettantismus – es ist gerade genug. Ist ebenso verständnisvoll wie erfreuend, ebenso würdig wie gewissenhaft. So wurde der Dichter Arthur Schnitzler bei seinem ersten Schritt in die Öffentlichkeit des Theaters begrüßt.

Die Kritiken seien gar nicht so übel, will Schnitzler sich einreden. Sie sind übel. Und sie ziehen auch die Sandrock mit, die für die Antipathie, die die Kritiker einer Frau wie Fanny Theren gegenüber empfinden, büßen muß.

»Fräulein Sandrock hatte die ›Gefallene‹ zu spielen, von der Frl. Hell einmal sagt: ›Es ist doch meine Pflicht, über dieses Kind zu wachen.‹ Natürlich konnte Fräulein Sandrock nur die schwer dramatischen Momente treffen, während die Rolle sonst nicht für sie paßte«,
heißt es im Neuen Wiener Tageblatt (2. 12. 1893).

»Fräulein Sandrock spielte die Schauspielerin, eine Heldin, die keine Sympathien wecken kann, nicht weil sie eine Gefallene ist, sondern weil sie sich wie eine Ehrlose durch drei Acte mit der Variation desselben Gedankens dem dritten Mann ihrer Wahl an den Hals – spricht. Die Künstlerin gab ihrer Rolle anfangs sehr unwillige Töne, fand aber im zweiten Acte verdienten Beifall«,
notierte Friedrich Schütz in der Neuen Freien Presse (2. 12. 1893). Aber auf viele andere verfehlte der Sandrocksche Zauber seine Wirkung nicht.

»Mit echt weiblichem Tacte ging sie leicht und vorsichtig über jene Dialogstellen weg, welche die Fanny widerlich machen könnten und mit stürmender Leidenschaft kündete sie die Liebe und die Sehnsucht nach Befreiung und Erlösung; dabei hielt die Künstlerin immer den natürlichen Conversationston fest und belebte ihre Rede durch das leuchtende Spiel ihrer schönen Augen«,
gerät Emil Granichstaedten – der von dem Stück »Reinlichkeit« gefordert hatte – in der »Presse« ins Schwärmen (3. 12. 1893). Die Kritik Hermann Bahrs mag ein wenig von der Freundschaft, von den »Schwager«-Gefühlen diktiert sein (er ist mit Adeles Schwester Wilhelmine liiert). Er schreibt:

Aber zwei Akte lang durfte der Neid sich nicht regen. Zwei Akte siegte der Dichter. Da stand schirmend die Sandrock neben ihm, wie mit dem hellen Schwerte neben guten Helden die kluge Pallas Athene. Ich habe sie immer bewundert, und ich habe es oft gesagt. Heute fehlt mir die Rede. Es klänge überschwenglich und wäre doch nüchtern, grob und stumpf neben meiner Ergriffenheit, meinem Taumel, meiner seligen Läuterung der Seele. Wenn so einem frivolen, verdorbenen und nichtigen Skribenten einmal ein paar Minuten lang das schöne Glück der reinen Tränen geschieht, soll er es stumm und heimlich genießen. Worte könnten nur entweihen. Man weiß, wie sie alles, wenn sie nur kommt, gleich in Würde und Bedeutung rückt. Man kennt ihren tapferen Verstand, die Lücken der Dichtung zu treffen und zu füllen. Aus den leisesten Winken des Dichters holte sie die heimlichsten Nuancen und half, wo er zaudert, mit malender, ratender Geste. Aber im dritten Akte, wo die Dichtung lahmt, gab sie aus Eigenem eine Tragödie dazu, die auf dem Wege des Dichters lag, ohne daß er sie heben konnte: die Tragödie von der sittigenden Kraft des Leides. Sie schien das edle Wort des Adalbert Stifter zu spielen: »Der Schmerz ist ein heiliger Engel, und durch ihn sind Menschen größer geworden als durch alle Freuden der Welt.« So brachte sie, was dem Stücke fehlt: einen Schluß. Wir wissen, daß das arme, kleine Mädchen nicht verderben wird: sie ist gut durch den Schmerz und eine Künstlerin geworden. Eine edle Zukunft wird eröffnet, und eine große Perspektive ist da. Wir werden geläutert und tröstlich entlassen.

[TB] 2. 12. 1893
Kritiken gar nicht so übel; außer den antisemit[ischen] Blättern. Perfid dumm Schütz; auch Granichstädten. – Der Riesenerfolg der S[androck] wohl absichtlich nicht recht hervorgehoben [...]
Bei der S[androck] – Sie im Bett. Ihre sinnlich höhnischen Augen. Erzählt mir von ihrem Verhältnis mit B–d [Burckhard]; »einzigen«, den sie geliebt! – Wieso hab ich dieses Vertrauen zu Ihnen. – Plötzlich küßt sie mir die Hand. – Sie nehmen das so ruhig hin? – »Sie experimentiren vielleicht... Wen lieben Sie jetzt – Robertus [Nhil] – ? –« [»] Nein, Kamerad. – Ich muß immer an einen denken. Abends Schat-

ten...« Plötzlich rasende Küsse. – »Ich hab dich lieb! – Was soll das nur werden?« –– »An wen denkst du?« (in meinen Küssen). Auf mein Mistraun: »Spiel nicht den Fedor Denner.« – Schwester kam. – N[ach]m[ittags] Bahr, Salten, BHofm [Beer-Hofmann] da. – Ab[en]ds im Theater. – M[ärchen] für nächste Woche nicht mehr angesetzt; 3. Akt zu ändern. – Ziemlich leeres Haus, sehr viel Beifall; auch nach dem 3. Akt, den ich gekürzt hatte. – In der Loge mit den Dreien. – Nach dem 2. Akt auf die Bühne zur S[androck] – »Komm heut zu mir zum Abendessen.« Ich lehnte in Hinblick auf meine Freunde ab. – »Hast du mich lieb?«

In der Nacht nach dieser zweiten Vorstellung des »Märchens«, die auch die letzte war, schreibt Adele Sandrock Schnitzler einen Brief. Obwohl sie ihm noch mittags unmißverständliche Liebesgeständnisse gemacht hat, gibt sie sich in dem Schreiben fast »geschäftlich«: Schnitzler möge doch den 3. Akt umarbeiten. Sie hat auch schon diesbezügliche Vorschläge bei der Hand. Aber es bedurfte keiner großen Menschenkenntnis, um zu erkennen, daß sie hinter dem Dichter nur den Mann sucht.
Adele wird mit dieser Korrespondenz nicht aufhören, wird immer wieder Antwort fordern, bis sie Schnitzler dort hat, wo sie ihn haben will: in ihren Armen. Aus ihren Zeilen sprechen Lockung und Verführung. Sie greift nach dem für sie typischen, üppig-geschwollenen Stil, der aus dem Überschwang genährt und von der Trivialliteratur geprägt ist. Schnitzler wird diese Briefe bis zur totalen Erschöpfung seinerseits erhalten.
Fünf Tage lang schreiben sie einander nun, sie werbend, er zögernd, analytisch, bevor sie sich wiedersehen. Dann ist es so weit.

[Sa] Wien, den 2. 12. 93
Lieber Herr Doctor.
Gestatten Sie mir Ihnen dieses einsame Lorbeerblatt als Andenken zu senden, für dieses verhängnißvolle Märchen! Ich habe diese Fanny durch zwei Abende mit voller Begeisterung und Entzücken gespielt; Wenn ich sage »verhängnißvoll« – so werden Sie mich versteh'n. Ich kann Ihnen wohl sagen, daß es mir sehr sehr leid thut, gerade diese Rolle nicht

öfter spielen zu können – Sie haben mir da unbewußt Worte in den Mund gelegt, die mich geradezu begeistert haben, es wäre ein Glück wenn jeder Dichter Ihren Geist und Ihre Menschen-Kenntniß hätte. Ja – es ist Alles wahr was Sie da niedergeschrieben – so und nicht Anders – und wenn sich die Menschen nicht damit einverstanden erklären – so sind sie zu feig, um die Wahrheit zu hören. Ich gratulire Ihnen nochmals von ganzem Herzen – werfen Sie mein lieber geehrter Herr Doctor die Feder nicht bei seite, nein – ich bitte Sie – schreiben Sie eine neue Rolle für mich, denn Sie sind ein bedeutendes ein großes Talent. Der dritte Ackt ging heute viel besser als gestern. Die Striche waren äusserst gut für die Stimmung, und auch ich spielte heut viel besser ebenso Herr Nhill. Das dürfen Sie sich nun nicht verdrießen lassen, daß der letzte Ackt nicht die Wirkung hatte, wie die beiden ersten. Es war doch ein so schöner Erfolg – denken Sie nur wie es dem Wildbrand erging im Burgtheater, nein Sie haben einen Erfolg gehabt – und darüber freue ich mich furchtbar.
Also – Sie werden das umarbeiten? Was halten Sie davon wenn die Fanny, nachdem sie sieht daß Fedor fort ist – zum Schreibtisch geht, die Lade aufmacht, einen Revolver nimmt, und sich in die Schläfe schießt, dann stürzt die Gesellschaft entsetzt herein, und sie sagt noch einige Worte z. B. man verdammt uns wenn wir leichtsinnig sind – die echte wahre Liebe führt uns ins Jenseits. – Ich kann das natürlich nicht so ausdrücken wie ich es fühle – aber ich glaube, daß wäre ein sehr guter Schluß. Was meinen Sie dazu? Nun – Sie werden mich jedenfalls benachrichtigen – was Sie beschlossen haben. Ich werde mir erlauben Sie diese Woche um Ihren werthen Besuch zu bitten, bis dahin sein Sie herzlichst gegrüßt lieber Doctor von

Ihrer
Dilly Sandrock

Diese Veilchen spielten mit. –
Bitte – nicht fortwerfen – ! –

[TB] 3. 12. 1893
Brief v[on] Adele S[androck] des Morgens. –

[Sch]
Mein verehrtes Fräulein,
für Ihre herzlichen und schönen Worte lassen Sie mich Ihnen tausendmal danken, und für das Blatt, für die Veilchen küsse

ich Ihnen innig die Hand – Was ich aber über den gestrigen Abend sagen soll, weiß ich nicht. Ich habe nach dem vorgestrigen nicht geglaubt, daß es da noch was höheres geben kann – aber, – Sie haben Recht – was Sie gestern boten, war einfach unvergleichlich – und unvergänglich, selbst wenn Sie die Worte Fanny's nie wieder auf der Bühne sprechen sollten.
– Nein nein, – ich habe jetzt ein paar Minuten nach Worten gesucht, um das mehr, besser, tiefer ausdrücken zu können, – ich verzichte darauf. Sie wissen ja: eine kühle Phrase kommt heraus, während man wünschte, daß jede Silbe zittern und glühen und lachen und weinen sollte – Und auch das ist ja eine Phrase. – Ueber die Aenderungen will ich nachdenken, – und wie ich mich auf den Augenblick freue, in dem ich mit Ihnen drüber plaudern darf, wissen Sie, Sie größte und einzige!

Ihr

Wien, 3. Dez. 93. Arthur Schnitzler

[Sa] Wien, Sonntag 2¼ Uhr Nachts.

3/12.93 [Von Schnitzler handschriftlich datiert]

Darf ich Ihnen noch zu so später Stunde einen innigen Gruß senden! Ich wollte schlafen – ich kann es nicht – es geht mir ein wunderbar süßes ein herrliches Märchen im Kopf herum – das Märchen von den Erhabenen. –
Meine Quellen des Glücks – des Lebens sind in mir erwacht – wie danke ich Ihnen für diese Wendung in meinem Herzen. – Ich lebe – ich bin erwacht – aus einem grausamen dumpfen trüben Traum – man hat mich geweckt – und ich jauchze, da ich das sonnige Licht des Tages erblicke – ich habe Freude am Leben – Ich finde Alles schön herrlich – Göttlich – ich beiße mir die Lippen zusammen wenn ich einen Namen ausspreche – ich schaud're zusammen bei dem Gedanken – ist das auch wirklich wahr –? Ja – ich habe einen Gedanken und der ist mir Mannah in meiner Wüste er labt und stärkt mich in meiner Einsamkeit. Ich sehe zwei kleine braune Gluren vor mir – und werde das Gefühl nicht los, daß es eines Tages entschwinden könnte – – – – vorläufig aber will ich diese Augen samt – Leib Seele Herz an mich drücken, als wäre es für die Ewigkeit und träumen von hellen sonnigen Tagen. –

Ihre Dilly

[Sch] 4. 12. 1893

Beim Nachhausekommen find ich, mein verehrtes Fräulein, Ihren Brief, der zu Mittag gekommen sein soll – verlangt er eigentlich nach einer Antwort? Sie kennen schon meine Scheu vor den Worten, die »alle sagen, und die man allen sagt« – Und wie ich jetzt da ein paar Augenblicke vor dem Briefpapier gestanden habe, die ersten Worte überdenkend, die ich Ihnen schreiben wollte – es waren doch wieder dumme, leere, unerträgliche Worte, die nicht mehr gelten, weil sie schon zu oft gegolten haben –

– Und sollte ich überhaupt wagen, Ihren Brief zu verstehen – Sie müssen sich da in meinen Gedankengang hineindenken, der natürlich damit schließt: »Ich, ich, ich – gerade ich?« – Immer sehe ich Ihre merkwürdigen, unergründlichen Augen vor mir, suche sie zu deuten. Mancherlei ist darin, ich hab's Ihnen schon gesagt. Ein bißchen Spott, ein bißchen Zärtlichkeit, und viel Freude am Spiel.

– Ich meine die Freude an den Spielen, mit denen wir uns über den ewigen Betrug des »ernsten« Lebens hinwegtäuschen; kunstvolles Spielen mit dem Dasein, dem lebendigen und dem Zufall. – Und wenn man in einem Frauenauge Zärtlichkeit entdeckt, weiß man je, wem sie eigentlich gilt – ja weiß *sie* es selbst? Manchmal hat sie nur halb unbewußte Erinnerung zu bedeuten, zuweilen nur Hoffnung oder Sehnsucht – und wer weiß, ob nicht ihr Ausruf: »Ich habe gefunden« besser lauten sollte: »Ich bin müde zu suchen!?« – Im übrigen – was wären wir ohne diese süßen, lockenden Irrthümer? – Sollt es nicht unser einziges Ziel sein, Täuschungen zu glauben, – statt immerwährend unangenehmen Wahrheiten nachzuspüren, an die wir schließlich auch nicht glauben würden? – Haben Sie keine Angst – ganz toll bin ich nicht – wenn Sie genau hinsehn, werden Sie sogar in allen diesen Sätzen eine verzweifelte Logik bemerken

Aber weiterzuschreiben getraue ich mich doch nicht – da ist ein Irrgarten – und wenn man auch die *Lichtung* von weitem sieht – den *Ausgang* kann man verfehlen. –

Vielleicht würde, was ich Ihnen sagen könnte, noch confuser ausfallen, als was ich Ihnen zu schreiben vermag; – aber Sie werden's mir doch vielleicht erlauben?

Tausend herzliche innige Grüße Ihr

ArthSch

[TB] 4. 12. 1893
Brief von Dilly, liebend. – Ich antwortete sehnsüchtig, mistrauisch.

[Sa] Montag Nacht. 11 Uhr
4/12.93 [Von Schnitzler handschriftlich datiert]

Als ich früh die Augen aufschlug Arthur – – – – – – da hatte ich ein herrliches Märchen geträumt. Es war mir bei'm Erwachen, als befände ich mich noch immer im Zauberkreise Deiner Liebe, als läge ich noch immer in Deinen Armen, im Schimmer des matten Lichts das mein Zimmer erfüllt, und ich mußte mir Gewalt anthun, um mich zum Wochentagsbewußtsein zu bringen. Ich hatte geträumt. –
Aber nein – vor meinem Bette bist Du ja gesessen – und nun schaute ich immer noch dahin – wo der Frühlingsglanz Deiner Augen haften blieb – es zitterte in mir – und ich vernahm Dein leises flüsterndes lang gedehntes Schweigen. – In diesem Taumel lag ich bis Abends. Um 6 Uhr eilte ich Hinaus zum Telephon – eine Loge in die Operette an der Wieden – ich muß andere Gedanken haben. – Da kommt Bahr zu mir – ich konnte sprechen von Ihnen Arthur – und ich that es. Dann fuhr ich um 7 Uhr ins Theater – dort saß ich allein vergraben wie ein alter Zwerg in Gedanken – und während die Leute spielten sangen – träumte ich eine Mischung zusammen, bei der sich nicht mehr unterscheiden läßt was Dein ist, was mein. Ich fühlte wie Dein Mund meinen Athem in sich einsaugt – ich fühlte nicht Liebe, Glück – und wie alle diese todtgehetzten, bis zur Caricatur mißbrauchten Worte heißen, es war weit mehr jedenfalls etwas Anderes – es ist eine Neugeburt – eine unbekannte Welt, die mir ihre Herrlichkeit erschließt, eine Körper- und Seelenvermählung voll unendlichen Verlangens – und seligster Selbstauflösung – ein seliges Hinüberträumen in eine andere Welt, ein halbbewußtes Sterben überfiel mich – und da war es auch schon aus. Nun sitze ich hier – wo ich seit Freitag Abend immer sitze und lese wieder und wieder Ihren lieben einzigen Brief. Was ich Ihnen da schreibe ist gewiß ein Wahnsinn – ich träume mit sehenden Augen – beinah zu viel der Sonnengunst für mich, sie blendet die Augen, sie spaltet mir das Hirn und wie im Fieber möchte ich mich Dir zuschwören, Dir ganz gehören, leib und seeleneigen. Was bist Du mir in diesen wenigen Tagen geworden. Es

ist kein süßer lockender Irrthum wie Sie meinen – nein ich bin gewohnt von jeher mir immer die Wahrheit zu gesteh'n – – – so ist es nun einmal mit mir bestellt, und daß ich Ihnen das Alles so offen sage ist der Beweis, daß es wahr ist. – Ihr Brief ist einzig. – Sie Zweifler – – also Sie glauben nichts – eigentlich haben Sie recht. – Es endet doch Alles in der Welt mit einer furchtbaren Gemüthsrohheit – – – – bei mir ist das eben anders – ich bin nicht gewohnt, mich allzulange mit Vergangenem zu beschäftigen – mein Element ist die Gegenwart, in die ich ganz untertauche. – Das Morgen – hat in meinem Herzen und Bewußtsein nur als Hoffnung Raum, daß es dem Gestern gleichen werde. Arthur – wo gerathe ich hin? – Sie werden mich wirklich für toll halten. – Wo sind Sie jetzt – wie seh'n Sie aus? Wann sehe ich die zwei lieben Luxaugen wieder? Ist das Stück schon umgearbeitet? Sie seh'n ich kann auch noch nüchtern sein – –
Am Mittwoch Abend möchte ich Sie gerne bei mir seh'n – haben Sie Lust und Zeit – ? Ich lade Ihnen noch Jemand ein – damit Sie ja den Ausgang nicht verfehlen können, wenn Sie die Lichtung von weitem seh'n sollten. Schreiben Sie mir für den morgigen Tag doch wieder ein paar liebe Worte, dann werde ich den Kopf nicht sinken lassen. Also werden Sie kommen? 8 Uhr – ja – Ich sehne mich danach mit Ihnen zu plaudern!
Auf lange lange Zeit Ihre
Dilly S.

[TB] 5. 12. 1893
Glühender Brief v[on] Dilly. – [. . .]
III Akt umgearbeitet.

[Sch] 5. 12. 1893 *Montag.*
Ich werde anfangen, den Morgen und das Erwachen zu lieben, wenn Worte wie die, welche heute von Ihnen kamen, die ersten sind, die der Tag bringt. – Wie soll ich Ihnen eigentlich danken? – – – –
Sehen Sie, es gibt Menschen, die immer und ewig vertrauen können, die sogenannten vertrauensseligen, wie das naiv-ironische Wort lautet – und ich denke, Menschen, die immerfort mißtrauen könnten, wären auch nicht so übel dran. Das Unglück ist nur, daß die mißtrauensunseligen dem Rausch des Vertrauens, der in Augenblicken über sie kommt, umso

sichrer erliegen, so daß dann die Heimkehr in die gewohnten Gemütsstimmungen erst recht schmerzlich empfunden wird. Daher – die Angst vorm Vertrauen ... »Ich bin ganz ruhig ... ich philosophire sogar« – und ich laß mir das philosophiren nicht streichen! – Man braucht im übrigen das, was ich hier Philosophiren nenne (– doch ist das Wort viel zu hoch –) nicht gerade zum »wegphilosophiren« oder »anphilosophiren« zu verwenden – es braucht nicht der Sturm zu sein, der Gefühle herbeiweht oder von dannen fegt; – es kann weiche, langsame Luft sein, welche Empfindungen umhüllt und trägt. – Und daß ich mich unendlich freue, Sie morgen Abend wiederzusehen – dagegen kann ich mich nicht wehren – selbst wenn ich mir die größte Mühe gäbe. – »Unendlich freue« – merken Sie wie dumm das klingt? »Mit neuen Worten, tiefen, sehnsuchtsbangen, wie du sie nie gehört, möcht ich dir nahn ...« so fängt irgendein Gedicht an, das noch lange weitergeht und Ohnmacht heißt und ein trauriges Ende hat. –
Auf Ihre »nüchterne« Frage die nüchterne Antwort: Ja, 3. Akt wird geändert; – gestern war ich im Theater, sie wollen das Stück wieder geben – ich bin aber *nicht* wahnsinnig genug, es ihnen zu glauben. Ich zeige Ihnen morgen die Aenderungen; bin aber mit dem von Ihnen gütigst proponirten Revolver nicht einverstanden – vergessen Sie nicht: – »sie bringen sich ja doch nicht um – es ist geradezu beleidigend.«
– Es mag ja ein oder das andere Mal vorkommen; es ist sozusagen individuell wahr, aber typisch unwahrscheinlich! – Wenn Sie ebenso aufgelegt sind, mit mir über alle tiefre[n] und leichten Dinge zu plaudern, wie ich mit Ihnen, so haben wir uns mehr zu sagen, als je zwei Leute auf dieser Welt. – Womit ich noch nicht behaupten will, daß mir auch nur *ein* gescheidtes Wort einfallen wird, sobald ich wieder in Ihre ... Augen sehe. Die Epitheta siehe gestrigen Brief. Leben Sie wohl für heute, seien Sie tausendmal gegrüßt, und wenn Sie heute auf der Bühne stehn und für »die andern Leute spielen«, denken Sie einen Augenblick an Ihren ArthSch

[Arthur Schnitzler: Ohnmacht]

In neuen Worten, tiefen, sehnsuchtsbangen,
Wie Du sie nie gehört, möcht ich Dir nahn,
Mit neuen Küssen möcht ich Dich umfangen,
Dich neue Gluten lehren, bessern Wahn.

Ich möchte Dich in Seligkeiten hüllen
Darin Dich ungeahnter Schauer faßt.
Ich möchte Dich mit tiefem Leid erfüllen
Wie Du's von keinem noch erlitten hast.

Ich kann es nicht. Dasselbe bleibt es immer.
Es ist im Wort derselbe irre Klang.
Im Aug derselbe liebesfeuchte Schimmer,
Die gleichen Bitten sinds, der gleiche Dank.

Und wenn mein Arm den Nacken Dir umwindet,
Irrt er der Spur vergangener Nächte nach,
Und wenn mein Mund den Deinen bebend findet,
Küßt er ihm kaum vergessne Küsse wach.

Und in den reichsten Stunden, liebessüßen,
Umschwelgt uns trunkener Erinnrung Band.
Aus meinem Lächeln und aus meinen Grüßen
Schaut ein Gewesnes Dich vertraulich an.

Und wenn ich mit dem Blick des Hohns Dich quäle
Seh ich im Aug Dir ein Gedenken glühn,
Und was ich löschen will aus Deiner Seele,
In hellern Farben laß ich Dirs erglühn.

Und wenn ich mich gemartert von Dir wende,
Spielt um die Lippen Dir ein müder Zug,
Der lächelt stumm: ich kenn ja auch das Ende,
Wie's immer kommt, mit Ekel und Betrug.

[Sa] Dienstag. Abend 12

5/12.93 [Von Schnitzler handschriftlich datiert]

Es ist still geworden zwischen Ihnen und mir Arthur. Mein letztes Schreiben haben Sie beantwortet – aber wie ? ? ? Sie haben eben nicht gewußt was Sie eigentlich über mich denken sollen. Dennoch schreibe ich Ihnen heute, weil ich nicht anders kann, weil mich die Sehnsucht quält. Die Sehnsucht? Eigentlich nein. Es ist eine Art Hoffnungslosigkeit, eine tiefe, seelenerwürgende, schmerzlichste Resignation. Ich glaube fast, ich bin auf dem weiten Wege zusammen gebrochen. Daran ist wohl einzig und allein Ihr Brief schuld – er hat mich zerstört – mit seinen Zweifeln – im Anfang lag Alles so sonnig vor mir – da konnte ich daran denken, mich an der Erinnerung laben und ich hoffte – dieses einzige Wort »Vielleicht«! Durch diese Zeilen von heute ist nun auch dieses Gedächtnis verblasst, und mein Auge müde, unfähig nach jedem Zeitpunkt hinzuschauen wo ich Sie wiedersehe. Heut bin ich mechanisch geworden – ich fürchte mich beinah vor mir, ich fürchte mich vor der Einsamkeit vor der heutigen Nacht. Gestern war das anders, da ward es Abend, da wurde es lebendig in mir, da raste es im Hirn und die Dämmerung schwand aus meiner Brust, Sie erschienen mir, mit geschlossenen Augen sah ich Sie Arthur und fühlte Ihren Athem – ich betastete Ihr weiches seiden Haar – Sie schmiegten sich an mich – nah ganz nah – und küssten mich wieder immer wieder – ich sank zurück – entseelt, todt, aufgelöst in Seligkeit. Und heute lebe ich so hin wie ein ekelhafter Philister in weiblicher Gestalt. Sie schweigen bis zur Stummheit auf all meine Betheuerungen. Sie machen sich die Antwort kurz – Sie mißtrauen – Sie lassen sich das philosophiren nicht streichen. – Hach – es ist zum tollwerden. Ja – ein erbärmliches Leben – elend. Ich fühle mich heute leer öde – verloren und einsam – die Arbeit, die Menschen – Alles ist mir zum Eckel. – – Was werde ich morgen von Ihnen zu hören bekommen – werde ich da nur die Worte finden Ihnen zu wiedersprechen? Fast wäre es besser – wir sehen uns nicht – es bliebe ein süßes seelisches Märchen – aber – vielleicht habe ich doch noch die Kraft – Ihnen Ihren lieben Kopf ordentlich zurecht zu setzen. Gebe Gott, das ich nicht kraftlos gebrochen wüthend bin – heute sende ich Ihnen tausend glühende Grüße und wissen Sie warum Arthur? Weil ich Sie einfach lieb habe – unendlich unsagbar lieb. Das soll aber morgen Anders werden, Ich werde Ihnen nicht entgegen treten wie ein armes Lamperl das nächstens geschlachtet werden muß. Also auf Morgen Abend. – Das ist wohl sehr lang. – Nun – ich lege mich nieder als wäre ich scheintodt. – Und wenn Sie läuten – erwache ich zum Leben. – Arthur – erleuchten Sie mir diese Agonie.

Dilly.

A.

Ich habe heute Anatol zu Ende gelesen, ich finde es reitzend schön – Sie haben wohl einen göttlichen Humor – Sie sind ein großes ein bedeutendes Talent, das ist ja herrlich geschrieben. – – –

Jetzt ist es ½2 Uhr – bis morgen 7 Uhr Abend – warum vergeht die Zeit so langsam?

[Sch] 6. 12. 1893 Mittwoch

Diese Zeilen sind nicht Antwort, sondern einfach ein inniger Morgengruß. Zum Antworten fehlt mir in diesem Augenblick die Zeit; – ich werde eben von meinem Bruder abgeholt; wir müssen zum Begräbnis eines Onkels. – Wenn Sie nichts dagegen haben, schicke ich Ihnen noch 2 Zeilen, bevor ich heute Abend komme, Mittag etwa; – aber, bitte sehr, nehmen Sie auch diese lieb und ohne Mißverständnis entgegen. In dem, was Sie mir heute schreiben, liegt nemlich einiges Mißversteh'n. Vergessen Sie nicht – *zweifeln* heißt nicht, nicht glauben wollen – sondern nur – *nicht den Mut haben zu glauben!* Ach Gott, ich werde Ihnen das alles viel besser sagen können. Ich bitte Sie, denken Sie in Güte meiner – wenn ich nur in jedem Moment die rechten Worte fände! – – Ich muß Ihnen noch vor Abend schreiben – leben Sie wohl, leben Sie wohl, seien Sie tausendmal gegrüßt – Ihr, ganz Ihr

Arth

[Sch] 6. 12. 1893

So, hier bin ich wieder und bitte Sie vor allem um Entschuldigung, daß ich heute so flüchtig und am End gar unleserlich geschrieben habe. Aber ein paar Worte mußte ich, wenn auch in aller Eile erwidern, wenn es auch völlig klar ist, daß gerade zwei Menschen wie wir nur in mündlicher Unterredung all dieses nervöse Mißverstehn vermeiden können, das in einem Briefwechsel niemals auszuschalten ist. Wenn man sich schreibt, bleibt es ja doch nur wie ein hin und her von schwarzen Buchstaben auf weißem Grund, man mag noch so sehr gewohnt sein, den hergebrachten Sinn hineinzulegen u[nd] herauszulesen. Dann erst, wenn auch der Ton der Stimme, und wenn die Augen mitzusprechen anfangen, kann man aus einander klug werden. Was bekanntlich nicht immer geschieht. Ach Gott, Adele, wenn Sie wüßten, mit was für einer aengstlichen Wuth ich das hasse, was Sie die todtgehetzten Worte nannten; dann würden Sie sich weder um geschriebenes noch gesagtes besonders viel kümmern und Ihrer Intuition vertrauen. Ich denke, wenn das *eine* darf, so dürfen Sie es in der unergründlichen Tiefe Ihres künstlerischen

Wesens, und am Ende wissen Sie eigentlich mehr von mir als ich selbst? Kam Ihnen das nicht in manchen Momenten so vor? – Es ist eigentlich sonderbar, wenn in der Selbstbeobachtung selbst schon der Grund zu den falschen Ergebnissen liegt, welche sie liefert. Denn wie es im eigenen Innern zugeht – während man sich *nicht* beobachtet, erfährt man ja damit gar nicht. –

– Bitte sehr, nicht »wüthend« sein heut Abend – und nicht sagen, daß es *fast* besser wäre, wir sähen uns nicht ... Wenn Sie glauben, daß sich so was angenehm liest, irren Sie sich. Ich finde, es ist sehr gut, daß wir uns heute Abend sehen – denn was ein Wiedersehen zerstört, hat nie zu leben verdient. Und endlich werden Sie wahrscheinlich über diese blassen, grübligen, zuwidern, dummen Briefe lachen, die ich Ihnen schreibe – was auch gut ist. Ich sehne mich unbeschreiblich danach, wieder mit Ihnen zu redn! Wissen Sie denn auch, *wie* lang das ist? –

Auf Wiedersehen, auf Wiedersehen, auf Wiedersehen. Ich küsse Ihre lieben bleichen Finger! Ich grüße Sie innig und bin der Ihre

ArthSch

Mittwoch. *6/12. 93.* [Später hinzugefügt]

2

»Dilly! – Was ist das?«

(6.–31. Dezember 1893)

Nach der ersten Nacht, die Schnitzler bei Adele Sandrock verbringt, notiert er eine Wendung aus ihrem Gespräch, wie sie sich später wörtlich im »Reigen« wiederfinden wird – in der Szene »Der Dichter und die Schauspielerin«.

[TB] 6.12.1893
Brief von Dilly. – Bei ihr. Gespräch. – »Bist du wem untreu – tröst dich, ich auch.« – Souper. – Blieb die halbe Nacht. »Bist du nicht stolz ...?«

Der folgende Tag findet den Dichter in hypochondrischer Stimmung. Er sehnt sich nach Mizi Glümer, und er hat auch seine »Verpflichtungen« Jenny gegenüber, denen er an diesem Abend jedoch nur »stimmungslos und müd« (TB) nachkommen kann...
Adele Sandrock belegt Schnitzler unverzüglich mit Beschlag – mit zärtlichen Briefen, mit Bildern und in sanftem Kommandoton. Und – mit Szenen. Schon bei ihrem zweiten nächtlichen Zusammentreffen tobt sie wegen einer »anderen Geliebten«, wobei aus Schnitzlers Tagebuchaufzeichnungen nicht hervorgeht, ob sie seine innere Bindung an Mizi Glümer meint oder Jenny – Jenny, die so erholsam ist nach der anstrengenden, zweifellos in jeder Weise überaus anspruchsvollen Adele, die den Dichter des Nachts so ungern wieder fortgehen läßt. Aber die Verliebtheit dieser ersten Zeit ist groß, und Adele findet einen zärtlichen, aufmerksamen Liebhaber.

[Sa] 8.12.93
Mit Phrasen und Worten will ich Dich verschonen. Ich dachte *nur* an Dich. Ich bin furchtbar krank seit gestern und heute – liege ich zu Bett und kann mich nicht rühren. Ich sehne mich

nach Dir – komm morgen Abend zu mir – wenn es auch 10 Uhr ist – schreibe mir Arthur wann Du kommst – das geht ja nicht so wie Du Dir das denkst. Was macht Deine Frankgasse? Ich hab Dir viel zu erzählen – – –
Also Liebling, Silberfisch, Panther – mein Eisbär Du kommst. Ich *bitte* Dich schreibe mir einige liebe Zeilen. Schick mir sofort Dein Bild.

Innig Dein
Diltsch

[Sch] 8. 12. 1893
Meine liebste Dilly, eben komm' ich von Tulln zurück (Bicycletour), finde das entzückende Bild und deine süßen Zeilen und will dir gleich tausendmal dafür danken. Du ahnst gar nicht, was für eine Freude das ist, sowas zu Haus zu finden, wenn man sich eigentlich schon riesig überflüssig und vergessen vorkommt. Ich hab dir im übrigen aus Tulln einige Grüße geschickt, die du in Gnaden aufnehmen mögest. – Was nun den morgigen (Samstag) Abend anbelangt, so sag' mir selbst, zu welcher Stunde du mich am liebsten empfangen willst; – ich erwarte zwei Worte der Verständigung, und bin glücklich, dich bald wieder sehn zu können.
Bis dahin küsse ich die schönen, die gefährlichen, die lieben Augen

Dein
Freitag Abend. Arthur

[TB] 9. 12. 1893
N[ach]m[ittag] vergeblich zu arbeiten versucht; früh Briefe von Diltsch u[nd] Mizi. – Abend bei Diltsch, u[nd] halbe Nacht; richtige Scene wegen der andern Geliebten.

[TB] 10. 12. 1893
Sehnsucht nach Mz. [Mizi Glümer], glüh[en]d[er] Brief v[on] Diltsch. – Von gestern noch: Ich: »Ich kann nicht mehr lieben ...« »Gerade das gefällt mir – aber so wie ich jetzt sehe, daß man wieder lieben kann, so wirst du's einmal sehn. –«

[Sa] Sonntag Nacht. 12 Uhr
10. 12. 93 [Von Schnitzler handschriftlich datiert]
Mein herrlicher Arthur.
Endlich ist es ruhig – jetzt komme ich zu Athem. Da denke ich nun wieder an Dich, Du süßes Menschenfleisch, und

stilles inniges Glück zieht bei diesem Gedanken in meine Seele. *Du* wirst es wohl auch gestern bemerkt haben, daß wir uns näher gekommen sind, als früher. Ich bin Dir verschlungen, fest und unauflöslich, wir schauen uns an, dann verstehe ich Deine stumme Sprache, und wenn wir uns küssen, so hat Einer in des Anderen Herz hinabgeschaut, so tief, als es nur ist. Was als Märchen begann, das hat sich nun bei mir zu einer innigen Wahrheit erschlossen – um die mich die Götter beneiden dürften.
Du hast neue Quellen in mir erschlossen ich liebe Dich mit einer Gluth und Tiefe, die ich nie so kannte, Du bist mir mehr als ein geliebter Mann, in Dir finde ich meinen Lebensinhalt, den Gott den ich verloren – sei gesegnet dafür, Du herrlicher Mensch. Auf der Höhe dieser Leidenschaft *muß* es bleiben, ich will und kann es, weil mir die Gabe zu Theil geworden, das Leben in seinen höchsten Accenten zu leben. Ich küsse Dich und drücke Dich an mich – in wenigen Stunden hoffe ich Dich bei mir zu haben, dann gebe ich Dir einen einzigen Kuß, so lang und unergründlich wie die Ewigkeit.

Glaube mir und hab mich lieb.
Dein Diltsch

[Sa] *11/12.93* [Von Schnitzler handschriftlich datiert]
Wenige Worte mein angebeteter Arthur – ich bin *sehr krank* – wie werde ich heut spielen – ich liege und hab eine elende Influenza. – Für heut schicke ich Dir noch zwei Bilder – ich kann nicht das große einpacken, warte bis Morgen Herz – sollte ich sterben so werde ich Auftrag geben, es Dir zu senden. Ich bitte Dich stelle dieses Bild mit Widmung auf Deinen Schreibtisch, damit Du mich siehst. *Bitte*, Du machst mich glücklich, für heut leb wohl, ich hab 40 Gr[ad] Fieber, verzeih daher meine Unruhe.

In Liebe Deine arme
Dilly

[Sch] 11.12.1893
Meine liebe einzige Dilly, tausend Dank für das Bild, wann werde ich diesen Dank mündlich wiederholen dürfen? Wenn du nichts dagegen hast, möcht' ich morgen Mittag so zwischen ½1 und 1 auf eine halbe Minute zu dir, dich fragen, wie es dir geht? – Warum spielst du, wenn du 40 Grad hast? – Falls

ich nichts mehr von dir höre, so bin ich also morgen bei dir, ja? – Schreib' nicht, wenn du müd bist, bitte sehr. – Leb wohl, meine einzige liebe Dilly! Und tausend Küsse dein

Arthur

[TB] 11. 12. 1893
Toller Brief v[on] Diltsch. – Ging trotz anfänglichen Nichtwollens zu Jenny. Hatte für sie eine Zärtlichkeit wie nie zuvor. – Wohlgefühl zu Haus – weil ich *schon* um 2 da war und nur –

[TB] 12. 12. 1893
Bei D. Mittags. – »Wenn du mir je was schenkst, fliegts zum Fenster hinaus.«

[Sch] 13. 12. 1893 [?]
Mein verehrtes theures Fräulein,
ja, bitte, werfen Sie das nur, Ihrer gütigen Zusage gemäß zum Fenster hinaus; nehmen Sie aber die Blumen vorher heraus.
Ich küsse die schönsten, bleichsten, süßesten Hände, die es gibt – deine, Dilly! –
Denken Sie an irgend einem freien Augenblick dieses Tages an mich; das würde mich sehr glücklich machen.
Leb wohl, auf Wiedersehen, dein

ganz dein Arthur

[Sch] Mitte Dezember 1893
Wenn Blumen und Wünsche nur ein bißchen Macht haben, so sind deine Schmerzen in diesem Augenblick verschwunden –
Wenn du so lieb bist, wie ich's mir »zuweilen« vorstelle, so läßt du mir durch deine treffliche Gisela zwischen 1/4 und 3/4 8 ins Central telephonieren, wie's dir geht. Ja, mein Schatz? –
Ich küsse dich tausendmal

Dein Arthur

[Sa] Wien 13. Dezember 1893
Hochverehrter Herr Doctor!
Das Fräulein gibt mir den Auftrag, Ihnen mitzutheilen, daß Sie seit gestern abends 7 Uhr an heftigen Schmerzen leidet

und zu Bette liegt, Sie ist ganz unfähig, Ihnen selbst zu schreiben und sendet Ihnen die herzlichsten Grüße.

Gisela.
Stubenmädchen bei Frl. Sandrock

[Sa] Wien 13. 12. 93

Mein Lebenslicht – mein einziger Arthur. –
Kind – so elend und krank wie ich bin – sende ich Dir doch unzählige glühende Küsse. Was ich seit gestern Abend 7 Uhr an Schmerzen erlitten – ist einfach nicht niederzuschreiben. Deine Briefe und *Veilchen* haben meinen Zustand erleichtert. Schatz – mir ist heute ein großes enormes unsagbares Glück wiederfahren – ich bin heut eine beneidenswerthe Frau. – Ich erzähle Dir alles wenn Du kommst. Mittag 1 Uhr nicht wahr – werde ich Dich seh'n. Tausend Dank für Deine Theilnahme – ich bin gräßlich schwach aber so viel Kraft ist mir noch geblieben Dir zu sagen das ich Dich endlos lieb habe Du stolzer süßer Mann Du.

Dein armer
Diltsch

[TB] 14. 12. 1893
Mittag bei D. Ab[en]ds bei ihr. Sie liegt krank. – Sie interessirt sich nur für ihren Beruf u[nd] für mich. –

[TB] 16. 12. 1893
M[itta]g bei Diltsch. – Ab[en]ds im Volksth[eater], bei D. vergeblich geläutet. –

[Visitenkarte]
Arth
hat heute 5mal
vergeblich
geläutet!!!!
!!!!
3/4 11 Uhr Nachts

[Sa]
Sonntag

16/12. 93 [Von Schnitzler handschriftlich datiert]

Arthur das ist wohl grauenhaft, ich liege wie im Fieber bis 12 Uhr Dich erwartend – die Mama bleibt eigens so lang auf um

Dir die Thüre zu öffnen, und wir hören Dich nicht läuten. – Na, das ist zum rasendwerden.
Komm so bald als möglich – das Mißverständnis muß sich klären. Mir geht es sehr schlecht. Bitte bitte komme wenn möglich sofort.

Deine traurige Dilly

Schnitzlers Verhältnis mit Adele Sandrock ist noch keine zwei Wochen alt, als es zur ersten Bestandsaufnahme kommt und er bereits alles völlig durchschaut – Adele, sich selbst und die Beziehung zueinander. Er wird sich nie wieder ausführlicher und präziser darüber äußern.
Schnitzler ist deprimiert. Nicht, weil Adele Sandrock zweifellos nicht »die große Liebe« für ihn ist (Gefühle, wie er sie für Mizi Glümer hegte, sind nicht so bald wieder zu erhoffen), sondern weil sie ihn in geistiger Beziehung enttäuscht. Er hat in ihr, der großen Schauspielerin, die Gefährtin auf geistiger Ebene erhofft, die Gesprächspartnerin. Das ist sie nicht.
Und die sexuelle Komponente der Beziehung? Dergleichen spielt im Leben des jungen Schnitzler eine übergroße Rolle. Er gesteht sich selbst ein: »Sag ich die Wahrheit, das liebste wär mir ein Harem; und ich möchte weiter gar nicht gestört sein.« (TB, 6. 5. 1897) Und: »Warum kann man sie nicht alle haben, jede für sich allein, jede ohne Lüge, und jede ohne Qual für sich und für die andern.« (TB, 2. 12. 1898) Wie wird Adele Sandrock einmal bei einem ihrer dichterischen Versuche reimen? »Ob Diva, ob Choristin, ob Vorstadtmädl, ob Modistin, Dir bleibt es sich ja gleich.« (25. 3. 1894)
Adele Sandrock bedeutet für Schnitzler eine neue Erfahrung. Sie hat aus ihrer Sicht eine ganz ähnliche Einstellung wie er. In gänzlich unreflektierter Emanzipation konsumiert sie die Männer als Sexualobjekte. Sie ist eine »Condottiera der Liebe«, wie ihr späterer Verlobter Roda Roda sie darstellt: »Sie übte sie heiß, ohne den Mann, Opfer und Mittel zugleich, viel zu beachten.«

[TB] 17. 12. 1893
Ich bin dagesessen und habe geweint. Ich habe um Mizi geweint, und nicht das erste Mal in diesen Tagen. Es kommt allerdings manches dazu. Z. B. der Brief von ihr, einer, wie so oft einer kommt, einfach herzzerreißend. Alles in den schön-

sten Tönen: die Reue, die Sehnsucht, die Liebe, die Verzweiflung – und diese Hoffnungslosigkeit, in der ich sie ja doch lassen muß, denn das ist nun einmal alles zertrümmert. Wie ich sie geliebt habe! ach Gott wie ich sie eigentlich heut noch liebe, seh ich am besten an den Gefühlen, die ich bei den andern habe. Und ich möchte doch so gern, so ehrlich gern vergessen! – Dilly! – Was ist das? Doch eigentlich nicht viel anders und nicht viel besser als geschmeichelte Eitelkeit. Die große Künstlerin! – Vielleicht auch ein bißchen Hoffnung, in einem tiefen und großen Verständnis Ersatz zu finden. Da glaub ich bin ich auf falschem Wege. Sie hat den Umweg über meinen »Geist« genommen, weil sie es mit dem Instinct ihrer erfahrenen Sinnlichkeit bei mir für nothwendig hielt. In Wirklichkeit will sie ja doch nur eine neue Sensation und das »süße Menschenfleisch«. – Sie geht, so scheint mir, nur gezwungen auf Gespräche ein, mit welchen ich unsern Verkehr auf ein höheres Niveau bringen will; sie kann mir einfach nicht folgen. Das wäre ja etwas: eine Freundin, eine, die man in die kühlen und erhabenen Räume seines Geistes mitnehmen kann, und die sich dort zu Hause fühlt. – Aber ihr fröstelt dort, sie hat immer die Sehnsucht nach dem Boudoir und dem Bett. – Was sie intellectuell bringt, ist nicht viel mehr als Phrasen, und höchstens ein verstecktes Raffinement für ihre durstigen Sinne. Aber da müßte ich doch wenigstens verliebt sein, um nur zu einer Ahnung von Glück zu kommen. Da ist Jenny noch besser mit ihrer naiven frischen jungen Verdorbenheit, die überhaupt ein ganz köstliches Ding wäre, wenn man nur vor 2 oder 3 Uhr morgens wegkäme. Sie verzichtet von vornherein auf alle geistige Nähe; – sie vermisst auch nichts ... sie ist das Kind, das gar nicht ahnt, mit was für einer sonderbaren Puppe sie spielt. Sie begnügt sich mit der Freude, die sie an allen bisherigen Puppen hatte, ahnt nicht, daß die da zufällig zu noch was besserm oder wenigstens zu was anderm zu verwenden wäre. Für sie übrigens? – Was verstünde sie von meinen Melodien? – Und am Ende ist das alles Größenwahn?! – Und vielleicht sollte Jenny wirklich weniger stolz auf mich – als ich auf Dilly sein?

Man ist viel zusammen. Schnitzler findet sich in den Kreis um Adele Sandrock ein. Neben ihrer Mutter, ihrer Schwester

Wilhelmine und dem Bruder Christoph gehören dazu: die Schauspielerin Olga Dvorak, deren Verehrer, der Anwalt Theodor Pollak, die russische Baronin Olga Golovin, der Journalist Friedrich Schik (der Adele später heiraten will), der Schauspieler Robert Nhil (er war »ein feiner Kollege. Ich mochte ihn gern, hatte aber kein Geschpusi mit ihm«, schrieb Adele später in ihren Memoiren), der Komponist Charles Weinberger (später wird Schnitzler erfahren, daß er einer von Adeles Liebhabern ist), der Schriftsteller und Anwalt Friedrich Elbogen, gelegentlich der Pianist Alfred Grünfeld, ferner Karl Kraus und Hermann Bahr.
Adele ist sehr in Schnitzler verliebt und zelebriert ihre Gefühle mit großen Gesten. So gibt sie etwa vor, die »Internationale Klinische Rundschau«, die er redigiert, zu lesen, und hält das für einen ungeheuren Gunstbeweis. Daß er zu dem Gastspiel von Yvette Guilbert ins Ronacher geht, wird für sie Anlaß zu einem Eifersuchtsanfall. Schnitzler nimmt dergleichen mit einem Lächeln hin, bringt Adele Blumen und führt sein Verhältnis mit Jenny fort – was die Schauspielerin sehr wohl weiß.
Aber auch Adele ist gebunden: an den schriftstellernden Anwalt Dr. Friedrich Elbogen. Im April 1893 hat sie im Deutschen Volkstheater die Hauptrolle in seinem Stück »Dämmerung« gespielt; wahrscheinlich datiert die Beziehung von damals her. Natürlich versichert die Sandrock Schnitzler, er sei »der einzige«. Später, als sie ihm seine Briefe zurückschickt und aus Versehen einen von Elbogen mitsendet, wird er sicher wissen, daß sie die Beziehung nie aufgegeben hat. Elbogen spielt – ob als »väterlicher Freund« oder mehr, sei dahingestellt – weiter eine große Rolle in ihrem Leben und wird Adele länger verbunden bleiben als Schnitzler. Als sie etwa 1898 einen Anwalt braucht, der ihr bei ihrem stürmischen Abgang vom Burgtheater zur Seite steht, ist Elbogen ihr in alter Verbundenheit behilflich.

[Sa]
Montag
17/12.93 [Von Schnitzler handschriftlich datiert]
Arthur mein süßer Junge. Du kannst doch lieb sein, wenn Du willst. Kind – ich habe Dich *rasend rasend* lieb – ich hab *Sehnsucht* nach Dir – ich *muß* Dich heut seh'n. Komm doch

zu mir bevor Du, Du vergnügungssüchtiger Mensch zum Ronacher gehst – ich sag Dir dann ein paar liebe Worte. Arthur – mir geht es sehr schlecht – ich hatte eine entsetzliche Nacht, ich kann nicht daran zurückdenken, es war furchtbar. –
Gestern war um 7 Uhr Abends Concilium mit Politzer. Ich habe eine gefährliche Ohreninfluenza. Gott was hab ich die Nacht gelitten, Schauerlich. Weißt du mein süßer einziger Zwerg was ich jetzt lese – bitte – halt Dich an – bist Du gefaßt – die Internationale Klinische Rundschau. – und lese zu meiner Freude das die seit sieben Jahren bestehende Zeitung vom 1. Jänner 94 mit einem erweiterten Programm erscheinen wird. – Wirst Du nun endlich glauben das ich Dich grenzenlos lieb habe. Solch Opfer bring ich Dir. –
Leb wohl Du mein Einziger, mein Ideales Gescheidterl Du kommst so gegen 7 Abends bitte. Ich sende Dir nicht bloß *Grüsse* – nein – ich küsse Dich, wie ich eben dann küsse wenn ich liebe.

Dein, ganz Dein
Diltsch

[Sa] *18.12.93* [Von Schnitzler handschriftlich datiert]
In aller Eile tausend Millionen Küsse, so wie ich sie Dir gestern gab. Ich *bete* Dich an, ich hab Dich rasend innig lieb, Du bist mir mehr als Du ahnst. Geh nicht zu ihr heute – ich bitte Dich kniefällig, ich hasse diese Frau. [Yvette Guilbert] – Du hättest mir auch einen Gruß senden können – jetzt fahre ich *allein* nach Schönbrunn. Ich muß allein sein – Kind – ich hab Dich *schauerlich* gern.

A.

[TB] 18. 12. 1893
Bei D[illy] Abends. – Auf. – Nhil, Bruck, Theo [Pollak]; vor letzterm, ihrem »geschlechtslosen Freund« fällt sie mir plötzlich um den Hals. »Das bin ich meiner Gesundheit schuldig«. – Sie hatte die I[nternationale] Kl[inische] R[undschau] dort liegen. – Bei der Ivette im Ronacher.

[Sa] *19. 12. 93* [Von Schnitzler handschriftlich datiert]
Na – sonst hätte ich ja warten können auf Dich. – Du ----- -------- Arthur *lieb hab ich Dich*. Schatz, heut kommst

Du ja? Schreib mir zwei Worte, wann ich Dich erwarten darf und wie Ihnen das Bild zusagt.

In Liebe und Sehnsucht
Dein
guter braver *treuer* [fünfmal unterstrichen]
Diltsch

[Sch] 19. 12. 1893
Mein liebster Diltsch, mein süßer mit der fünfmal unterstrichenen Treue! Wenn Sie nichts dagegen haben, möcht' ich so zwischen 7 und ½8 bei dir sein? Ja? – Ich wollte heute um 2 zu dir, bin einfach nicht dazugekommen, überall grad um 10 Minuten länger aufgehalten worden. Das Bild ist entzückend – aber ich bin nicht objektiv, wie Sie wissen, mein Fräulein.
– Im übrigen – das 5 mal unterstreichen war unvorsichtig! – Wenn du's nächstens 6 mal unterstreichst, so muß ich mir natürlich denken: Warum neulich nur 5 mal??
– Aber abgesehen davon hab ich dich lieber, als ich es dir jemals mündlich sagen werde. –
Wenn dir die Stunde 7, ½8 nicht recht ist (– wenn es zufällig grad eine Advokaten- oder Schauspieler- oder X Stunde ist) – schreib's mir.
Leb wohl, mein theures Fräulein, ich küsse Sie vielmals
dein
Arth

[TB] 20. 12. 1893
War 3 mal bei D. – Und wieder um 3 nach Haus! – Dr. E[lbogen] ist »er«. – Ich nannte sie hysterisch. – »Ich liebe dich wahnsinnig.« – Ich: »Sehr... aber es ist noch eine Steigerung möglich. –« Das verletzte sie ein wenig.

[Sa] Nachmittag. 4½ Uhr.
22/12.93 [Von Schnitzler handschriftlich datiert]
Du einzig geliebter süßer Junge. Wenn Du nur eine Minute Zeit hast schreibe mir daß Du mich liebst! Ich *sterbe*, wenn ich es nicht höre. Engel – Schatz – Arthur – mein Alles – ich denke fort und fort an Dich – ich *kann* nicht von Dir lassen, ich bin Dir verfallen ganz und gar – ich bin *Du* – bin Dein ich liebe Dich tief und unergründlich, ich bin rasend wenn ich Dich nicht sehe. Ich küsse Dich jetzt – am Abend – die Nacht

hindurch, ich zerbeiße Deinen göttlichen Mund, ich träume, daß Du mir gehörst – ich lebe und athme für Dich, bin selig in meinem lachenden Glück in diesen wonnigen Tagen. – Arthur – Dir gehöre ich mit Leib und Seele – auf lange lange Zeit.

Dein Dich
vergötternder anbetender
Diltsch

[TB] 22. 12. 1893
Mittag bei D. – Ab[en]ds mit Jenny, sehr wohlthuend. – Seit meinem Verh[ältnis] mit D. lieb ich sie entschieden mehr, und seit meinem Verh[ältnis] mit Jenny u[nd] D. lieb ich Mz. [Mizi] wieder mehr.

[TB] 23. 12. 1893
M[or]g[ens] u[nd] Ab[en]ds bis spät bei Dilly. Ich: »Du wärst vielleicht ein sehr wichtiges Abenteuer für mich, wenn ich bestimmt bedeutend wäre. –«

[TB] 24. 12. 1893
Schickte Blumen an Dilly. – Bringe ihr täglich welche. War Ab[en]ds 1 Stunde bei ihr. – Sie[:] »Es geht nicht so weiter. Ich werde toll.«

[Sa] 2 Uhr Nachts 93.
24. 12.

Engel – Sonne – Leben – Licht! –
Kind ich kann den Schlaf nicht finden, mein Herz macht mir Vorwürfe, daß ich Dir nicht geschrieben – und dennoch vermag ich nichts anderes zu sagen, als Arthur – ich bin *glücklich*. Heute in dieser Nacht, vor der ich zitterte – wo ich glaubte Allerlei zu denken – mir dadurch Qualen bereitet hätte, in dieser Nacht habe ich nur einen Gedanken erfaßt, – Dilly Du bist neu ans Leben geknüpft, Du hast in eine schöne Seele hineingeschaut, herrlicher, heiliger konnte Dir das Schicksal Deinen einstigen Kummer nicht vergüten.
Du, Du einziger, lieber, angebeter Mann, ich habe nur an Dich gedacht, und es war ein göttliches Denken, all die vergangenen seligen Augenblicke unseres Lebens wiederzufühlen! – Ja – ja – ja – ja – Du bist mein blinkender

Sternhimmel in dunkler Nacht – ich will athmen und leben unter Dir – erdrücke mich nicht durch Deine Gewalt – laß mich dort wie ein Hund das Leben hauchen, meine Liebe macht mich stumm, ich will alles, alles für Dich thun, lautlos still, ich will Dir angehören so ganz und gar, wie ich bin, schlecht und gut, *nur* Dein sein, für Dich – durch Dich die Welt und das Leben lieben, Du Inbegriff meiner Seligkeit – Du Du Du – Du meine goldene Zauberbrücke, die mich in die Wonne der *Himmel hinübergeführt* hat. Du Engelherz, ich sende Dir noch in dieser Nacht meine liebevollen Blicke, ich sende Dir mein Herz und meine ganze grenzenlose Liebe, trage sie mit Dir hinweg, mache Du mich *verloren* für die *Welt*, mißbrauche meine Offenheit, mein Geständniß, Du hast ja mein Herz *aufgeschlossen* – mache mich nun auch *elend*! Großer Gott, ich werde noch wahnsinnig! --- Wie hast Du Dich unterhalten? Hast an mich gedacht? Schickst Du morgen in die Vorstadt Dein Weihnachtsgeschenk? Du bist eigentlich infam – bitte verzeihen Sie mir dieses grobe Wort – zu was machst Du dieser Frau Präsente? Wo bist Du jetzt es ist 2¾ Uhr – wo lungerst Du herum? Hach – warum hab ich Dich nicht ganz für mich? – Ich würde dieses heuchlerische Spiel mit großer Energie durchbrechen! – Jetzt sehe ich ordentlich das Aufleuchten Deines dämonischen Hohns in Deiner glaubwürdigen Sanftmuth – verlache mich nicht – Du ------ Jetzt bitte ich Dich um Vergebung, daß ich Deine Zeit so lang in Anspruch nahm – ich nehme Abschied von Dir, dabei flammt mein Herz auf. Kind Arthur Dich kann man nur küssen, *wieder* küssen – *ewig* küssen und dann *schweigen*. – Vielleicht verstehst Du mich besser, wenn ich nicht rede.
Gott schütze Dich,
Lieb hab ich Dich hörst Du – *lieb* zum Fressen gern.

Dein treuer

Diltsch

1000000000000000000000000000000000 Küsse

Zu Weihnachten 1893 bekommt der Dichter zum ersten und nicht zum letzten Mal Adele Sandrocks geradezu unglaubliche Stimmungsumschwünge zu spüren. Am 24. Dezember hat sie ihm noch einen ekstatischen Liebesbrief geschrieben, zwei Tage später macht sie ihm brieflich eine tobende Szene,

weil er vom Kaffeehaustelefon aus nicht zärtlich zu ihr war, gleich darauf entschuldigt sie sich demütig und nimmt die Rolle der verständnisvollen Geliebten in ihr Repertoire auf, die mit dem Dichter über das Schicksal seiner Werke plaudert – und ihm damit schmeichelt.
Schnitzler, aus der ersten Ernüchterung der Beziehung wieder herausgerissen, findet sich der Geliebten gegenüber »erlebnisfreudig und experimentierend« und schreibt ihr bezaubernde Briefe. Aber das Typische der Situation »Dichter und Schauspielerin« erschließt sich ihm klar, auch an der Parallelsituation Hermann Bahrs, der mit Adeles Schwester Wilhelmine liiert ist.
Den Silvesterabend verbringt Schnitzler in Adele Sandrocks Kreis. Es ist ein feucht-fröhliches Fest (bei dem er mit Bahr Bruderschaft trinkt), das in ihm ein Gefühl entsetzlicher Leere hinterläßt. Diese Leere erstreckt sich auf alle Lebensgebiete: 1893 hat Schnitzler seinen Vater durch den Tod, seine große Liebe Mizi Glümer durch ihren Betrug endgültig verloren; 1893 brachte ihm mit dem Durchfall des »Märchens« sein erstes Debakel als Dichter. Adele Sandrock steht nicht auf der positiven Seite der Bilanz dieses Jahres.

[TB] 26. 12. 1893
Kfh. [Kaffeehaus] – Telephon Diltsch. – Brief an sie. – Wie auch Bahr dann schrieb, vielleicht auch an sie, komischer Effect.

[Sa] Wien, 26. 12. 93
½1 Uhr Nachts
nach dem Telefoniren

Hochgeehrter Herr Doctor.
Wenn ein gewöhnlicher, von Gott nicht so verschwenderisch beglückter Mann wie Sie, der mich aber gern hat, telefonisch zu irgend einer Tageszeit gefragt würde »Hast Du mich lieb«? so würde dieser besagte von mir nicht verwöhnte Mann wortlos die Hörmuscheln des Telefons fallen lassen und so schnell als irgend möglich zu mir kommen, kein trockenes Nichts sagen, das »Ja« sagen, sondern mir auf passende und verständliche Weise die allein mögliche Antwort geben. So würde wie gesagt ein Mann handeln, der mich wahrhaft lieb hat! Eine einzige Frau, die man wahr zu lieben vorgibt, muß

nach meiner bescheidenen Ansicht einige Freunde, und wären es auch sieben bis acht im Cafe Central zu unnützem Geschwätze versammelte, aufwiegen. Wenn Ihre Waage, mein Hochverehrter Herr Doctor, falsches Gewicht zeigt, so muß ich das in Ihrem Interesse auf das tiefste beklagen. Ich muß es als äußerst befremdent bezeichnen, daß Sie, der Sie doch sonst rasch und fließend sprechen, dieses »Ja« so mühsam von den Lippen brachten, als ob es jenes »Ja« wäre, das den Bund fürs Leben besiegelt. Ich gebe Ihnen die Versicherung, daß ich von Ihnen dieses »Ja« nicht verlange. Ich will mit Zuversicht hoffen, daß die Unterhaltung mit Ihren Kumpanen Sie bald hat vergessen lassen, daß Sie in Ihrem Amusement zu stören wagte Ihre Sie herzlich grüßende

Dilly Sandrock

[Sch] 26. 12. 1893 Dienstag Ab[en]d

Meine geliebte Dilly, ich muß dir noch rasch schreiben, denn durch's Telephon konnt' ich nicht mit dir redn. Es standen drei Kerle neben mir, die nicht wegzuekeln waren. Ich bin ganz nervös geworden. Ich konnte nicht hineinrufen: Ich hab dich lieb – du hast es freilich gut gehabt, allein und unbelauscht. Jetzt frozzeln sie mich vom Tisch nebenan, ich müsse dem Patienten, der mich antelephonirt, ein Recept schicken, du siehst, es wird einem schwer gemacht, vom Kaffeehaus aus zärtlich zu sein. Was hast du denn heut den ganzen Tag gemacht? Froh gewesen, wie ich weggegangen bin? – Ich hab noch immer Kopfweh und hab dich ungeheuer lieb. Bitte zwischen diesen zwei Thatsachen keinen Zusammenhang zu vermuthen. – Wenn du dich auf morgen Abend ebenso freust wie ich, so hab ich für heute keinen Wunsch mehr. Ich hab dich lieb, lieb, lieb, lieb!

– Waren Abends viel Leute bei dir? – Morgen mußt du mir alles erzählen. – Schatz, süßer, einziger! – Genug, genug. – Frech war ich? – Wieso denn? – Leb wohl, schlaf gut, sei meiner eingedenk und habe mich sehr lieb ... das war schauerlich, beim Telephon. Ich hätte hineinkriechen wollen, um dir zu begegnen. Ich küsse, küsse dich, ich umarme dich, ich hab dich lieb, ich bin dein!

Arth

[Sa] *27/12.93* [Von Schnitzler handschriftlich datiert]
Du einziges Herz!
Arthur – Du hast mich beschämt. Ich bitt ab – hörst Du, das war wohl entsetzlich von mir.
Würdest Du wohl so lieb sein und heut gegen 10 Uhr kommen? So wie neulich? Ich bitte Dich darum. Kind – ich habe mich heute schon derart geärgert über die Brutalität der Menschen, daß ich wüthend bin. Verzeih mir wenn ich Dir nur diese Zeilen schicke aber ich bin wirklich außer mir. Dein Brief ist wohl einzig. Ich werd Dir schon Abends danken,
Dein Dich anbetender treuer

Diltsch

[TB] 27.12.1893
Abends bei D. – Sehr schön, bis 4 früh. – Plaudern. Schicksale meiner »Werke«. –

[TB] 29.12.1893
Bei Dilly. Wie sie vor Willy mich küsst, vor ihrer Mutter mir in den Haaren wühlt. Meine seltsame Freude an dieser aufrichtigen Depravation, als nähme ich Revanche. – Abends doch wieder Jenny bis 2. – Gespräch mit Salten, wie man (ich) in Hinsicht auf die verschiedenen gleichzeitigen Abenteuer ganz verschieden [im] Charakter ist. In Hinsicht auf Mz [Mizi Glümer] bin ich beständig, sentimental, tief u[nd] »treu« fühlend; – in Hinsicht auf Diltsch erlebnisfreudig u[nd] experimentirend, – in Hinsicht auf Jenny leichtsinnig u[nd] wollüstig – in Hinsicht auf Else das Kind [...] – hart, oberflächlich, herzlos. –

[Sa] *29/12.93* [Von Schnitzler handschriftlich datiert]
Eigentlich mein Arthur hab ich Dich *außerordentlich* lieb, Du mein süßer sonniger Frühlingsgruß.

A.

[Sch] 29.12.93
Wie ich mir wohl denken kann, mein süßes Dämonerl, ist dein Brief nur geschrieben, um mich mit dem *»Eigentlich«* zu ärgern. Es wird gewünscht, daß ich mir die Gedankenreihe vor dem [»]eigentlich« vorstelle – mit Aufgebot meiner

ganzen Phantasie, welche eine Spottgeburt aus Mißtrauen und Leichtgläubigkeit ist.
Dilly (tragisch:) du kannst einen wirklich zur Verzweiflung bringen. –
Was ich hiemit hoffentlich nicht getan habe. Hingegen will ich mir nicht versagen, dich meiner von Sekunde zu Sekunde steigenden Sympathie zu versichern (Pose Nr. 47).
– Ins wahrhaftige übersetzt: Ich hab dich sehr, sehr, sehr lieb – ja wenn ich nicht für die bekannten Perlen aus der Krone fürchtete – könnte ich fast sagen, wahnsinnig lieb – auf die Gefahr hin, daß du in... nun in irgend einer unberechenbar fernen Zeit, während du irgend wem, der heut noch ahnungslos ist, in den Haaren wühlst, daß du (... bitte den Anfang des Satzes nachzulesen, sonst ist er unverständlich) du deiner Schwester sagst... »Erinnerst du dich, wie wir damals den Sylvesterabend besprachen... und wie da einer daneben saß und Cognac trank – wie hieß er nur...?« – Und dann würd dir der einen Brief schreiben, Nachmittag, und du wirst an mich denkn müssen.
– Du wirst mir hoffentlich nicht den Vorwurf machen, daß ich mich sehr klar ausgedrückt habe. –
Mildernde Umstände: Erfrorenes Gehirn, verglühtes Herz – Auch war eben die Patientin da, welche blöd lacht und mich nervös macht. – Auch lese ich soeben das mir in Manuscript zugesandte Trauerspiel. – Auch liegt die kleine Veilchenblüthe vor mir, die in deinem Brief eingeschlossen war – Auch flattern die Möven über irgend ein fernes Meer – Auch sehn' ich mich nach dir –– eigentlich.
Je vous embrasse tendrement, ma bien aimée

Arth

[Arthur Schnitzler: Aus den Aphorismen]
Dialog:
Eigentlich liebe ich nur dich.
Eigentlich – ?! so bist du mir untreu?

[Sa] 11 Uhr Nachts in Wien, 29. 12 93

Mein Alles!! –
Entseelt vor Wonne und Glück blieb ich fassungslos sitzen, als ich Deinen süßen Brief erhielt! – Bin ich doch sonst auf einer Heide allein, über welche die Stürme dahinsausen, ein

Wort von Dir, und ich bin einverstanden mit dem Leben, innerlich glücklich lustig – und niemand hat mich wohl so auflachen gese'n.
Dieses Lachen ist eine himmlische Gemüthsverfassung, es ist zu gut so, es ist wirklich 'ne Freude, sich so eminent glücklich zu fühlen Arthur, Du bist der Beste von Allen, die da auf der Erde herumzigeunern, es raubt mir den Athem, wenn ich an Dich denke, aufschreiend möchte ich vor Dir niedersinken und Dir plötzlich sagen, ich hab Dich grenzenlos lieb Arthur, lieb für die *Ewigkeit!* –
Jetzt geht ein Murmeln des Unglaubens und des Lächelns durch Dein Zimmer! – Sei ruhig süßer Schatz, wenn Du auch mit klarer, fester Stimme sagst »Nein«, *mir* ist die volle Gewißheit – ich liebe Dich *besinnungslos.* Dabei fühle ich aber einen stechenden Schmerz – wie lange wird mein Glück dauern? Jetzt leuchtet mir meine Sonne in tausend frohen Farben – aber wie traurig und düster wird sie mit großen hohlen Augen auf mich herabseh'n, wenn Du – Du Einziger den Strahl verlöschen wirst! »Kann das zum Guten sein?« Nein Herz, davon werde ich augenblicklich stürzen, eine leere Lücke entsteht, dann bin ich wieder mutterseelenallein auf der Heide! – Mit welken Wangen und erloschenen Augen werde ich dann herumschleichen, ohne je einen Laut der Klage von mir zu geben, doppelt erbarmenswerth in meinem Schweigen. Aber Niemand wird Erbarmen mit mir haben, selbst Gott und das ewige Schicksal nicht. Ach –––– es ist ein unsagbares Elend was da über mich hereinbrechen wird. Thränenden Auges denke ich jetzt »mein Leben ist ein verdorbenes«. Also – rasch ein anderes Thema. – Heut war Dein Freund Schik bei mir, drei volle Stunden. Er ist ein aufgerissener Mensch vom Geschick – aber er soll ruhig heimkehren zur Vernunft, dann wird seine Seele höher steh'n. Der Mann muß erst hungern, sparen, arbeiten wie ein Stück Vieh – dann wird man ihn entschuldigen, daß er auf der Welt ist. – Sonst ist er lieb – aber eine Maschine, die nicht in Ordnung ist. Es wurde viel von Dir gesprochen – leider mußte ich diese Maschine erst ordentlich anheitzen, bevor er in Erregung kam, dann sprach er von Dir, und ich wurde lebendig. Sag mir Du Hamletgesicht, hast denn Du eine leise Ahnung, wie *rasend* lieb ich Dich hab? Ich möchte einen Baldachin über Dich breiten, und Dich hüten von Sturmwind

und Qualen der überströmenden Bitterkeit, die das Leben Dir zufügen könnte – Gott – wenn Du *mein* wärst – Dir würde kein Leid gescheh'n. Und wir werden doch einmal schweigend und fremd aneinander vorübergeh'n – es ist zum toll werden. – Nun – Schatz – die Gesellschaft wird gegeben, Sonntag Abend ist eine Fête bei mir – Du mußt nach zwölf Uhr kommen, Deinen lieben Schik hab ich auch geladen – und so hoffe ich Dich auch zu seh'n. Leb wohl, Engel – ich schleiche jetzt ins Bett – was ich da denke könnte ich Dir unbefangen sagen – aber es würde Dich erschrecken. Morgen hoffe ich Dich zu seh'n. Krampfhaft umklammere ich Dich und sage Dir Arthur, es gibt ein Glück das ohne Reu! (Wagner). Ich will nicht hoffen Schatz, daß Du morgen doch in die Oper gehst? – – – Bei mir ist Dein Platz hörst Du? – Angstvoll zu Dir hinaufschauend stammle ich die Worte Arthur – ich hab Dich lieb.
Dein Hund, Dein treuer, Dein

Diltsch

[TB] 30. 12. 1893
Bei D. Vorm[ittag] – Dann Abends. – Dr. Ellb[ogen] sagte: »Es ist eine Unterhaltung euch zweien zuzuhören – wie grob er mit dir ist.« Ihr toller Brief z[u] H[ause] [...]
Schick gestern bei der S[androck] – Wieder die alte Beobachtung, wie man vom Schicksal gewaltsam ins typische hineingejagt wird. »Bahr u[nd] Sch[nitzler] (die Führer der Naturalisten) haben Verhältnis mit 2 Schwestern, welche Schauspielerinnen u[nd] Canaillen sind.« – Und dabei, das zufällige in der Art u[nd] Weise, wie es wird.

[TB] 31. 12. 1893
[...] Dann ging ich zu D[illy]. – Frau S[androck], Christel, Dilly, Willy, Olga Dv[orak], Theodor Pollak, Nhil, Bahr; später Kraus; Schick. – Ich spielte viel Clavier, Champagner, Cognac; leichter Dusel. – Allgemeine Küsserei. D. war sehr zärtlich. – Um 5 weg. – Im Kfh. [Kaffeehaus] mit Kraus u[nd] Schick. – (Vorher bei Dilly, Bruderschaft, auch mit Bahr.) (Copiren; Lagern, auf dem Eisbärfell u.s.w.) – Zu Hause nahm ich das Bild Mzs [Mizis] aus der untersten Schreibtischlade, (früh war ein Brief von ihr gekommen). – Da war es 6 Uhr Morgens, Frühglocken von drüben von der Votivkir-

che, Schneestöbern; ich noch immer in dem leicht überreizten Alkoholzustand – nahm das Bild und mußte sehr viel weinen. Heiße wehe Tränen. – Das gehört aber schon ins 94er Jahr – ich wollte mir aber das Gefühl suggerieren, wie ich das Bild wieder zurückgab in die unterste Lade, daß jetzt das Jahr 93 schließt mit all den Banalitäten, die es an mir verübt, mit seinen schweren Enttäuschungen und mit seinem schauerlichen Verluste.

3

»Ich liebe Sie, Fräulein Sandrock«

(Jänner – Mitte Februar 1894)

Im neuen Jahr wird Adele Sandrock für Schnitzler erstmals zu einem unmittelbaren Anlaß für eine literarische Schöpfung. Er verbringt am 1. Jänner 1894 die Nacht mit ihr, sie läßt ihn – wie üblich – nicht weg, und am nächsten Tag beginnt er »Halb zwei« zu schreiben, die einaktige Skizze, die zweifellos bis zur wörtlichen Identität die Erfahrungen mit ihr festhält. Im Grunde ist »Halb zwei« eine Szene, die auch im »Reigen« stehen könnte – zeigt sie doch auch ein Paar »danach«.

Der Einakter ist übrigens (vielleicht mit Ausnahme des Einakters »Die überspannte Person«, die in dieser Zeit entsteht) das erste dramatische Werk, das Schnitzler seit dem »Märchen« in Angriff nimmt und auch rasch zu Ende führt.

Adele Sandrock und Schnitzler sehen sich nahezu täglich. Dessen ungeachtet werden gleichfalls nahezu täglich Briefe gewechselt. Sein Ton ist zärtlich-heiter, der ihre glühend-ekstatisch. Aber immer wieder gelingt es Adele Sandrock, Schnitzler zu verärgern – etwa, wenn er ihr Werke zu lesen gibt, die er schätzt (wie Hofmannsthals »Der Tor und der Tod«), und sie einfach darüber hinweggeht. Die Enttäuschung über die zwar festgestellte, aber innerlich wohl doch nicht ganz akzeptierte Tatsache, daß sie ihm keine Gefährtin auf geistiger Ebene ist, verstimmt den Dichter immer wieder und treibt ihn in innere Isolation. Als sie aber sein Liebesgeständnis »schriftlich« verlangt, kann sie es gerne haben – und zuzeiten ist es wohl auch wahr.

So schwankt seine Stimmung zwischen Dürre und jener Freudigkeit, die ihm seine ungleichmäßige schöpferisch-dichterische Arbeit bereitet. Möglicherweise bedeuten ihm aber die Briefe, die Mizi Glümer andauernd schreibt, mehr als das Abenteuer mit der Schauspielerin...

Adele Sandrock. Rollenbild als Maria Stuart.

Eine Frau mit vielen Gesichtern

Die Künstlerpostkarten spiegeln die Spannweite von Adele Sandrocks Ausdrucksreichtum, von der großen Pose bis zur scheinbaren Schlichtheit.

Unter den Bildern, die Adele Sandrock Schnitzler schickte, befanden sich jedoch auch unkonventionellere wie diese beiden.

Aus Adeles »Familienalbum«

Links oben: Burgtheaterdirektor Max Burckhard, »der einzige, den sie geliebt«.
Rechts oben: Der Schriftsteller Felix Salten, Schnitzlers Nachfolger bei Adele Sandrock.
Rechts: Der Schriftsteller Alexander Roda Roda, mit dem Adele Sandrock verlobt war.

[TB] 1.1.1894
Briefe Goethe, Stein. – Blumen an Dilli. – Telegramm von Mz. [Mizi] Dank. – Nachts bei Dilly, bis 3; konnte nicht weg, ärgerte mich.

[TB] 2.1.1894
Gar kein Lebenszeichen von Dilly, was mich eine Spur irritiert. Nachm[ittag] »Halb zwei« begonnen.

[Sch] 2. Jänner 1894 *Dinstag.*
Mein Diltsch, auf eine Weile leg ich die Blätter zur Seite, auf die ich in der letzten Stunde einiges gekritzelt*) (*) Bescheidenheit. – [Fußnote]), – muß dir zwei Worte schreiben, weil ich heute den ganzen Tag so fürchterlich ohne dich bin, ohne den Blick deiner süßen Augen, ohne eins deiner lieben geschriebenen Worte, ja sogar ohne das ferne ha ... loooh, das mich etwas nervös und etwas glücklich macht. – Ich bleibe jetzt noch bis gegen acht zu Haus, dann geh ich zu den Saubermännern, dann vielleicht ins Central – und werde plötzlich einen ganzen langen Tag hinter mir haben, ohne die leiseste Spur einer Dilly. – Es ist aber ganz gut so, denn man kommt sonst zu gar keiner Idee, wie verschieden verschiedene Tage sein können!*) (*) Tiefsinn. – [Fußnote]) Was du heut gemacht hast, wirst du mir wohl morgen oder übermorgen oder wann wir uns halt gelegentlich wieder einmal sehen, erzählen? – Wie du geschlafen? den Vormittag verbracht? – Wer dir sein Leben und seine Liebe zu Füßen gelegt? – Was für Leute »die ich nicht kenne« (dabei pflegst du in unqualifizirbarer Weise zu lächeln) bei dir waren? – Ob du mich für sehr »gemüthsroh« hältst? – Und so weiter. – Genug, – ich kehre zu meiner Kritzelei*) (*) jetzt bereits Pose. – [Fußnote]) zurück, werde dann noch die Briefe Goethe an die Stein lesen – (Goethe, weißt du, Goethe, der die Rolle in Faust für dich geschrieben u[nd] die Leonore, welche nicht im Clavigo vorkommt.)
... Also sag, kommst du dir jetzt sehr großartig vor, weil du heute so gar nichts hast von dir hören lassen? – Na, hast recht, daß du mich nicht verwöhnst – bin schon arrogant genug. – Du süßer einziger Diltsch! – Dieser Ausruf ist nicht ernst zu nehmen. Sehr lieb hab ich dich, das steht fest – aber offenbar spielt der Gedanke, daß du – la grande etc etc bist, eine sehr

große Rolle in der Sache ... und eigentlich bin ich nur stolz, und durchaus nicht vergnügt. –
So, jetzt hat sie's. –
Leb wohl, und führe bis zu unserm Wiedersehn ein Leben, in welchem die Treue sechsmal unterstrichen ist. –
Adieu, du Schatz! – Küsse, Küsse, Küsse

Arth

hallohhh
Ich versuch nemlich das Halloh so zu schreiben, wie du's sprichst

h
ha o Es geht nicht!
l h ha.. o Unmöglich!
o o
l

[Sa] Dienstag 1 Uhr Nachts.

2/1.94 [Von Schnitzler handschriftlich datiert]

Mein Arthur mein heißersehnter, einziger Gedanke Du! Den ganzen Tag, den Beginn der Nacht, habe ich mit mir gerungen – und mir ist, als ob an jedem meiner Gedanken von Dir eine Thräne hinge, selbst meine rasende Freude des Wiedersehens ist heute keine rechte wahre Freude. Ich kann den abscheulichen Gedanken nicht los werden, ein »fremdes« habe sich zwischen uns gedrungen, ich habe darunter gelitten, leide noch, und finde es ist wohl zu *früh* gelitten, dieser gräßliche Schmerz hat meine Sinne geschärft und ein untrügliches Ahnungsvermögen in mir entwickelt – für kommendes Leid. Ja Du einziger angebeteter Freund – nicht Freund – nein – mein *Alles* – ich fühle künftiges Leid in meinem Herzen, wie der Kranke den Wetterumschlag. Ich habe heute nicht die Kraft diese seltsamen Eindrücke von gestern Nacht niederzuschreiben, ich kann Dich nur bitten, erspare mir solche Stunden, die ich heute erlebte. Es ist ein weiter, weiter Weg bis zum Wahnsinn, das hab ich heute selbst erfahren. Jetzt nachdem ich Dich gefunden, nachdem ich Dich geküßt, mit der brennenden Begier im Blute, jetzt soll der Faden des Glücks losgelöst werden, ich soll in den Schutt der Vergangenheit zurücksinken? Nein – nicht für alle Ewigkeit mit diesen qualvollen Martirium beladen sein – und hat sich das blöde Würfelspiel des Schicksals wieder einmal gegen mich

entschieden – so verliere ich jeglichen Muth und werde endlich begreifen, daß meinem Leben eigentlich der energische Abschluß fehlt. Ich möchte weinen Arthur – und ich kann es nicht, ich bin heute gebrochen, hoffnungslos, hilflos wie ein Kind. Großer Gott, könnte ich doch diese vier Wochen Seligkeit auslöschen – alles Erlebte, alles Glück sogar die Erinnerung daran unterdrücken. – Dann würde ich aber den Zusammenhang meines Lebens verlieren – Gott – was soll ich thun? Kind – bring mich auf andere Gedanken. – Ich werde Deinen süßen Brief noch einmal lesen! – Also es ist gut daß wir uns nicht täglich seh'n – man kommt sonst zu gar keiner Idee – – – daß ist die Moral eines *Schwächlings,* Verzeih – aber mich beleidigt diese Ansicht. Kann man denn ein Wesen, daß man liebt, genug seh'n? – Ach Du zehnfach erstarrter Eisbär Du – das Wort Liebe ist noch nicht bis zu Dir gedrungen, sonst könntest Du einen solchen Frevel nicht begeh'n. Nun was ich gethan habe heute? Ja Du süßes Herz – daß werde ich Dir gewiß wenn wir uns *zufällig* halt wieder einmal begegnen sollten, erzählen. Bahr hat mir sein Leben seine Liebe zu Füßen gelegt? –
Jeder – nur Du nicht – und daran erkrankte ich –! was für Leute die Du nicht kennst? – Hach – – – – fort mit diesem Brief – das ist kalter entsetzlicher Hohn – – – weg – ja, ja, ja, ja, ja Du *bist gemüthsroh* – denn du *bist* es! Lese Du nur Deine Briefe von Goethe. Das ist die richtige Lectüre für Dich – und erst *jetzt* komme ich mir großartig vor, nicht weil ich Dir noch nicht geschrieben – nein – weil ich Dich trotzalledem, trotz Deiner Ironie, trotz Deiner Kälte *über alles Maß liebe, unaussprechlich* liebe. 10 000 mal unterstrichen.
Ich bitte dieses Geständnis nicht ernst zu nehmen. – Ich bitte überhaupt mir *nie* zu glauben, was ich sage ist Alles erlogen – frech erlogen – ist alles gar nicht richtig – ich liebe Dich *nicht,* ich liebe einen Anderen – ich *bin* Dir gar nicht treu – Heute Abend, *jetzt,* grad jetzt hab ich dich betrogen ich mag Dich nicht – ich bin schlecht, ich führe ein brutales Leben, die Untreue kann ich *Hundertmal* unterstreichen, überhaupt bin ich das schlechteste Weib auf der Welt! So – vielleicht glaubst Du mir *jetzt,* wenn ich Dir sage, daß ich Dich *rasend* blödsinnig lieb habe! – Nicht wahr Schatz, Du glaubst es mir? – wenn ich mich jetzt vor Dir niederwerfe, Deine lieben Hände ergreife, Dir fest, fest voll und tief in die Augen schaue

und Dir sage – »Arthur ich bete Dich an« – dann glaubst Du es mir. Töte endlich Deinen Zweifel – ja bitte? Dann bekommst Du einen süßen Kuß mehr – aber maustot muß er sein. Gott, wie lange habe ich keinen Kuß von *Dir* bekommen! Warte, ich mach die Augen zu und halte ganz still. – So – Arthur jetzt hat mir meine Sonne wieder einen Strahl gegönnt – Du wirst sehen, jetzt werde ich wieder brav und glücklich sein. Der Wolkenflor des Kummers wollte mir schon voreilig meine Sonne verdunkeln, der Diltsch, *Dein* Diltsch aber duldet das nicht – er rafft sich zusammen – um alles Böse, das auf ihm lasten soll, abzuschütteln – das Glück ist nicht dahin – das Leben zeigt sich ihm von einem rosigen Schimmer verklärt, wie er sich das geträumt, er sieht nun ganz deutlich, daß er es viel besser haben soll als Tausende und Millionen andere arme Hunde – denn er hat als Untergrund für seine weitere Existenz doch ein ganz klein wenig Liebe von Dir. Kuß, Du Engel? – ich bin nicht nur Deine Mätresse, die abgedankt wird, wenn man ihrer *überdrüssig* geworden? Nein, Du liebst mich *doch*. Jetzt muß ich aber den Brief schließen, und Du ihn mir verzeihen. Ich habe hundertundzwanzig Pulsschläge in der Minute, das ist kein Zustand mehr. Ja – so zerstört halt der große geniale Arthur Doctor Schnitzler ein Menschenleben. Sieh mir ins Gesicht – lach nicht! – Willst Du das Leben mir verschönern – dann schenke mir Dein Vertrauen und Dein Glauben. –

Und lieb haben mußt Du mich auch, sonst – – – – sonst müßte ich Dich lassen und müßte zu *Grunde* gehen ohne Dich! Jetzt sage mir noch eins, Arthur. Was bist Du nur für ein Mann? Unglaublich süß, lieb – lieb – halt – nicht davonlaufen – aushalten – ja – Du bist *einzig* – *einzig*, ein Stück vom Herrgott – der ersehnte Glanz? – Du bist ja – na – und bei all dem Glanz eine so schrecklich nüchterne Seele – Du kannst ja doch nicht lieben.

Und *doch*, bist Du mein süßer Liebling.

Ich bin Dir heut noch treuer geworden, als ich es bisher schon war; zu meiner Liebe kam noch die Verehrung und die Ehrfurcht vor der Heiligkeit Deines Genies. Ich habe das Märchen wieder gelesen – das ist doch ein herrliches Stück! Nun aber – wann sehe ich Dich? – ich schreibe es Dir nicht – ich überlasse es Dir. – Der Herr Doctor wird mich durch seine gnädige Huld glücklich machen – aber bitte bald kommen. Jetzt ist es 2½ Uhr. Wenn ich jetzt so schroff und rauh würde – wie Du gestern Abend beim fortgehen? Ich habe mich wohl gewundert – nun süßer heiliger Schatz, bei Dir heißt es eben Geduld haben! Einen rechten Trost finde ich in dieser Belehrung nicht, aber sie bestärkt mich doch in meinem Vorsatze meine Selbstbeherrschung *nie* wieder zu verlieren, möge kommen was da wolle. So – ! ! Hallllllll – loh – Hallllllll – loh – *so* wird das gesagt. – Schluß! Mich lieb haben – *komme* bald – und mein Auge meine Seele wird aufleuchten wenn ich Dich sehe – – daß soll aber Deine Idee sein – nicht meine. Schatz – Arthur damit ist es nicht abgethan – meine Lebensflamme *brennt für Dich* – lasse sie nicht erlöschen. Das ist für heute der einzigste Wunsch Deiner

Dich anbetenden Dilly

[Sch] 3. 1. 1894 *Mittwoch.*

In diesem Bande, mein theures Fräulein, ist zu lesen: Loris, der Thor und der Tod, welches Sie begeistern wird, (25.)
Bahr, Bonaparte (251) welches Sie außerordentlich amüsieren wird,
Schlaf, Frühling (280), welches Sie blödsinnig finden werden, das aber wunderschön ist, und
Schnitzler, die drei Elixire (44), welches eine hübsche Idee in unausstehlicher Form ausführt, dessen Verfasser aber seither um 3 oder 4 Jahre älter geworden ist. –
– Lassen Sie sich durch persönliche Sympathien nicht verführen, eine Umstellung in der gegebenen Reihenfolge vorzunehmen und denken Sie mein in Güte.
Ich küsse die bleichen schönen Hände. A. S.

[Sa] *3/1/94* [Von Schnitzler handschriftlich datiert]

Natürlich 12 Uhr nachts
Anders geht es ja nicht mehr.

Halt! – nicht lesen – erst tausend Küsse. Man sagt, das Wunderbare sei von der Erde verschwunden, ich glaube nicht daran. – Laß mich fromm sein und fest in treuer Liebe zu Dir halten, dann widerstehe ich der dunklen Macht, deren Geister mir vielleicht feindlich drohen.
Ich kämpfe mit Manchem was früher recht verderblich eintrat in mein Leben, und was ich nicht vermag über die Lippen zu

bringen vor unrechter Scheu! Wenn ich denke und *zweifle*, daß Du mich liebst, dann geht mir die Seligkeit des Himmels auf. Immer und immer wieder lese ich Deine Blätter. Der Geist, der daraus hervorleuchtet und in mein Inneres dringt, betäubt mich!...

Keine Rettung mehr! – Meine ganze Seele ist davon erfüllt, daß ich Dich liebe und Angesichts Deiner gewaltigen schriftstellerischen Leistung, die ich heute eingesaugt, die sich durch Kraft der Empfindung, Wahrheit der Sprache, durch einen liebenswürdigen Freimuth der Gesinnung auszeichnet, bin ich Dir abermals verfallen. Denn Dein lebendig strahlendes Genie anzustarren, das in seinem wunderbaren Gewand mir wie ein froher Geisterfürst erscheint, gibt mir wohl allen *Grund* Dich entsetzlich anzubeten.

Mein Katzenhirn findet ja keine anderen Worte – dank Deiner ewigen Langmut und Gnade, daß mitanzuhören. Die Tage mit Dir sind die wahrhaft seligsten meines Lebens! – – –
– –

für Dich muß ich etwas Ungeheures vollbringen! Arthur –. Ich sag Dir – habe Acht, daß ich, ein Spielzeug in Deiner Hand, nicht zur schneidenden Waffe werde welche Dich tödtet. Jetzt geh ich und verzweifle, ich habe mich eben sehr dumm ausgedrückt! Ich bin ganz in Deiner Macht, vergebens entwinde ich mich Deiner Hand, die mich gefesselt hält zu Deinen Füßen. Dein bin ich – Dir gehöre ich, Du mußt mich dulden. Entschuldige meine Liebe, mein freimütiges Geständnis!

Gnädigster Herr Doctor, ich liebe unglücklich, aber *glühend*, herzzerreißend, Dein, Dein, Dein, Dein ewig, immer Dein, Dein, Dein, Dein, Dein!! Brief war lieb – aber entsetzlich gemüthsroh.

[Sch] 4. 1. 1894 [?] *Donnerstag*

Liebe, süße, einzige,

es sind nicht Veilchen, sondern Cognacbonbons – »das ist wohl gemüthsroh –?«

– Verzeih' mirs in deiner unwandelbaren holden Güte, denk an mich, behalt mich lieb, und freue dich auf eine Stunde, welche der heutige Tag noch bringen soll, mit ebensolcher Inbrunst wie ich – dann will ich für diesen Augenblick und die tausend nächsten zufrieden sein. – Es ist so kalt – der Pelz liegt

auf meinen Knieen, der Winter der Winter stiehlt sich durch die geschlossenen Fenster und verhöhnt die Glut in den Oefen – Jaja, das gehört ganz direct zu meinem Seelenleben; ergo mußt du auch diese Gemeinplätze lesen. – Dein Brief heut früh – ja sagen kann ich da drüber eigentlich nichts. In der wunderbaren und süßen Glut deiner herrlichen Worte muß wohl endlich der Unglaube zu todter Asche werden – Muß werden! muß werden – Ist er's da schon – ? –
– Wie immer das sein – ob du mich liebst, weiß ich nicht; – ob ich dich liebe, weiß ich nicht – süßer ist eins: daß du das entzückendste, berauschendste, himmlischste Geschöpf bist, das jemals diese dumme Erde mit ihrem freundlichen Besuch ausgezeichnet hat. – Andere Menschen, die das empfinden, sagen in einem solchen Fall einfach und schlicht: Madame, ich liebe Sie – ich aber, liebste und beste, bin nun leider einmal ein Poseur, affectirt, und [»]schlimmen Dünkels voll.« – – Leb wohl, Schatz, Schatz, einziger, gütiger, anbetungswürdiger Diltsch! – Dein, ganz dein

Arth

[Sch] 5. 1. 1894 *Freitag.*
Liebste, ich will dir nur einen guten Abend sagen und daß ich dich namenlos gern hab und an dich denke wie an eine specielle Liebenswürdigkeit des Himmels, mit der er sich höchst verspätet bei mir einschmeicheln will.
– Und jetzt denke ich eine Reise zu tun, weit hinaus, ins Raimundtheater – wo die Menschen sich gute Nacht sagen, denn die Füchse, denen man das gewöhnlich zumuthet, sind viel zu schlau dazu!
Ich küsse deine duftenden Haare, du liebes, liebes Herz!

Dein Arth

[TB] 6. 1. 1894
V[or]m[ittag] bei D. – [...]
Meine Stimmung dürr; auch die milde Wehmut fand ich nicht, die ich mir holen wollte. – Mein Verh[ältnis] mit D. auch dorthin gedrungen; ich läugne es immer. – D. erzählt mir heut, wie oft sie Briefe u[nd] Sendungen von Autoren nicht beantwortet; ich erkläre ihr die Feigheit dieses Vorgehens. – Warf ihr Unverständnis vor, weil sie Loris »Thor u[nd] der Tod« nicht appercipirt. – »Mir ist, als hätten wir uns ein Rendezvous gegeben, das du nicht einhältst.«

[Arthur Schnitzler: Aus den Aphorismen]
Man muß sich mit einer Frau auch in Ideen oder Kunstwerken ein Stelldichein geben können, und wehe, wenn sie auch da zu spät kommt oder gar dich ganz aufsitzen läßt.

[TB] 7. 1. 1894
Die Nacht bei D, bis 5 war sehr schön. – Heute sprach sie das erste Mal wieder von »der Gl[ümer]« (Ja, eine Choristin, wie die Gl[ümer] wäre dir lieber.) – Ich lehnte das Thema ab.

[Sa] Montag.
8/1. 94 [Von Schnitzler handschriftlich datiert]
Bis jetzt, mein Arthur, mein Alles, habe ich noch nicht gewagt das unmögliche Liebesglück dieser Nacht allein zu fassen, und kam es, daß ich Dir noch nicht ein einziges Wort heute geschrieben. Noch jetzt glühen mir die Wangen, und um den Mund liegt etwas wie Gebet und Thränen zugleich. Es ist eine grenzenlose Qual, von Dir fern zu sein. Diese neuen Eindrücke haben mich nun so ziemlich vernichtet. Wohin werde ich sinken, glaubst Du? Es ist traurig mit mir bestellt. Eigentlich ist es doch so wenig, was der Mensch zum Leben braucht – die Kälte abgewehrt wissen, Hunger und Durst gestillt! Ich aber brauche Herzensnahrung, das ist mein Bedürfnis. Aus der großen Menge habe ich Dich, Du meine Gottheit erfaßt. Erhalte mich nun mit Deiner Liebe aufrecht, sichere meine Ruhe, sonst müßte ich sterben. Schütze Du mich vor Hungersnoth und was damit zusammenhängt, jetzt, wo mein Blut so warm cirkulirt, in frischer Lebenskraft, jetzt gieb mir die edelste Lebensnahrung – Deine heilige Liebe!
Jetzt denke ich wohl ruhig und leidenschaftslos an Dich, sogar mit Zustimmung meiner Seele. Arthur – ich *könnte* mit Dir leben, ohne ganz Dein zu sein, es wäre freilich nur Lebenszeit, nicht das wahre Leben, aber – ich *könnte* es. – Schatz – ich bin müde – auch möchte ich von Dir geliebkost sein, ich bin aber ganz allein – Gott, wie unheimlich! – Und doch, wie viele Anregungsmittel für meinen Geist giebst Du mir, wenn Du auch nicht bei mir bist! Wenn nun Gott gütig ist, so läßt er mich in dem großen Glück einschlafen *und nicht mehr erwachen!* –

8. 1. 94 Dein treuer Dich anbetender
10 Uhr Diltsch

[Sch]
Ich liebe Sie, Fräulein Adele Sandrock.

Dr. Arthur Schnitzler,
IX. Frankgasse 1.
9. 1. 94 Wien.

[TB] 9. 1. 1894
Mittag u[nd] Ab[en]d bei D. – Fühle meine Autoreneitelkeit. Habe das Bedürfnis, daß D. von meinen Werken spricht.

[Sa]
Dienstag, 10 minuten vor zwölf, 9. 1. 94 Wien.
Arthur, jetzt mußt Du herhalten. Da hilft Dir kein Gott. Schatz, halt Dich an, sitzt Du fest – ja? Also! –

Es war ein schöner Morgen,
die Sonne hat gelacht –
als mir in meinem Herzen,
die Lieb zu Dir erwacht!

Es war ein schöner Abend,
Wohl eine süße Stund –
Als ich zum ersten Male,
Geruht an Deinem Mund.

Und gar erst die Nacht,
die Sternlein kosten sich –
Als Du mit leichtem Herzen,
Treulos verlassen mich!

Ich denke oft des Morgens,
des Abends und der Nacht,
Und weiß trotz vielen Denkens,
doch nicht – was ich gedacht.

Bewahre mir Deine Sympathie – ja? Laß Deine gute Meinung nicht sinken. Für heute hast Du wohl grad genug. Darf ich Dir noch einige glühende Küsse senden? Tatsächlich,

Deine Dich anbetende
Dilly

1000000000000000000000000000000000000000000000000000
2000000000000000000000000000000000000000000000000000

3000000000000000000000000000000000000000000000000000
4000000000000000000000000000000000000000000000000000
5000000000000000000000000000000000000000000000000000
6000000000000000000000000000000000000000000000000000
7000000000000000000000000000000000000000000000000000
8000000000000000000000000000000000000000000000000000
9000000000000000000000000000000000000000000000000000
1000000000000000000000000000000000000000000000000000
1100000000000000000000000000000000000000000000000000
1200000000000000000000000000000000000000000000000000
1300000000000000000000000000000000000000000000000000
1400000000000000000000000000000000000000000000000000
1500000000000000000000000000000000000000000000000000
1600000000000000000000000000000000000000000000000000
1700000000000000000000000000000000000000000000000000
1800000000000000000000000000000000000000000000000000
1900000000000000000000000000000000000000000000000000
2000000000000000000000000000000000000000000000000000
2100000000000000000000000000000000000000000000000000
2200000000000000000000000000000000000000000000000000
2300000000000000000000000000000000000000000000000000
2400000000000000000000000000000000000000000000000000
2500000000000000000000000000000000000000000000000000
für Deinen göttlichen Mund! –
Lieb – – – – – – – – – – – – – –
lieb, lieb, lieb, lieb, lieb, lieb, lieb, lieb, lieb, lieb, lieb, lieb,
lieb, lieb, lieb, lieb, lieb, lieb, lieb, lieb, lieb, lieb, lieb, lieb,
lieb, lieb, lieb, lieb, lieb, lieb, lieb, lieb, lieb, lieb, lieb, lieb,
lieb, lieb, lieb, lieb, lieb, lieb, lieb, lieb, lieb, lieb, lieb, lieb,
lieb, lieb, lieb, lieb, lieb, lieb, lieb, lieb, lieb, lieb, lieb, lieb,
lieb, lieb, lieb, lieb, lieb, lieb, lieb, lieb, lieb, lieb, lieb, lieb,
lieb, lieb, lieb, lieb, lieb, lieb, lieb, lieb, lieb, lieb, lieb, lieb,
lieb, lieb, lieb, lieb, lieb, lieb, lieb, lieb, lieb, lieb, lieb, lieb,
lieb, lieb, lieb, lieb, lieb, lieb, lieb, lieb, lieb, lieb, lieb, lieb,
lieb, lieb, lieb, lieb, lieb, lieb, lieb, lieb, lieb, lieb, lieb, lieb,
lieb, lieb, lieb, lieb, lieb, lieb, lieb, lieb, lieb, lieb, lieb, lieb,
lieb, lieb, lieb, lieb, lieb, lieb, lieb, lieb, lieb, lieb, lieb, lieb,
lieb, lieb, lieb, lieb, lieb, lieb, lieb, lieb, lieb, lieb, lieb, lieb,
lieb, lieb, lieb, lieb, lieb, lieb, lieb, lieb, lieb, lieb, lieb, lieb,
lieb, lieb, lieb, lieb, lieb, lieb, lieb, lieb, lieb, lieb, lieb, lieb,
lieb, lieb, lieb, lieb, lieb, lieb, lieb, lieb, lieb, lieb, lieb, lieb,

lieb, lieb, lieb, lieb, lieb, lieb, lieb, lieb, lieb, lieb, lieb, lieb, *grenzenlos* lieb hab ich Dich! Ja! Schluß, Arthur, ich bete Dich an!

[Sch] 10. 1. 1894
Meine liebe einzige Dilly,
von der Einbildung, daß du mir einen 4 Seiten langen Brief geschrieben hast, möcht ich dich doch noch curiren, bevor ich dich wiedersehe. Er hat mir immerhin tiefere und wärmere Freude gemacht, als es ein zwanzig Seiten langer könnte, der mit weniger Innigkeit geschrieben wäre. Du bist ein berauschendes Geschöpf, das steht nun einmal fest. Deine Verse sind sehr süß – ob ich sie für gut halte, behalte ich mündlicher Erörterung vor. Keinesfalls aber darfst du dich wundern, wenn ich nächstens als Eva gastire. – Gestern Abend, mein süßer Engel, hab ich noch Robertus [Nhil] im Central getroffen; er ist mir halt doch sympathisch, wenn er mich auch nicht leiden kann. Ich bin halt »eine so viel eine objective Natur!« – Bis spät in die Nacht hab ich noch geschrieben; und nun, nachdem ich diese »lieben Zeilen« weggeschickt, will ichs wieder thun – offenbar spielt in diesem Trieb, etwas zu schaffen auch die Bedürfnis mit, mich des Glücks würdig zu machen, mit welchem das Schicksal mich in diesen Tagen und Nächten segnet.
Bitte das – ernst zu nehmen. –
Auf Wiedersehen, und um einen Kuß mehr als du mir schicktest.
Somit bin ich und bleib ich

Dein Arth

[TB] 10. 1. 1894
Bei D. wieder erst um ½2 im Bett; bei ihr bis 6 früh. – Ach, und es macht mir eigentlich so wenig Vergnügen! Und ich lüge Liebe u[nd] weiß Gott was alles, – um was aus ihr herauszubringen, aber ihr Verständnis für mich ist mit ihrer Sinnlichkeit u[nd] ihrer Ahnung, daß ich ihr noch eine Rolle schreiben werde, abgeschlossen. – Ungerecht! Sie ist gescheidt u[nd] hat interessante Momente u[nd] scheint sich zuweilen auch für was andres zu interessiren. – Allerdings nützt sie alles für ihre Sinnlichkeit aus, zB. mein Klavierspiel; die Musik. –

[TB] 11. 1. 1894
War gegen Ab[en]d bei Dilly. (Theo, Charly, Dr. Elb[ogen]) Wie gleichgiltig mir eigentlich alles ist. Dann fand ich einen Brief v[on] Mz [Mizi], herzzerreißend, wühlend.

[Sa]

13. 1. 94
11½ Uhr.

Mein süßer Arthur!
Ich komme soeben heim, und da ich Dich doch nicht mehr sehe, so sende ich Dir auf diesem Wege laufend herzinnige Küsse. Morgen 1 Uhr bist Du ja bei mir und Abends nach dem Theater will ich mir in Deinen Armen alles erträumen, was mich die Erbärmlichkeit und den Eckel des Lebens vergessen machen kann. Ich lebe doch eigentlich *nur*, wenn Deine Augen mich umglänzen, was außerhalb Deiner ist, ist gar nicht werth, gelebt zu werden. Mir ist wohl im Allgemeinen schon das Leben nur Mittel zu Zweck, und der Zweck ist jetzt: Mich selbst zu genießen, mich in meinen eigenen Gedankenkreis einzuspinnen, außerhalb der Welt zu sein. Wer in dieser herrlichen Einsamkeit seiner selbst einen lieben, süßen, verständnisvollen Genossen gefunden hat, der, nur der allein, ist glücklich zu nennen.
Wenn nun dieser Genosse ein so gottbegnadetes, von göttlichen Stimmungen erfülltes Wesen ist wie Du – dessen süße Kinderseele ein Heiligthum geblieben, – dann wirst Du endlich wohl begreifen, daß ich in meiner Liebe zu Dir aufgehe, wie die Blume im Sonnenlicht! –
Also morgen Mittag und Abend, nicht wahr? Du Schatz!
Ich küsse Dich, Geliebtester, innig, unsagbar,

Dein *treuer*
Diltsch

[TB] 14. 1. 1894
Brief v[on] Mz [Mizi] und Dilly. – M[orgens] bei D. – Abend Theater, dann D. – Bei euch hysterischen Weibern muß man auf alles gefasst sein, – du liebst einen Hausknecht um seines Geistes, und mich um meiner Schönheit willen!

[Arthur Schnitzler: Aus den Aphorismen]
An was für Frauen hast du deine Jugend, deine Kraft verschwendet? An Frauen, denen jeder Stallknecht dasselbe

oder mehr hätte geben können. Bewahre dich auf, damit dich bei Frauen, die gerade dich als Persönlichkeit wollen, kein Stallknecht aus Prinzip ergänzen muß.

Obwohl Schnitzler und Adele Sandrock einander fast täglich sehen, schreiben sie sich auch oft. Der zärtliche Ton von Schnitzlers Briefen kontrastiert mit Äußerungen innerer Lauheit in seinen Tagebüchern. Adele spürt das sehr wohl und provoziert briefliche Auseinandersetzungen, auf die Schnitzler nicht eingeht, macht ihm Szenen wegen seiner Untreue und spielt ihre Bindung an Elbogen aus, zu der sie angeblich die Klugheit zwingt.
Schnitzler ist innerlich im Vorteil: sehr gefangengenommen von dem literarischen Kreis, in dem er sich bewegt, und von seiner schriftstellerischen Arbeit: »Halb zwei« wird beendet. Adele dagegen hat krankheitshalber längere Zeit nicht gespielt, hat nur ihre alten Rollen auf dem Repertoire und weiß nicht, was ihr die Volkstheaterzukunft bringt – ihre große Zeit an diesem Haus scheint vorbei. Also stürzt sie sich in ihr Privatleben. Als ihre Familie beginnt, sich in Adeles Beziehung zu Schnitzler einzumischen, reagiert sie gereizt – was den Dichter wiederum rührt.

[Sch] 15. 1. 1894
Mein Diltsch,
guten Abend und tausend innige Küsse!
– Ich geh heut zum »ungläubigen Thomas«, morgen zur St Gene – bin äußerst kunstsinnig, mein Fräulein! – Denkst du an mich? Hast du mich lieb? Wirst du mich empfangen, wenn ich morgen Mittag einen Versuch mache dir guten Tag zu sagen?
Leb wohl, liebster einziger Schatz!

Dein Arthur

[Sa] 12 Uhr Nachts

15/1. 94 [Von Schnitzler handschriftlich datiert]

Mein Schatz!
Es ist doch ein herrlich Ding um den Menschengeist, und Gott hat nichts Schöneres geschaffen. Soeben habe ich Dir telephoniert! – Mein Geist hat mir das eingegeben. –
Schatz, Engel, Liebling, Du bist ein Scheusal, sage mir, zu *was*

gehst Du morgen ins Volkstheater, wenn ich nicht spiele???!
Ich bin außer mir! – Es war so göttlich – ich hatte mir schon die Sonne auf den Rücken scheinen lassen – hatte mich herumgedreht, mir Seele und Herz ganz durchgewärmt – und jetzt – – – es ist zum wahnsinnig werden!
Geh nur, *ja, ja* – bitte – diese guthmütige Spötterei ist mir aber durchaus nicht Scherz – nein, es ist lächerlich – ja. – Wenn das nicht zum mindesten melancholisch ist, so verstehe ich mich nicht auf Melancholie. Du gehst ins Volkstheater, wenn ich nicht spiele???
Nein – – – – – – – – – – – – – – –
Unmöglich! – – – – – – – – – – – – – – –
Arthur – – – – – – – – – – – – – – –
dann ist es *vorüber*. – Was sagst Du zu dieser Predigt???
Kind – hab mich lieb.

Dein Dein
Diltsch

Ich bin rasend zornig.

[Sch] 16. 1. 1894 Dinstag.
Meine liebste Dilly,
nachmittag wollte ich schreiben. Da kam ein Herr und sagte: Lieber Herr Doktor, ich gebe sehr viel auf Ihr Urtheil, gestatten Sie, daß ich Ihnen ein Feuilleton über Nietzsche vorlese. – Ich gestattete es; dann ließ ich mich in Discussionen ein, und um fünf ging der Herr mit dem Feuilleton von dannen. – Hierauf wollte ich schreiben. Da kam ein Herr und sagte: Lieber Herr Doktor, ich gebe sehr viel auf Ihr Urtheil, gestatten Sie, daß ich Ihnen eine Novelle vorlese. – Ich gestattete es, dann ließ ich mich in Discussionen ein, und um halb sieben ging der Herr mit der Novelle von dannen. – Jetzt kleide ich mich um, gehe ... ja richtig, du weißt ja, wohin ich jetzt gehe. – Und nun will ich dir noch sagen, daß ich dich liebe, dich anbete, dich verehre *wie* eine Göttin (wie, d. h. du bist keine Göttin, sondern ich verehre dich *wie* eine Göttin) – und wenn ich heute zwischen halb elf und elf vor dich hintreten werde, wirst du mir mittheilen, daß ich dir einen kalten Brief geschrieben habe, daß ich ein dürrer, vertrockneter Egoist bin, daß ich dich nicht verstehe und daß du mich nur sinnlich liebst. –

Gibt es ein bedauernswertheres Geschöpf als mich? – Sag selbst, geliebte Experimentalpsychologin!
Darf ich dir die Hände küssen? –
Ich riskirs jedenfalls; du ich liebe dich rasend, obwohl – na, du weißt, obwohl was.
Und ich bin dein, wenn du es gütigst erlaubst, bin ich dein, dein, ja, trotz allem und wegen allem bin ich Dein

Balthasar.

Willst du es *verhindern*, daß ich zu dir komme, so telefonire um ½11 ins C[afé] Central

[TB]16. 1. 1894
Nachm[ittag] Störung durch Fels (Aufsatz über Nietzsche) Hirschfeld (der Interviewer »Was macht denn der Loris –« las mir eine Novelle vor). Mitt[a]g war ich bei D; 1½ Stunden Streit, ob ich zu »St Gêne« gehe. – Ich ging; kam dann zu ihr, zuerst Streit, dann gemütl[iches] Plaudern; dann fand sie Briefe Mz's [Mizis] in meiner Brieftasche; las sie, – theilweise laut, war ergriffen; ich weinte, dann auch sie.

[TB] 17. 1. 1894
N[ach]m[ittag] Dilly bei mir. – A[bend]ds bei ihr. – (Christel, Theo.) »Halb zwei« beendet.

[TB] 21. 1. 1894
Vorm[ittag] Dilly. – Bei Hamlet (Mounet Sully). Dilly in einer Loge. – Im Imperial soupirt mit ihr, der Mutter, dem Bruder, Nhil, Ellb[ogen] u[nd] Frau, Rich[ard], Loris; – dann im C[afé] C[entral] noch Schick und Kraus.

[TB] 22. 1. 1894
Bei Dilly, die mir sympathischer wird.

[Sa] Montag, ¾11 Uhr
22. 1. 94

Mein Arthur, mein Ideal! Heute werde ich sehr vernünftig mit Dir reden und wir wollen uns unterhalten. Ja – Schatz? – Geh laß eine Flasche Champagner kommen? *Pause.* Jetzt beantworte nicht meine angstvollen Fragen mit leeren Ausflüchten!
Hast Du mich unsäglich lieb? Ja? – – – –

Bitte weiter!
Hast Du so wie ich eine geheimnisvolle Trauer wenn ich nicht bei Dir bin? Ha ha ha ha ha ha ha ha!
Bin ich nicht eigentlich viel zu gut mit Dir? Bist Du nicht ein Mann, wie es doch so viele gibt, denen die Mißhandlungen eines geliebten Weibes Wollust erregen, welche nur jene Frau anbeten können, die sie zu ihrem Sklaven macht, ihre Zärtlichkeiten mit Fußtritten und Peitschenhieben erwidert? Sollte ich nicht den Stempel der Gemeinheit, ja Bestialität tragen? Würde ich da nicht eine geradezu dämonische Macht über Dich gewinnen? Jetzt antworte – ja?
Arthur – mir graut vor Dir! Ich interessiere Dich halt nur so lange, bis Du mich vollständig dressiert hast – bis ich Dir auf Wort und Blick parire. Vertreibe Dir nur Jahrelang damit die Zeit, Du darfst mich unerhört malträtiren, mich auch alle Foltergrade der Eifersucht durchkosten lassen, nur nicht davonjagen schmählich mit den Hunden vor die Thür! Siehst Du Engel, in diesem Zuge meines Wesens liegt der Keim zu der Tragödie meines Lebens!
Soeben habe ich Dir ins Cafe Central telephoniert. Dr. Schnitzler ist nicht da – Schluß! – – – – – – –
Ja. – Der Mensch hat recht – Schluß – Kind – ich zittere. Wo bist Du??? – Diesen Augenblick bin ich wohl starr – jetzt aber breche ich in ein helles Gelächter aus und steige noch immer lachend, ein wenig leichtsinnig, ein wenig toll, aber mit bestem Herzen in meine Welt hinab. –
Leider kann ich von der Dunkelheit nicht leben! – *Du bist* ein muthwilliger Gott, aber ein *Gott* in Deiner Weise. Bist Du jetzt vornehm und zufrieden bei Deiner Dirne? Na – das macht einen gehörig anständigen Eindruck auf mich!
Ich mache Dir einen Vorschlag! *Ich* gebe mich der Öffentlichkeit preis? – Dagegen hast Du doch wohl nichts einzuwenden? Also – auf der Stelle! Hach – Du großer Gott – nicht der Schmerz allein, auch die Freude ist kurz – – jetzt könnte ich mich weinend an Deine Brust werfen – Dir wieder zuflüstern »Ich liebe dich, ich *war* glücklich« – nein – mein Leben will ich nicht dafür geben! Ich könnte *sterben* für Dich – das muß alles anders werden! – Schatz unterhalte Dich gut – morgen – so wie Dienstag können wir uns nicht seh'n – Du findest mich gewiß sehr komisch. Liebe zu Dir? – Ja – eine Phantasie – eine Grille –«–

Du Poet – ich würde mein Blut, mein *Leben* darum *geben*, Dich jetzt zu besitzen – – – – –
Wie geht doch die Melodie Deiner Brautnacht? Jetzt bleibe ich im Traum verloren in Mitten meiner Gedanken stehen! Hier stehe ich in einer göttlichen Sommernacht auf der Terrasse im weißen Gewand, vom kalten Mondlicht geisterhaft umflossen, und auf einmal ertönt das Lied. –
O Du mein Stern – Du mein Gott – mein Arthur, meine *Welt* – – – ich will sterben für Dich, *damit* Du an Liebe glaubst. – – – – – Dies ist weder neu noch außerordentlich, liebe Dilly sagst Du jetzt! Du siehst, Schatz – die Unterhaltung ist keine vernünftige – darum halloh, halloh – – – – – Und doch – aller Kummer, alle Bitterkeit verschwinden, ich hänge an Deinem Halse, an Deinen Lippen, und bin selig! – – – Hier ist für heut der Höhepunkt erreicht!
Schatz morgen seh'n wir uns *nicht* – ich bin nicht *gelaunt*, Dich zu empfangen. –
Du siehst – Du bist nicht der Erste – und wirst nicht der Letzte sein! – ha – – – das tut wohl, nicht? – – –Trotz deiner Untreue *doch* Deine, Deine *nur* – – – – *ganz* und *gar* Deine
Dilly
Bussi Schatz!
Loris schickte mir heut Blumen! – – – –

[Sch] 23. 1. 1894
Diltsch!!
Das ist doch zum rasend werden, nicht? Also ich stürze gestern von Faust, der um ½12 aus ist, ins Central – meine erste Frage: hat man um mich telephonirt? *Nein.* – Also ich bleib im Central bis 1; – es rührt sich nichts. Nach Hause. In der früh werd ich zur Abwechslung geweckt – ärztlich – ich geh um 10 weg, da ist noch keine Nachricht von dir da. Nun komm ich nach Hause, es ist 2, – dein Brief liegt da. Ja, sag, ist denn das nicht unerhört, daß man von der Schlamperei eines Kellners abhängig ist –? Und ist es nicht noch unerhörter, daß es für den Fall, daß ich nicht im Central gewesen wäre – nur den einen ewigen Grund »die Dirne« geben sollte? Ich wüßte auch nicht, warum ich dich grad nach dem zweiten Theil Faust betrügen sollte, wenn ich es schon für dringend nothwendig fände. Um ¾12 noch einmal telephoniren – so schlau ist der Diltsch natürlich nicht. Im übrigen, – wenn ich nun

Lust gehabt hätte, ins Arkadencafé zu gehn? Oder nach Atzgersdorf zu fahren? – Und dabei war ich im Central, dabei hab ich Idiot mich geärgert, daß ich von dir nichts höre – dabei hab ich mich währen[d] dem halben Faust auf das Halloh ... hall ... o gefreut – ich Cretin. –

– Na, und dann die andern Liebenswürdigkeiten, die du mir heut schreibst!! Diese unglaubliche, unwürdige Idee, daß du mit dem »Stempel der Bestialität« eine »dämonische Macht« ausüben würdest – u. s. w. Schatz, diese Abgeschmacktheiten sind bei mir nicht gut angebracht; das hat vielleicht in Katzelsdorf gewirkt. – Ach, und wie ich dich maltraidire! Wirklich schauerlich! Man denke – ich werd angerufen, und bin noch nicht im Kaffeehaus! Oh Höllenqual! –

– Ich versteh dich nicht, du verstehst mich nicht, wir verstehen uns nicht – die alte Liebesconjugation, sobald man auch nur den Hauch einer – mir fällt kein Wort ein. Ich rase vor Nervosität. Und umgekehrt. – Im übrigen sind auch Stellen in deinem Brief, für die man dich auf den Knieen anbeten müßte, dir die Hände küssen – ja du bist eine so ungeheuer interessante Person! Vielleicht ist diese klägliche Erde ein Carnevalsplätzchen der Göttinnen, und ich verdanke diesem Umstand das Vergnügen deiner Bekanntschaft –? Darf ich mich für den Cotillon deines Erdenwallens einschreiben? – Schatz, Schatz, Schatz, in Beantwortung Ihres geehrten von gestern erlaub ich mir Ihnen mitzutheilen, daß ich Sie sehr lieb habe. – Also Blumen von meinem jungen Freund ... Na, schön. – Erinnerst du dich? Bei uns hat's auch so ang'fangt! – Und es war doch eigentlich sehr schön – so im großen und ganzen. – Also es ist dringend nothwendig, daß sich zwei Menschen, welche sich gegenseitig anbeten (wenigstens erzählen sie sichs gegenseitig), alle 8 Tage mindestens einmal bis aufs Blut sekirn. – Wozu Deine infamen Bemerkungen? – Wozu meine Rohheiten? Nachdem wir ja doch wieder – ja wann, weiß ich freilich nicht. – Bis du halt gelaunt bist – – und *ich*. –

Eins ist sicher: daß Du mein einziger süßer Diltsch – – was? warst?? bist?? sein wirst?? –

Leben Sie wohl, beste Dame. –

Ich bete, bete, bete dich an.–

Ich liebe, liebe dich! –

Dämon, liebes Kind, Engerl, Tragödin, Genie, Fratz, Canail-

le, Liebling, süßes Herz, fascinirende Person, gefährliches Wesen, herziger Schatz – ich küsse deine wilden, milden Augen. –
Ja, Schluß – »der Mann hat Recht«... – Findest du! – – Ich muß ja aufhören – ich muß Dir ja in den Dusel deines Nachmittagschlummers meine Grüße senden – ich hab ja schon 24 Stunden kein Wort zu dir gesprochen. –
– Damit endet dieser Brief. –

Es ist nur ein Brief. –

[Sch] 23. 1. 1894 Cafe Central, 1 Uhr
Dem Diltsche. – Dinstag, man könnte fast sagen Mittwoch. –
Geschätztes Fräulein – so muß ich schreiben, um mich doch irgendwie von den Leuten zu unterscheiden, welche – nicht deine Geliebten sind. Ich habe Alfr[ed] Grünf[eld] gesprochen; er ist für Freitag frei; schreib ihm also 2 Zeilen; – denn direct in deinem Namen ihn einzuladen hab ich doch nicht gewagt. Er ist aber vorbereitet und wird es mit Fassung tragen. Ich liebe dich. – Er hat bei den Saubermännern gespielt, eigenes u[nd] fremdes – darunter die verkaufte Braut und irgend ein musikalisches Gulyas – herrlich! – Wir sind alle – – vom Boden gesunken. (Ich denke ununterbrochen nach, wie man das macht.) – Ich liebe dich. – Aber niemand ist unter dem Clavier gelegen, niemand hat seine Schuhe geküsst, was er gewiß – ich liebe dich – schmerzlich empfunden hat. – – Schick u[nd] Kraus sitzen am Tisch daneben, während ich diese Zeilen schreibe. –
– Hiemit ist mein Witz erschöpft, und ich gelange zu dem ernsten Theil meines Schreibens: Ich bete Dich an, ich möchte mich von deinen Küssen versengen lassen, ich freue mich, daß du erschaffen wurdest. Du bist der schlagendste Milderungsgrund, wenn einmal der Schöpfer dieser Welt in den Anklagezustand versetzt werden sollte. Wenn es keine andere Methode gab, dich hervorzubringen, so mag man die übrige Welt gelten lassen. – Du glaubst das alles, – selbstverständlich! –
Oh du süßer, lieber, einziger Diltsch! –
Du liebes Herz! – – Ich geh jetzt schlafen – bitte, erschein' mir im Traum! – Behalt mich lieb! Denk' an mich! – Lies Niels Lyhne! – Verschwende deine Koseworte nicht! – Und außerdem bin ich dein. Arthur

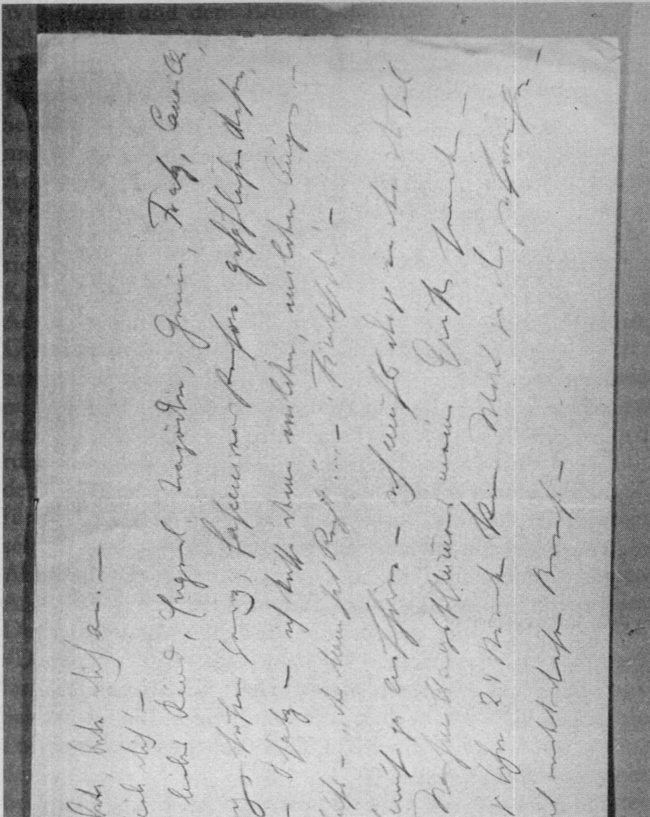

Schnitzlers Brief vom 23. 1. 1894, letztes Blatt.

[Sa]

25/1.94 [Von Schnitzler handschriftlich datiert]

Liebster Arthur.

Ich bin verzweifelt soeben komme ich von Urbantschitsch, zweimal hat er mir das Trommelfell durchgestochen, das Ohr ist wieder sehr schlecht. Und heut spielen! Ich habe von 1½ bis 2½ Uhr in der Frankgasse auf Dich gewartet heute Mittag, ich wollte Dich noch seh'n, Du bist *natürlich* nicht gekommen. Kind – ich bin rasend. Du bist ein Nagel zu meinem Sarg und ich liebe Dich haarsträubend wahnsinnig. –

Ich komme heut nicht mehr – Du sonst passirt mir so heilig noch was, als ich da sitze. Leb – wohl – kümmere Dich doch auch mal um mich. –

Dein armer,
elender
Diltsch

[Sch] 25.1.1894 *Donnerstag.*

Meine einzige Dilly, süßes und räthselhaftes Wesen! – Räthselhaft – weil du von ½2 – ½3 gewartet und mich, der mit dem Glockenschlag 2 ins Hausthor trat, nicht gesehen hast. Süß – weil du – du bist. Was aber deine »haarsträubende« Liebe anbelangt, so hab ich heut annähernd nichts davon gemerkt. Du kannst nichts dafür; – ich weiß. – Mein Schatz, – mit dem Ohr kanns doch nicht so schlimm sein, nachdem dich U[rbantschitsch] spielen läßt – also warum verzweifelt? – Es wird dir also sicher nichts passiren, und dieser Brief sei die letzte Unannehmlichkeit, die du für heute zu überstehen hast. – Von mir ist zu sagen, daß ich rasende Kopfschmerzen habe und dich unsäglich lieb habe. Durch diese beiden Empfindungen komme ich zum Bewußtsein meiner Existenz; – das Schicksal ist so verschwenderisch – es würde mir ja die zweite vollkommen genügen. –

Von den Blumen, die hier mitkommen nimm eine od[er] zwei Blüthen zu dir, während du spielst; aber ganz zu dir, – nichts ans Kleid, sondern an deinen Busen – so daß sie niemand sieht und Du sie fühlst. –

Und falls du noch, wider Erwarten, einen Funken Liebe für mich empfinden solltest, so telephonire mir so zwischen ½ 11 u[nd] 11 ins Central, wie's dir geht. – Willst du das? –

Und nun leb wohl, und sei innig geküßt, du unsinnig geliebter Sinn meines Daseins. Das ist ein Wortspiel. –

Yours for ever
Arth

Und jetzt eben hast du mir telephonirt. Und ich bete dich noch immer an. –

[TB] 25. 1. 1894
Dilly Mittag. – Abend Talisman [von Ludwig Fulda], in dem Dilly das erste Mal wieder auftrat. – Wie ich so gar, gar nichts spürte – und wie mir das Herz zusammenkrampfte, wenn Mz. [Mizi] in irgend einer halb[en] Statist[en]rolle auftrat.

[Sa] Donnerstag 12 Uhr Nachts.
25/1.94 [Von Schnitzler handschriftlich datiert]
Arthur, mein Alles! –
Innigen Dank für die Blumen und Deinen Brief – Schatz – der war einzig. Hier sende ich Dir nun den kleinen Zweig den ich den ganzen Abend hindurch getragen, wo Du es befohlen. Du siehst Engel wie lieb ich Dich habe – es wäre mir doch unmöglich gewesen zu spielen und Dich nicht im Theater zu wissen. Ich bin geradezu untröstlich, daß es Dir heut so schlecht geht. Ja, Schatz, Du solltest doch ein anderes Leben führen. Warum schreibst Du mir Du hättest von meiner Liebe heut Mittag nichts bemerkt? – Ja Kind – begreifst Du es denn nicht daß mich diese Klugheit und egoistische Berechnung dem Fritz [Elbogen] gegenüber wahnsinnig macht? –
Kind – *ich leide* darunter – ein Verbrechen erscheint mir erhaben, wenn der Sturm entflammter Leidenschaft die Quelle bildet, diesen persönlichen Vortheil fort und fort im Auge haben – pfui – die Liebe – die Leidenschaft – die Idee von Recht und Unrecht sind dadurch entehrt. Ich – ich möchte leben mit *Dir* – ganz und gar für Dich – das Wort »Glückseligkeit« mit seiner Würde erfassen – vom Charakter dazu geboren die Macht des Gefühls zu erkennen – und ich darf es nicht – warum? *Es wäre nicht klug!* –
Ist das nicht ein ungerechter Vertrag, den ich da dem Schicksal unterschreiben mußte als er mir beinah das Messer an die Kehle setzte? Alle menschlichen Gefühle lehnen sich dagegen auf. Ja – *darum* bin ich nervös und eigentümlich – glaube nicht Du Engel Du – daß ich Dich nicht liebe, *ich bete Dich*

an. – Die Reinheit des Gemüts und der Gesinnung bilden jedoch den höchsten Stolz der Frau – ich kann aber meine Biederkeit ins Lächerliche ziehen – warum? Es ist klug – die heiligsten Gefühle – der Vernunft gestellt zu wissen – na – das ist eine für *mich* vernichtende Steigerung der Niedrigkeit, darum brauchen aber die Adern des edlen Metalles noch nicht erschöpft zu sein! – Vielleicht verstehst Du mich! Großer Gott, schon 1 Uhr. – Jetzt kommt wieder so eine angenehme Klugheit – geh schlafen Diltsch damit Du gesund bleibst! Hach – dieses Leben – dabei müssen ja alle Schönheiten des Gemüts in Staub zerfallen! – Ekelhaft – Schauerlich! Schatz – wann wird Friede im Menschen sein????????? Ja – ich sehe schon wie Du sagst – bis der bittere Tod uns zerfleischt – – hör auf – auch eine Idee – wenn ich gestorben, lebe ich ja erst für Dich – aber dann – so wie ich es will – ohne Lebensituation – dann bin ich frei – – meine Liebe zu Dir wird dann wie ein Geier auf Dich einstürzen – und endlich werden wir das Gesetz der Gegenseitigkeit berühren! – Das wird dann eine Menschheit werden – – – –
Aber es wäre nun wohl an der Zeit, Dir noch einmal vorzuhalten daß Du meine Offenbarung bist – mein Gefühl, mein Seelenleben, ich habe nicht mehr den Sinn mich einzuschränken also – würdevoll empfehle ich mich Dir – vergeblich würde ich auch kindisch mit den Worten spielen – die höchste Gewißheit in meiner Seele ist – ich liebe Dich –
ich bete Dich an!
Das klingt zwar sehr matt – aber betrachte diese Worte einmal ernst. Morgen Freitag sehe ich Dich um 9¾ Uhr – ja, Herz?

[TB] 26. 1. 1894
Nachts bei Dilly; – bis 5 früh, sehr hübsch; – aber doch etwas zu lang.

[Sch] 27. 1. 1894 *Samstag.*
Liebste, einzige, ich sende dir tausend innige Küsse! – Wie gehts dir? Hast du wohl geruht? – du, bei mir das ist das wahre Verhängnis – um 8!!! wurde ich aufgeweckt, und das war schon Gnade, denn es war um 7 um mich geschickt worden. – Jetzt eben waren Loris und Beer-Hofmann bei mir; – es scheint, daß Loris morgen mit Bahr zu dir kommen will, Abend, nach der Waise – unter uns, Schatz, du hast nichts

davon zu wissen; – und wenn du's mir erlauben möchtest, könnt ich wohl auch morgen Abend auf eine viertel Stund zu dir?? – (Bitte, du kannst *gleich* weg.) – Mein Kopf ist heut wieder nicht besonders ideal – du, heut früh – kaum daß ich eingeschlafen war, na, stellen Sie sich das vor! – – Wenn man um fünf Uhr früh noch glaubt, das Leben ist nichts als Liebe und Süßigkeit und Lust, und man müßte dann in diesem Dunstkreis weiter schlummern, und nun ist plötzlich das – andre Leben da, das Leben mit dem Zwang, der Sklaverei, und den Halsentzündungen; das thut weh, Madame.
– Jetzt, Schatz, hab ich zwei Besuche zu machen, und gehe dann, weil ich mich ja zerstreuen muß, zu der Posse in die Josefstadt. Mit dem Arbeiten wars heut also nichts. – Um elf, mein Engel, zu der Zeit, wo ich im Central sein werde, wirst Du schon den tiefen Schlaf der Dämonen schlafen, und in all meiner Zärtlichkeit für dich vermag ich nicht, mich in deine Träume zu schleichen. Hier hört sogar die Macht eines – Verehrers auf. Was macht das Ohr? Was machen die Nerven? Was machen die Launen und was macht die Laune? – Ob dieser Brief kühl klingt oder glühend, weiß ich nicht; – aber daß ich dich rasend lieb habe, weiß ich –
– Bevor ich morgen ins Theater geh, Du liebste Dilly, bekomm ich wohl noch zwei oder drei liebe Worte von dir zu lesen? –
Ich küsse die geliebten Augen

Dein Arth

[TB] 28. 1. 1894
Nachmittag in der Waise, die Dilly spielte. – Bei mir Schick, Loris, Salten, Richard; – las Halbzwei vor, das sehr gefiel. – Bei Dilly Bahr, Loris, Theo, Schick, ich, – ungemütlich, gezwungen, Pausen, früh weg.

[Sch]
Erlauben Sie, unvergleichliche, daß wir Ihnen unsre Bewunderung und ehrfurchtsvolle Liebe mit schwachen Worten ausdrücken – Sie sind einzig, Sie sind groß, Sie sind Sie!

Arthur Schnitzler
Schik.
28/1.94

[Sa] 11½ Uhr. Sonntag
28/1. 94 [Von Schnitzler handschriftlich datiert]
Einziger Goldfisch.
Ich sage Dir, daß ich Alles was von der Liebe gesagt wird, ja noch viel mehr als das, für Dich im Herzen trage. Dilly liebt ihren Arthur leidenschaftlich, wie Julia ihren Romeo, wie – aber warum soll ich noch Worte verschwenden? Du hast mich ja heute wieder köstlich behandelt! Jetzt hast Du mich doch sicher betrogen – verlacht wahrscheinlich, Du, der Du mich noch mit so treuem Blicke ansahst beim Fortgeh'n, ein Blick, wie ich ihn noch nie bei irgendeinem lebenden Geschöpfe wahrgenommen, außer vielleicht bei meinem Trick! Ich telephonirte – nicht da! – Soll ich jetzt in Träumereien versinken? Nein – nicht solche Faxen – ich will mir den Kopf klar halten, für meinen Treubruch! Es ist seltsam, Schatz – aber es kommt mir halt immer vor, als wäre ich zum ersten Male verliebt. Ich bin rasend eifersüchtig – ich kenne mich gut und weiß, daß wenn ich die Wahrheit erfahre, wo Du Deine Nächte verbringst, meine Liebe sich in etwas Schlimmeres als Haß verwandeln wird – sie wird sich in Verachtung und Geringschätzung verkehren. Na – morgen sprechen wir ja von dem Capitelchen – ja? Bis jetzt hast Du noch meine volle, ungeteilte Liebe, ein mächtiges Feuer lodert für Dich in mir – ändere an dieser Sachlage nichts – sonst ist es aus!!!!! ——
Loris ist sehr lieb.
Ist Ihnen das unangenehm? ? ? Weil *Sie* so hübsch und so liebenswürdig und so ganz nach meinem Geschmack sind, sende ich Ihnen einen innigen Kuß.
Leben Sie wohl!
Ganz Anbetung, Ergebenheit und Gehorsam, ganz Demut, ganz Geduld und Ungeduld – ganz Gehorsamst Ihre
Freundin A
»Ich gratulire Ihnen vorläufig nur der Form nach.« Aus Überzeugung kann ich es erst dann, wenn ich weiß, wer die Glückliche ist. Ist das Mädchen von heute liebenswürdig, gebildet und mit allen Eigenschaften eines Engels ausgestattet? ? Jetzt thut es mir leid, daß mir die Zunge einen Augenblick davongelaufen ist – die Sache betrübt mich aber doch – folge mir Kind – Du einziger Mensch – *warum* warst Du mir heute eigentlich untreu?
Ich liebe Dich. Je me garderai bien de la faire.

du mein einziger Schatz, – daß mich das Telephon ins Grab bringen wird, halte ich für zweifellos. – Also weil ich um 11 oder ¼12 noch nicht im Cent[ral] war, hab ich dich betrogen. Ich kam mit der ganzen Bande, abgerechnet Bahr (der wohl noch einmal einen Besuch bei dir machte??) um ¾12 dort an; nachdem wir bei Streitberger soupirt hatten. Im C[entral] saß ich lange allein, weil die übrigen Tarok spielten. – Ich dachte den ganzen Abend an dich, schlief mit dem Gedanken an dich ein, wachte mit dem Gedanken an dich auf; bin immer immer mit meiner Seele bei dir, – und erfahre heute früh, daß ich dich sicher betrogen, – wahrscheinlich verlacht habe!!!! –
Schau Kind, das mußt du dir abgewöhnen. Mistrauen lasse ich ja gelten; aber es muß wenigstens vernünftig sein. Daraus, daß mich irgendwann dein telephonischer Ruf nicht erreicht, darfst du nicht folgern, daß ich dich betrüge und verhöhne. Ich weiß nicht, ob du irgendwelche anderen Gründe für deinen impertinenten Verdacht ausfindig machen kannst – eines steht jedenfalls fest: versprochen hab ich dir das treulos werden nicht so oft wie du mir, die das in jedem zweiten Brief für dringend nothwendig hält. – Es ist doch sonderbar – die Frauen (Ihr Frauen!! Gefahr!) sagen so oft: Ich werde dich morgen betrügen und so selten: Ich habe dich gestern betrogen – obwohl sie ja davon viel tiefer überzeugt sein könnten – zuweilen wenigstens. – Wozu aber die ewigen Versprechungen! Ich weiß ja – Du wirst schließlich stets thun, was in deinem Belieben steht, und daß du mir Treulosigkeit versprichst, ist ebensowenig ein Beweis dafür, daß du treulos sein wirst – als dein Treueschwur ein sichrer Beweis für deine Treue wäre. Ich frage nur: warum, warum, warum? – Es ist so schön, sich ab und zu zu vertrauen, wenigstens halbe Stunden lang! – du vergibst dir wahrhaftig nichts damit, wenn du mir glaubst, Schatz; denn daß ich dich wahnsinnig lieb habe, mußt du ja doch spüren. – Schatz, findest du noch, daß ich dich »köstlich« behandelt habe? – – Hättest du mir doch gestern gesagt, ich solle um zehn oder elf wieder zu dir kommen! – Was hast du übrigens bis 11½ gemacht? – Daß du L[oris] lieb findest, ist mir gewiß nicht unangenehm – ich glaube nicht, daß einem das je geholfen hat! – Wir sprachen übrigens gestern den ganzen Abend nur über Sandrock und Goethe, er und ich – weil wir uns eben immer auf dem

höchsten Gipfel der Lebens- u[nd] Kunstanschauung bewegen... »Natürli, das thu i immer.« –
– Aber ich kann dir nur glauben und muß ja doch endlich fort, zu den Kranken, die auf Bälle gehn – in die Druckerei, u.s.w. u.s.w. u.s.w. –
Was ists also mit uns? Hast du mich noch lieb? – Ich komm also heute zwischen 7 u[nd] ½ 8 zu dir. Solltest du aber irgendeine andre Stunde für geeignet halten, so laß es mich noch auf irgend eine Weise wissen. Ich liebe dich mit jedem Tag mehr und möcht's dir gerne wieder sagen. Und viele viele viele innige Küsse, meine einzige – süßer Diltsch.

Yours Arth

[TB] 29. 1. 1894
Abend Dilly. – E[lbogen] –, weiß alles, D. leugnete alles; schwor, daß sie ihn nicht betrüge. Hierauf waren wir sehr zärtlich; dann schwor ich ihr, daß ich sie nicht betrüge u[nd] ging zu Jenny. – War froh, mich um 12 davonstehlen zu können. – Ich möcht am liebsten um 11 weg, eigentlich auch von D. – Wenn die Liebe einmal Hygiene oder Aventüre wird statt Liebe – Sonderbar: ins Rmuneater [Raimundtheater] zu gehn freu ich mich meist ein bischen, weil die Gegend, die ich durchpassire mich an Mz [Mizi Glümer] erinnert!

[TB] 30. 1. 1894
Bei D. – E[lbogen] gestern Abend; er weiß es von Willy, die ihn durch einen Brief zu sich beschied. (Dilly verlumpe sich, die Olga Dworak, Cognac, ich –) Dilly wüthend, wirft ihn hinaus. W[ilhelmine] kann nicht läugnen, daß sie dem E[lbogen] geschrieben – er lügt aber doch. – Um 10 E[lbogen], der ohne D. nicht leben kann, ihr alles glaubt u[nd] »wünscht«, daß sie mit mir verkehre. – D. nervös, zärtlich, blaß, – die Garderobière da, mit der sie ausfahren will. – Die Mutter, bringt Milch herein. »Thun Sie für das arme Kind, was Sie können; sie hat so viel zu leiden. Dieser miserable Mensch, der E[lbogen], setzt ihr so zu!« Geht heftig schluchzend ab. – Ich mußt lachen; Dilly: »So lach doch nicht, du bist roh –« mußte aber auch lachen, als ich ihr erklärte, wie komisch das auf dem Theater wirken müsse.

[TB] 31. 1. 1894
Ab[en]ds bei D. – E[lbogen]s Brief »Ich glaube dir« etc – Wunderschöne Nacht; sinnlich u[nd] geistig.

[TB] 2. 2. 1894
Abends bei Dilly. – Sie fand den Zettel von Mz [Mizi] mit 4 Douzzi! –, war nervös, weinte. Sie wird mir sehr sympathisch.

Die Beziehung ist starken Schwankungen unterworfen. Kaum erwärmt sich Schnitzler für den Menschen Adele, enerviert sie ihn gleich darauf durch ihr überspanntes Wesen. Großartige Liebesgeständnisse läßt er sich nicht abfordern, da er jeder Art von Zwang sofort inneren Widerstand entgegensetzt. Also gibt es Tränen, Telefonate, Briefe, Gereiztheit.
Für Adele Sandrock beginnt glücklicherweise wieder eine aktivere Zeit am Deutschen Volkstheater. »Maria Stuart« wird wiederaufgenommen, die ihr nach den Fulda- und Birch-Pfeiffer-Rollen endlich eine adäquate schauspielerische Aufgabe bietet. Und die Künstlerin, die Schauspielerin Adele Sandrock hat Schnitzler in ihren echten Leistungen immer bewundert.
Von seiten des Burgtheaters werden Verhandlungen aufgenommen, ob Adele Sandrock vor Ablauf ihres Volkstheatervertrags an die »Burg« überwechseln kann. Die Korrespondenz führt Max Burckhard, der früher einer ihrer Liebhaber war. Adele Sandrock will diesen Umstand benützen, Schnitzler eifersüchtig zu machen – aber vergeblich.

[TB] 3. 2. 1894
Abends bei Dilly. – Schieden »bös«, weil ich ihr nicht zugestehen wollte, daß sie mein alles, sondern daß ich sie nur so liebe, wie man ein Weib lieben kann. –

[Sch] 4. 2. 1894 [?]
Du, Diltsch! Während ich telefonirte, standen ungefähr 1000 Menschen im Vorzimmer; während ich jetzt schreibe, reden ebensoviele in meinem Zimmer, es fehlt mir also der richtige Ton. Ich hoffe, Du siehst ein, wer gestern im Unrecht war, mein Schatz; und wirst mir die namenlose Beleidigung verzeihen, die ich Dir angethan, in dem ich Dir sagte, ich liebe Dich so unsäglich als man ein Weib auf dieser Welt nur lieben kann. Ob ein Grund vorlag, mir darauf erstens die Thür vor der Nase zuzuschlagen und mir zweitens jetzt zu sagen, daß Du

»geheilt bist«, ist mir nicht klar. *Ich* glaube nicht – und ich denke, Du wirst Dich zu meiner Ansicht bekehren. Ich konnte Dir nicht früher schreiben, oder telefoniren, bevor ich vermuthen durfte, daß Du noch geneigt bist, meinen Worten einige Beachtung zu schenken. Daß Du mich überhaupt angerufen hast, läßt mich hoffen, daß Du geheilt bist, nicht in Deinem Sinn sondern in meinem Sinn. Bist Du's also zufrieden, daß ich Dich so unendlich liebe als ein Weib auf dieser Welt überhaupt geliebt werden kann, so gib mir das auf irgend eine Weise zu erkennen. Es ist doch eigentlich um toll zu werden, wenn man bedenkt, daß dieses beste und höchste, was man einer Frau sagen kann, die man anbetet, ihr zu wenig und nichtig erscheint, und daß ihr irgend eine abgegriffene Phrase lieber sein sollte. –
Sei also mein geliebter süßer einziger Diltsch wie ich der Deine bin und bleiben werde Arth

[Sa] *4/2. 94* [Von Schnitzler handschriftlich datiert]
Arthur,
Ist es denn nur menschenmöglich, daß Du mich so roh, so gräßlich mißhandelst? Ich danke Dir – Du hast mir Stunden bereitet, ich bin wirklich *fassungslos.*
Deine arme
arme Dilly

Schreibe mir ein Wort – ich bitte Dich! Ich weine wie ein Kind.

[TB] 4. 2. 1894
N[ach]m[ittag] Kraus, Loris, Salten, Rich[ard], Schwarzkopf, Fanjung da. – Las »Halbzwei« vor. Dilly telephonirt gereizt, schrieb, daß ich sie gräßlich mishandle.

[TB] 5. 2. 1894
Nach d[em] Theater bei Dilly bis 2. – Maria Stuart ihr vorgelesen.

[TB] 7. 2. 1894
Gar keine Dilly. – Recht angenehm eigentlich.

[Sch] 7. 2. 1894
Bitte umwenden. –

Mittwoch.

Meiner Liebsten sag ich einen guten Abend, wünsch' ich eine gute Nacht, und möchte, daß sie sich auf unser Wiedersehen nicht weniger herzlich freut als ich.
Auf morgen also, herrliche Maria [Stuart] und einzige Dilly! – Ich küsse Dich innig und tausendmal, und bin, mein alles, Dein alles – nicht?
Eben erhalte ich von dem Fritz [Schik] aus der Reisnerstraße einen Brief, in welchem er mich bittet, seinen »tiefempfundenen Dank für die entzückende Einladung« bestellen zu wollen. Welche Nachschriftgelegenheit ich benütze, um dir nochmals Hände, Augen und Lippen zu küssen.

Art.

[TB] 8. 2. 1894
Maria Stuart. Mit Schick bei Dilly soupiert. – Gedicht an Dilly.

[Sch] 8. Feber 94

Du sollst nur ein paar Veilchen haben;
Sind noch viel schlechter als andre Gaben!
Denn schickt' ich dir auch einen üppigen Strauß,
Wie sähe der so ärmlich aus!
Und käm' ein ganzer duftender Park –
Wie schiene mir *der* Reichthum karg!
Ja möcht es immer nach Rechten gehn,
Da müßte die Welt in Blüthen stehn,
Und *all* ihre Blumen, dir zu eigen,
Sollten vor deiner Kunst sich neigen!

Arthur

[TB] 12. 2. 1894
Bei Dilly. Spielte Clavier. – Brief v[on] Burckhard gezeigt; sie weinte; – »wir sind quitt.« – Sie: [»] Hast du mich so lieb wie d[ie] Gl[ümer]?« Langer Abschied, immer. – Und sie ist mir unsäglich gleichgiltig. –

[TB] 13. 2. 1894
Imperial; Charley, Theo, – Dilly ging gleich, wie ich mit Schick kam. –

[Sch] 14. 2. 1894 *Mittwoch*

Mein geliebtestes, das war gestern Abend einfach erschütternd, wie du im Augenblick meines Nahens aufstandest und auf Nimmerwiedersehn verschwandest – Der süße Brief, der heute morgens kam, war wohl ein Theil der Aufklärung, deren Rest ich heute Abend holen komme. Ich wollte nur, es wäre bald so weit, denn ich hab eine wahnsinnige Sehnsucht nach Dir und nach den Dingen, die nur wir zwei uns sagen können.

– Auch geht es mir innerlich wieder einmal ganz besonders miserabel, und ich find, du bist das einzige Wesen, in dessen Nähe ich zu einer Empfindung meiner Existenz komme, und die Sinn in dieses schnöde Dasein bringt.

Weitere Schmerzen, außer denen meiner Seele sind heute folgende: erstens der Mittelfinger links, in den man mich neulich gebissen hat, zweitens der Zeigefinger rechts, in den ich mir gestern einen Bleistift hineingetrieben habe u[nd] der mir beim Schreiben weh thut, drittens mein Kopf, – in welchen ich mir auch allerlei hineingetrieben habe, das aber nicht so leicht herausgeht. – Und dann heut wieder der Sturm, die Kälte, und das ganze kränkende Treiben des Alltags, der mich umsummt hat.

Mein Schatz, ich hab dich unbeschreiblich lieb! – Heute Abend nach dem Concert geh ich (wohl mit Loris) supiren, und es wird wohl ½11 sein, bis ich bei dir erscheine, um deine liebe Hand, deine Wunderaugen und deine Glutlippen zu küssen. – Bis dahin, du einzige, behalt mich lieb – dann wollen wir schon für das weitre sorgen. – Ich wollte dir schon heut früh schreiben, – da fiel mir ein, du hättest – »eine Probe in dem Theater« – und was sollte der Brief in deinem Zimmer liegen u[nd] auskühlen, bis zu zurückkommst! – Ich ärgere mich über tausend Nichtigkeiten und Kleinigkeiten – wie brauch ich Deine stille und glühende Größe! –

Der Deine mit den innigsten Küssen, Arthur

[TB] 14. 2. 1894

Nach d[em] Concert mit Loris bei Dilly. – Ich hatte Kopfweh, was sie zu einer Weinscene veranlasste. – Mutter erschien, im Kreise sich drehend; Herzkrämpfe, – dann, wie ich wegging, kam sie ins Speisezimmer, mit einem grünangestrichener Topf u[nd] Handtuch um zu beweisen, daß sie krank sei; was fürchterlich komisch aussah. –

[Sch] 15. 2. 1894 Donnerstag

Meine liebste Dilly, ich will Dir nur viele innige Grüße senden und Dich bitten, mir zwei Worte über Deine Stimmung und Dein Befinden zu schreiben, so daß ich den morgigen Tag heiterer verbringen kann als den heutigen. Über meiner Seele und über meinem Kopf lastet ununterbrochen ein gewisser Druck, und es will nichts kommen, mich davon zu befreien. So bin ich also in einer Verfassung, wo ich alle kleinen Ärgernisse des Lebens, die sonst nicht an mich herankönnen, mit kleinlicher Empfindlichkeit spüre und mir selbst verächtlicher vorkomme, indem die Verwandtschaft mit der großen Menge, die ich so gerne verleugne, erbärmlich zu Tage tritt. Und nun muß noch zu alledem der blödsinnige Winter wieder kommen, und völlig überflüssige Mißverständnisse mit dem Geschöpf das ich am liebsten habe von allen, die auf dieser Welt [unleserlich]. – Nachmittag, bis jetzt war ein Herr aus Leipzig bei mir, ein alter, guter, langweiliger und kluger Freund. Nun gehe ich zu Salten, und ihm meinen Besuch mache, in der Absicht bald wieder wegzugehen. Denkbar wäre es, daß ich zwischen 10 und 11 ins Central komme, aber bin ich früh zuhause, und wenns meinem Kopf möglich ist, soll dann gearbeitet werden. – Du, meine Sonne, die das Bedürfnis fühlt, sich ihre Flecken selber anzuschminken, tue für mich was Du tun kannst. Einen ewigen Frühling, wie ich brauchte, kannst Du mir nicht geben. – So erhalte mir Deine Liebe und Dein tiefes Verstehen und das holde Wunder Deines beglückenden Daseins! Ich küsse Dich hunderttausend Mal und bin und bleibe

Dein Arthur.

[Sa] *15/2. 94* [Von Schnitzler handschriftlich datiert]

Einziger geliebter Arthur.

Hätte ich diese Zeilen heute nicht erhalten von Dir – ich wäre wahnsinnig geworden. Ich habe schreckliche Stunden hinter mir – mehr kann ich Dir nicht sagen. Warum können gerade wir uns nicht versteh'n? –

Schatz – heut bin ich krank – ja – ich habe ein rasendes Fieber – ich sag Dir Kind – du bist mein *Schluß!*

Ich kann Dir heute Nichts sagen – ich bin total vernichtet – der Gedanke es wird ja doch einmal sein Ende nehmen – na – ich hau mich hin – ich bin rasend irrsinnig! –
Der Mutter geht es besser, morgen geht sie zum Nothnagel. Ich werde Anfang nächster Woche entweder nach Stein oder Döbling transportirt, also mußt Du Dich beeilen mich noch einmal zu seh'n. Alles nur *Deine Deine Schuld.*
Morgen Freitag Abend 10 Uhr, 10–11
Auf Wiederseh'n.

Adele

4

»Wir haben beide Launen...«
(Mitte Februar bis Juni 1894)

In der zweiten Februarhälfte des Jahres 1894 nimmt Schnitzler eine Arbeit wieder auf, die ihn schon längere Zeit erfolglos beschäftigt hatte: das Stück »Das arme Mädel«, aus dem später »Liebelei« werden soll. Und während er in Christine dichtend ein schlichtes Geschöpf erschafft, wird seine Sehnsucht nach einem jungen, frischen Mädchen übermächtig. Die schwüle, von echten oder künstlichen Auseinandersetzungen in Spannung gehaltene Beziehung zu Adele Sandrock enerviert ihn. Neben fast routiniert zärtlich klingenden Briefen ist da öfter schon ein sarkastischer Ton zu hören. Aber Schnitzler weiß, daß auch er an der schlechten Atmosphäre, an der »Agonie«, nicht ganz schuldlos ist: »Wir haben beide Launen und sind wenig nachsichtig mit den Launen des andern«, schreibt er an Adele. (4.5.1894)
Adele Sandrock, von deren Verhältnis mit Schnitzler längst ganz Wien spricht, spielt weiter in trivialen Stücken, die ihrem Talent nicht gerecht werden: die »Vasantasena« in dem gleichnamigen Stück von Emil Pohl, die Eva in Lothars »Rausch«. Schnitzler huldigt ihr als Schauspielerin, aber die Kritik vermerkt zu ihrer »Vasantasena«, daß sich ihre Erfolge nun nicht mehr einstellen wollen, und lobt die Rivalin, die sich am Deutschen Volkstheater in den Vordergrund spielt: Helene Odilon. In Giacosas »Sündige Liebe« findet Adele Sandrock wieder einmal eine lohnende schauspielerische Aufgabe. Dennoch wird ihre berufliche Situation zunehmend trostloser.

[TB] 16.2.1894
Vorm[ittag] mit Olga [Waissnix] Museum. Ueber das Geschimpf über mich. – M[ärchen] nur aufgeführt, weil ich mit der S[androck] ein Verhältnis. – Wie dumm wir waren, daß

wir kein Verhältnis hatten. – »Die S[androck] würde die große Passion für Sie sein; – keine passt besser für Sie.« Abends bei der, – die meine grande passion wäre; – sie recht zärtlich; ich langweilte mich u[nd] ging mit einer Empf[indun]g entsetzlicher Leere weg. –

[TB] 18. 2. 1894
Bei Dilly. – Mußte zur Mutter. – Ihre Klage: wie tugendhaft *sie* sei u[nd] stets gewesen. [Ich habe den S[androck] geliebt u[nd] sonst niemand) – sie begreife ihre Kinder nicht. Schulden. – Nichts ihr sagen! – da Charley [Weinberger] offenbar ihr Geliebter. – Dann kam Dilly. – Entsetzt, – Olga [Dvorak] da, mit Wunden. – Die Mutter: Olga Komödie, – sie will Charley kapern. – Charley weg, ich hinein. Olga betrunken u[nd] verwundet aber gleich bei Sinnen. Weg. – Mutter auf d[er] Stiege zu ihr: Schweinehund, Komödiantin. Dann ich oben, erklärte Dilly die Komödie. – Dann ich mit ihr, erkläre ihr, daß Charley ihr Geliebter. Sie wüthend, zerbricht alles mögliche, Scene, die sich wohlgefällig auflöst – da sie mir gleichgiltig ist. –

[TB] 19. 2. 1894
Begann Armes Mädel, hoffentlich mit Glück dieses Mal – Br[ie]f v[on] Mz. [Mizi] – Nachts bei Dilly. – Ganz hübsch. – Wenn wir uns so »scherzweise« sagen: »Ich nehme dich nicht ernst« – wie wahr! –

[TB] 21. 2. 1894
Ab[en]d Dilly. – Zuweilen ein sonderbares Gefühl d[er] Zärtlichkeit für sie – in aller Genialität kommt sie mir so hilflos, so verloren vor. –

[Sa] Dienstag 11 Uhr Nachts.
21/2.94 [Von Schnitzler handschriftlich datiert]
Arthur – Ursache meiner Grübelei – Du mein Hoffnungsschimmer! – – – – – – – – – – – – – – Mein Loos ist das Deine. Wir wollen heute miteinander von Neuem beginnen, zu hoffen und das Glück zu suchen, von dem wir einst geträumt. Auch Du bist heute – so wie ich ohne Selbstständigkeit – ich ahne es – Beide empfinden wir in dieser Stunde die ungeheure Lücke in unserem Leben! Mir bebt dabei das Herz! –

Ich bin vereinsamt heute, es ist wohl ein wahrer Jammer! – Dennoch glaube ich annehmen zu dürfen, daß ich Dich geradezu gefährlich, abgöttisch liebe – Dich anbete – – – – – – – – – Und Du – zwar passionirt und verliebt, aber *lieben* kannst Du nicht. Du fürchtest Nichts so sehr, als Ereignisse, die das Gleichgewicht an der Waage Deiner Alltäglichkeit zu gefährden drohen. Nur Dein Ehrgeiz gebietet Dir – überlegene Köpfe zu Deinen Freundinnen zu erwählen. Jetzt habe ich geseufzt. – Schatz – Morgen soll unsere nächste Begegnung stattfinden! Ich liebe Dich furchtbar. –
Das Märchen! –
Ausserordentlich konsequent Dein Diltsch! –

Dulde, gedulde Dich fein!
Über ein Stündlein
Ist Deine Kammer voll Sonne!
Buss – Buss – Bussi, rasend – blödsinnig lieb!

[Sa] [Rollenfoto als Maria Stuart]

Ich selbst...
Wien, 23. Februar 94

[Rückseite]
Das Leben gleicht der Bühne –
hier wie dort – muß
wenn die Täuschung schwindet
der Vorhang fallen!
Denke oft und gern
an Deinen
Diltsch der dich
anbetet.
Wien
Arthur – dich hab ich wohl blödsinnig lieb! *Rasend!*
23/2.94

[Sa] *28/2. 94* [Von Schnitzler handschriftlich datiert]
Liebster süßer Engel.
Eben komme ich von der Probe. Ich bin hin. – Ich habe eine affenartige Sehnsucht nach Dir Du süßes kleines Reh – jetzt

nehme ich mein Futter zu mir dann eile ich auf die Länder. Ich hoffe ganz sicher einen Brief von Dir zu erhalten. Morgen Abend nach der Premiere bist Du bei mir – ja – Du gehst erst Nachtmahlen und kommst dann herauf. Grüß Gott Schatz – ich bin heut rasend nervös. – Heut liege ich sowie gestern um 10 Uhr zu Bett. Ich küsse Deine herrliche Seele und bin ewig.

Dein Dich rasend rasend liebender Diltsch

Sitz war nicht mehr zu haben.

[Sch]
Vasantasena begrüß ich, die herrlichste der Bajaderen,
Und ich küsse zugleich Dilly, das herrlichste Weib.
Kehrt aus der Genien Reich die Unvergleichliche wieder,
Will sie nicht allzubereit wieder die Irdische sein;
Und drum gleitet sie Nachts auf zärtlichen Wolken der Liebe
Aus den Himmeln der Kunst lächelnd zur Erde herab.

Arth. Sch

Arthur Schnitzler [Von Adele Sandrock handschriftlich hinzugefügt]

1 März 94.
Wien.

[TB] 1. 3. 1894
Neulich Gespräch mit Dilly über Küsse u[nd] Nacktheiten auf der Bühne. – Ich: Es muß doch schrecklich sein, eine Schauspielerin zu lieben! – Sie: Noch keine? – Ich: Oh ja, du weißt ja – (auf Mz [Mizi] bezügl[ich].) –
– Nach Vasantasena (Dilly Hauptrolle) Nacht bei ihr. – Wie ihre Küsse auf der Bühne mir gleichgiltig sind! – Ueber ihre Vergangenheit. Ich: (phrasenbewußt) Du brauchst keine Tugend (der Jungfräulichkeit) – es wäre nur eine Eigenschaft mehr. –

[TB] 3. 3. 1894
Bei Dilly. – Ueber die Odilon, die ich verführerisch nannte. – Scene. – Fad. Ging. – Telephon. – Kam wieder. – Verzückter Anfang, dann Agoniestimmung, in Lust auslaufend. – Halb fünf früh. – Ueber Lothar hatte sie neulich gesagt, »Rausch«

großartig! was ich ihm mittheilte – nun sagte sie heute: unerhörter Schund – hatte neulich nur 1 Scene gelesen. – Charakteristisch. – Mutter im typischen behaglich plätschernd. –

[TB] 6. 3. 1894
Bei Dilly ab[en]ds. Starb vor Langeweile. – Bier u[nd] Cigaretten (sie!) – Freude auf die Tage, wo ich sie nicht sehe. –

[Sch] 6. 3. 1894
Meine geliebte Dilly,
bitte sehr, laß mich wissen, wie wann wo Du mich heute zu sehen wünschest und ob Du mich lieb hast.

Ich küsse Dich tausendmal und bin
Dein Arthur

[Sa] *6/3. 1894* [Von Schnitzler handschriftlich datiert]
Liebster Arthur.
Es ist mir heute leider unmöglich Dich um 7½ Uhr zu empfangen. Vielleicht hast Du die Güte später zu kommen 10 Uhr. Ich danke Dir für die Blumen.

Herzliche Grüße
Dilly

Du gehst jetzt gewiß in den Herrn Senator??
Unterhalte Dich gut Schatz.

[Sch] 6. 3. 1894
Meine liebe Dilly, ich halte es für vollkommen überflüssig, wenn wir zwei miteinander Komödie spielen; auch stört mich jede grundlose Verstimmung. – Es scheint wahrhaftig, daß du dich für berechtigt hältst dich gekränkt zu fühlen, weil ich dir gestern, in Anbetracht deines Zustands, – eine Cigarette verweigert habe. Du hast mich herzlos genannt; – weil ich dir trotz deines Weinens die Cigarette verweigert habe – ich will sogar das noch begreifen – Denn du bist ja nervös und ein Genie. – Aber daß du nicht nach der kurzen Überlegung einer ¼ Stunde – und nicht einmal nach einer ganzen Nacht auf das Kindische deines Betragens gekommen bist, das befremdet mich in der That, und daß Du es für nothwendig hältst, mich für die bewußte Herzlosigkeit durch kühle Behandlung und

recht mäßige Scherze zu strafen, das gehört zu denjenigen Unbegreiflichkeiten, welche weder durch Nervosität noch durch Genie erklärt werden können. Ich bin gerne bereit, deine Zornausbrüche, deine Ungerechtigkeiten; ja selbst deine Launen über mich ergehen zu lassen, wenn sie augenblicklichen Stimmungen oder einer Eingebung plötzlicher Leidenschaft ihre Entstehung verdanken; – denn ich liebe Dich. Aber Ungerechtigkeiten sowie Launen müssen innerhalb weniger Minuten verschwinden; insbesondere wenn dir deren Unsinnigkeit so schlagend nachgewiesen werden kann, wie in unserm heutigen Fall. Und solche [unleserlich] Launen zu ertragen bin ich *nicht* bereit – denn ich liebe dich. – Was immer du für die Welt und die Menschheit seist – vergiß nicht, daß wir zwei uns vollkommen als gleich und gleich gegenüberstehen, und daß du, wenn überhaupt, deine Berechtigung zu kleinen Quälereien nicht aus deiner Größe sondern nur aus meiner Liebe zu dir abzuleiten hast. – Erwidere nicht vielleicht: »Aber was willst du denn; – ich hab' dir doch eine so freundliche Karte geschrieben –!« – Ich kenne deinen Stil, liebe Dilly; und zwischen den Zeilen kann ich sehr gut lesen: »Wie, du fügst dich meinen Launen nicht? – dir werd' ichs schon zeigen!!« –
Der vorliegende Brief hat nun vor allem das gute, daß alles in den Zeilen selbst steht, und daß jedes Mißverständnis vollkommen ausgeschlossen ist... Sollte dir aber noch irgend ein Wort fehlen, so will ich gern durchs Telephon ergänzen, was der Bleistift vergaß. Vielleicht wirst du auch die Güte haben, mir mitzutheilen, was dich um 7 ½ verhindert mich zu empfangen, und ob es dir nicht doch lieber ist, wenn ich um 8 als wenn ich um 10 komme. Zum Senator geh ich – erst nächstens. –
Ich hab dir heute früh Küsse geschickt, du hast Grüße erwidert – gestatte also, daß ich mit unbegrenzter Hochachtung verbleibe Ihr wahrhaft ergebener

Dr. Arthur Schnitzler

[TB] 8.3.1894
Mit Dilly über Mz. [Mizi] (wie gern sie sie hatte; [...] wie sie sie bei Schostal u[nd] Härtlein traf u[nd] Hausner sagte: Wie können Sie denn mit einer Choristin reden!)

[TB] 9. 3. 1894
Schon lang keine Nachricht v[on] Mz. [Mizi]. – Sehnsucht. Meinem Leben fehlt der Duft. – Das Verhältnis mit D. ist so duftlos. – Plötzlicher Haß zuweilen und Gedanke: Ich will ein junges frisches Mädel! – 1. Bild A[rmes] M[ädel] beendet. –

[TB] 11. 3. 1894
M[or]g[ens] Dilly. – Streit. Sie hatte mein kleines Bild (fürchterlich) malen lassen. – Wuth (sie), ich ging. – [...] Bei Dilly; Zänkereien (über Ellb[ogen], mir gleichgiltig; aber ich bin Gewohnheitsquäler.) Löst sich jetzt noch in Zärtlichkeiten; aber sie merkt wohl die Agonie. –

[TB] 14. 3. 1894
Ab[en]ds bei Dilly, ohne Zank, aber langweilig. – Aerger über eine blöde Äußerung von Urbantsch[itsch] gegenüber Dilly (über mein Stück – das er nicht kennt.) – Bilde mir immer wieder ein, drüber hinaus zu sein u[nd] bin dann wieder von krankhafter Empfindlichkeit.

[Sa] *15/3. 94* [Von Schnitzler handschriftlich datiert]
Liebster Arthur.
Hier hast Du eine angenehme Lectüre für den Nachmittag. Ich bin heute fürchterlich traurig gestimmt. – Habe bis jetzt *geweint.* Arthur – was wird aus mir werden? – Leb wohl Schatz – schreib mir daß Du mich liebst – bitte bitte.
Ich bin ganz elend – sag mir Engel was ist das? – Komm nur bald recht bald zu Deiner armen

Dilly

[TB] 15. 3. 1894
Dilly schickt mir dumm eine Grazer Kritik.

[Sch] 15. 3. 1894
Meine liebste Dilly, weißt du, daß es schon ziemlich lang her ist, daß du mir so »von selbst« geschrieben hast? – Für Deine Traurigkeit, Schatz, hast du hoffentlich keinen andern Grund als den jämerlichen Regen und die lieben Nerven; – beides begreif ich besser als irgend ein anderer Mensch. – Daß ich dich lieb habe, mein Schatz, hätt ich dir heut bestimmt

geschrieben – selbst auf die Gefahr hin, daß du es gar nicht hättest hören wollen; – nachdem du aber frägst, muß ich dir sagen, daß ich dich anbete – Freilich wirkt da der Zeitungsausschnitt mit, den du mir zu senden so liebenswürdig warst – endlich erfahre ich, daß es außer mir noch andre Leute gibt, welche dich für eine große Künstlerin halten, – und noch dazu in Graz, dem Mittelpunkt des mitteleuropäischen Urtheils und Geschmacks. Nun erst darfst du sicher sein, daß ich niemals an deinem Genie zweifeln werde. – Ich will nun doch sehen, daß ich in Graz aufgeführt werde, damit du auch an mich glauben lernst. –

– Mein Schatz, leb wohl und denk an mich, – der sich heute den »kleinen Mann« statt der großen Dame anschaun wird, (was ein Wochen- u[nd] Regentagswitz ist.) – Ich hab bisher über das »Weib als Verbrecherin« gelesen – dann kam dein Brief, und nun will ich noch – allen ohrenärztlichen Rathschlägen zu Trotz – thun, was ich nicht lassen kann.

Du hast vergessen, mir Küsse zu schicken. – Ich »betrachte sie als genossen« – u[nd] küsse dich wieder

Dein Arth

[Olga Waissnix an Schnitzler] 16. 3. 1894

Wie steht's mit Ihren Beziehungen zu Adele Sandrock? A. S., zwei Buchstaben, auch in meinem Leben so inhaltsreich. Über Adele S. habe ich neulich einen Bekannten, der sie gut kennt, ausgefragt, der sagte, doch nein, das sag ich Ihnen nicht, denn am Ende verbrenne ich den Brief doch nicht.

[TB] 23. 3. 1894

Dilly enervirend sowohl durch Zärtlichkeit als durch Launenhaftigkeit.

[Sa] *24/3.94* [Von Schnitzler handschriftlich datiert]

Geliebter einziger Arthur! –

Schatz – ich *bitte* Dich, sag mir heut Abend die Gesellschaft ab und komm zu mir! *Bitte bitte,* Du darfst bis 5 Uhr schlafen – ich bitte Dich Engel – ich komm um vor Sehnsucht. Schreib Deinen Verwandten Du hättest zu arges Kopfweh – ja – und verbringe Deinen Abend bei mir! Schreibe mir daß Du mich lieb hast.

Millionen Küsse sendet Dir
Dein Dich anbetender treuer
Diltsch

[Sa] Wien, am 25. März 1894, 9 Uhr abends.

Was nützen mir die Nelken?
Muß mein Lieb doch welken,
Da Du sie nimmer pflegst
Und nicht im Herzen trägst.
Ich depeschirt voll Sehnen;
Da sollte man doch meinen,
Daß so ein Kind wie Du
Aufs Bycicle im Nu
Sich aufsetzt voller Lust
Und eilt an meine Brust.
Doch Du – so zart und schwächlich –
bleibst ruhig und gemächlich
Zuhause bei der Muttern
Und läßt den Leib Dir Futtern.
Was daraus soll noch werden,
Ich ahn'es ohn' Beschwerdung
Da Du in schnöder Lust
bei einer [unleserlich] Brust
Mich schmählich hast betrogen
Und Liebe eingesogen:
Die Sach wird mir zu bunt,
Darum zur selben Stund
beginne ich zu wandern
Und such mir flott 'nen Andern.
Die Männerwelt ist groß
Und ich bin *Dich* dann los!
Ich bin es doch wol werth,
Daß Du Dein Radelpferd
Kannst' lenken nach Rodaun,
Wo Du mich konntest schaun.
Wär ich ein Saubermann,
So stündest Du nicht an,
Zu rasen ventre à terre,
Wo die Depesch kam her.
Ich aber bin bloß Dilly
Da denkst Du dann: »Da will'i – – – –«
Nicht stören meine Ruh,
Mach meine Augen zu
Und träume von der Glümer,

– Mein Herz geht ungestümer –«.

– – – – – – – – – – – – –

Du bist ein saub'rer Mann
Ich – schau Dich nicht mehr an.
Ich sitz für Dich und dicht'
Du aber, Bösewicht,
Du lebst in Saus und Braus
Und darum ist es aus.
Aus ist es, weg und todt,
Ich aber in der Not
Hab heute auf dem Lande
An meinem Gängelbande
Geführt zu meinem Trost
Ein Mannsbild, das gekost
Ich hab voll Herzenslust
Gedrückt an meine Brust.
Du selbst bist daran schuld,
daß ich Dir meine Huld
Entzogen hab für immer,
Bleib Du nun bei der Glümer! –
Ob Diva, ob Choristin,
Ob Vorstadtmadl ob Modistin,
Dir bleibt es sich ja gleich.
Denn mit der Liebe reich
Hast keine Du gemacht,
Hast jede ausgelacht,
Die sich Dir hat ergeben,
Denn immer hast daneben
Du Andre noch im Sinne:
Das Freund, ist Deine – – – – – Minne.

– – – – – – – – – – – – –

Ich hab in Manchem recht
Und mein es nicht so schlecht.
Das Eine weiß gewiß ich:
Schriebst Du an mich, so ließ' ich
Das Haus, die Freunde steh'n
Und *eilte* Dich zu seh'n.
Das thut man, wenn man liebt
Und es nicht blos vorgibt.
Wenn Du jetzt noch gesund,
Die Sach Dir nicht zu bunt,

So lies die Worte weiter,
Du wirst gestimmt sehr heiter.
Da mir der Geist ging pleite
So schickte ich – ich scheute
Die große Auslag nicht,
Zu enden das Gedicht –
Den treuen Adolf hier,
Zu holen mir ein Bier.
Das allererste Schlucki,
Das trink ich Dir, mein Rucki,
Du kannst daraus ermessen,
daß ich Dich nicht vergessen.
Hätt' ein Patient gelitten –
Wärst deshalb Du geritten
Zu mir nicht nach Rodaun,
Fürwahr ich hätte – traun –
Dich nicht gescholten aus,
daß Du stirbst fein zu Haus.
Mit dem Patienten Vogel
Da kannst Du nicht mehr mogeln
mich an, denn sie, potz Wunder,
Sie wurden alle g'sunder;
Trotzdem Du sie behandelt,
Würd'n sie doch nicht verschandelt,
Dank ihrer Constitution
Trugen sie den Sieg davon.
– – – – – – – – – – – –
Wie gern würd' ich spendiren
Ein Hupferl, Dich zu führen,
Wenn Opernring gegn – neun
Dich grad so würd erfreun
Wie Gauermanngasse zwei,
Wohin Du – eins, zwei, drei –
Gesprungen in den Wagen,
Der Dich dorthin getragen.
Würd ich *zehn* Ross' einspannen,
Du würdest nicht von dannen,
Wenn Deine Freunderln beim Cafe
Erscheinen würden. Jemine,
Ein solcher Freund kann mich nur dauern,
Mich selber sollte ich betrauern,

daß ich, trotzdem ich Solches ahn'
Von ihm mich nicht losmachen kann.
– – – – – – – – – – – – –
Sind auch die Worte schlecht und roh,
So denke nur: »Es ist doch so.«
Geh in Dich, ändre Dich bei Zeiten,
Laß mehr Dich von der Liebe leiten,
Und komme morgen abends zehn,
Um Deinen guten Diltsch zu sehn.
Das commandir und will i'

Mit Gruß und Kuß Die Dilly

[Sa] *27/3. 94* [Von Schnitzler handschriftlich datiert]
Geehrter Herr!
Wenn Sie nicht einmal es der Mühe werth finden, zweimal für mich zwei Stockwerke zu steigen, so finde ich das ebenso unerklärlich als *rücksichtslos.* Sie scheinen nur dann ein Vergnügen darin zu finden mich zu seh'n, wenn ich in der Ihnen passenden Lage mich befinde, mein Herr! – Für einen *solchen* Liebhaber, »danke ich ergebenst.« Sie hätten wohl fünf Minuten Zeit finden können mich zu sehn, bevor Sie zu Ihren sauberen Kumpanen sich amüsiren geh'n.
Einmal so lange Sie den Vorzug haben mich zu kennen habe ich mich unterstanden nicht zu Hause zu sein – habe aber sicher geglaubt, Ihr Interesse würde doch so weit hinreichen mich noch einmal aufzusuchen – nun – heute haben Sie mir gründlich bewiesen, was ich von Ihrer großen Zuneigung zu halten habe. Ich danke Ihnen für diese zartfühlende Behandlung, aber Sie werden auch einseh'n müssen, daß ich keine Frau bin die sich *nur* zur Dirne hergiebt. Es thut mir sehr weh, daß Sie sich nicht den anständigen Verhältnissen anmessen können – denn Ihr Benehmen mir gegenüber war geradezu – – – – – – na – – – – – – hier thut man besser zu schweigen.

Adele Sandrock
Opernring 19
8 ½ Uhr Abends

[Sch] 27. 3. 1894
[Briefpapier des Hotel Bristol]
Hochverehrtes Fräulein,
Sie regen sich unnütz auf. Ich ahnte nicht, daß Sie sobald nach Hause kommen, sonst wäre ich nicht nur mehrere Male

gekommen, sondern hätte sogar auf Sie gewartet. Es wurde mir auch nicht gesagt, daß Sie mich noch zu sehen wünschten, sondern nur daß Sie nervös und deshalb fortgegangen wären. – Ich glaube auch, daß Ihre Folgerung, ich behandelte Sie wie eine Dirne, nicht sehr logisch zu nennen ist; und ich weiß nicht, wieso Sie von einem Mangel an Zartgefühl sprechen können, wo doch jede selbst leiseste Absicht fehlte, Sie zu verletzen. Das einfachste wäre wohl gewesen, wenn Sie einen bestimmteren Auftrag zu Hause hinterlassen hätten, welchem Folge zu leisten mir, wie jederzeit, ein besonderes Vergnügen gewesen wäre. – Auch Ihre Bemerkung, ich fände nur dann ein Vergnügen Sie zu sehn, wenn ich Sie in der mir passenden Lage fände, wäre besser fortgeblieben, da ich nicht weiß, welche Ihrer Lagen ich jemals als eine mir nicht passende zu erklären mir erlaubt hätte. –
Genehmigen Sie, mein verehrtes Fräulein, den Ausdruck meiner unbegrenzten Hochachtung

Dr. Arthur Schnitzler

[TB] 28. 3. 1894
Ab[en]d bei Dilly. – Las ihr »Blumen«. – Sie weinte; worauf ich sie natürlich wieder viel milder beurtheilte. –

[Sa] 29. März 94
2 Uhr Nachts.

Mein lieber guter, herrlicher, einziger Arthur! –
Zwei Stunden bin ich allein, und wiederum stehe ich unter dem Zauber, den Deine auf das Höchste beglückende Nähe immer und immer wieder auf mich ausübt; noch höre ich Deine süße, liebe Stimme, noch leuchten mir Deine dunklen Himmelsaugen, als ob Du noch bei mir wärst. Kann ich mich darüber wundern, die Tag und Nacht, im Wachen und im Träumen, allein und in Gesellschaft nichts Anderes denkt, für nichts Anderes Sinne hat als für Dich, Du einziger Mann! Verbiete mir nicht Dich zu lieben, Du kannst ebenso wenig dem Strom Halt gebieten, kannst ihn nicht hindern, daß er rauscht.
Du hast mich gebeten und erlaubt, daß ich Dir heute noch schreibe; Du darfst also nicht böse sein, wenn ich diese Gelegenheit benütze, um Dir noch einmal vom Herzen weg zu sagen, was mich eigentlich bewegt. Es wird Dir als närrisch

und verrückt und wahnsinnig erscheinen, aber ich möchte die sehen, die Dich liebt bis zur Verkommenheit und Verächtlichkeit, die dabei ruhig bleiben kann und imstande ist, ihre Worte fein säuberlich zu setzen. Sowie das Gefühl für Dich überschäumend ist, wie es mich durchströmt gleich einem aus seinen Ufern getretenen, entfesselten Gebirgsbach, so strömen auch die Worte aus mir, vielleicht für und wieder sinnlos, aber in ihrer Sinnlosigkeit und Unordnung wahr und wahrhaftig.

Arthur, ich liebe Dich, wie man ein geheimnisvolles Wesen, wie man Gott liebt, schaudernd ob seiner Unendlichkeit und Hoheit, ich liebe Dich, wie man die Sonne liebt, die Wärme und Leben verleiht, ich liebe Dich, wie man die Sterne liebt, die sanften Schimmer und Ruhe geben, ich liebe Dich, wie man das liebt, was Einem das Leben erfüllt und werthvoll macht; ich liebe Dich Arthur unaussprechlich und unermeßlich und ewig. Du bist meine Welt Du bist mein Alles, Alles, Alles! Wie die Motte fortwährend um das Licht fliegt und doch weiß, daß dieses Licht, das sie anzieht, ihr Tod bringt, so sehne ich mich fortwährend zu Dir, so lebe ich nur, wenn ich bei Dir bin in dem Bewußtsein, in dem traurigen Bewußtsein, daß ich an dieser Liebe zugrunde gehen muß. Arthur, mein herrlicher Arthur, wie danke ich Dir doch, daß Du die arme Motte duldest, daß Du sie nicht fortjagst, denn das wäre ihr Tod.

Arthur, ich habe noch Vieles, Vieles auf dem Herzen!

Ich liebe Dich, einziger Mensch, ich bete Dich an! Sei gnädig und verzeihe mir, aber ich werde wahnsinnig in dem Gedanken an Dich, an das Theuerste, Einzigste, was ich auf Erden jetzt liebe.

Sei millionenmal geküßt und umarmt von Deiner Dir verfallenen, Dich unsäglich, grenzenlos und ewig liebenden

Dilly Sandrock

[Sch] 31. 3. 1894

Meine geliebte Dilly,

hab mich lieb und denk' auch im Rausch an mich!

(Jeder gebildete muß heute diesen Witz machen.)

Leb wohl und sei innig geküßt von Deinem

Arthur

[Sa]
31.3.94 Wien.
Mein geliebter Arthur,
hab mich lieb und denk auch im Katzenjammer nach dem Rausch an mich! Jede Gebildete muß heute diesen Witz machen. Leb wohl und sei innig geküßt von Deinem
Diltsch

[TB] 31.3.1894
Première v[on] Lothars Rausch. Erbärmlich.

[TB] 2.4.1894
Nach dem Carlth[eater] (Weinscene Dilly in der Loge) [...] im silb[ernen] Brunnen. Nhil, Theo, Salten, Dilly. Wurde durch Bemerkung über Mz [Mizi] (v[on] Dilly u[nd] Theo) verstimmt. – Dann im Café Central. Brief Dillys an Goldm[ann]; Kokettiren Dillys mit Salten. –

[TB] 4.4.1894
Nach Rmdth. [Raimundtheater] (Fiesco) mit Dilly, Familie, Theo, Salten soupirt.

[TB] 12.4.1894
Bei Dilly; – ich konnte nicht zu ihr; die Mutter erklärte mir, sie sei betrunken. Ließ mich dann gleich wieder aus dem C[afé Central] holen, war aber schon eingeschlafen. Gespräch mit der Mutter – verzweifelt über die Haltlosigkeit d[er] Tochter.

[TB] 13.4.1894
Nachts bei Dilly. »Ah jetzt will ich die Männer ordinär behandeln[«] – ich schimpfe sie zusammen, daß sie sich als Rächerin! aufspielt. –

[TB] 14.4.1894
Bei Dilly Ab[en]ds. – Sie hat Burckh[ard] getroffen.

[TB] 23.4.1894
Ab[en]ds bei Dilly bis 3. Beschimpften uns gegenseitig. –

[TB] 24.4.1894
Bei Dilly Abends, die einen »Roman« schreibt. – [...] Fragment aus dem gestr[igen] Gespräch mit Dilly. – Ich muß

weggehn; muß früh aufstehn – bin ja keine vacir[ende] Schauspielerin. – Es ist eine Ehre, in dem nicht zu spielen, was Ihr schreibt. –
Wie tief stehst du! – Mich mit »Ihr« – Gans! Du sagst auch mir Ihr.
Ja, zum *Weib,* nicht zur Künstlerin. Denn wie alle Weiber bist du eine Lügnerin u[nd] eine Dirne.
Das brauche ich mir nicht gefallen zu lassen. –
Bitte! –
Was quälst du mich so!

[Sa] Wien, den 24. April 1894
1 Uhr.

Mein guter, lieber, einziger Arthur! –
Du erwartest vielleicht nach der Überschrift eine Liebeserklärung, Du *irrst* Dich gründlich. Es ist Mitternacht vorüber, aber ich konnte keine Ruhe finden, wenn ich nicht mit Dir, an den ich fort und fort denke, mich noch aussprechen könnte. Aus Deinem heutigen Benehmen habe ich wieder Manches gelernt; ich habe Dich ganz zu kennen geglaubt, ich habe mich getäuscht! Bis jetzt habe ich mich ordentlich gegraut vor so viel Gescheitheit in einem Weiberkopfe, aber heut sehe ich nur allzu klar ich bin ein ganz gesundes Dummerl! Und bei dem Gedanken, daß ich gezwungen bin, wie ein lichtscheuer Verbrecher in festverschlossene Räume zu dringen, schüttele ich mich vor Abscheu und Aufregung. Dies Lauern auf den ersten unbewachten Moment, wo Du Dich so giebst wie Du bist – ist wohl entsetzlich. Nichts destoweniger behalte ich mein Ziel fest im Auge, ich werde Dich *doch* kennen lernen, wie Du bist. Ich sage ja mir selbst, daß es vielleicht lange Zeit bedürfen wird, ehe Du mir das sein kannst, was ich ersehne – gerade bei Deinem Charakter läßt sich eine so rasche Wandlung schwer annehmen, nach welcher die »verabscheute Dirne« ein Gegenstand inniger Neigung werden soll. Aber ich will ausharren mit aller Ausdauer einer unvergänglichen Liebe; – ich will warten – so schwer dies auch sein mag – bis Du mir einst aus eigenem Antriebe sagst – Diltsch – ich liebe Dich mehr wie alles auf der Welt! –
Ich weiß ja – welche Wunder im Menschenherzen vorgehen können. Und für heute genug. Ich müßte Dir noch sagen, wie

ich Dich liebe Arthur – aber dieser Schritt bleibt ja stets ohne Erfolg.
Undank! – – – – –

1. December 1893. 6. December 1893.

Zur rechten Zeit fühle ich, daß ich noch gesammelt und ruhig bin. Schneebleich liegt es auf Deinen Lippen – dieses eine Wort (Diltsch ich liebe Dich) aber dadurch erscheint es mir auch für den Augenblick fast geisterhaft still und unbeweglich.
Du bist ein elender Heuchler, der die Blasirtheit als Deckmantel für seine Wollust benützt. Pariere diesen Schlag durch rücksichtslose Offenheit wenn Du kannst. O – mein Herr – ich bitte überhaupt um meine sofortige Freiheit.
Nein, das klingt denn doch zu abscheulich! – Schatz ich ginge am liebsten in dieser Stunde noch zu Dir! Dich seh'n – Dich küssen – Ach! – – – – –
Gott wie gern!
Und nun Herz – wenn wir eine zeitlang miteinander leben wollen, dann müssen wir vor allem offen sein, also heraus mit der Sprache! Liebst Du mich? – Ich danke Dir. – Ich bete Dich an. –
Gründlich

Ewig
Dein treuer
Diltsch

Am Feuerschein hab ich gesessen
Und wünschte jene Zeit zurück
Da ich nichts Anderes besessen
Als Hoffnung auf ein künftig Glück.
Das Glück, es kam, es hat getrogen – getrogen –
getrogen – getrogen – getrogen – getrogen – getrogen.
Welch' freudlos matter Zukunftsblick –
Die Zeit des Hoffens verflogen –
Wie wünscht ich jene Zeit zurück.

A.

[Sch] *25/4. 94*
Meine geliebte Dilly,
ich komme von Baden zurück, und finde Deinen Brief – kann ich dies mal sagen deinen »lieben« Brief? – deinen süßen

Brief? – ja, ich kann es jedenfalls sagen, da er ja immerhin von Dir kommt, wenn du ihn auch in einer deiner mißtrauischen und ungerechten Stunden geschrieben hast. Ich lasse mir auch alle Vorwürfe von dir gefallen; nur den der Heuchelei solltest du dir abgewöhnen. Ich versteh auch nicht, was du aus meinem gestrigen Benehmen gelernt haben willst? und warum du glaubst, daß ich mich nicht gegeben hab wie ich bin? Und was der dunkle Satz bedeutet, ich benütze die Blasirtheit als Deckmantel für meine Wollust? Ich kann *diesen* Schlag nicht pariren, mein Schatz; denn du hast vorbeigehauen! – Ich gebe mich ja, wie ich bin, – du nimmst mich nur nicht, wie ich bin! – Du glaubst einen Einbruch – und die Thüren stehen weit offen! – Auch in die tiefen Kellerräume kannst du hinab, wenn dir nur nicht das Licht verlischt! – Dies meine Erwiderung auf den poetischen Theil deines Briefes; was die einfachere und wohlthuendre Partie anbelangt, wie z. B. den einfachen Satz: Liebst du mich, so ist auch die Antwort einfacher: Ja ... sehr ... wahnsinnig. – Warum das Fragezeichen nach dem 13. Strich unter der Treue? Hast du vielleicht Angst gehabt, daß mich die zwölf ersten Striche plötzlich zum Mann des »blinden Vertrauens« machen könnten? Das »sehende« Vertrauen wäre genug – und besser. Meine liebste Dilly, ein Heuchler bin ich nie gewesen; auch verschlossen darf man mich nicht nennen. Freilich gehör ich nicht zu denen, die vor ihrer Seelenbude stehen und rufen: herrrein spaziert! Das sind übrigens die, welche höchstens Laterna magicabilder oder dressirte Affen zu zeigen haben. –
Mein Schatz, nun zu Thatsächlichem: Also, ich warte morgen Dienstag ½ 12 auf dich. Du fährst zur Bildhauerschule Arsenalweg neben dem Palais Lanckoronski (nächst dem Belvedere). – Ich stehe wartend vor dem Thor – Hast du was dagegen einzuwenden, so muß ich das morgen früh vor ½ 9 wissen.
– Ich gehe heute, wenn ich noch einen Sitz kriegen kann, zum »Examen«; bin höchstwahrscheinlich um 11 herum im Central und früh zu Hause. –
Und was wirst du wohl heute machen? – Jetzt bist du wahrscheinlich auf irgend einem Land. – Ich liebe dich und denk an dich und bin mit vielen innigen Küssen Dein

Arthur

[TB] 25.4.1894
Nach »Examen« v[on] Lee Kfh. [Kaffeehaus] – Zufällig Frl. Neuheit dort. – Dilly mit Theo kommt. Geht indignirt weg. Ins Wortner nach; durch Telephon berufen. – Fade, enervierende Eifersuchtsscene mit Verstocktheit. –

[TB] 26.4.1894
Bildhauerschule[,] wo Dilly (wird von Sa. und Po. modellirt) [.] Mit ihr u[nd] Salten durchs Belvedere. [...] Dann bei Dilly; sehr contre cœur.

[TB] 27.4.1894
Bic[ycle] Klosterneuburg – Weidlingbach. – Burckhard getroffen u[nd] gesprochen. Seltsam. – Gleich drauf kam Dilly; mit ihr u[nd] Salten Stiftskeller soupirt.

[TB] 28.4.1894
Ab[en]ds bei Dilly. – Mutter allein. Ihre Klagen über finanz[ielle] Deroute, Lebensweise Dillys.

[TB] 30.4.1894
Ab[en]ds mit Salten bei Dilly. – Ihre Albernheiten, die mich nervös machen. – Sie pickt auf Wiener Briefe 5 Kr[euzer] statt 3 Kr[euzer] Marken, um nicht zu »beleidigen.« Ihr Bedürfnis, mit Olga [Dvorak] zu verkehren. – Sie lobt das Märchen – u[nd] sagt dann – »aber warum quält er sie so – er hat's ja gewußt! [«] (!!) – Die rothen Papierrosen auf den Lampen. [...] Sehnsucht nach einem frischen jungen Mädel.

[TB] 3.5.1894
Mit Salten Mödling, Gießhübl, Rodaun. – Dilly Theo. – Irritirende Fadaisen Dillys. Olga Dv[orak].

[Sa]
Freitag

4/5.94 [Von Schnitzler handschriftlich datiert]

Lieber Arthur!
Ich habe mich gestern Abend gründlich erkältet und hatte die ganze Nacht Fieber. Um 3 Uhr Nachts habe ich den Hoffmann holen lassen, so elend war mir. Arthur – warum hast Du mich gestern so niederträchtig behandelt? Warum??? Ich

fahre hinaus Dich zu seh'n – und glaubte doch tagsüber wenigstens eine glückliche Stunde zu haben – und Du samt Dein Freund verletzen mich und sind geradezu grob mit mir. – Na – ich sage Dir Arthur ich muß Dich wohl *sehr sehr* lieb haben, wenn ich mir das Alles so bieten lasse. Dein Benehmen macht mich *krank*, ich bin *unglücklich* ich *weine* von gestern Abend 9½ Uhr bis jetzt, verzeih ich kann nicht schreiben heute – ich bin so schrecklich elend im Gemüth – Arthur ich habe Dich *so lieb* – ich bin Dir verfallen – ich kann nicht leben ohne Dich, *ich kann nicht!*
Herz schreib mir ein liebes Wort und komm zu mir daß ich Dich küssen kann und Dich um Verzeihung bitten.

Bitte Bitte!

[Sch] *4. 5. 94*
Meine liebste Dilly,
wenn ich dir auf deinen Brief regelrecht antworten wollte, kämen neue Mißverständnisse und Wirrnisse heraus. – Im übrigen haben wir zwei Fehler gemeinsam, die manches erklären: Wir haben beide Launen und sind beide wenig nachsichtig gegen die Launen des andern. –
Sonst steht aber in deinen im übrigen sehr süßen und lieben Zeilen etwelcher Unsinn, den ich mündlich vernichten werde. – Meiner Stimmung geht es heute entsätzlich; ich werde dann vielleicht ein bißchen bicycle fahren. –
Leb wohl, mein süßes Kind, empfang mich heut Abends lieb und denk bis dahin in Güte an mich.
Mit tausend Küssen Dein

Arth

[TB] 7. 5. 1894
Dilly vor meinem Fenster. (Nachts). Scene. Votivkirche. Sie weint. – Grundton: ich »schleiche« mich ½10 zu ihr – zeige mich nicht öffentlich mit ihr. – Antwort: Ich zeig mich, wo sie will, aber Fiakerfahren und Logen überflüssig, wegen Mama – entweder halt ich sie oder sie mich aus.

[TB] 8. 5. 1894
Bei Dilly. – Fand beim beliebten Durchstöbern die Tagebuchzettel des Mai bis heute (dadurch Ungenauigkeiten). »Scene« erbittert sie. – Alles vergebens. – Sie redet doch

wieder dieselben Dinge wie gestern; wenn ich Xmal das Gegentheil beweise, insultirt meine frühern Geliebten, meine Freunde, meine künftige Frau – sie kommt zehnmal nach zärtlicher Versöhnung hysterisch aufs selbe zurück u[nd] irritirt mich, so, daß ich endlich nach 6 falschen Abgängen wirklich gehe. – Sie will – einen Kuß; ich verweigre ihn, da ich wirklich nicht gelaunt war; – sie öffnet mit großer Pose selbst die Thür, um deren Schlüssel ich sie gebeten und erwidert das »Gute Nacht« nicht.

[TB] 9. 5. 1894
Dilly telephonirt zärtlich, als wäre nichts geschehen. – Nachts bei ihr. Sie weinte und war langweilig.

[Sch] 10. 5. 1894 Nachts 12 Uhr
Meine geliebte Dilly,
ich habe dir heute im Laufe des Tags nicht schreiben können; Nachmittag war die Schriftstellerversammlung im Hotel de France, die bis sechs Uhr dauerte, Abend war ich im Theater. Nun bin ich in meinem Zimmer, auf dem Schreibtisch brennt die Lampe, und dein weißer Azaleenstrauch glänzt mit seinen hundert Blüthen aus der dunklen Ecke vor. Jetzt will ich dir sagen, daß ich dich lieb habe, sehr lieb, wahnsinnig lieb und gern wissen möchte, was du heut eigentlich den ganzen Tag gethan. Mittags so um eins sah ich dich auf dem Balkon, du saßest in deiner Strohhütte, und dir gegenüber ein Herr, den ich nicht erkennen konnte. Das ist alles, was ich von dir weiß. Morgen wirst du mir wohl mehr erzählen können. Es bleibt wohl dabei, mein Schatz, daß wir uns um 6 in Weidling am Bach treffen; hast du irgend was andres vorzuschlagen, so lass' michs gütigst in Bälde wissen – ich gehöre dir – (auch vor ½10) –
– Nun geh ich zu Bett, lese noch in Raimunds Briefen an Antonia Wagner. (Interessirt dich das?)
Gute Nacht, meine liebste einzige Dilly, sei viel tausendmal geküßt und umarmt von
Deinem Arth

[TB] 15. 5. 1894
Geburtstag. – Der Zweiunddreißigste! – [. . .]
Von Dilly in aller früh Rosen; dann eine Reisetasche und eine Bic[ycle]peitsche.

[Sa] *16/5. 94* [Von Schnitzler handschriftlich datiert]
Mein süßes Kind.
Mach Du nur ruhig Deine Parthie morgen, und komme dann Abends 10 Uhr zu mir. Ich küsse Dich innig namentlich Hände und Deinen heiligen Göttermund.

Leb wohl Dein
treuer Dich
6½ Uhr Abends. anbetender Diltsch

[Sch] *17/5. 94*
Meine geliebte Dilly,
ich wünsche dir einen guten Morgen und danke dir, daß du mir gestern noch den lieben Brief geschrieben. Ich kann dir allerdings nicht verhehlen, daß ich vielleicht selbst ohne Deine Erlaubnis Bic[ycle] gefahren wäre – aber freilich hätte dann das beste gefehlt: das Bewußtsein, daß deine süße Gnade über mir waltet. – Gestern, mein Schatz, waren wir im Prater (wir vier: ICH, Loris – Salten – BeerHofm[ann] –) – haben wahnsinnig gedraht, sind nemlich im Schweizerhaus gesessen, haben Backhendeln mit Gurkensalat u[nd] Salami gegessen, und sind dann – bitte nicht verhöhnen! – auf der Rutschbahn gefahren, dabei ereignete sich auch nicht das geringste Stubenmädchen, und alle Backen blieben ungekniffen (du bist erstaunt – ich begreife das!) – Damit nicht zufrieden schwelgten wir in einer Zehnkreuzerbude (erster Platz 20 – wir mußten natürlich ersten gehn!) wo eine berückend schöne Donaunixe, die ausschließlich mit einem Verdienstkreuz bekleidet war, unglaubliche Evolutionen ausführte, und in einem zweiten Bild die traurige Geschichte von der Loreley dargestellt wurde. Der »Schiffer im kleinen Kahne« wurde durch einen höchstens 3 Jahre alten Knaben dargestellt; – das goldene Haar der Loreley durch eine Perücke, und dazu spielte ein armer Teufel von Musikant auf seinem traurigen Pianino »Ich weiß nicht, was soll es bedeuten ...
– Auch ein Heinedenkmal! –
– An der »braisgegr-önten hergulösgrafftmaschinne« – gingen wir schwächlich vorüber. --
– Nun ist ein schöner Morgen da, und ich hab natürlich ein bißchen Kopfweh – es scheint, ich bin diesen Orgien nicht gewachsen. An *einem* Abend Salami, Rutschbahn und Loreley; – – zu viel zu viel! –

Leb wohl, mein sehr geliebter Schatz, und auf Wiedersehn heut Abend! – Was machst du denn eigentlich den ganzen Tag? –

Adieu, mein Diltsch
tausend Küsse Dein

Arthur

[TB] 18. 5. 1894
Im Volksth[eater] Giacosa »Sündige Liebe.« – Das Stück außerordentlich, das beste seit Jahren. – Dilly bedeutend. –

[Sch] 19. 5. 1894 [?]
Kind – es ist ja wirklich besser, über Deine Kunst nichts zu sagen, – da können alle Worte der Begeisterung nicht nachklettern. Warum kann man so einen Abend nicht aufbewahren wie irgend ein tiefes Buch oder ein herrliches Bild? Warum werden die Leute in hundert Jahren keine Ahnung haben, wie Du gespielt hast, während sie ohne weiters erfahren können, wie Goethe geschrieben hat? Ich beklage meine Urenkel. ([»] Meine« – methaphorisch.) – Du bist einzig und groß. Und damit Schluß. Ich werde über Deine Leistungen nie mehr was sagen und nie mehr was schreiben; – es ist zu erbärmlich, daß immer wieder die alten pathetischen mißbrauchten klappernden Worte herhalten müssen. –

Auch liebe ich Dich unbeschreiblich.

Dein
Arth.

[TB] 22. 5. 1894
Meistersinger. Dilly Loge; ging nach d[em] 1. Akt, angeblich, weil ich mich nicht oft genug nach ihr umgesehn.

[Sch] 22. 5. 1894 Dienstag Abend
Meine liebe Dilly! –
Du hast mir eine Menge unangenehmer Dinge gesagt – bist endlich auf und davon gegangen – und hast als Abschiedswort nur ein zärtliches: »Schau daß du weiterkommst« gefunden –
– Und was für ein Verbrechen hab ich begangen?? Ich habe mich – deiner Meinung nach, während eines Meistersingeraktes nicht oft genug nach dir umgedreht, – du wirst vielleicht,

ruhiger geworden, selbst zugestehen müssen, daß das über den Spaß geht. »Launenhaftigkeit« ist dafür ein zu mildes Wort, »Ungerechtigkeit« ist auch zu mild. – Solche Dinge sind doch im Grund recht überflüssig. Du solltest doch wohl schon wissen, daß sich meine Liebe zu dir nicht darin ausdrückt, daß ich für irgendein Kunstwerk plötzlich das Interesse verliere. Daß du im Theater warst, hat mich den ersten Akt mit mehr Genuß anhören lassen; – das ist meine Art von Liebe. – Es ist keine schlechte Art. – Ich war wüthend über dich, ich kann's nicht läugnen. – Aber dann, im Laufe der zwei nächsten Akte, bin ich viel ruhiger geworden und drum brauche ich dir nichts von all dem unhöflichen zu schreiben, zu dem ich heute wohl berechtigt wäre. – Maßlos, maßlos ungerecht bist du, und launenhaft wie du es gegen mich nicht sein darfst, und sei es auch nur, weil ichs nicht vertrage. –

Hochachtungsvoll ergebenst

Euer
Arthur

[Sa] *23/5.94* [Von Schnitzler handschriftlich datiert]

Geehrter Herr Doctor Schnitzler.

Sollte es Ihre Zeit gestatten so wäre mir heute ein Besuch von Ihnen sehr erwünscht und angenehm. Sie haben mir mit Ihrem werthen Brief eine rasende Freude gemacht, gestern Abend haben Sie sich sehr bei mir *geschadet*. Durch drei Stunden waren Sie mir beinah *gleichgiltig*. Mein Zustand ist heute greisenhaft zerrüttet. Ich empfehle mich Ihrer Huld und erbitte für heute Abend eine Audienz. Sollten Sie jedoch, mein sehr verehrter Herr Doctor durch Ausflüge, Theater, Cafehaus verhindert sein mir einige Minuten Ihres herrlichen Daseins zu widmen, so lassen Sie sich ja nicht stören ich kann warten und bitterlich weinen. Geht es Ihnen gut ich hoffe mir ganz außerordentlich.

Ihren Sitz lasse ich heute abholen werde denselben übergeben. Also darf ich hoffen Sie heut noch zu seh'n ich werfe mich in den Staub und schweige.

In einer halben Stunde werde ich mir die Antwort beim Telephon holen.

Hochachtungsvoll
Adele Sandrock

[Sch] 23. 5. 1894 Mittwoch.

Meine hochverehrte geliebte Dilly. –

Du bist ein Kind und ich hab Dich lieb. Ich werde mir erlauben heute Abends zu erscheinen. Wenn es Dir recht ist, gleich nach dem Souper vor ½10. Deine »Zerrüttung« ist ein Unsinn. Daß ich mir bei Ihnen geschadet habe, spricht mehr gegen Sie als gegen mich. Auf das [unleserlich] meines Briefes kannst Du ja doch nichts erwidern. Ich habe – wie gewöhnlich – nichts übles gethan, und Du bist launenhaft gewesen und von einer kleinlichen sturer, und überlebensgroßer, nicht würdigen Empfindlichkeit. Du warst mir durch drei Stunden nicht gleichgiltig, wie ich Dir, sondern ich habe Dich gehaßt. . Aber nun ist es wieder vorbei, und da sich der Haß rascher in Liebe wandelt als die Gleichgiltigkeit, so hab ich Dich wahrscheinlich heute lieber als Du mich lieb hast. – Worüber heute Abend noch weiter gesprochen werden kann. – Die »Ausflüge« mein Schatz darfst Du mir nicht vorwerfen – Deine Unzufriedenheit mit meinen Landpartien muß ich mündlich ausführlich mit Dir besprechen, denn ich kann nicht glauben, daß das edle Herz meiner Dilly mir diese unschuldigen meiner Gesundheit nothwendigen Zerstreuungen mißgönnen sollte. »Nirgends bin ich Dir sicherer und besser verwahrt als an dem reinen Herzen unserer Mutter Natur; meine Gedanken sind gewiß reiner und öfter bei Dir, als wenn ich mich in dem bunten Gewühl neidischer und scheelsichtiger Menschen herumwälzte« – schreibt Raimund an Antonie Wagner.

Ich bin freilich weniger als Raimund, und Du freilich mehr als die Wagner – aber ich glaube die Psychologie der Liebe hat die gleichen Gesetze ... Nein, das glaub ich übrigens nicht. – Eins steht fest: gewisse Mißverständnisse brauchten zwischen uns nicht vorzukommen, wenn Du nur nicht jeder Laune sofort nachgeben wolltest. Das mußt Du ja selbst spüren. Du weißt auch in diesem Moment sicher, daß Du mir gestern bitter unrecht gethan.

Leb wohl, liebste Dame, und sei meiner Huld versichert.

Ich küsse Deine Augen

Dein Arthur

[TB] 28. 5. 1894

Bei Dilly. – Scene, weil ich nach München fahren werde. – Schreckliche Weinerei.

[Sch] um den 31.5.1894
Meine geliebte Dilly,
Hier sind einige Blumen und bedeutend mehr Küsse!
Die Blumen behalte; die Küsse mußt du mir wiedergeben; – zum Zeichen – »daß Cheristane einst auf Erden hat geliebt«.
Dein Arthur

[TB] 31.5.1894
Girardi-Jubil[äum]. Verschwender. Dilly gab die Cheristane. Dann war sie mit mir im Riedhof. –

Als Schnitzler im Juni 1894 nach München fährt, müssen er und Adele Sandrock sich zum ersten Mal für kurze Zeit trennen. Schnitzler ist während dieses Aufenthalts unermüdlich im Besuchen von Museen, Ausstellungen, Theatern, der Oper, Cafés. Er spricht viele Leute, schließt flüchtige Bekanntschaften, ist mit seinen gleichfalls in München weilenden Wiener Freunden zusammen – und denkt kaum an Adele. Seine Briefe an sie entsprechen seiner lebenslangen Gewohnheit, den zu Hause Gebliebenen eine genaue Chronik seines Reisealltags zu liefern. Adele, erstmals in räumliche Distanz gerückt, ist für ihn nur »blasse und geschminkte Gegenwart«, innerlich ferner als Mizi Glümer und sogar Olga Waissnix.

[TB] 2.6.1894
Reiste ab. Mit Dilly u[nd] Theo im »Kreuz« soup[iert].

[Sch] 4.6.1894 [Ein Wort unleserlich] München
Meine geliebte Dilly. – Seit gestern also in München. Meine 2 Telegr[amme] und den Brief aus Salzburg hast du schon, und was meine Seele anlangt, Schatz, so hab ich nichts neues von ihr zu sagen. Meine Seele – und nicht die allein – liebt dich; meine Seele – und nicht die allein – sehnt sich nach dir. Was nun die äußern Thatsachen anbelangt: Bahr ist noch nicht da; dagegen hab ich Beer-Hofmann schon angetroffen. Wir waren gestern Abend in Lohengrin; es war dringend nothwendig, da Herr Dippel aus Wien gastirte. Ich war von den 17 Stunden Eisenbahn – wegen des Bicycles hab ich das gethan, – ein wenig müde. – Soupirt, in dem angeblich besten Restaurant – schauerlich, schauerlich, schauerlich! Sehr gut

geschlafen, – so tief, daß ich nicht einmal von dir geträumt hab, mein Schatz. – 7 Uhr aufgestanden; im Café Wittelsbach gefrühstückt. Dann »alte Pinakothek«. Zwei Stunden in alten Bildern geschwelgt. – Wieder im Restaurant Grodemagne diniert – Unsagbar! Unfaßbar! Entsetzlich!!! – Das muß man erleben.
– Sind jetzt im Cafe Opera. Andre Leute speisen hier; darunter siebentausend Studenten mit Mützen und Schmissen. Auch siebentausend spielen Billard.
– Jetzt, mein geliebtes Kind, wollen wir einen Münchner Literaten besuchen, den Dr. Conrad. – Es ist wohl sicher, daß morgen früh zwei oder drei liebe Worte von dir kommen? Und wenn du gelaunt bist, so antworte auch noch auf diesen Brief. – Schreib mir – wenn du gelaunt bist – wie du den Tag, den Abend u. s. w. verbringst. Und jedenfalls, mein geliebter Schatz, sei gelaunt, mich lieb zu behalten.
Tausend Küsse

Dein Arthur

[Sa] 4. 6. 94
[Telegramm]
Innigen Dank für Aufklärung war verzweifelt liege seit gestern starkes Fieber, enorme Schmerzen Millionen Grüße

Dein treuer Freund Diltsch

[Sch] 5. 6. 1894 München, [ein Wort unleserlich]
Meine geliebte Dilly,
bin noch im Café Luitpold, aber nach dem Speisen, zwischen zwei Gallerien – und zwischen zwei großen Dichtern. – Bahr ist heute früh gekommen. –
Gestern Abend waren wir bei der »Jugend« von Halbe. Sehr interessantes Stück, das in Wien wahrscheinlich verhöhnt worden wäre. –
Dein Telegramm, Schatz, fand ich gestern Abend – nun ist hoffentlich Dein Fieber und die Schmerzen völlig weg – Aber, Kind, Kind, daß diese »Aufklärung« – nothwendig war – das hab ich doch nicht gedacht. Ich bin ja ein Säugling des Mißtrauens gegen Dich! –
So sind nun bald 3 mal 24 Stunden, daß ich – von den

telegr[aphischen] Worten abgesehn, nichts, gar nichts von dir gehört. Morgen bekomm' ich wohl einen Brief. Ich reise Donnerstag u[nd] Freitag von hier ab, – wird rechtzeitig telegraphiert – im ganzen fühl ich mich recht wohl – abgesehen von der Sehnsucht nach den lieben Worten und nach den süßen Küssen, die mir in Wien das Leben – nach halb zehn versüßen und verschönen.
Hast du mich lieb? – Mir ist, als hätt ich dich wochenlang nicht gesehn –
Leb wohl, mein geliebter Schatz und tausend Küsse!

Dein dein Arth

[TB] 6. 6. 1894
München [...] Photographie Dillys geschickt bekommen. – Gute Stimmung; gegen Abend getrübt. An Dilly denk ich kaum, an Mz [Mizi] mit schmerzlichem Gefühle des Alleinseins. –

[Sch] 6. 6. 1894 [Telegramm]
Innigen Dank für die entzückenden Bilder sie freuen mich unbeschreiblich. Bitte Schatz Ischl postrestante schreiben, rasch gesund werden und mich lieb behalten.

Tausend innige Grüsse.

[Sa] Mittwoch, 6. Juni [1894]
4 Uhr Nachmittag.

Mein angebeteter Arthur, mein einziger Sonnenstrahl, mein Alles! Kaum vermag ich die Feder zu halten ich bin den letzten 4 Tagen rapid herunter gekommen. Daß Fieber hat mich gänzlich vernichtet. Doch nun zu dir Geliebter, es heißt jetzt in einer kurzen Stunde ein ganzes volles Leben schildern. Bevor die Nacht hereinbricht, laß es mich noch deutlich sagen! Ich danke Dir, daß Du mich zu Dir hinaufgezogen Kind, und ich bekenne feierlich: Ich liebe Dich geradezu unerhört! – Ich bin in großer Sorge um Dich. Niemand kann mir ausreichende Beruhigung geben. Mit offenen starren Augen bin ich dagelegen – und nur das immer wiederkehrende krampfhafte Zucken meines Körpers hat gezeigt, daß Leben in mir ist. Wie konnte das Geschick nur so grausam sein, mich auf der Höhe meines Glücks so zu treffen? Gewiß weil es nothwendig war! Soll ich noch länger in diesem Tone fortfahren – nein – energisch werde ich mich von ihm losmachen. Es ist wirklich einer meiner tollsten Späße, bei dem mir aber leider das Lachen vergeht. – Arthur – so völlig gleichgiltig – abgestumpft verblödet, vertrottelt, theilnahmslos wie ich seit Deiner Abwesenheit war noch nie ein Weib auf dieser Erde! Ich bin einfach verstummt, meine Augen haben so viele Thränen vergossen, daß ich glaube, die Quellen derselben sind versiegt, und doch füllen sie sich beim Anblick Deiner Briefe von neuem! Wenn ich nur nicht so eine grausame Schwarzseherin wäre und immer nur nicht auf die drohenden Wolken blicken möchte, bei jedem Gedanken springt eine Kröte vor mir herum – Arthur – ich hab ja doch Dein Wort daß du mich liebst, und habe Dich dabei grausam gehalten alle die Monate hindurch. Wann werde ich Dich wieder in einem glücklichen Augenblicke des Alleinseins fest an mein Herz drücken, Deine süßen Lippen küssen? Warst Du mir treu? – – – – Mein Schatz – bitte – bitte – lieber keine Antwort! – O, ich weiß, daß junge Leute dergleichen Dinge leicht nehmen, die niedrige Natur des Mannes ist seine eigentliche! – – – – – Hab ich Dich jetzt gekränkt Schatz – komm Schatz – laß Dich küssen. – Sofort bei Deiner Rückkehr mußt Du mir Alles in rücksichtsloser Offenheit beichten, damit ich Dich in Zukunft nicht mehr vergöttere, sondern weiß, was für einen schlechten Menschen ich zum Geliebten habe! Warum schüttelst Du den Kopf – Arthur – warum machst Du ein Gesicht, als ob Du damit gar nicht einverstanden wärst? Weil es in der That eine seelische Brutalität wäre, mir zu sagen, mein Herz gehört einer Anderen? – Gelt? – Grüß Dich Gott mein Engel – jetzt lege ich mich wieder nieder – ich wollte Dir so viel sagen – nichts ist mir gelungen. – Ich bete Dich an – das ist klar, halberstickende Seufzern, Händedrücken

und Küsse. Dein !!!

[Sch] 6. Juni 94

Meine geliebte Dilly, heut ist der letzte Münchner Tag, und ich habe alte Pinakothek, neue Pinakothek, Schack Gallerie, Kunstausstellung und Ausstellung der »Secession«, also meine fünftausend Bilder gesehn, zum Ueberfluß auch noch einige Kunsthandlungen und Malerateliers besucht. Nun müßte ich noch vier Wochen dableiben – oder sofort abreisen. Morgen früh fahr ich weg, und bin Abends in Ischl, wo ich eine Nachricht von dir zu finden hoffe. Sie wird mir doch gutes von dir sagen! Heute ist kein Wort von dir an mich gelangt, weder Telegramm noch Brief. Aber wenn Wünsche eines Menschen, der liebt, Gebete sind, so bist du schon vollkommen wohl, und die dummen Schmerzen sind endgiltig vorbei. Ich denke den ganzen Tag an dich, mein Schatz, und es ist seltsam, wie fürchterlich weit mir Wien und wie endlos lang mir fünf Tage vorkommen. Morgen fahr ich dir doch eigentlich schon entgegen, und soviel schönes ich hier auch gesehn und so angenehm auch der Aufenthalt in der Gesellschaft von Beer Hofmann & Bahr waren, – ich freue mich wieder wegzukommen. Abends waren wir regelmäßig im Theater (Lohengrin – Jugend – StGene – Prinzessin v[on] Trapezunt –) und dann stets im Café Luitpold, (wo es ein ganz menschliches Essen gibt.) – Heut Abends geh ich in die Walküre. Wie schön wär das doch alles mit dir gewesen! Einige tausend Bilder hätte ich dir natürlich erlassen. Von Leuten, die du nicht kennst, habe ich hier den schon neulich erwähnten Dr. Conrad gesprochen, der allabendlich mit uns im Luitpold war, – den Mann der Schauspielerin Conrad-Ramlo. – Montag fahre ich wahrscheinlich nach Hall, und dort werd ich mich nicht lang halten lassen. Sonntag trifft mich also noch in Ischl eine ev[entuelle] Nachricht. – Deine Bilder, mein Schatz, sind wahrhaftig entzückend – ich kann dir gar nicht sagen, was du mir für eine Freude damit gemacht hast. Danke in meinem Namen deiner Schwester für die freundlichen Worte, die sie mir dazuschrieb. Morgen spielst du ja schon! Wirst du an mich denken? Fühle nur, mein Schatz, daß ich in jeder Minute bei dir bin – das klingt wie eine Phrase, und doch ist es möglich, von diesem Gefühl ganz durchdrungen zu sein. Ja, ich bin bei dir, auch jetzt, und wir sind immer zusammen, wenn wir zu gleicher Zeit aneinander denken. Ich denk, wir sitzen nebeneinander, mit geschlossnen Augen und schweigend – Allerdings kann man in dem Fall zu reden anfangen und die Augen öffnen und hat sich wieder – Ich bin aber heut zufrieden, wenn du dich sosehr auf unser Wiedersehn freust, wie ich. Ich bitte dich, mein Schatz, behalt mich lieb, glaub an mich und wisse, daß ich an nichts schöneres, süßeres, geliebteres denken kann als an dich! Ich küsse deine Augen, deine Lippen, deine Hände und bin wie immer ganz der Deine, der dich anbetet. Arthur

[Sch] Ischl, 9. Juni 94.

Meine geliebte Dilly,
hier hab ich nun endlich einen Brief von dir gefunden, auf den ich mich schon von München bis hieher gefreut hatte. Ich danke dir für deine lieben süßen Worte, mein Schatz. Und nun vor allem will ich, wie du es verlangst, deine Frage mit »rücksichtsloser Offenheit« beantworten: Ich war – du bist erstaunt es zu hören – ich war dir treu! In Träumen und Wachen, ja sogar in den mit Recht so gefürchteten »Gedanken« war ich dir treu, und daß es überhaupt so etwas wie Untreue gibt, hast du mir erst durch deine Fragen in Erinnerung gebracht. In diesem Augenblick sei es aber wieder vergessen. –
Gestern Abend, mein Schatz, hab ich in demselben Saal soupirt, wo ich dich das erste Mal in meinem Leben gesehen habe, im Hotel Kreuz, wo ich auch abgestiegen bin. Daß es regnet, ist hier ebenso selbstverständlich wie in Salzburg. Es ist möglich, daß ich schon heute Nachmittag von hier wegfahre, in Linz übernachte, und morgen Vormittag nach Bad Hall segle. Von dort entferne ich mich so bald wie möglich, um *spätestens* Dinstag in Wien zu sein. Vielleicht bist du so lieb, mein Schatz, und telegrafirst noch zwei Worte nach Bad Hall, Villa Gunold. – Hier muß ich jedenfalls noch einen Besuch bei dem berühmten Vogel's machen. – Ueber deine Ohren, mein Schatz, schreibst du nichts mehr, und ich kann wohl mit Sicherheit annehmen, daß die Schmerzen gänzlich geschwunden sind. Aber wen du gesehen, was du Abends und Tags über gemacht hast, davon weiß ich gar nichts! Was ist das mit Franzensbad? Und mit der Abreise am 16? – Ich hab mich gewundert, in deinem Brief darüber nichts näheres zu finden? – Nun werde ich ja bald alles aus deinem Mund hören – das ist aber nicht der einzige Grund, warum ich mich nach diesem Mund sehne; – und dein Mund ist nicht meine einzige Sehnsucht. Du hörst aber noch von mir, mein geliebter Engel, bevor wir uns wiedersehen, bevor ich [in] deinen schönen und beglückenden Armen bin –
Leb wohl, behalt mich lieb und sei tausendmal geküsst

Dein, dein, dein
Arthur

Arthur Schnitzler zu Beginn der neunziger Jahre.

Die Frauen um Schnitzler

Links oben: Mizi Glümer, die Frau vor Adele Sandrock.
Rechts oben: Mizi Reinhard, die Frau nach Adele.
Links: Olga Waissnix, die Seelenfreundin.

Der Freundeskreis

Links oben: Richard Beer-Hofmann, den der von Adele Sandrock verursachte Wirbel empfindlich störte.
Rechts oben: Hugo von Hofmannsthal, den Adele Sandrock nicht ausstehen konnte.
Rechts: Hermann Bahr, der einige Zeit lang mit Adeles Schwester Wilhelmine liiert war.

Ein typisches Bild aus den frühen neunziger Jahren. Von links nach rechts: Gustav Schwarzkopf, Richard Beer-Hofmann, Arthur Schnitzler. Sitzend: Felix Salten.

[TB] 10. 6. 1894
Schatten der Frauen. Die verblassende Olga, banal; – der traurigblasse Schatten Mizis, – die blasse und geschminkte Gegenwart – Dilly – doch das blasseste und fernste. –

Nach Schnitzlers Rückkehr beginnt der Wiener Alltag von neuem. Adele Sandrock nimmt mit der Rebekka West in Ibsens »Rosmersholm« eine ihre besten Rollen wieder auf, die ihr den wohl größten künstlerischen Erfolg am Deutschen Volkstheater gebracht hat. Schnitzler schreibt weiter am »Armen Mädel«. Sie sehen sich fast täglich und streiten viel. Beliebtester Anlaß Adeles sind die Briefe von Mizi Glümer, die nach wie vor eintreffen und eifersüchtige Maßnahmen veranlassen – so verlangt sie etwa, daß sie diese Briefe ungelesen erhält: sie will sie vernichten.
Am 22. Juni 1894 kommt es anläßlich eines Festes zum 60. Geburtstag der Mutter Sandrock zu grotesken Vorkommnissen, die Schnitzler Jahre später viel von der Stimmung seines Einakters »Haus Delorme« liefern werden. Wenige Tage danach reist Adele Sandrock in die böhmischen Bäder, was die zweite Trennung des Paares bedeutet.

[TB] 11. 6. 1894
Nach Tisch Abreise; nach Wien [...]
Abends bei Dilly. – Langweilig.

[TB] 12. 6. 1894
Rosmersholm studiert mit Dilly. –

[TB] 16. 6. 1894
Nach Therese Krones mit Dilly, deren Mutter u[nd] Salten im Riedhof soup[iert]. –

[TB] 18. 6. 1894
Bei Dilly, zehnmal gezankt, zehnmal versöhnt; – enervirt, nicht aus der Tiefe des Gefühls!

[TB] 19. 6. 1894
»Sündige Liebe« mit Sonnenthal u[nd] Dilly. – Nachher Bahr (mit dem ich jetzt sehr gut bin) u[nd] ich bei ihr soup[iert]

[TB] 20. 6. 1894
Brief v[on] Mz. [Mizi] – Nachmittag Dilly lang bei mir. Fand Mz's Brief, weinte u[nd] zerriß ihn.

[Sa] Mittwoch Nacht 1 Uhr
20/6. 94 [Von Schnitzler handschriftlich datiert]
Mein liebster Arthur!
Sei mir nicht böse Kind wenn ich Dich mit einer Bitte noch belästige bevor ich mich niederlege. Du weißt ich bin ein eigenthümlicher Charakter, und so dürfte Dich die Mittheilung wohl nicht in Erstaunen setzen, wenn ich Dir sage daß ich mich grenzenlos unglücklich gefühlt habe über diesen Brief. Du wirst einmal im Leben aufrichtig sein und mir zugeben, daß es doch für eine Frau die einen Mann so innig liebt wie ich Dich, nicht angenehm ist wenn sie weiß daß dieser Mann fort und fort Briefe erhält von einer anderen Frau. – Und was für Briefe! – Ich habe *entsetzlich* darunter gelitten – ich kann es Dir nicht beschreiben – und bitte Dich nun mir einen Beweis Deiner Liebe zu geben. Erhältst Du in Zukunft wieder von diesem entsetzlichen Weibe einen Brief so sende ihn *mir ungeöffnet – und ich gebe Dir mein Ehrenwort daß ich ihn ungelesen verbrennen werde!* Nachdem Du die Dame doch nicht mehr liebst, wird Dir ja die Erfüllung meiner Bitte kein Opfer sein und ich werde die Beruhigung haben, daß sich Nichts zwischen uns drängt. Ich bitte Dich auf meinen Knien Arthur – thue mir diesen Gefallen – und Du sollst seh'n wie ich es Dir danken werde. Erfüllst Du mir *nicht* diese Bitte so muß ich so leid es mir thut mit Dir *brechen* – denn das vertrage ich nicht – denn ich werde wahnsinnig. Ich liebe Dich zu sehr mein Arthur – ich will Dich ganz allein haben. Keine Frau soll das Recht besitzen Dir so unerhörte Briefe zu schreiben. Liebe – Verlangen – Sehnsucht – Achtung – Treue – Verzweiflung – Hingebung – sind Worte die Du von mir zu vernehmen hast, und wenn Du mich wirklich liebst so wirst Du ohne Umstand dieser meiner Bitte Folge leisten. *Ich* gehöre *Dir* mit Leib und Seele ganz und gar – dasselbe verlange ich von *Dir!* Arthur – mach mich nicht unglücklich. –
Du bist ein großer genialer Geist – sag mir – ja mein lieber Diltsch ich thue es mit Freuden – ich will nichts mehr lesen was die Frau mir schreibt, und dann erst werde ich Dir zeigen

was ich Dir sein kann und werde! – Ich erachte diese Sache als abgethan – und danke Dir mit unzähligen Küssen. Jetzt Schatz noch ein Anliegen! – Wir sind nur noch kurze Zeit beisammen, die wenigen Stunden, die Du mir schenkst – in diesen möchte ich Dich *allein* haben. Nehme daher nicht den Herrn Schick mit in den Riedhof – komme allein – ich bin nach der Vorstellung in einer halben Stunde dort. Und jetzt mein lieber angebeteter Arthur – sei lieb und brav – sei nicht ein süßer Dickschädel und mach mich glücklich! Ja? Mein Engel! Bitte, Bitte. Ich war heute als ich von Dir fort ging bei Deinem Hausmeister in Grillparzerstraße 7 – und bin nun endlich unterrichtet. Es hat mich wohl gekränkt daß eine Frau wie *ich* solche Mittel und Wege einschlagen muß um von Dir was zu erfahren – nun ich weiß jetzt *Alles* – und ich könnte mich verachten – wenn mich meine grenzenlose Liebe zu Dir nicht entschuldigen würde. Wie der Mann mir sagte, ja – es kam immer eine rothaarige Namens – und eine brünette kleine Dame Namens – zum Herrn Doctor – da bin ich bald ohnmächtig geworden. – Auch sprach ich Deine Bedienerin die nicht lesen und schreiben kann – na – ich bin sichtlich gealtert. Aber – kein Wort sollst Du je von mir hören – Arthur – aber – hier ist mein Entschluß – so wie ich es Dir geschrieben.
In Zukunft bekomme ich jeden Brief – Dein Ehrenwort bürgt mir dafür – und dann mein Engel – dann liebe ich Dich ebenso wie man so ein Wurm, so ein *göttliches*, liebt, wie Du es bist! Dein unglücklicher Diltsch Arthur denn heut *ist er unglücklich.*

[TB] 21. 6. 1894
Rosmersholm (Dilly). Mit ihr im Riedhof soup[iert]. Briefe von Mz [Mizi] und von Dilly (die verlangt, sie wolle Mzs Briefe ungelesen zum zerreißen bekommen).

[TB] 22. 6. 1894
Nachts Dilly, die mich mit Eifersucht auf die Vergangenheit quält; und Geschichte von Frl. Gl[ümer] erzählt – Heut vor fünf Jahren hab ich Mz [Mizi] zum ersten Mal geküßt. –

[Sa] 3 Uhr 11 Minuten.
Mittwoch. Wien
27/6. 94 [Von Schnitzler handschriftlich datiert]

Arthur!
Kind, Schatz – Goldfisch, Engel, Liebling – Mutzi, ich *bete* Dich an – ich *liebe* Dich – Du süßes, süßes kleines liebes einziges Ungeheuer! – G'schwind bevor ich zu Tisch gehe noch ein gutes seeliges Bussi! –
Ewig Ewig Du angebeteter Engel, Du mein Herrgott
Dein Diltsch

[TB] 27. 6. 1894
Dilly abgeholt zu Willy. – Fête zu Ehren des 60. Geburtstages der Mutter. – Vater, ancien Offizier; die Mutter, der Bruder Christel, die Schwester Gastgeberin; – Herr Woegerer (etwa August Witte), der Lebemann, feist Hirsch; ich. – Toast des Alten unter Räuspern und Thränen auf die Mutter. – Zeigt deren ersten, silberumrandeten Brief. Woegerer spricht; wienerisch gemüthlich; – Hirsch eilig, angeblich humoristisch, aufs Familienleben dieser Schauspielerfamilie; der Bruder hübsch, dumm, gut, mit Witzen zu 10 Centimes – Klavier Woegerer und ich. – Tanz. – Dilly beim Klavier knieend, wer immer spielt. – Die schwangre Dienstmagd, Geliebte eines Dr. Spatz, die mittanzt. Dann Dilly, Cigarette im Mund, mit ihrer Mutter, das Champagnerglas in der Hand. – Polizei schickt herauf. – Mißglücktes Gedankenlesen Christels – Neue Toaste. – Vater auf Woegerer. – »Ich las das Gedicht dieses Mannes, der nicht Dr. Phil oder theol. ist – nein, ein biedrer Mann wie ich und ich sagte meiner Frau: Der ist so poetisch wie ich als junger Mann war; dem wird man auch einmal einen Brief mit Silberrand schreiben. [«] – Christel singt »Trompeter« etc., Willy singt. – Woegerer: Bitte, Geburtstagslied und Husch, husch, husch. – Dilly im Schaukelstuhl spricht mir von ihrer Liebe. – Brief Dillys, den der Vater mit hat als 9 j[ährige]. – Sie verschwindet. – Man schimpft über die Odilon wegen Unmoral und das Gespräch geht hin, als wären die Mädels Ausbünde der Tugend. – Der Morgen graut. – Der alte erkundigt sich im Nachhausegehn bei mir nach Burckhard.

5

»Bleib mir treu«
(Sommer 1894)

Als Adele Sandrock abreist, hinterläßt sie in Schnitzlers Leben kaum eine Spur. Er notiert nur den Empfang ihrer Briefe oder Telegramme, versieht sie in seinem Tagebuch aber unbarmherzig mit wenig freundlichen Kommentaren.
Am 12. Juli 1894 kommt die dreiundzwanzigjährige Marie Reinhard als Patientin in Schnitzlers Ordination. Er notiert in seinem Tagebuch, daß sie ihn »interessiert«. Noch weiß er nicht, daß er hier der Frau begegnet ist, die ihn innerlich von Adele Sandrock befreien und fünf Jahre lang, bis zu ihrem plötzlichen Tod 1899, sein Leben bestimmen wird.
Adele Sandrock verbindet einen Kuraufenthalt in den böhmischen Bädern mit einem sommerlichen Stargastspiel. In Marienbad tritt sie in allen ihren Erfolgsstücken auf: »Francillon«, »Eva«, »Die Hochzeit von Valeni«, »Der Fall Clemenceau«. Die Arbeit nimmt sie so in Anspruch, daß sie Schnitzler nicht oft schreibt – aber wenn, dann versäumt sie nicht, ihren nach wie vor glühenden Liebesgeständnissen die naiv-selbstbewußte Schilderung ihrer schauspielerischen Triumphe hinzuzufügen.
Als neue Rolle studiert Adele die Magda in Sudermanns »Heimat«, eine der großen Virtuosenrollen der Zeit (Eleonore Duse feierte mit ihr Triumphe). Nachdem sie zwischendurch auch in Franzensbad gastiert hat, spielt Adele Sandrock die Rolle erstmals am 13. August in Marienbad.
Die Briefe, die Schnitzler in diesem Sommer an Adele Sandrock schreibt, sind nicht erhalten. Die Schauspielerin zeigt sie in der Garderobe den Kollegen, wie Schnitzler später erfährt (TB, 24.4.1895), und dürfte sie dann nicht weiter verwahrt haben. Von ihm gibt es daher nur seinen Beitrag in den »Doppelbriefen«, in denen er ihr Fragen stellt, die sie beantwortet und den Brief danach zurückschickt.
Schnitzlers Fragen sind allgemeiner, freundlicher und nüch-

terner Natur. Nur wenn er sich beispielsweise erkundigt, ob »Charly W.«, also der Komponist Charles Weinberger, auch in Marienbad sei, klingt etwas wie Eifersucht oder zumindest Mißtrauen an. Und als Adele alle Pläne und Abmachungen immer wieder umstößt, vermutet er, daß sie ihn betrügt – was ihm allerdings im Tagebuch nicht mehr als eine diesbezügliche trockene Feststellung entlockt.

[TB] 2. 7. 1894
Abends bei Dilly, die unter Thränen Abschied nimmt. Mir wars vollkommen gleichgiltig.

[Sa] *3/7. 94* [Von Schnitzler handschriftlich datiert]
Mein angebeteter einziger theurer Arthur!
Was soll ich Dir sagen Dir schreiben mein Schatz? Ich bin seit gestern ein altes abgemagertes häßliches Weib geworden – ich die Dilly mit den bildhübschen Augen – wohin ich mich in meiner Verzweiflung flüchten werde ist mir heute noch unbekannt. O Schatz – dieser Menschenschlag hier ist wohl fürchterlich – das mit eigenen Augen mitanseh'n zu müssen ist schauderhaft! Lauter dicke Sattwüllste schwirren herum – ein Gespenst noch scheußlicher wie das Andere – ein ekelhafter brutaler Ameisenhaufen – ordinaire direkt gemein. – Entschuldige Du Engelskopf diesen unschönen Ausbruch meiner beleidigten Seele hier werde ich wohl nicht lange bleiben. Ich bin nervös zum ersticken – und sage Dir für heute nur daß Du mein Lebensglück meine ganze schöne herrliche Welt bist – Du schöner Du kluger, Du einziger Mensch, Du mein *»Herrgott«!* Leb wohl – behalte lieb

Deinen Diltsch der Dich
küßt mit seiner ganzen Gluth!

Adresse
Frl. A. S.
Marienbad im Hause Strauss
Kreutzbrunnenstrasse

[TB] 8. 7. 1894
Hochzeit Julius mit Helene. [...]
Telegramm von Dilly: »Bitte sich nicht zu verloben« –

[Sa] Sonntag 3 Uhr
8.7.94

Mein einziger angebeteter Arthur. –
Gerade in diesen Tagen, wo Du allerhand Vorbereitungen zu Deines Bruders Hochzeit zu treffen hast, wollte ich Dich nicht stören. Deshalb hab ich Dir nicht geschrieben. Ich danke Dir innig für Deinen süßen herrlichen Brief, und wenn ich besser gelaunt und nicht so rasend aufgeregt wäre, würde ich ihn würdig beantworten, aber es ist mir nicht möglich, still und ruhig sitzen zu bleiben, noch weniger vernünftig zu denken! Die Cur regt mich derart auf, daß ich nur so fliege. Was ich thue und treibe Schatz ist nicht der Mühe werth es Dir zu sagen. Man sieht mich *nirgends*, ich bin stets allein – spreche mit Niemanden, gehe nur mit meiner Donia im Wald herum, da wo kein Mensch ist – fahre Nachmittags von 5 – 7 Rad, ganz weit außer der Stadt, *und* liege um 9 Uhr zu Bett. Die Toni Schläger wohnt neben mir, sogar sie habe ich ersucht mich nicht mehr zu besuchen, weil ich geradezu schrecklich nervös bin. Meine Cur fange ich zwei Stunden später an wie die Ameisen – und so bin ich dann überall allein! Ich habe das Gesindel aber doch vor Augen, weil ich gerade am Kreutzbrunnen wohne! – Nun könnte ich Dir freilich sagen was ich den ganzen Tag *denke* – aber Schatz Du weißt es ja so – und wozu die sentimentalen Phrasen! – Du bist ein nüchterner gesunder Verstand – hast ein Herz wie tausend Andere – Dir erscheinen doch nur diese Liebesausbrüche lachhaft – nicht mein Engel? Aber liebhaben thu ich Dich *unendlich!*
Das ist doch nicht lächerlich! – ich sandte Dir ein Telegramm mit der Bitte Dich nicht zu verloben? Was denkst Du darüber? – Leb wohl Schatz für heute. Ich lebe und zittere vor Aufregung! Diese Cur mit ihren beengenden Einschränkungen wirkt furchtbar auf mich. Wozu denn nur solch faden ärztlichen Vorschriften gehorchen – Vorschriften, die oft nur da sind, den Patienten den Mangel positiver Heilmittel zu verbergen. Ich mein Schatz möchte bei Gott wissen was mehr schadet, sich nach Liebe und Alkohol und Zigaretten verschmachten und in die wahnsinnigste Aufregung der Entbehrung zu gerathen, als von diesen paradiesischen Seligkeiten ordentlich zu kosten. Kind – glaube mir – es giebt nur eine Medizin und das ist der Genuß! Und wenn man sich darin

einen kleinen Grad von Mäßigkeit auferlegt, so ist sie bloß deshalb gut um sich den Genuß nicht durch Überreiz oder vollste Befriedigung zu verleiden. So! – Du hast meine Ansicht – jetzt kannst Du von mir denken, was Du willst. Das sagen die klugen Männer der Weisheit immer, leben Sie vernünftig, damit sie alt werden! Was heißt alt werden??? Vielleicht hundert Jahre schlecht gegessen – ganz [unleserlich] geschlafen zu haben, kurz eine Nr. der Allgemeinheit zu sein? Oh nein, ich muß etwas *erleben, das* nenne *ich leben!* Von jetzt an pfeife ich auf die medizinische Fakultät! – Aus! – Ich bin wüthend verliebt in Dich – noch wüthender daß ich da so ohne Dich herumirren muß. –
Bleibe mir gut! –

Dein treuer
Diltsch

[TB] 16.7.1894
Von Dilly hör ich wenig, was mir gleichgiltig ist.

[Sa] Königswart. Sonntag 4 Uhr
22/7.94 [Von Schnitzler handschriftlich datiert]
Mein angebeteter Liebling, mein Kind mein Gott mein Alles – Wie soll ich Dir danken für diese reitzende Aufmerksamkeit die Du mir heut von Ischl geschickt! Ich hatte eine solche Freude die wohl schwerlich zu beschreiben ist. Sei mir nicht böse Arthur daß ich so wenig schreibe was ich thue und treibe – ich finde es so geistlos anzufangen aufzuzählen was man so einen lieben langen Tag thut. Du weißt Engel daß ich *nur an Dich* denke – ich sitze oft stundenlang am Fenster und Dein Bild in meiner Hand und träume von unserem Wiederseh'n. Wie stellst Du Dir das vor? Ich sehe es täglich mehr wie ich Dich mit ganzer Seele liebe – ich kenne Nichts höheres als Dich – Du bist mir eben *Alles Alles!*
Seit 9 Uhr früh bin ich heut hier in Königswart im Schlosse Metternich – mit meiner Anna! Ich bin zwei Stund per Wagen gefahren – hier ist Niemand ich studire Heimath und fahre vor 9 Uhr nicht heim. Es ist an Sonntagen nicht zum existiren in Marienbad – die Menschen vertreiben mich! Ich spielte vorgestern Clemenceau – ich sag Dir die Menschen waren rasend. 25., 26. d. M. spiele ich in Franzensbad. Die Heimath macht mir viel zu schaffen ich lerne wie blöd – na jeder halt

wie er kann. Meine Toiletten dazu sind bereits aus Wien eingetroffen – ich habe sie bei der Schlesinger machen lassen und werde bildhübsch ausschauen. Das Concertkleid ist geradezu feenhaft blendend!
Ich soll nun 3 mal in Ischl spielen – sage mir mein Liebling wann Du wieder da bist, sonst fahre ich nicht hin. Ich muß nun noch 3 Wochen länger hier bleiben, um meine Cur fortzusetzen, die ich natürlich unterbrechen mußte – also Salzburg ist Nichts – aber wenn Du lieb und süß bist kommst Du auf einen Tag daher bevor Du mit Deinen Freunden fährst. Ich gedenke doch noch an die See und zwar Ostende zu geh'n – und meinen Urlaub auf 3 Wochen zu verlängern. Mein Radfahren habe ich aufgegeben weil ich es nicht erlerne. Ich habe Dir enorm viel zu erzählen Liebling. Wenn Du jetzt nach Wien fährst könnte ich auch einen Tag Dich besuchen kommen! Schick und viele Bekannte aus Wien kommen selbstredend zur Heimath hieher – auch Suderman der in Carlsbad weilt. *Dich* frage ich nicht mehr Schatz! Ich habe meine Gründe. Recht naiv warst Du gestern in Deinem Briefe mit der Lili Meißner – das sollte mich doch wieder in die Höhe bringen, nicht – Gefehlt mein süßer Herr – aber nehmen Sie sich in Acht – ich könnte auch übermüthig werden. – Liebling denke Dir bis jetzt war ich Dir noch *treu* – wie ist denn das mit Dir??? Ha! Ha! – *Bitte* Schatz betrüg mich nicht – das wäre so ehrlos und niederträchtig – bitte *nicht* mich begaunern! – Und jetzt leb wohl. Ja – noch was – bitte Herzl – *Reimers* ist momentan in Ischl – bitte ihm meine innigsten herzlichsten Grüsse zu übermitteln – ja – sei so lieb Schatz. Und nun leb wohl sei versichert Kindchen, daß ich Dich *anbete* und ich Nichts auf dieser Welt habe was ich so innig und Herzlich liebe als Dich!
(Diese Liebesbetheuerung ist doch nicht überspannt, gelt?)

100000000000000000 innige Küsse

[Sch/Sa] *22/7. 94*

Etwelche Fragen.

Mit wem zu Tische? Bis jetzt jeden Tag allein am Zimmer gegessen.

Mit wem nach dem Theater soupirt? – Lächerlich und blöd darauf zu antworten – selbstverständlich allein. –

Nerven? Ob der großen Sehnsucht nach Dir elend.

Alcohol? Nichts
Nicotin? Zehn Cigaretten per Tag.
Welche Bekannte? – Lauter Trotteln meist aus Wien u[nd] Berlin.
Hof? rasend.
Blumen? – Täglich von blöde Kaffern.
Olga? – Trinkt nicht mehr.
Alfred? – Ist sehr lieb
Schwester sehr traurig wegen Victor [Woegerer]
Mama? – gut sehe sie nie
U. s. w. U. s. w.
Mimen? – vielleicht 29. 3.; Heimath
Treue der Thatsachen? – Rohheit zu fragen.
Treue der Gedanken? – selbstverständlich
So – – – – jetzt aber endlich damit Schluß.

[Sa]
I. Radpartie am 26.7.94 nach Königswart.
Ha. Ha. Ha!
Meinem Arthur zum Andenken an seinen Diltsch.
[Siehe auch Abbildung im Bildteil.]

[Sch/Sa] *26. 7. 1894*
Fragen, zur Erleichterung der Antwort.
1.) Bleibt es dabei, daß wir uns 14. Aug[ust] Salzburg treffen? –
Ja.
Und wie lange bleibst Du da in Salzburg?
bis 18ten, fahre dann Ostende.
2.) Schließest Du mit Marienbad die Ferien ab oder gehst Du noch wohin? –
Nach Ostende – lasse mir dann noch von dort aus einen Nachurlaub drei Wochen geben!
3.) Kannst Du ev[entuell] von Salzburg aus nach Ostende reisen? –
Ja. Ich muß meiner Nerven halber an die See! –
4.) Namen der Leute, mit denen Du verkehrst.
Olga de Golovine, eine junge Russin wohnt im Hause – Alfred und Olga sehe ich ab und zu – sonst Niemand! –
5.) Ist Herr Charly W[einberger] in Marienbad? – War er? Wie lange?

War bis jetzt noch nicht da, habe keine Nachricht, wird auch wohl hoffentlich nicht kommen! Schatz – ich liebe Dich.
6.) Symptome deines »entsetzlichen Zustandes«? –
Rastloses Hin und Her, keine Ruhe, Angst – Schwindelanfälle, immer weinen – entsetzlich reitzbar. Sonst gesund.
7.) Wie viel Alcohol, wie viel Cigaretten per Tag.
2 Glas Weißwein mit Wasser per Tag – 5 kleine russische Zigaretten. Eine Zigarette enthält 4 Züge.
8.) Wann gehst Du schlafen? Wann stehst Du auf?
Verschieden – je nach meiner Stimmung, meistens 10 Uhr. Aufsteh'n 6 Uhr früh.
Wer ist Dein Arzt? –
Dr. Heillern. Consultirte ihn bis jetzt 3 mal, bedeutender Fortschritt, früher täglich 2 mal.
9.) Wohin willst Du von Salzburg, 14. August, aus gehen? –
Daß weiß mein Kind schon. Sowie das Wetter gut ist fahre ich – Christel und der Bicycle Lehrer von mir nach Carlsbad. 1¼ Stunde hin. Was sagst Du dazu, Mutzi? – per Rad natürlich.
10.) Ist es Dir vielleicht lieber, erst zwischen 16. und 20. Aug[ust] in Wien mit mir zusammen zu treffen? –
Nein, es dürfte zu heiß sein in Wien.
11.) Was liesest Du? –
Bis jetzt Nichts. Habe keine Ruhe dazu.
12.) Sind meine Bilder noch an den früheren Plätzen?
Da wirst Du die Güthe haben mir erlauben zu schweigen – denn diese Frage ist boshaft.
13.) Ist jene Bemerkung (die ich im Brief citirt) Scherz oder Ernst? – –
Scherz! –
So mein süßes Lamperl für heute ist nun Deine Neugier wohl befriedigt, was? Es ist hier ein schauderhaftes Wetter immer Regen Blitz und Donner. Daß verstimmt mich noch mehr. Auch bin ich über den Tod des Erzherzogs Wilhelm geradezu entsetzt. So ein guter Mensch mußte einen so grauenhaften Tod finden – Gräßlich! –
Ich kann die Zeit nicht mehr erwarten dich endlich zu seh'n. Ich bin gezwungen noch 14 Tage hier zu sitzen, weil ich noch 7 Bäder nehmen muß immer einen Tag um den Andern! – Darum dauert mein Aufenthalt so lang. Gestern habe ich mich furchtbar erkältet, muß daher heute das Zimmer hüten. Mein Ausseh'n ist ein Furchtbares. Blas – angegriffen vom

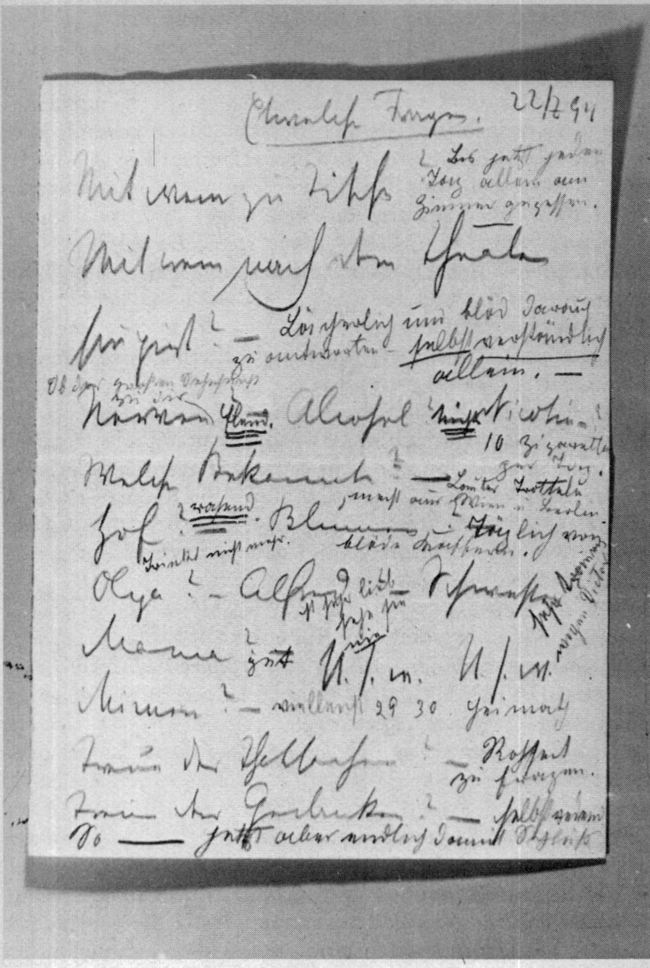

»Doppelbrief« vom 22. 7. 1894.

Moor – die Augen sind schlaff von der Sonne der Geist umnachtet! Willy ist gestern Abend nach – fährt dann Ostende. Nun kann ich Dir endlich eine frohe Kunde bringen: denk Dir mein lieber Engel – Herr – – – – – – – – Bela Hass ist hier! – Nun bist Du wohl glücklich. Also Schatz – eine wirkliche Überraschung. Ich fahre jetzt Velocipede daß es ein Vergnügen ist. Ich wollte Dich überraschen – aber ich gönn Dir die Freude schon jetzt. Aber jetzt muß der Diltsch ins Bad – es ist höchste Zeit. Du – was hast Du denn immer in Salzburg zu thun? Auch möchte ich Dich innig bitten mir doch endlich die Briefe zu senden, die Du in letzter Zeit erhalten. Du hast es mir versprochen. Ich werde sie sofort vernichten. – Schreib mir wen Du in Salzburg besuchst und wie lang Du bleibst.

Dein – ganz ewig Dein Diltsch

[Sa] Marienbad, Freitag 9 Uhr Abends.

27/7. 94

Meine süße Sympathie! –
Engel – Kind – Liebster – Heiligstes – Sonne – Leben – ich *bitte* Dich zürne mir nicht daß ich nicht geschrieben – ich *kann* nicht – denn ich bin *halb todt* vor Aufregung. Ich habe mich mit dem Studium dieser elenden Magda so angestrengt, daß ich jetzt todt mit den Nerven bin und brauche Erholung. Was soll ich doch Dir sagen – wenn ich nicht kann? Ich habe nun begonnen ernstlich meine Cur zu gebrauchen, und habe meine Gastspiele abgesagt. Erst kommt ja doch die Gesundheit. Wie soll ich Deine Launen in Zukunft ertragen, wenn ich mich nicht bedeutend stärke? O Schatz – hätt ich Dich nur bei mir – Du könntest mich zu Tode quälen. – Kind – hab' mich doch endlich einmal lieb, so wie es sich gehört! Mutzi – ich hab Dir Wafferln geschickt – hast sie erhalten? Mon petit exsalte ich habe Dich enorm lieb, mein ganzer Zustand ist nur Verlangen – endlos, zartes Begehren nach Dir! – Kind – noch *nie* hab ich Dich so ohne jedweden Anspruch auf Sinnlichkeit geliebt wie hier, in diesen wüsten Tagen! – O mein blonder kleiner Engel – Du bist ein prächtiger Knabe! Eben wollt ich eine Fliege tödten – sie ist aber wehrlos – ich lasse sie daher leben. – Also – mein Lebenslicht – gespielt kann nicht mehr werden, Franzensbad – Ischl – Karlsbad – Alles abgesagt. Jetzt wird der Diltsch sich pflegen und nur an seinen Arthur

denken. Arthur – glaub' doch nicht Du Engel, daß ich Dich weniger liebe wenn ich nicht täglich schreibe – ich schwör es Dir – ich kann nicht. Diese Moorbäder regen wahnsinnig auf. – Am 5ten komm ich nach Wien Dich zu seh'n auf zwei Stunden. Hierher kannst Du unmöglich kommen, ganz Wien ist vorhanden – man würde uns seh'n und das könnte mir schaden. – Liebling – ich bitte zu Gott – also zu Dir – bleib mir treu – hauptsächlich mit Deinen *Lippen! Ja* – Ich lebe *nur für Dich,* so lange ich Dich anbete wie jetzt. Gott schütze Dich und Deine Liebe zu mir.

Deine Dilly

[TB] 29.7.1894
Von Dilly abgeschmackter Brief. Sie scheint plötzlich nicht zu wollen, daß ich nach Marienbad komme; betrügt mich wahrscheinlich.

[Sa]
M[arien]Bad, Montag 2 Uhr
Juli 94 [Von Schnitzler handschriftlich datiert]
Süßer Schatz.
Und wenn Du mich umbringst ich kann jetzt keinen Brief schreiben. Theile mir mit wann Du in Ischl bist und Adresse. Mir kommt das sehr verdächtig vor daß Du schon wieder dahin fährst. Arthur wenn Du mich betrügst ich erschieße Dich! – Lach nicht so frech! – In einigen Tagen wenn ich ruhiger bin werde ich Dir genau schreiben – jetzt kann ich es nicht, denn ich fliege vor Nerven – daß Du mir so liebe so göttliche Briefe schreibst und so oft, werde ich Dir *nie nie* vergessen – Du bist wohl das süßeste Wurm das liebste Geschöpf auf der Welt – hach – auffressen könnt ich Dich Du Kind – Du angebetetes Menschenfleisch. – Also Mutzi in einigen Tagen schreibe ich Dir ausführlich. –
Ich küsse Dich tausend Millionen Male

Dein nervöser
Diltsch.

Kann nicht schreiben
Verkehren thue ich mit Niemanden bin immer allein. – Hätte ich eine Ahnung gehabt – Du wärest zur Heimath hierher gekommen – es wäre Alles anders gewesen. – Du bist doch ein

heimtückischer boshafter Gnom – jetzt wo Du weißt die Vorstellung findet nicht statt – sagst Du mir frech – ich wäre gekommen. – Jetzt will ich Dir nur sagen, daß ich nur nicht gespielt habe weil Du so niederträchtig mir geantwortet hast. Das ist aber noch keine Zusage. So – jetzt fängt es an zu regnen – ich geh heim und werd versuchen Dich ob Deiner Bosheit heut nicht lieb zu haben.
Arthur – bleib mir treu – *nicht allein* mit den Lippen.

Ewig Dein.

[Sa]
Marienbad. Sonntag 11 Uhr

5./8. 94 [Von Schnitzler handschriftlich datiert]

Mein süßes einziges Kind.
Endlich erhielt ich heute von Dir Nachricht – es war die höchste Zeit, hast Du mich doch volle drei Tage warten lassen. – Also mein Engel – wir werden uns seh'n bald seh'n – – – – wie stellen Sie Herr Doctor sich das vor??
Ich schrieb gestern an Herrn Director Bucovics um einen Nachurlaub von 14 Tagen – habe bis jetzt noch keine Antwort. – Mir geht es bedeutend besser mein Herz – ich habe meine Cur beinah beendigt und hoffe mit Gottes Hilfe am 15ten wie Du es wünscht in Salzburg zu sein. Bekomme ich noch Urlaub fahre ich noch nach Ostende, weil mir Urbantschitz streng anempfohlen hat noch die Seebäder zu gebrauchen. Er hat mir einen geradezu süßen Brief geschrieben – und beschreibt unter Anderem – ich rathe Ihnen dringend die letzten Wochen Ihrer Nachcur *nur Ihrer Gesundheit* zu leben – und sich sehr zu schonen! – Na – wenn ich nach nach Salzburg fahre – Du wirst Wunder auf mich wirken – denn Dich mein Kind – liebe ich derart rasend – daß ich schon vollkommen hergestellt bin wenn ich nur daran denke Dich zu seh'n. – Mutzi – warst Du mir treu? O Kind – ich kann Dir ruhig in die Augen seh'n – aber Du! – Nun Putzel – will ich schlafen geh'n. Bicycle bin ich nicht mehr gefahren – es hat mich zu sehr angestrengt. –
Für heute tausend innige Grüsse und Küsse von Deinem

Dich anbetenden Diltsch

Meine Familie ist wüthend das ich nicht schon jetzt nach Ostende fahre – ich mein Kind bin gar nicht dafür – jetzt habe ich mich so schön erholt – und soll diese weite Reise unternehmen – da strenge ich mich mehr an als gut ist – gelt Butzi? Wirst Du lieb und gut sein mit mir – muß ich Berge steigen? Museen besichtigen – Schlösser und Gärten? Bitte – nein – nur mit Dir will der gute Diltsch sein – ganz für Dich leben – still und ruhig, die paar Tage mit Dir verbringen. Wie lang kannst Du Dich mir widmen, *das muß ich wissen.* Bitte auf diese Frage Antwort per Telegraf. – *Sofort.* Bitte Schatz. Und – noch Eins. – Gehst Du Anfang September auf drei Wochen fort von Wien? Wenn ja – komme ich nicht zu Dir nach Salzburg und fahre direckt von hier nach Ostende – schreibe dann dem Bucovics daß ich erkrankt bin – und treffe dann erst ein, wenn Du in Wien bist! Hier wird es unerträglich – kaltes abscheuliches Wetter. Willy ist sehr ungemüthlich – sie war unlängst in Wien, wo ihr der Bahr erzählt hat, Du hast ihm gesagt sie sei sterblich in Wögerer verliebt – sie hat mir einen wahnsinnigen Tanz gemacht – Du bist aber auch ein altes Waschweib. – Ich vertraue Dir nichts mehr an. Quand on est bête, c'est pour longtemps. Das geht auf Dich! Auch sagte Bahr Du wärst geradezu *empört* gewesen – daß ich nach Wien kommen wollte – Mutzi – wozu all dieser Unsinn – ich will Dich doch nicht belästigen, hättest Du mir einfach geschrieben – Diltsch – ich will Dich nicht in Wien seh'n – wäre ja Alles gut! – Wozu so einem fremden Menschen in sein Vertrauen einweisen. – Nun – gute Nacht Schatz – ich liebe Dich doch – Du bist mein Abgott, mein Alles auf dieser Welt! Du mit Deinen süßen Augen! – Auf Wiederseh'n.

Ewig Dein Diltsch
Dein guter *treuer.*

[TB] 6.8.1894
An Dilly denk ich gar nicht.

[Sa] Marienbad, 11.8.1894
Mein süßes Boxl! –
Soeben hundsmüd von der Prob' nach Hause gekommen sende ich Dir in aller Eile, aber wohlbedacht die zärtlichsten Grüße die ich nur je versendet habe! – Also Montag Abend denke an mich, da wird das große Ereignis vor sich geh'n. Ich befinde mich nicht recht wohl heute, habe enorme Kopfschmerzen. Also Schatz noch einige Tage und wir seh'n uns!

Ha! – Du hast mir noch immer nicht die Briefe geschickt, Du Schlaucherl, hast überhaupt gänzlich diese Bitte überseh'n. – Nur Geduld – der Diltsch rächt sich schon! –
Bist Du überhaupt meiner so sicher? Jetzt werd ich sofort ein rasendes süßes Telegramm bekommen – wo Du mir endlich einmal Aufschluß geben wirst, über Deine Gefühle zu mir. Boxl – (Ich weiß ja wie sehr Du diese Namen liebst) ich verehre Dich geradezu!
Begeistert und verblüfft

Deine Katz

Heut war ich doch gewiß originel.

Schnitzler verbringt einen Teil des Sommers in Ischl und arbeitet an seinem Stück weiter. Adele gibt am 15. August mit »Heimat« ihre Abschiedsvorstellung in Marienbad. Zwei Tage später treffen sie sich in Salzburg.
Das Paar ist in Salzburg und anschließend in Bad Ischl fast ununterbrochen zusammen. Nach der längeren Trennung reagiert der Dichter auf die Nähe mit widersprüchlichen Gefühlen: bald stößt Adele ihn ab, bald zieht sie ihn »rätselhaft« an.
Adele hat auch im Privatleben ihre Rollen auf dem Repertoire: in Ischl gibt sie sich, von ihrer Familie umgeben, ganz als »Diva« und ist empört, wenn Schnitzler diese Pose nicht anerkennt. Dann spielt sie an seiner Seite das ausgelassene Kind, wenn sie beide an Beer-Hofmann und Goldmann einen Doppelbrief in bestem »Blödelton« schreiben. Adeles Briefe aus dieser Zeit zählen überhaupt zu den köstlichsten Dokumenten dieser Beziehung.
Das Zusammensein in Bad Ischl, wo alle Welt sich trifft, Adele gastiert und gesellschaftlich repräsentiert (so erscheint sie bei einem Empfang von Charlotte Wolter), dauert nicht lange. Adele Sandrock muß in Wien am 1. September in »Francillon« von Dumas auf der Bühne des Deutschen Volkstheaters stehen. Sie reist am 30. August ab, Schnitzler bleibt noch bis 4. September in Ischl.

[TB] 17. 8. 1894
In Salzburg Dilly, erwartet mich in einem riesengroßen Hotelzimmer mit ungeheurer Terasse (hängender Garten), von Briefen umgeben etc. – Ich empfand womöglich noch

weniger als ich erwartet hatte. – Sie erzählt mir vom Agenten T., der – so sagt sie – ihr erzählt hat, mit Mizi ein Verhältnis gehabt hat. Deprimirte mich enorm. – Etwas Sinnlichkeit, große Leere, tauber Schmerz. –

[TB] 18. 8. 1894
Bummel durch die Stadt mit Dilly – Mittags speiste sie mit mir auf meinem Zimmer, was nett war. – N[ach]m[ittag] bei ihr, gelesen, geschrieben, geplaudert, gelangweilt. – Regen. – Spazierfahrt nach Maria Plain, wo sie 3 Kerzen kauft für die h[ei]l[i]g[e] Maria. – Bei ihr, in dem großen Salon, kalt, soupirt. Langeweile. Einsamer als allein. – Gar nichts erwarten und doch enttäuscht sein: das ist mein Los. –

[TB] 19. 8. 1894
Regen. – Vorm[ittag] gebummelt, meist ohne sie. Versuch des Arbeitens, zerstreut. N[ach]m[ittag] mit ihr nach Hellbrunn, über Aigen zurück. – Hatte mit physischem Widerwillen gegen sie zu kämpfen. – Abend bei ihr. Wie leer, wie nichtig. – Besah mir Kasererbräu und Tiger, Stätte der Erinnerungen. Sehnsucht nach einem sehr jungen, sehr duftenden Mädel ohne Pathos.

[TB] 20. 8. 1894
Vorm[ittag] bleibt Dilly lang im Bett. – Dann mit ihr auf Hohensalzburg dinirt und Besichtigung der Burg. – Sie war mir wieder physisch zuwider. – N[ach]m[ittag] schickt sie mir ein Geschenk, Cigarrenkiste, Cigarettenkiste, Aschenschale; ich kaufte ihr ein Armband mit Anhängseln. – Bei ihr – Regen. – Nachm[ittag] in meinem Zimmer Erinnerung an jenen Nachmittag vor 4 Jahren, wo ich allein, im selben Hotel wie heute saß u[nd] Mz[Mizi] am nächsten Morgen kommen sollte und ich allerlei schlimmes ahnte. In der früh hatte ich heute einen wunderbaren Brief von Mz [Mizi] bekommen. – Abends soupirt ich bei Dilly, blieb bei ihr u[nd] fühlte mich in ihren Armen räthselhaft wohl.

[TB] 21. 8. 1894
Mit Dilly, Fräulein Banz (dem Stubenmädchen) und Schnaps, dem Hund, nach Ischl. Abends im Bauer bei ihr, die sich ärgerte, daß ich sie im Lodencostüm nicht gut fand. Spazier-

gang mit Dilly, Richard, Salten nach Pfandl u[nd] zurück. Komisch Salten und ich als verzweifelte »glückliche Liebhaber«. Ihn quält hier eine Frau. – Dann bekam ich noch einen unbeschreiblich dummen Brief von Dilly. –

[Sa]
Abends 9 Uhr,
21/8. 94 [Von Schnitzler handschriftlich datiert]
Lieber Arthur!
Ich habe mich heute über Dein Benehmen *derart* geärgert, daß daß ich einfach *krank* bin! – Was Du mir zumuthest ist schon nicht mehr schön – und ich habe auch nicht mehr den Willen und die Kraft mich von Dir tyrannisiren zu lassen. – Du hast sehr wohl bemerkt – daß ich schon sehr aufgeregt war als Du kamst – und nicht die Rücksicht – (von Tackt will ich da gar nicht reden) zu haben, wenigstens diese kleinlichen *Herzeleien* zu unterlassen! – Es ist wirklich rücksichtslos Dein Benehmen!
Ich sitze nun hier – allein in diesem elenden Zimmer – und kann vor Aufregung mich nicht fassen! – Ich habe eine strenge Cur hinter mir – Aufregungen sind für mich sehr schädlich – und ich bin eine viel zu gute Person um die Bosheiten eines so jungen Mannes *ertragen zu müssen.* Ich thue Dir *nie nie nie* das Geringste zu Leide – ich freue mich wenn ich Dir nur den kleinsten Gefallen erweisen kann, und Du – Du benimmst Dich geradezu unerhört! – Nein – *bis* dahin – und nicht weiter. Wenn ich Dir sage ich fahre von hier weg – um Deinen Launen auszuweichen – lachst Du mir perfid ins Gesicht – läßt mich steh'n – gehst davon – und ich kann Dir nachlaufen wie ein Hund – ich – ein Wesen daß so für Dich lebt, *nur* an Dich denkt – Dich vergöttert. Es ist *brutal – ja – brutal* – die Empfindungen einer Frau so zu mißbrauchen – mir fehlt für eine solche Behandlung völlig das Verständnis – es mag vielleicht eine Sorte von Frauen geben, die das pikant und reizvoll finden – ich finde es undankbar – scheußlich verwerflich und lasse mich nicht zum Trottel gebrauchen!! – –
Noch nie habe ich einem Mann das Recht eingeräumt mich derart herabzusetzen – *Du* bist aber *noch lange nicht* derjenige, und ein Mann der permanent nicht aufhört mich mit seinen boshaften Bemerkungen über elende Fetzen zu verfolgen – *ist* in meinen Augen kein Mann mehr, das ist ein

heimtückischer kleiner Junge! – Ich fahre morgen früh mit dem ersten Zug nach Wien – ich muß den ganzen Winter arbeiten um mich und meine Familie zu erhalten – ich brauche meine Nerven – ich habe keine Mama die für mich sorgt – ich muß mir selbst meinen Unterhalt verdienen – und habe Pflichten, strenge Pflichten! Wüßtest auch Du wie schwer das Leben ist, wenn man auf sich angewiesen ist – hättest Du gewiß nicht die eminente Taktlosigkeit – ein Wesen, die ohnehin schon so zu kämpfen hat mit ihren Organen – so bis aufs Blut zu martern. Mach Du nur hübsch allein Deine Parthien und habe auch die Gewogenheit, Dir für Deine Lüste und Deine unausstehlichen Secaturen ein anderes dummes blödes hirnverbranntes Frauenzimmer auszusuchen! – In Salzburg verhöhnst Du mich, weil ich ein lichtes Kostüm angezogen, sagst mir wie ein Cretin – das ist ein Strandkleid – *hier* gefällt Dir das dunkle Kleid wieder nicht – – – – nein – mein werther Arthur – ich bin Gott sei Dank noch kein ganzer Narr – halte Du Dir eine Dirne aus – die wird sich darauf versteh'n – weil es ihr Geschäft ist – aber *wende* Dich nicht an eine einfache Künstlerin, die sich selbst erhält. Ich habe leider nicht die Mittel, den Pflanz für einen Mann zu bestreiten, ein Mann dem ich so nicht tauge, einfach wie ich schon bin – kann für mich gestohlen werden! – Ich danke Dir herzlich für den schönen Abschluß meiner Ferien – ich werde dieses Betragen nie vergessen – und mich danach richten! – Einen Rath aber gebe ich Dir – lerne Du vor allen Dingen erst einmal den *Ernst* des Lebens kennen – *dann* wirst Du auch wissen, wie man Frauen behandelt die eben keine gemeinen Dirnen sind! – Ich kann Dir wohl sagen Du lasterhafter Mensch, daß ich elend bin und zu tode vereinsamt – na – ich werd es aber doch ertragen – der Gedanke wird mich geradezu erleuchten, in Dir nur einen Pflanzmacher für Toiletten, aber keinen Mann gefunden zu haben! Lebe wohl – ich reise ab! –

Dilly

[TB] 22. 8. 1894
Traf Christel, dann die Schwestern; mit ihnen spazieren. – Else S[inger] getroffen, die roth wurde. Dilly war natürlich wieder ganz gut. – [...]
Nachm[ittag] mit Salten Bic[ycle] nach Hallstatt. – Dort die Schwestern Dilly u[nd] Willy, auffallend, weiß, Masse Leute.

[Sa]
Abends 9½ Uhr
22/8. 94 [Von Schnitzler handschriftlich datiert]
Kind – ich finde dieses Zusammensein hier mit Dir in Ischl – überwältigend! Ich liebe Dich – ja – ja – ja – ja!
? ich Dich ewig!–

[Sa]
Abends 11 Uhr,
23/8. 94 [Von Schnitzler handschriftlich datiert]
Geliebter Arthur! –
Na – an diese Parthie von heute werde ich denken – so alt ich werde. Ich bin gestürzt – aber wie! – Ein Wagen nähert sich mir – das elendige Pferd wird scheu – ich fahre rechts in den Wagen hinein – und falle beinah todt am Boden! – Es ist ein Wunder daß ich noch lebe! – Ich bin müde wie ein Hund – zittere vor Aufregung – und zu all diesen Scheußlichkeiten habe ich Dich nicht geseh'n.
Ich finde überhaupt unseren Verkehr hier sehr herzlich – er läßt nichts zu wünschen übrig! – Ich fuhr heute zur Bahn um Dich zu seh'n – Salten kam zuerst an – ich fand mich lächerlich daß ich Dir so kindisch nachlaufe und kehrte um – *ohne* Dich geseh'n zu haben. Ich sandte Dir durch ihn tausend innige Grüsse. Solltest Du nun mein Engel morgen eine Stunde – oder auch nur einige Minuten für mich erübrigen können mich *allein* zu seh'n wäre es mir sehr angenehm. Du triffst mich um 12 Uhr Vormittag in meiner Wohnung. – Ich werde kaum ausgeh'n können, da ich mich schwer verletzt habe. – Mein Bad werde ich jedenfalls nehmen – aber fahren! – Gute Nacht lieber Freund – die Versicherungen meiner Liebe zu Dir brauche ich Dir wohl nicht zu so später Stunde zu geben – nur daß laß mich Dir sagen. – – Ich habe *Sehnsucht* nach Dir und möchte von Dir geliebt sein! – Arthur – könntest Du mich nicht auf eine Stunde versteh'n? – ????? Du, Schatz, mir geht das Herz förmlich auf wenn ich Deinen Namen niederschreibe! So Kind – jetzt geht es mir besser, weil ich Dir doch was Liebes gesagt habe! – Der kleine gleißnerische Kraus – und der Gemüthsmann Salten hatten die Gnade heute von mir in Audienz empfangen zu werden. Wir plauderten einfach – daher verständlich. Loris – Hugo von Hoffmansthal war heute unausstehlich zerstreut. – Ich weiß bei Gott noch immer nicht – ob er ein Mann oder ein

Jüngling ist. So viel aber weiß ich – Dir kommt keiner gleich! – Ich *möchte Dich* im Verkehr mit großen Staatsmännern genießen. Guter Liebling – ich werde zu höflich – – – Du liebst solche Herzensergüsse nicht – also Schluß. – Diese leere Visitkarte von Dir erbarmt mich. – Einen Gruß darauf niedergeschrieben – und sie hätte mich entzückt. – Also – Dr. Arthur Schnitzler – (wie schön Dein Name ist – was?) ich begebe mich zur Ruhe und erwarte sehnsuchtsvoll den morgigen Tag – der mir Glück Freude, Trost bringen wird – da es mir sicherlich vergönnt sein wird – daß herrlichste Antlitz zu seh'n – was diese Erde birgt. In Liebe – in Zuneigung – in Sympathie – in Verehrung – in Vergötterung – halt, halt, halt Dilly – wo denn hin – mäßigen Sie sich mein Fräulein – ein einfacher Gruß erzielt auf so kalten Boden die ganz gleiche Wirkung. –

Die Deinige! –

[TB] 24. 8. 1894
Vorm[ittag] mit Paul u[nd] Richard gebummelt; Dilly im Bauer besucht. – N[ach]m[ittag] Bic[ycle] nach Hallstatt: Dort Dilly, Willy, Paul, Richard, alle S[inger?], Frl. Joel. – Friedhof. – Dilly war mir sympathisch.

[TB] 25. 8. 1894
N[ach]m[ittag] in Strobl gebadet. Richard. Paul. – Dilly kam auch hin. Soupirte bei ihr im Bauer.

[Sa] Sonntag 11 Uhr Nachts. –
26/8. 94 [Von Schnitzler handschriftlich datiert]
Mein angebeteter einziger Liebling! –
Ich erhielt heute eine Sendung Zigaretten, gestatte mir daher Dir einige davon zu senden – sie sind für mich nicht mehr von Bedeutung. – Ein ganzer Tag ist vergangen ohne Dich geseh'n zu haben, kein Wort habe ich von Dir gehört – aber ich glaube dennoch fest und stark daß Du mich liebst. Seitdem mir *Goldmann* einen tiefen Blick in Dein Inneres gestattete, habe ich ein geradezu eminentes erhabenes Zutrauen zu Dir – und wenn ich Dir treu bleibe, Dich lieb habe – denke ich noch eine geraume Zeit in Frieden mit Dir auszukommen. –
Heut war fabelhafter Empfang bei der großen Tragödin! – Zwei ganz hervorragende Menschen saßen sich da gegenüber, ich fühlte mich so klein – so gedrückt, aber als ich dieser

genialen großen Frau in die Augen blickte – da mußte ich mir doch sagen – Dein Können ist wahrhaft größer als das Meinige – aber unmöglich kannst Du noch zu deinem Wissen die Leidenschaft und innige Liebe hinzugesellen – die mich in die höchsten Regionen hinaufträgt wenn ich daran dencke geliebt zu werden von einem Arthur Schnitzler! – (hebe Dir diesen Brief auf Schatz – er wird Dir einst Milliarden tragen). –
Es war wirklich wunderbar artig in Weissenbach – – – – – – – nur habe ich zwei geradezu todesähnliche Fliegenstiche unterwegs erhalten, die mich entstellt haben. Ich sitze auch seit einer Stunde und mache mir Umschläge! Mein linker Löffel (mein Ohr) ist geschwollen wie eine Bratwurst – und einen ebenso impertinenten Stich habe ich auf der rechten Wange.
Morgen eine Probe – in dem Theater, ist dir das vielleicht unangenehm? Kind – habe ich Dich einige Stunden nicht geseh'n – liebe ich Dich noch inniger und zärtlicher, jetzt z. B. könnte ich *sterben* für Dich! – Mein Engel – nicht nur jetzt, seit der *ersten* Minute wo ich Dich sah – war es aus – und fort – und todt. – Heut kämpfe ich wieder schrecklich mit meinem Organismus! – Zustände – bedeutend – Nerven zum erschlagen – Gemüth – schrecklich verwahrloßt – nur die frohe Schuldlosigkeit bleibt mir – und mir ist – als müßte ich frohe Adelsmenschen schaffen, recht frohe – aber nur in *einem* Kreise. –
Ich bin heut wieder sehr geistreich auf Ibsens Kosten – nicht – Du kleiner blonder Teufel? – – Hach – ja Teufel – endlich endlich – endlich habe ich das richtige Wort für Dich gefunden! – Oh – je suis vraiment contente de savoir un mot – was so auf Dich paßt wie dieser »Teufel«! –
Mutz – es schlägt 12. Marsch ins Bett – da wird heut ein ganzer Roman geschlafen werden in dem guten Bettchen! – Lieb – immer lieb – ewig lieb – Dein – immer Dein – ewig Dein! – Komm – immer komm *ewig* komm – besonders aber morgen zu Deinem treuen – fortwährend treuem

Diltsch

Von zwei Uhr ab bin ich zu hause! – Schicke mir zwei Zeilen ins Theater – wann ich Dich seh'n kann. Thust Du es nicht. – – liebe ich dich doch! – – –

[TB] 27. 8. 1894
Dilly geschwollenes Ohr, zur Probe. – N[ach]m[ittag] bei ihr. Zärtlichkeiten, dann meine Logik, die sie nicht vertrug. – Spazieren mit Paul, Richard, Dilly, Ahornbühel. – Falsche Pose Dilly, wenn sie dem Bauernkind zwei Gulden gibt, ich ein »blinkendes« Zwanzighellerstück, das es viel mehr freut. Bauer soupirt.

[TB] 28. 8. 1894
Dilly Heimath. Mit ihr, Richard, Paul im Bauer soup[iert]. – Anfangs hübsch, allmählig langweilte ich mich. Leere. –

[An Richard Beer-Hofmann und Paul Goldmann]

Ischl, 29. Aug[ust] 94

Meine Herren!
Wir gehen um 6, 7 Uhr jedenfalls Egelmoos 22 vorbei und werden pfeifen oder auch nicht pfeifen. Sie werden zu Hause sein oder auch nicht zu Hause sein. Im Falle wir uns nicht treffen, bin ich (die Tragödin Adele Sandrock) vor zehn Uhr im Hotel Bauer soupirend anzutreffen. Ich (der Dramatiker Arthur Schnitzler) speise ½9 bei Leopold, wo ich Sie, meine Herren, jedenfalls zu sehen hoffe.
Herzliche Grüße

Sandrock
Schnitzler

[Der Brief ist in Schnitzlers Handschrift, Adele Sandrock setzte nur ihre Unterschrift darunter.]

Nach Wien zurückgekehrt, ist Schnitzlers Arbeit am »Armen Mädel« so weit gediehen, daß er seinen Freunden von dem Stück erzählt. Adele, die ihm wieder manchen Anlaß gibt, sie als Schauspielerin zu bewundern, sagt er, daß er eine Rolle für sie schreibe – und ärgert sich, als sie weder das Verständnis noch gar die Anteilnahme zeigt, die er wohl erwartet hat.
Als Schnitzler in frühere Gewohnheiten zurückfällt und ein junges Mädchen namens Minni auf der Straße anspricht, macht er einen entschiedenen Versuch, sich von Adele Sandrock zu befreien. Seitdem sein Verhältnis zu Jenny eingeschlafen war, ist er Adele mehr oder minder freiwillig »treu« gewesen. Nun tritt auch Marie Reinhard wieder in seinen Gesichtskreis. Plötzlich sieht sich Schnitzler von so vielen Frauen umgeben, daß er sich beinahe auf einen »weiberlosen

Tag« freut und doch ahnt, daß ihm all das einmal wie das verlorene Paradies erscheinen könnte...

Als Adele Sandrock – was sie in ihrer impulsiven Art vermutlich gar nicht ernst meint – Hofmannsthal einen »Cretin« nennt, gibt es wieder einen gravierenden Anlaß für eine Auseinandersetzung. Schnitzler, der Hofmannsthal hochschätzt, ist über diese Leichtfertigkeit ihres Urteils, ihrer Einstellung empört. Bahr, der Adele in seiner unbeschwerten, journalistisch-verantwortungslosen Art innerlich viel näher steht, hat für ihren Ausspruch begreiflicherweise mehr Verständnis.

Und Adele, die wohl spürt, in welchem Ausmaß der Geliebte ihr nun innerlich entgleitet, unternimmt wieder einen ihrer vergeblichen, im Grund tragikomischen Versuche, Schnitzler eifersüchtig zu machen, indem sie Schauspielerkollegen öffentlich küßt und allein ausgeht.

[TB] 6.9.1894
Bei Maria Stuart im Volksth[eater]. – D. groß. Frl. Weigel, die Debutantin, schlecht.

[TB] 8.9.1894
Abends bei Dilly. – Ich sagte ihr, daß ich ein Stück für sie schreibe, ärgerte mich dann darüber, da sie ohne Verstand und ohne Spur echten Interesses davon sprach.

[TB] 9.9.1894
Scenarium zum A[rmen] M[ädel] entworfen – neueste Fassung. – Idee, es »Liebelei« zu nennen.

[TB] 10.9.1894
Mit Schwägerin nach Baden. – Ab[en]ds bei Dilly. Manchmal ist sie ganz Cocotte. Z. B. heut. Sie fing mit den »Nerven« an. »So« bin ich geflogen. Dann macht sie dirnenhafte Bemerkungen über meine Schwägerin, die sie nicht kennt. Dann ist sie tief gekränkt, weil ich sage: Es gibt wohl noch Dinge, über die nicht jede beliebige gemeine Person reden darf. – Dann sieht sie ein, daß sie gemein war. Dann windet sie sich affectirt-hysterisch, während ich Klavier spiele. Und bevor ich weggeh, enerviert sie mich mit ihren wüthenden Gewohnheitsküssen.

[TB] 11.9.1894
Abend bei der Sündigen Liebe zum 3. Mal. Eindruck: Meisterwerk. Dilly wunderbar – Auf der Bühne ist sie mir sogar als Weib sympathisch; u[nd] wenn sie mich ansieht und Zeichen macht, die nur ich bemerken kann, freut es mich. –

[TB] 13.9.1894
Nachm[ittag] A[rmes] M[ädel] jetzt »Liebelei« – zum 5. Mal – guten Muths begonnen. – Abends bei Minna v[on] Barnhelm. – Löwe (Werner), Liebhardt (Wirth) zum erschlagen. – Eppens u[nd] Tewele wären ja da! – Weisse (Just) aufdringlich, die Hausner noch ärger (Franziska). – Dilly vornehm, zuweilen schien sie zerstreut.

[TB] 15.9.1894
Ab[en]ds ein sehr hübsches Wiener Mädel angesprochen u[nd] nach Hernals begleitet.

[TB] 17.9.1894
Bei Dilly. – Enervirt. Def. [?] »Du warst mir untreu« – Hinwerfen meiner Bilder, die auf ihrem Nachtkastel stehn, die über dem Bett hängen, die sie um den Hals trägt – ich warf dann auch noch eines hinunter, das sie übersehen hatte. – Abwechselnd. Ich liebe dich – Schuft – ich liebe dich – Schuft – Einen Schuft macht ich mir zunutze und ging eilig weg.

[TB] 18.9.1894
Ab[en]ds bei Dilly. – Langweilig – Sie wünscht plötzlich mein Portepée. Ich erkläre ihr, das sei sinnlos, da ich kein Offizier von Beruf und der ganze Stand mir einfach widerlich. – Sie: Du bist unpoetisch u[nd] geistlos. Der Abend vergeht wieder in Zärtlichkeiten, lieben Fragen: »Bist du mein Engel? Hab ich dich lieb?« Gekränktsein über meine Kälte – dann wieder: Bleib nur so: grad darum lieb ich dich ja!

[TB] 19.9.1894
Mz Rh [Mizi Reinhard] kam; die Patientin vom vorigen Sommer. [...] Ich merke wieder, daß ich eigentlich schüchtern bin. [...]
Dann bei Dilly. Sie weinte – sie sei so viel allein! Ich starb vor Langeweile von ½11–11!

[Sa]
Wien, Donnerstag, 10 Uhr 5 Minuten.
20/9. 94 [Von Schnitzler handschriftlich datiert]
Mein angebeteter, heiliger, süßer Schatz. –
Bevor ich anfange, diesen langen Tag mit all seinen Misären, Wiederwärtigkeiten zu durchleben, möchte ich doch noch diesen ungetrübten Moment, wo ich eben die Augen geöffnet habe, benützen um Dir zu sagen daß ich Dich mehr als lieb habe, daß ich für Dich sterben könnte. – Diese Worte werden Dich ja nicht ersticken, – also laß sie ruhig über Dich ergeh'n. Du hast mir wohl mit dem Verbot meiner Zärtlichkeit zu Dir eine grausame Beschränkung der Gefühle auferlegt – und wie abscheulich schwer mir eine solche Zurückhaltung wird – habe ich gestern an mir erfahren. Ich lag noch *lange* mit offenen Augen, ich fühlte Dich immer und immer wieder – Dein Mund – Deine Wärme – Dein Hauch – Dein Haar – Alles that so wohl, so übermenschlich wohl endlich schlief ich ein – und jetzt – jetzt liebe ich Dich wenn möglich noch mehr als gestern Abend, wo ich mich und meine Natur so scheußlich verleugnen mußte – Kind – Engel – mach mich glücklich und schreibe mir heute noch ein liebes Wort. Ich habe so schrecklich Sehnsucht nach Dir – ich bin *unglücklich* – ich weiß heute Nichts von Dir, – Arthur – ich möchte – aber ich kann es Dir nicht sagen wie leidenschaftlich ich Dich liebe – Dich anbete! –

Ich bin Dein ganz und gar. –

[Sch] 20. 9. 1894 *Donnerstag*
Meine geliebte Dilly,
wie du in allem groß bist, so bist du's auch im Mißverstehn – denn daß ich dir, wie du heute schreibst, »deine Zärtlichkeit verboten«, das gehört wohl zu jenen ... na sagen wir Uebertreibungen, deren Ungeheuerlichkeit dir gewiß in jenem Moment klar wird, wo man sie dir einfach vorhält. Du findest es gewiß selbst in der Ordnung, daß ich die Unterhaltung über diese Kinderei abbreche. – Davon abgesehen hat mich dein Brief entzückt und ich küsse dir die Hand dafür. –
Ich bin heute Vormittag Bicycle gefahren, in Wien herum (Tante etc.) aber nie wieder, eine Qual geradezu. Aber wann werd ich denn endlich mit dir fahren können, Schatz? – Die

schönen Tage sind bald vorbei, und es kommt der Nebel und der Winter und die Kälte und die Thränen!
– Wahrscheinlich fahr ich auch heute noch aufs Land. – Eben hat mir Stern zur Première (Samstag) den Sitz geschickt; vielleicht entschließt du dich auch noch, da hinein zu wollen! Und wie wär' es morgen mit dem Rade? –
Für mich zu sterben – bitte, das thu' nicht; lebe lieber für mich, und versteh mich immer – oder besser, mißverstehe mich nie. Ich bin ja schließlich auch nur ein Mensch, nur mit mehr Fehlern als die große Masse – habe Launen, Stimmungen und mag bisweilen recht unausstehlich sein. Ich will nicht sagen – daß du das über dich ergehn lassen mußt; – aber übersehen kannst du das; wie überhaupt jedes Mißverständnis und jede Mißstimmung sich verstärkt, wenn man darauf verweilt. Es ist wie wenn man auf dem Land an einem schönen Sommertag über den Regen von gestern sich kränkt. – Man muß Regen wie Sonne hinnehmen, wenn man in der Freiheit seiner Individualitäten leben und verkehren will – nur in Treibhäusern ist's immer warm und regnet nie. –
– Mit diesen 27 Kreuzer-Aphorismen sag ich dir heute Leb wohl, bitte dich gütig meiner zu gedenken und zu wissen, daß ich dich sehr innig liebe.
Vielleicht schreibst du noch zwei oder drei Zeilen, die ich morgen *sehr* früh hab – ev[entuell] entschließt du dich morgen vormittag zu fahren? – Da könnten wir 9.40 oder 10.25 mit der Fr[an]zJosefs Bahn weg u[nd] von Klosterneuburg nach W[ei]dl[in]g Bach Radfahren? –
Adieu, Schatz und tausend Küsse Dein Arthur

[Sa]
Abend Donnerstag 11 Uhr
20/9. 94 [Von Schnitzler handschriftlich datiert]
Mein guter Genius! –
Herzinnigen Dank für Deinen lieben Brief. – Wollte ich Dir beschreiben wie ich den heutigen Tag verbracht es wäre ein wahrer Unsinn. Ich war – nein ich bin ernstlich krank. Um 1 Uhr Mittags ließ ich die Vorstellung absagen – Doctoren – Directoren alle kamen sie und baten mich zu spielen. Mein Kopf war einer kläglichen Situation ausgesetzt, er drohte bereits zu springen vor Schmerzen – ich hatte eine grenzenlose Wuth gegen das Schicksal! –

Ein guter blöder Patsch wie ich ja doch immer bin – habe ich dann elend wie ich war gespielt. Es wurde auch aus! – – Ich mußte mir aber ungeheuren Zwang auferlegen, um meine ganze Würde zu bewahren. Ich sah mich heute völlig von meiner Höhe schwinden – ich kämpfte entsetzlich – ich hatte nur einen Gedanken – rasch, rasch, rasch! – Nun bin ich wieder im lieben alten Heim – und habe Deine süßen Worte abermals gelesen. Kind, es ist doch so lieb von Dir, wie Du immer recht haben willst – dieses Dickschädi ist eben nicht zu beugen! – Aber gut so Engel – ich werde mich gewiß bestreben, Dich nie wieder falsch zu versteh'n – wenn ich Dich auch *mal* quäle, so denke ich doch immer nur – daß ich es nur thue, weil ich Dich so fürchterlich lieb habe. Ich habe auch stets das Bedürfnis, Dir zu gehorchen – nur regt sich immer mein alter, störrischer Sinn, und zuweilen – so z. B. gestern Abend war es mir nicht möglich mich zu ducken wie ein eingeschüchterder Maulwurf. Aber Gott ist mein Zeuge – und bei dieser Wendung zum Guten erleichtert sich mein Herz – ich werde Alles das thun was Du von mir verlangst. Man wird es auch viel weiter bringen – wenn man endlich einmal gründliche Ordnung hält in seinen Ausführungen! Gelt Schatz? – Morgen früh mein heiliger Freund – kann ich nicht mit Dir sein, weil ich wirklich sehr sehr unwohl bin. Bis Abends hoffe ich aber mit Dir zur Probe [unleserlich] gehen zu können – ich werde jedenfalls um 7 Uhr Dich erwarten. – Es thut mir so weh, daß wir zwei uns nicht so versteh'n – wie es eigentlich bei so hervorragend genialen Menschen der Fall sein sollte. – Die Liebeslaunen scheinen doch die Existenz zu verderben. – Wie selig und glücklich ist Dein Diltsch, wenn mal ein Abend vorbeigeht, wo alles glatt abläuft. Hier spreche ich wie ein Kenner des Lebens, denn es schmerzt ein so schönes Gemüth wie das meinige verkümmern zu sehen. Ja – Kind – denn ich verkümmere buchstäblich, wenn ich nicht in Frieden mit Dir leben kann – mich sollte auch niemand ärgern – und ich wäre unter allen Frauen eine wahre Perle! – Ja – so ist es! –

Auch der Diltsch will *verstanden* sein – dann – kann er aber sehr gut sein! – Nun, mein edler Arthur Schnitzler – wäre ich froh und glücklich, wenn ich Dich zufrieden sähe. – Es brächte auch mir Erleichterung. Es ist kalt im Zimmer – ich friere! – Sollte der Bürgermeister morgen mir nicht für diese

Bemerkung eine kleine Serenade bringen lassen? Ja – jetzt schlage nur die Hände zusammen für diese Dummheit. – Heute fuhr ich zweimal bei Dir vorbei, Franckgasse – sandte Dir innige, unbeschreibliche Grüße – die Lüfte wußten es, doch haben sie es wohl redlich verschwiegen. – Soll ich Dir nun noch die intimsten Details meiner Liebe mittheilen? Ja – Mutz – ich möchte Dich in einem antiken Raum voll gläubiger Strenge – mit Ameublement von massivem Acajon im Style des Empire (weißt Du, was das ist?) mit seinen gelben Samtvorhängen, seinen grünlichen Plafont – einen Springbrunnen im Zimmer – da möchte ich Dich haben und – besitzen. Die großen Luster sollen auch noch einen verschwenderischen Luxus an Spiegeln und kostbaren Möbeln beleuchten – und dann – na – dann eben aus – und fort und todt. –

Verstehen Sie mich – Herr Mediziner? Das wäre köstlich – ausgezeichnet, wunderbar geschmacklos. ½ 1 Uhr. – Ist recht die Stunde zur Freude – und man ist allein – skandalös! – Das werde ich mir wenn ich alt und dürr bin, auch nie verzeih'n – doch jetzt geschwiegen und schnell ins Bett! – Herr Doctor – ich habe die ganz besondere Ehre, mich Ihnen zu empfehlen! – Lieber einziger Arthur! – Hab mich lieb und denke an mich! Dann bin ich rechtschaffen, auf Ehre! – – –

Dein Dein Dein

treuer guter Dich anbetender

Diltsch

Kind – na Nichts! –

Schreib mir Schatz, ob ich Dich für morgen Abend erwarten soll – und um wieviel Uhr.

Innige Küsse
ewig Dein. –

[TB] 20. 9. 1894
Abend mit Minni (das W[iene]r Mädel von neulich) im R[ie]dhof. [...] »Sonntag möcht ich ins Theater. Was gebens denn im Volksth[eater]? Spielt die Sandrock? – Ich geh nur hinein, wenn die spielt. Kennst auch die Willy? – Kennst auch die Olga Dv[orak]? – Sind alle meine Kunden.« (Sie ist nämlich in einem Handschuhladen.)

[TB] 24. 9. 1894
Nach Francillon bei D. – Ich freu mich geradezu auf einen weiberlosen Tag. Und doch seh ich schon die Zeit, wo ich auf

die jetzige zurückschaun werde wie auf ein verlorenes Paradies!

[TB] 26. 9. 1894
Vorm[ittag] bei D. – Sie nannte Hugo einen Cretin; ich sagte: er sei ein grad so großes Genie wie sie – worauf sie tollwütig wurde und mir N[ach]m[ittag] einen albernen kleinlichen Brief schrieb.

[Sa] 26. September 94
Geehrter Herr Doctor.
Ihr heutiges Benehmen hat mir einen derartigen *Abscheu* eingeflößt, daß ich für Sie nur mehr die absoluteste Gleichgiltigkeit hege. Verstanden. Ich habe mir Ihre widerwärtigen ekelhaften Launen zur Genüge die längste Zeit gefallen lassen, ich nehme sie aber nicht *ernst* und dachte mir – der Junge ist ein *Narr*. Aber – da Sie heute den geradezu unglaublichen hirnverbrannten *Blödsinn* begangen, mein Talent mit dem des Herrn Loris in eine Linie zu stellen – das ist nicht mehr närrisch, sondern *infam*. Verstanden? Ich ersuche Sie *dringend*, überhaupt sich jedweder Beurteilungen meines Talentes zu enthalten – und meinen Namen nicht mehr zu nennen, denn solche Äußerungen fremden Menschen gegenüber ausgesprochen, und ich bin blamirt. Daß Sie als der ewig gescheit sein wollende, solche Ansicht haben, ist wohl *bedauerlich!* Verstanden? Ich danke Gott, daß ich nun doch endlich die Beweise habe, was Sie für ein sauberer Patron sind. – Schämen Sie sich nicht? Glauben Sie ja nicht etwa daß ich mich kränke – oh nein – ich bin für Ihr Benehmen ohne jede Empfindung. Nur für Ihre Schlechtigkeit finde ich *keine Worte*. Armer, eigentlich *beklagenswerther* Mensch!!!! Wenn Sie Gefallen daran finden in Ihrer Dummheit mit Trotteln zu verkehren, so ist das kein Grund mir einreden zu wollen, es gäbe nichts gescheiteres wie dieser kindische Tölpel. Mit einem Menschen jedoch, der mein Talent *derart unterschätzt*, kann ich *nicht mehr* verkehren. Haben Sie die Güte, mir sofort meine Briefe und Bilder zu senden. Verstanden?
Hochachtungsvollst
Adele Sandrock

[Sa] Donnerstag

27/9. 94 [Von Schnitzler eigenhändig datiert]

Verehrter Herr von Schnaps!

»Überhaupt« habe ich Dir zu sagen!

1. daß ich Dich wahnsinnig liebe!
2. daß ich ohne Dich nicht leben kann!
3. daß ich Dich noch ärger liebe!
4. daß du mein Lebensglück bist!
5. daß ich Dir treu bin – treu mit hingebender, unsagbarer Zärtlichkeit!
6. daß ich Dich *liebe!*
7. daß ich Dich *anbete!*
8. daß ich Dich vergöttere!

9tens – daß ich zusammensinke wie ein ersoffener wie untergehender Hund, wenn ich Deinen Namen nenne. –

10tens daß ich Dich liebe! –

11tens daß ich Dich liebe! –

12tens, daß ich Dich *auffressen* möchte – Du – Du – Engel – Du!

13. Kind, ich liebe Dich ganz einfach.

14tens Schatz – lieben Sie mich Herr Doctor!

15tens ich verehre Dich!

16tens – heut abend gehe ich mit Willy in Madame San Gene. –

17tens Es steht bei *Dir*, Dich danach zu verhalten.

18tens ich *liebe, lieb, liebe, liebe* Dich!

und 19 – tens. – Glaube es mir – ich beschwöre Dich –!

20. Warst Du mir treu?

Ja – ja !!!!!!!!

21. – Morgen bin ich in Josefstadt zur Eröffnung.

22. – wirst Du wissen, *wer* ich bin –.

und 23 – ich liebe Dich noch mehr! –

Du raubst mir meinen Verstand. –

Pech.

[TB] 28.9.1894

Toto-Tata im Josefst[ädter Theater] – Schickte Olga Dv[orak] einen Blumenkorb – Dilly en fam[ille] in einer Loge. – Mit ihr im Riedhof. – Sie hatte nach der Vorstellung den Komiker Rauch geküßt, wie sie mir erzählt – so dumme Komödientenstücke! – Dann that sie, also wollte sie, daß ich ihr verbiete zu

Olga zu gehn. – Ich that es natürlich nicht, begleitete sie zum Hausthor, sie läutete und ging hinauf.

[Sa] Wien, Samstag 2 Uhr
29/9. 94 [Von Schnitzler handschriftlich datiert]

Liebes Kind!

Soeben bin ich nach Hause gekommen! Ich habe mich *glänzend* unterhalten – Grünfeld spielte so herrlich – ich war ganz außer mir! Es war doch lieb und nett von Dir Schatz daß Du mich nicht einen Augenblick verhindert hast hineinzugeh'n! Ich habe *zwar* daraus erseh'n wie total gleichgiltig Dir ist, was ich thue, aber das Amüsement hat mich vollkommen entschädigt für diese »Gemüthsroheit«. Es war eine sehr nette Gesellschaft beisammen. Auch Pollak war anwesend. Der kleine charmante Rauch war sehr lieb – ich habe ihn enorm ausgezeichnet und meine wahrhaft angeborene Collegialität wurde mit Begeisterung gewürdigt. Es giebt wirklich noch Dinge, die interessiren ohne mit Dir in Zusammenhang zu treten. – Merkwürdig, aber wahr! Das hätte mir jemand vor zehn Stunden sagen sollen! – Gott – Kind – der Mensch ist wirklich unberechenbar! Ich finde überhaupt, daß mir die Unterhaltung unter Menschen sehr gut bekommt – ich werde von nun an auch der Welt leben – umso mehr Du doch gar nichts dagegen einzuwenden hast. – Du hast der Olga sehr lieb und reizend geschrieben. – Du bist ein ganzer Gentleman – ein großer Charakter. Nun bin ich aber müde – der Champagner – die Huldigungen der Anwesenden haben mich berauscht. Ich lege mich nieder und werde träumen, wie schön eigentlich mein Leben sein könnte, – wenn ich nicht so ein dummes blödes Viech wäre – meine heiligste Liebe an einen Menschen zu verschwenden der meiner doch eigentlich *nicht würdig* ist. –

Ich – hätte das Weib *erschlagen*, die noch um 12 Uhr in Gesellschaft von Herren geht! – *So* kann aber nur Liebe sprechen und *die* fehlt Dir eben, mein kleiner Schnapsel. Nun Engelchen – na nu – denn nicht! – Ich werde Dich hoffentlich bald seh'n – ich grüße Dich herzlichst – theile Dir mit daß ich bis Samstag Abend 7 Uhr in Wien bin. – Eine Nachricht von Dir würde mich entzücken. –

Bah! –

Diltsch

6

»Haus Delorme«
(1.–8. Oktober 1894)

1895 wird Schnitzler folgenden Entwurf notieren: »Mutter und Bruder, die im Rausch plötzlich moralisch werden, den Geliebten der Tochter (resp. Schwester) hinauswerfen und es dann, nüchtern geworden, bereuen.«
Was für ihn zur Ausgangssituation des »Familienszene« genannten Einakters »Haus Delorme« wird, erlebt Schnitzler am 1. Oktober 1894 am eigenen Leib. Es ist von den vielen Verrücktheiten der Mutter Sandrock die größte, daß sie die Geliebten der Tochter, in diesem Fall Schnitzler (auch Burckhard hat es erlebt), aus deren Bett holt...
Das ist sogar Adele Sandrock zu viel. Sie verläßt ihre Wohnung und fährt nach Baden bei Wien. Während Schnitzler von dem glücklichen Gefühl erfüllt ist, »Liebelei« beendet zu haben, erlebt Adele eine Zeit größter Unruhe. Sie zieht wieder nach Wien, erst in ein Hotel, dann in eine gemietete Wohnung – ist aber knapp eine Woche nach dem Vorfall wieder daheim. Mutter und Bruder haben sich klugerweise zurückgezogen, tauchen aber am nächsten Tag wieder auf.
So ist die tolle Szene im Sand verlaufen. Aber sie hat den Satiriker in Schnitzler so animiert, daß sie ihren literarischen Niederschlag findet; etwa acht Jahre später wird er der köstlichen Familie Sandrock ein unverkennbares Denkmal setzen.

[TB] 1. 10. 1894
Abends bei Dilly. Sie als etwas ungeheur wichtiges – Na, was mir heut geschehen ist!! B[urck]h[ard] hat ihr nemlich telephoniert. – Mir wars so gleichgiltig. – Dann spielt ich Clavier u[nd] sie quälte mich mit Zärtlichkeiten. Dann kam Olga Dv[orak] u[nd] der Komiker R–ch [Rauch], dem sie (Dilly) natürlich schon Du sagt, was mich eifersüchtig machen soll. Die gehn nach 10 Minuten. – Dann erscheinen Mutter u[nd] Bruder, sprechen, Bruder von seiner Stellung im Bank-

geschäft – gehn wieder. Endlich ich zu ihr. – Schon während ich allein im Speisezimmer wartete, kommt die Mutter zu mir herein: Sie ist heut abgespannt. – D. Läßt mich rufen. Mutter: Gehn Sie nur hinein – und geht. – Wie ich etwa ¼ St[un]d[e] bei Dilly bin, im Vorzimmer Poltern, Rufen »Adele!« Ich nervös. Sie schaut nach, auf mein dringendes Verlangen. Ich warte im Bett, werde ungeduldig, kleide mich dann an. – Dilly kommt zurück, will nichts sagen; – nur »Mutter ist betrunken u[nd] verrückt.« Ich wüthend. – Poltern, Rufen. – Mutter. Ich öffne. Die Mutter sagt: Herr Doktor, gehen Sie heute, sie sehen, daß sie betrunken ist. – Dilly: Mutter komm herein. Mutter: Ja, es wäre anständig gewesen, wenn Sie heute weggegangen wären, da Sie ja sowieso alle Nächte dableiben. Morgen wird sie absagen etc. – Ich ruhig: Mäßigen Sie sich. – Mutter: Ich bin ja die Hurenwirtschaft gewöhnt – aber jetzt wohnt ja (seit ½ Jahr) der Christel da – das ist ein Ehrenmann! – Dilly rasend: Mutter, jetzt geh, jetzt geh! – Ich sage ihr ein paar ruhige Worte. Mutter schon an der Thür: Sie gehören überhaupt nicht in das Haus – Sie sind ja nicht einmal von unserm Glauben! Ab. – Dilly rasend: Ah, in dem Haus bleib ich nicht. – Ich: Lächerlich etc. – Sie: Ah, so machts sie's immer! Ich: So war's auch mit B[urck]h[ard]? – Sie: Ja. Sie möchte mich immer verkuppeln. – Anna B[anz] das Kammermädchen erscheint. – Dilly: – Einpacken. Wir gehn sofort aus dem Hause. Was hat denn die Mutter? Anna B[anz]: Sie hat schon bei der Baronin viel getrunken u[nd] jetzt mit dem jungen Herrn 2 Flaschen Champagner. Jetzt macht sie sich Essigumschläge – Dilly: Ich geh aus dem Haus. Ich erschieße diese Frau. – Ich: Ich komm' natürlich nie mehr in dieses Haus! – Sie: Wie, mich willst du's entgelten lassen? Oh, das soll sie mir büßen! Immer macht sie's so. – Ich: Das ist taktlos, mir das so oft zu sagen. – Endlich geh ich; sie will sich anziehn u[nd] weg – ich bin überzeugt, daß sie zu Haus bleibt.

[TB] 2. 10. 1894
V[or]m[ittag] Dilly Telegramm aus Baden, verzweifelt.

[Sa] Baden, 7 Uhr Abend.
2/10. 94 [Von Schnitzler handschriftlich datiert]
Mein einziger, theurer Arthur.
Ich brauche Dir wohl nicht zu beschreiben, was ich die Nacht

gelitten habe. Ich bin auch allerdings vollkommen fertig – ich kann nicht mehr. Du kannst Dir ja denken, daß ich mir das doch nicht ruhig habe gefallen lassen können – lange genug, zwölf Jahre, war ich still und ließ mich quälen wie ein Hund – aber – jetzt, wo ich durch Dich erst wieder angefangen habe zu leben – jetzt will man uns auseinanderbringen – nein – nun ist es aber auch aus mit mir. –

Ich habe mich kaum fassen können, ich bin bis jetzt herum geirrt wie eine Wahnsinnige – ich kann keine Ruhe finden, denn ich sehe schon die ganze Tragweite die Folgen von der Handlungsweise meiner Mutter. – –

Nun – ich betrete das Haus nicht mehr – ich bin von nun an eine fremde Person für meine Mutter und meinen Bruder. Und nun zu Dir mein Kind. Ich küsse Dich für Deine lieben Worte! Gott, wie gut Du bist – und Du – Du der Glanzpunkt meines Lebens – Du der mich so hergestellt – *Dich* soll ich lassen, um die brutalen Handlungen meiner eigenen Leute, die ich erhalte? Nein – eher einen Selbstmord begeh'n als länger diesen Bestien einen Narren abzugeben. Ich bin so nervös, Kind, ich fühle diese Aufregung von gestern wirft mich auf ein Jahr zurück. –

Wenn das die Menschen bei mir einmal büßen sollen, was an mir begangen worden ist – die sind dann vielleicht noch schrecklicher daran. Ich bleibe drei – 4 Tage hier – ich muß erst einmal Nichts hören und seh'n – dann werde ich mir in Wien eine möblirte Wohnung nehmen von zwei Zimmern, ich werde lieber hungern, aber *Ruhe* haben und *Dich!* Arthur – ich bitte Dich, verzeih mir, daß Dir so was in meinem Hause passiren konnte – aber es war wohl nur der Champagner schuld daran, denn heute fragte sie – Ob Arthur weiß wie gern ich ihn habe, er wird mir wohl nicht böse sein! Also Kind – behalte Du Deinen Verstand – ich nicht. Nun – ich bin ganz schrecklich aufgeregt. Gebe Gott, daß ich den gestrigen Abend für immer vergesse. Spielen werde ich am Donnerstag nicht, ich muß mich erst fassen ich habe seit gestern wo Du fortgingst geweint. Also mein Engel ich beschwöre Dich – sieh Dir mein Loos an – betrachte meine Lage wie ich behandelt werde, und dann hab Mitleid mit mir und *verlasse* Du mich nicht – nicht *jetzt* – und gieb mir einen Rath, was ich eigentlich thun soll. Ich erwarte

Deinen Bescheid und auch wann ich Dich seh'n werde. Ich küsse Dich tausendmal   Dein unglücklicher
Diltsch

Behalte mich lieb – bitte bitte.

[Sa]   Baden 7 Uhr.
3/10. 94 [Von Schnitzler handschriftlich datiert]

Geliebter, theurer Arthur!
Mein Gemüthszustand hat sich derart verschlimmert daß ich geradezu fassungslos bin. Hier sitze ich nun mutterseelenallein in dem Hotel – das Wetter ist so abscheulich daß ich nicht fünf Minuten fortgeh'n kann – niemand ist mehr da – allein – allein! Ich kann es Dir sagen Kind, wenn ich mich nicht umbringe, es wird ein Wunder Gottes sein. Du weißt ja, wie tödlich diese Aufregungen sind – nun erst für mich – mein Kind – das ist *zuviel* – ich *kann* es nicht mehr ertragen! Meine Nerven sind hin – ich suche mich zu fassen – es geht nicht. Diese Menschen, denen ich Jahre hindurch nur Gutes erwiesen – die behandeln mich so infam – und mein Bruder anstatt mich in Schutz zu nehmen – hetzt die Mutter gegen mich noch auf. Ich kann es nicht fassen daß eine Mutter ihr Kind so maltreitiren kann. Wenn die Frau wüßte, wie ich unter ihrer Behandlung leide ich glaube sie würde Erbarmen mit mir haben. Die Frau sieht es – seit zehn Monaten hört sie es täglich, wie ich mit Leib und Seele an Dir hänge – sie weiß es daß Du mein Lebensglück bist, daß nur Du mich aus den Trübsinn in den ich verfallen war, gerettet hast, daß ich seit ich mit Dir bin ein anderes Geschöpf geworden, daß ich wieder begonnen habe zu Leben, daß ich meine Kunst wieder lieben gelernt, daß ich mich selbst wiedergefunden nach langen, langen Monaten der Leiden – und diese Frau hat das Herz mich so zu kränken indem sie Dich insultirt und einen so schweren Stein auf mein Glück wirft – ich sage Dir Arthur daß ist eine That, wie sie abscheulicher nicht begangen werden kann. Wie soll ich mich fassen – wo soll ich Trost und Hilfe finden? Ich schaue da in eine Zukunft, die düster ist – Gott steh mir bei daß ich meine Energie finde da das Rechte zu thun! Ich kann selbstverständlich nicht mehr zuhause leben – denn langsam gehe ich daran zu Grunde. Du hast es mir nie glauben wollen, Schatz – aber Aufregungen dieser Art bringen mich ins Grab! Ich habe schon daran gedacht, dem

Gericht meine Lage zu schildern. – Alle Kinder die mißhandelt werden finden Schutz, soll ich denn allein verkommen müssen in solcher Umgebung? Nein – nein ich bin *rathlos!*
Frau Sacher hat mir schon im Hotel Central ihre schönsten Zimmer zur Verfügung gestellt, sie hat keine Ahnung, was mir ist, – aber sie sieht mich den ganzen Tag weinen, sie ist immer im Zimmer neben mir – und hört wie ich unglücklich bin, dann kommt sie und will mich trösten. –
Das Herz bricht mir wenn ich sehe wie wildfremde Menschen mich gern haben und meine eigenen Leute sind so unerbittlich grausam mit mir! Daß war ja natürlich wieder zuviel verlangt – daß konnte nicht so sein – das Wort *Glück* – für jede – nur nicht für mich! –
O Kind – ich werde es auch nicht lange mehr mit anseh'n – –
Und wie geht es Dir – Kind – warum habe ich keinen Brief von Dir – – Du kannst Dir ja denken daß gerade jetzt mir Deine Worte ein Bedürfnis sind! – Gott Engel – wenn ich *Dich* verliere – nein Arthur – so grausam kann das Schicksal nicht sein – denn ich liebe Dich doch so abgöttisch – *ich* habe Dir doch nichts gethan! Wenn ich Dich nur seh'n könnte! – Ich werde Samstag nach Wien kommen, wenn ich ruhiger geworden mir dann sofort eine Wohnung suchen – und meinen Advokaten beauftragen mir meine Kleider aus meiner Wohnung zu verschaffen – die Möbel können sie sich behalten, dann werde ich die Hälfte meiner Gage monatlich durch ihn meiner Mutter schicken lassen – für meinen Bruder sorge ich *nicht* mehr – und dann habe ich mit denen abgeschlossen fürs Leben! – Zwölf Jahre so gemartert zu werden ist wohl genug. Bis hieher – aber nun *auch* nicht einen Schritt weiter. Das sollen sie büßen, Dich Engel – das Beste auf dieser Welt so zu beschimpfen – aber Du mein Kind bist zu erhaben als daß *Dich* das nur erreichen könnte. Die Banz hat mir Sachen erzählt wo ich nur so erstarrt bin – ich habe es nicht für möglich gehalten! – Ich bin neugierig, wie sich meine Schwester benehmen wird, ich habe ihr geschrieben, – und nun leb wohl mein angebeteter Arthur, mich kann, wird und soll *Niemand* von Dir trennen, solange Du mich liebst gehöre ich Dir mein Kind – Du bist mein Leben, mein Alles! Wenn ich nur halbwegs gekonnt ich hätte gespielt – schon Dir zuliebe – aber ich bin wirklich krank und grenzenlos unglücklich.

Sei mir treu und behalte mich lieb – ich werde es Dir danken!
Ich küsse Dich innig und bin in Sehnsucht Dein geplagter müder müder armer

Diltsch

[TB] 4. 10. 1894
Liebelei Vorm[ittag] beendet. Werde noch viel feilen müssen. – N[ach]m[ittag] in Baden. Dilly will nicht mehr nach Haus. Bei B[urck]h[ard] war dieselbe Geschichte. Da kam die Mutter herein u[nd] beschimpfte ihn: »Schuft, Gauner«. Diesmal scheint der Bruder der Hetzer gewesen zu sein. Er sagte nach Berichten der Anna B[anz] zur Mutter: Wenn du nicht hineingehst, geh ich hinein. Neulich sagte die Mutter zu demselben Stubenmädchen – »Sie könnte doch Liebhaber haben, die ihr so viel zahlen.« – Im Sacher mit dem Ehepaar S. [?] u[nd] Dilly soupiert. Mit ihr nach Wien. Sie ins Hotel de France.

[TB] 5. 10. 1894
Ab[en]ds bei Dilly im H[otel] de France, die weint u[nd] nervös ist. Olga v[on] Golovin, ihre russ[ische] Freundin bei ihr.

[Sa] *6/10. 94* [Von Schnitzler handschriftlich datiert]
Süßer Schatz.
Da hast Du's. –
Wie ich gesagt habe. Künftig wirst Du mir erlauben daß zu thun was *ich* für gut halte. Also ich habe eine möblirte Wohnung, Himmelpfortgasse 1 im 2. Stock. Ich bin so müde und elend – ich könnte zusammenbrechen! Was ich bin unglücklich! – Um 7 Uhr bin ich schon von hier fort – also von 7 Uhr an kannst Du mich in der anderen Wohnung seh'n. Himmelpfortgasse 1. zweiter Stock.

Deine unglückliche
Dilly

[Sa] *7/10. 94* [Von Schnitzler handschriftlich datiert]
Mein geliebter Arthur!
Ich habe eine so *entsetzliche* Nacht verbracht daß ich um 6 Uhr zum Hoffman schicken mußte. Er hat mit der Mutter

gesprochen und Beide haben mein Haus verlassen, dann hat er mich nach Hause gebracht. Was habe ich die Tage durchgemacht ich bin wie eine Wahnsinnige. Jetzt werde ich Ruhe haben – und erwarte Dich um 6 Uhr, bei mir allein. – Engel – ich habe heute die Ahnung, daß ich sterbe.

Leb wohl Dein *ewig*
ewig Dein
Dich anbetender
Diltsch

[TB] 7. 10. 1894
Ab[en]ds bei Dilly – die wieder zu Haus ist – Mutter u[nd] Bruder sind fort.

[TB] 8. 10. 1894
Zu Dilly. – Portier: Sie ist bei der Schwester. – Später teleph[onierte] – sie ins Griensteidl: Mutter u[nd] Bruder wieder bei ihr.

7

»Von einer geradezu tödlichen Langeweile«
(Mitte Oktober 1894 – Mitte Jänner 1895)

Schnitzler »feilt« an der »Liebelei«. Marie Reinhard, der gegenüber er lange nichts »wagt«, besucht ihn fast täglich. Im Grund ist Adele Sandrock schon fast aus seinem Leben verschwunden. Auch hat er die Idee für ein neues Stück: »Freiwild«. Hauptthema ist zwar das Duell, aber im ersten Akt wird Schnitzler die Welt der Schauspieler schildern, die er dank Adele Sandrock so genau kennengelernt hat. Modell für die Hauptfigur ist allerdings Marie Reinhard...

Am 14. Oktober, zehn Tage, nachdem er »Liebelei« im Rohbau fertiggestellt hat, liest Schnitzler das Stück Hofmannsthal und Salten vor. Adele ist beleidigt, weil sie nicht die erste war, der er es vorstellte. Schnitzler übergibt »Liebelei« dem Burgtheaterdirektor Max Burckhard, der zufälligerweise in demselben Haus wohnt wie er. Am übernächsten Tag sendet dieser dem Dichter telegraphisch seinen Glückwunsch. Der Dramatiker Arthur Schnitzler, dessen »Märchen«-Debakel elf Monate – elf Monate mit Adele – zurückliegt, hat wieder die Chance, aufgeführt zu werden. Und der Mann Schnitzler ist dabei, dank Marie Reinhard die für ihn immer quälender gewordene Beziehung zu Adele Sandrock zu überwinden. Aber bis zum endgültigen Bruch dauert es noch einige Zeit – und Schnitzler langweilt sich bis dahin tödlich an ihrer Seite.

Inzwischen nährt die Mutter Sandrock die Gerüchtebörse. Sie rächt sich für die von Schnitzler indirekt verursachte Auseinandersetzung mit ihrer Tochter, indem sie verbreitet, sie hätte den Dichter geprügelt. »Sagen Sie, Herr Doctor, wissen Sie nicht, daß es Ihre Zukunft, Ihre gesellschaftliche Stellung untergräbt, wenn Frau Sandrock erzählt, sie habe Sie – geprügelt? Ich werde nie vergessen, was ich empfand, als Leo mir das erzählte, der weiß es von Frau Odilon, und diese direct von ihrer Schwiegermutter?« zeichnet die in Schnitzler verliebte Else Singer einen der vielen Wege dieses Gerüchtes nach.

[TB] 14. 10. 1894
N[ach]m[ittag] las ich Loris u[nd] Salten Liebelei, die zu meiner Ueberraschung sehr gefiel. Ich solle außer einigen Wendungen nichts ändern, Burgtheater einreichen.

[TB] 15. 10. 1894
Ab[en]ds bei Dilly. »Gekränkt«, daß ich das Stück nicht ihr zuerst vorgelesen.

[TB] 18. 10. 1894
Bahr: Von der Dilly hat's mir grad sehr gut gefallen, daß sie findet, Hugo ist ein Trottel. [...]
Mz. Rh. [Mizi Reinhard] Nach intimern Gesprächen über ihre Verlobung etc. umfasste ich sie u[nd] küsste sie sehr heftig. [...]
Nachts bei D, die mir schrecklich war. Wieder um 2 weg, aus dem Bett, sich anziehn, der Weg in der Nacht – es ist immer dasselbe. Daran könnten auch tiefere Gefühle zu Grunde gehn.

[TB] 20. 10. 1894
Komödianten von Pailleron, ein schwaches Stück mit manchen guten Einfällen. Dilly sah wunderbar aus als Frau v[on] Laversé. –

[TB] 22. 10. 1894
Nach Orlando Lasso – Concert bei Bar[onin] Hahn u[nd] Olga Golovin, wo auch Dilly. – Die Baronin eine gescheidte ungeheuer dicke Russin, mit einem Vollbart; sehr gebildet. Dilly, »die nie Zeitung liest«, wüthend über eine abfällige Kritik im »Weltblatt« – und als ich ihr erwiderte, sagte sie, die sich für die allergrößte Tragödin (vielleicht mit Recht) hält – »sie habe nicht genug Dünkel, um dagegen gleichgiltig zu sein.«

[TB] 24. 10. 1894
Von Else ein Brief, wie immer viel über Dilly. – Heut, was an der »neuesten« Skandalgeschichte Sandrock wahr sei? –

Bezieht sich wohl auf das Gerücht, von dem auch Sternberg Salten erzählt – die Mutter hat nemlich verbreitet, daß sie mich – geprügelt hat!

[Sa] *26/10. 94* [Von Schnitzler handschriftlich datiert]
Geliebter Schnaps!
Lieben thue ich Dich ausnahmsweise heute *nicht*, zum Küssen bin ich auch nicht aufgelegt, zum Orpheum noch weniger, nachdem Du listiger Schimpanse da lieber *allein* hinzugeh'n scheinst – und Dich um 10 Uhr zu seh'n will ich allenfalls noch über mich ergeh'n lassen. Unterhalte Dich nur recht gut Du Crokodil im Orpheum – das ist so die richtige Manier mir zu sagen – *entscheide*. Oh, Oh! Oh! – *Du* bist ein ganz ausgefeimter Schlingel! Hat Dich vielleicht gar die kleine Singer eingeladen? *Gratulire*. Also Du altes böses Biest, komme um genau 10 Uhr zu mir – ich sterbe vor Verlangen, Dich – – – – – – – – – – – – zu hauen. – Leb wohl Du nervöses Kalb. –

Innige recht sanfte Küsse
von Deiner
Dilly

Ich bin ganz verschlafen und wüthend, daß Du mich aufgeweckt. Du Schnaps, ich liebe Dich doch! Ja!!

[TB] 29. 10. 1894
Vorm[ittag] gab ich B[urck]h[ard], den ich vor dem Thor traf, mein Stück »Liebelei« (er kam hinter mir herunter; wohnt im Stock über mir, was man einen sonderbaren Zufall nennen könnte.) – Nach den »Stützen« Abends (tiefer Eindruck) bei Dilly, die mich mit ihren Herzstillständen etc. langweilte.

[TB] 31. 10. 1894
Abends mit Dilly spazieren, Wieden. – Beim Eintritt in die Taubstummengasse sag ich: Das ist die Taubstummengasse. – Sie: Diese Gassen gefallen mir nicht. Ich: Mir ja. Mir ist die Wieden überhaupt sympathisch. Darauf sie: Wer weiß was du da erlebt hast – vielleicht gerad in diesem Haus – im ersten Stock! – Und wies mit dem Schirm hinauf – Ich war fast starr – es war nämlich *genau* das Haus, *genau* unter dem Fenster des 1. Stockes, wo ich vor 5 Jahren mit Mz [Mizi Glümer] zusammengewesen war! [...]

Zu Haus fand ich ein Telegr[amm] von Burkh[ard] aus Berlin, – der mein Stück sofort gelesen und mir telegr[aphisch] »herzlich gratuliert – tiefer Eindruck etc.« – Anfangs war ich so glücklich, daß ich hin u[nd] her lief u[nd] fast geweint hätte.

Das Verhältnis zwischen Schnitzler und Adele Sandrock ist infolge der beiderseitigen Launen dabei, unerträglich zu werden: Beißender Sarkasmus oder eisiges Schweigen und Gefühle, die auf Schnitzlers Seite »so müd – so müd!« sind, beherrschen den Alltag. Olga Waissnix berichtet, daß man davon spricht, Adele Sandrock richte den Dichter zugrunde...
Für Adele überlagert sich die gespannte Beziehung zu Arthur Schnitzler mit immer akuter werdenden beruflichen Fragen. Längst wäre sie liebend gern an das Burgtheater übergewechselt, aber Volkstheaterdirektor Bukovics hat ihr einen Vorschuß von 3000 Gulden gegeben und will sie folglich nicht frühzeitig gehen lassen. Burckhard, dem sehr daran liegt, sie für das Burgtheater zu gewinnen, ist folglich mit dem Fall Sandrock beschäftigt – und so verstricken sich die Schicksale des Dichters Arthur Schnitzler und der Schauspielerin Adele Sandrock, die privat nur mehr an einem dünnen Faden hängen, beruflich von neuem: durch »Liebelei«. Am Burgtheater sollen sie einander künstlerisch wiederbegegnen.
Und die Ahnung, daß Adele möglicherweise die Christine spielen wird und daß sie – obzwar alles andere als das »süße Mädel« der ersten beiden Akte – zumindest im großen Ausbruch des 3. Akts eine faszinierende Interpretin der Rolle sein müßte, hält Schnitzler, wie er sich selbst eingesteht, weit länger an ihrer Seite, als er es wünscht.

[TB] 2. 11. 1894
Ab[en]ds 7 holte mich Dilly ab, nachdem sie um 12 einen Brief geschrieben hatte, sie sei zu nervös mich heute zu sehn. – Wir gingen spazieren, plauderten; als ich später fünf Minuten nichts sprach, sagte sie, das hielte sie nicht aus u[nd] verließ mich, was mich sehr freute.

[Sa]

Wien. Freitag 10 Uhr Abend.
2/11.94 [Von Schnitzler handschriftlich datiert]

Liebster Arthur.

Ich *möchte* Dich *dringend* bitten in Zukunft mit mir einen anderen Verkehr einzugeh'n als denjenigen den Du Dir jetzt erlaubst. –

Du weißt daß ich im höchsten Grade nervös und krank bin – habe die Freundlichkeit (wenn Dir überhaupt an einem weiteren Zusammensein mit mir etwas liegt) was ich nach Deinem heutigen Benehmen bezweifle – Dein Benehmen ein wenig zu ändern – sei nicht immer zu mir von einer geradezu tödlichen Langeweile – sondern erheitere mir die wenigen Stunden, die ich von Dir beanspruche. –

Du kannst Dir ja denken daß ich unter diesen Verhältnissen niemals zur Ruhe kommen kann – jede Aufregung ist für mich *Gift* und wie Du Dich heute einmal wieder benommen hast ist geradezu abscheulich. Bin ich gut genug Deine Geliebte zu sein dann habe auch gefälligst das Zartgefühl und den Anstand Dich aus Deiner Ruhe herauszuwinden und mich nicht zum Wahnsinn zu bringen. Du bist ja doch mit Deinen Freunden so lustig und vergnügt – wie komme *ich* dazu immer und ewig Deine Launen zu ertragen? Hab ich das um Dich verdient? Ein solches Leben mit Dir ist einfach nicht möglich, wenn es Dir absolut nicht möglich ist mit mir zwei Worte zu reden, dann ist es besser ich sehe Dich niemals wieder! Du hast mich nicht mehr lieb – ich habe es längst bemerkt – *ich gehe dabei zu Grunde!* Soviel Überwindung müßtest Du schon aus Zartgefühl haben für mich als *Frau* – daß Du nicht eine Stunde neben mir hergehst ohne ein Wordt zu reden. – Ich fühle mich nicht berufen die Stellung einer ganz gewöhnlichen Mätresse im Leben einzunehmen – und Du behandelst mich darnach! Entscheide Dich! – Entweder – oder – sonst ist es besser für mich, daß ich Dich nicht mehr sehe – Dein Benehmen *ist nicht mehr zu ertragen.*

Sandrock

Ich hasse Dich Du gleißnerischer Hund, Du Scheusal, Du Egoist Untersteh Dich nicht, mir zu schreiben, ich hatte Unrecht! Wehe Dir – ich bin *wüthend.*

[Sch] 3. 11. 94.

Liebe Dilly:

Selbstverständlich hast Du Recht. Denn es kann ja gar nicht daran gezweifelt werden, daß ein Mensch, welcher ab und zu mit seiner Geliebten beisammen ist, ohne sie mit seinen Schnurren und Späßen zu erheitern, ein »gleißnerischer Hund« ist.

Leider kann ich aber für eine plötzliche Änderung meines Wesens nicht garantiren, und die Möglichkeit, daß ich nächstens beim Spazierengehen wieder einmal eine Viertelstunde gar nichts rede (wie du), kann nicht in Abrede gestellt werden. Da wirst du also wohl den Verkehr mit mir gänzlich aufgeben. Als Nachfolger rate ich dir eventuell Kornau, Lunzer oder den kleinen Fischer (Orpheum) in Ueberlegung zu ziehen. Auch kenne ich einen sehr liebenswürdigen jungen Mann, von dem alle seine Freunde sagen, er sei der liebenswürdigste und amüsanteste Gesellschafter, der sich denken läßt. Er ist Commis in einem größern Warenhaus in der Gonzagagasse.

Indem ich hoffe, daß sich durch geeignete Wahl deines Umgangs in der gedachten Weise deine Nervenzustände sofort zum bessern wenden werden, grüße ich dich herzlich und bleibe auch in Zukunft – was du mir ja kaum wehren kannst – ein Verehrer deiner angenehmen, schätzenswerthen Begabung.

Herzlichen Gruß, ArthSchnitzler

[Sa]

Geehrter Herr Doctor.

Diese Worte die Sie mir da schreiben sind nicht die eines *Mannes* sondern eines Kindes. Mich seh'n Sie nie mehr wieder.

Hochachtungsvoll

Wien, den 3. 11. 94 Adele Sandrock

[TB] 3. 11. 1894

Dummer Brief v[on] Dilly; ich antwortete höhnisch; sie erwiderte – »nie wiedersehn«. – Dann rief sie mich teleph[onisch] auf u[nd] fragte mich, ob ich sie liebe.

[TB] 5. 11. 1894
[...] Dann teleph[onierte] Dilly, ich solle ihr heute Abend das Stück *nicht* vorlesen; sie sei nervös. – War sehr froh. – Soup[ierte] bei ihr. Nach dem Souper, Sie: Hast du das Stück mit? – Nein. – Warum? Du kennst mich ja! – Plaudern bis 12. Dann ich: Soll ich da bleiben? – Nein! – Ich: Soll ich dableiben? (zum 2. Mal!) – »Nein – ein andermal wirst du halt nicht bis 12 plauschen!« – Neulich große Scene, weil ich *nicht* plauschte. – Ich gehe. Sie: Hättest schon sagen können: Es tut mir leid, daß du mich wegschickst. – Ich: Wenn du mich *wegschickst*, tut es mir nicht leid. Sie beleidigt. – Ich ab, angeekelt.

[Sa] Montag 12½ Uhr
5/11. 94 [Von Schnitzler handschriftlich datiert]
Geliebter einziger heiliger Schatz – Arthur, mein Leben!
Warum bist Du fortgegangen? – Ich habe Dich auf die Probe gestellt – ob Dich Deine Liebe doch zu mir zurückgetrieben hätte – *Du bist gegangen.* – ! –
Oh Kind – wann wirst Du mich verstehen? – Und da soll ich glauben – daß Du mich liebhast! – Ich bin – – – – – nein – gute Nacht – jedes Wort ist da vergebens! – Du weißt eben nicht, *wie sehr* ich Dich liebe! –

[TB] 6. 11. 1894
Nacht bei Dilly. – Halbstündige Gesprächspausen – da bekommt sie Angstzustände. – Meine Zärtlichkeit für sie ist so müd – so müd!

[TB] 9. 11. 1894
Bei Dilly, die erfahren, daß mein Stück in d[er] Burg angenommen; sehr gekränkt, weil ich gar nichts gesagt; will nicht sagen, woher. –

[TB] 12. 11. 1894
Zärtlichkeit fehlt mir. – N[ach]m[ittag] war Mz Rnh. [Mizi Reinhard] da; sehr lieb, und ihr Duft that mir wohl. Sie beunruhigte mich, ich sie auch. Ab[en]ds war ich bei Dilly, die mir wieder von ihren Weinkrämpfen, Rodaunausflügen, Angstgefühlen u[nd] Nervenzuständen erzählte – und mir so fürchterlich nichts ist.

[TB] 17. 11. 1894
[...] mit Dilly u[nd] Richard soup[iert]. – Hugo mit seiner oft hübschen oft übel angebrachten Kindlichkeit machte Dilly wüthend, indem er zuerst Richard entziehen wollte, dann sagte: »Ich kann heut nicht mit so viel Leut soupiren« – [...]
N[ach]m[ittag] Mz Rnh [Mizi Reinhard] da, anfangs zärtlich, schlechtes Ende, indem sie sagte: Sie thun mir ein Unrecht, indem sie jene andre küssen – Ich: Vielleicht ihr? –

[TB] 19. 11. 1894
Bei Burckhard. – Steht schlecht – ich hatte es »gefühlt«. – [Stella] Hoh[enfels] findet den 2. und 3. Akt abfallend, will nicht. – B[urck]h[ard] meint: weil sie fühlt, daß sie dem 3. nicht gewachsen ist. Und der Reinhold will ers absolut nicht geben. –
Sprach auch vom nächsten Jahr, Sandrock. Aber die kann den 1. nicht. Will nochmals H[ohenfels] versuchen. – Es ist ein Glück, daß ich zu essen habe!

[TB] 21. 11. 1894
Nach Hans Sachs Abend im Burgth[eater] (köstlich!) bei Dilly, was minder köstlich war. – Eine Person, die Maupassant zurückschickt, weil sie »kleine Geschichten« nicht liest.

[TB] 24. 11. 1894
Ab[en]ds »Entsagung« Volksth[eater] erbärmlich.

[TB] 25. 11. 1894
Bei Dilly Nachts. – Ich sagte ihr viel schönes über ihr gestriges Spiel, über ihr Genie – fast eine halbe Stunde. – Dann, um 4 wie ich im weggehn, sagt sie plötzlich: – »Es wär dir wohl keine Perle aus der Krone gefallen, wenn du gesagt hättest, ich hab gut gespielt.« – Ich war starr: Du bist entweder betrunken oder hoffnungslos verrückt. – Niederträchtige Schauspielereitelkeit! – Verkehr mit dir unmöglich. Morgen sagst du, ich bringe Christenmädeln um. – Sie lag da mit weitoffnen Augen, fand ich sei ein Wütherich, weinte, bat um Verzeihung, sie verstehe es selbst nicht – hatte aber entschieden immer die Empfindung, es geschehe ihr Unrecht. – Die Hausner, welche möchte, daß die S[androck] sie beim Burck-

h[ard] protegirt, »lobte« mich plötzlich ihr gegenüber u[nd] fand u.a. – sie (Hausner) sehe mir ähnlich. –

[TB] 26. 11. 1894
Abends war ich mit Minni sehr lebhaft beim silb[ernen] Brunnen in einem Cab[inet] p[articulier] beisammen: – Hatte ihr Nachmittag nicht aus Liebe zu ihr, sondern aus Abneigung gegen Dilly geschrieben.

[Sa] *27/11. 94* [Von Schnitzler handschriftlich datiert]
Geliebter angebeteter Schatz!
Ich sende Dir die innigsten herzlichsten Grüsse und bitte Dich tausendmal mich ein wenig lieb zu haben und mir auch Deine Treue zu bewahren. Ich war gestern im Theater recht traurig und einsam – mir wäre lieber ich hätte Dich eine Viertelstunde geseh'n – ich war ein Narr daß ich hinging – ich fühle mich unter fremden Leuten unheimlich! Arthur – wäre es wohl möglich, daß ich Dich morgen Mittag zwischen 12 und 1 Uhr seh'n könnte? Ich bitte Dich – es dauert sonst so schrecklich lang Kind bis ich Dich sehe! – Heute früh wäre ich durch den Leichtsinn von der Banz bald nicht mehr erwacht – durch Kaffeedunst war ich total betäubt. – Also, mein Engel – hat sich Dein schrecklicher Zorn schon gelegt –? Ich hab Dich doch lieb Kind – und wenn Du noch so schreist mit mir! – Leb wohl, Du süßer Mensch und theile mir bitte mit, ob ich die Ehre haben kann, Dich morgen zu seh'n! –
Unzählige innige heiße Küsse Deiner
Dilly

[Sch] 27. 11. 1894 Dinstag
Geliebte Dilly – genau dasselbe wollte ich dir vorschlagen. Also morgen zwischen 12 u[nd] ½1 bei dir. – Soll ich dir deine »Traurigkeit« bei Toto-Tata glauben? Mit wem warst du denn? Da Wien eine sehr kleine Stadt ist, weiß ich schon, daß du den kleinen Kraus mit einer Ansprache beehrt hast. – Dann bist du wohl auch auf die Bühne gegangen und hast Frl. Dvorak die Hand geküßt und gesagt: »Jetzt erst weiß ich was Theaterspielen ist –« – Nicht? – Kind, ich hab keinen »schrecklichen Zorn« gehabt – ich war nur entsetzt. Du begreifst es ja nun wohl selbst. – Einen Zorn hab ich nur gehabt, wie du gestern telephonirt hast, 14 Grad unter Null! –

Aber ich sofort – 20 Grad. – Das mit den Kohlen ist nur eine Warnung des Himmels vor dem Gas. Gas im Schlafzimmer zu haben ist eine Tollkühnheit, find ich. –
Vielleicht teleph[onierst] du heute noch ins grüne Steidl [Café Griensteidl]?
Ich grüße dich, ich küsse dich, ich verehre dich, ich liebe dich.

Dein Arth

[Sa] *29/11.94* [Von Schnitzler handschriftlich datiert]
Mein herrliches Kind –
Parole d'honneur ich liebe Dich überraschend! Ich kann mich nicht irren – es ist so! Möge ich nie ernste Ursache haben meine Wahl bitter zu bereuen! – Ich schreibe Dir einige Zeilen, um Dir mein Dasein auf dieser schäbigen Welt in Erinnerung zu bringen! Dein erster Liebesrausch ist ja leider verflogen – und Deine verbrauchte Seele scheint den Abentheuern zuzustürmen! Diese Redouten Geschichte ist nicht von tadelloser Elegance in den Gesinnungen! Schilt mich, nenn mich egoistisch – albern – ja ich verdiene es – denn ich muß Dir gestehen, daß Dein Entschluß einen fürchterlichen Aufruhr in meinem Herzen hervorgerufen hat. Mir ist zu Muthe – als ob dann das innige Band welches uns bis jetzt noch vereinigte, dann gewaltsam zerrissen wurde – als ob wir uns für immer verlieren würden. Du – Dr. Arthur Schnitzler – als – Gigerl auf einer Redoute. Dieser Gedanke verursacht mir ja bittere Schmerzen! *Begreife* mich und vergib mir, Engel – ich liege noch zu Bett – ich werde Dir heute kaum telefoniren – aber Morgen gehörst Du wieder mir, Du lieber Schnaps – gelt? Der Professor war eine Stunde bei mir – ich bin vollkommen gesund – er sagte mir genau dasselbe wie *Du* – und hat mir streng verboten je wieder einen Arzt kommen zu lassen außer wenn ich wirklich krank! Beinah hat er mich ausgelacht. Nur Ruhe brauche ich – soll nicht *geärgert und gekränkt* werden, soll heiteren Umgang pflegen und mich nicht sekiren lassen! Ha – der *Mann* hat ja so recht! – *Wurm* – Du einziges *anbeten* – schweigen – niederknien vor Dir – still und innig Deine Hände küssen – allenfalls noch die Füße – aber *dann nicht mehr anrühren*! Und so vor Dir die Seele aushauchen, *dahin hast Du mich gebracht*!

[TB] 1. 12. 1894
Abends las ich Dilly die Liebelei vor, sah das erste Mal selbst, daß es ein wirklich gutes Stück. War im 3. Akt selbst so ergriffen, daß ich kaum weiterlesen konnte. Sie war sehr erschüttert u[nd] fand, daß niemand als sie die Rolle spielen könne. In Hinsicht des 3. Aktes hat sie Recht.

[TB] 3. 12. 1894
N[ach]m[ittag] Mz Rh [Mizi Reinhard] da; [...] Ein Kuß von ihr ist mir lieber als der Besitz Dillys – oh es läßt sich überhaupt nicht vergleichen. – Abends bei Dilly, die gestern bei der Marberg war, Gesellschaft, auch Rieger, ihr einstiger »Bräutigam«. Sie wollte mich ärgern, es ging nicht. Dann war sie wieder gekränkt wegen Vernachlässigung, weinte eine Viertelst[unde] ununterbrochen, legte sich ins Bett, hatte ihre »Zustände«, ich beruhigte sie »rasch«. Ging gleich fort.

[TB] 6. 12. 1894
Abends [...] bei Dilly soupirt, »feierten« den Jahrestag.

[TB] 9. 12. 1894
Bei Dilly, nervöse Agoniestimmung; nun aus allem möglichen u[nd] unmöglichen hervorgehend. Heute: weil ich gestern um 12 teleph[onisch] nicht im Grstdl [Café Griensteidl] zu erreichen war. Da zerbrach ich einen rothen Krampus, der unter andern Albernheiten auf ihrer Lampe hängt. – Dann bei ihr; im weggehn, auf den Vortragsab[en]d Dienstag bezüglich, sie: Gehst du mit mir? – Ich: Wenn's dir Vergnügen macht. – Scene. Da zerbrach ich eine Kefirflasche. – Möglicherweise hätt ich endgiltig mit ihr gebrochen, wenn mein Stück schon an der Burg angenommen wäre; was vielleicht eine Gemeinheit ist. Ich hatte einen tiefen Haß gegen sie, in dem kaum mehr etwas von Liebe steckt. Es ist zu bedenken, daß ich sie eigentlich nie auch nur ein bißchen geliebt habe.

Als sich Hermann Bahr in die bereits völlig verfahrene Schnitzler-Sandrock-Beziehung einmischt und Adele rät, den Dichter zu »prüfen«, wird dieser vollends wütend. Aber er kann sich nicht von Adele trennen, da nun die Zusammenhänge Sandrock-»Liebelei« gleichsam »offiziell« werden.

Wenn Burckhard und Schnitzler sich über Adele Sandrock unterhalten, ist diese Situation nicht ohne Ironie. Schnitzler wird später einmal darüber schreiben:

[TB] 29.4.1900
[...] Dabei fiel mir ein, daß von außen gesehen unsere Existenzen tatsächlich ähnlich wirken müssen – und doch wie anders leben wir, wie leicht er, wie schwer ich. Und sonderbar: gerade der Sandr[ock] gegenüber, mit der sowohl ich als er Verhältnisse hatten, änderten wir sozusagen unsere Natur; er nahm sie schwer, ich leicht.

Während Adele Sandrock ihre inzwischen gleichfalls schwankenden Gefühle für Schnitzler in hektischen Briefen artikuliert, philosophiert Schnitzler allein und auch im Gespräch mit Hofmannsthal über Adele Sandrock als Prototyp des reproduzierenden Genies. Dessen eigentliches »Ich« hat nichts mit dem zu tun, was es zu schaffen imstande ist, Privatpersönlichkeit und Geschaffenes (eine Rolle, eine Figur) können gänzlich auseinanderklaffen. Beim Dichter, dem produzierenden Menschen, ist dagegen nach Schnitzlers Meinung der Zusammenhang von Persönlichkeit und Werk untrennbar gegeben.
Adele ist es, die sich nach wie vor bemüht, die Beziehung zu Schnitzler aufrechtzuerhalten, während der Dichter von sich aus kaum mehr etwas dazu beiträgt. Der zweite Silvesterabend, den er bei ihr verbringt, deprimiert ihn fast noch mehr als der erste. Und wenn er, nur der »Liebelei« wegen, Adele doch nicht verläßt, so hat er genügend inneren Abstand, deshalb vor sich selbst einen gewissen Ekel zu empfinden.
Im Jänner 1895 trifft Burckhard mit dem Deutschen Volkstheater endgültig eine Regelung für den vorzeitigen Übertritt von Adele Sandrock an das Burgtheater, wo die Rollen der inzwischen gealterten Charlotte Wolter auf sie warten. Für Adele beginnt eine aufregende Zeit: sie muß ihren Abgang vom Deutschen Volkstheater effektvoll arrangieren, sie versucht auch, ihre desolaten finanziellen Verhältnisse zu regeln (was ihr nicht gelingt. Am Tag nach ihrem Burgtheater-Debüt wird in der »Abendpost« ihre Konkurserklärung erscheinen), und sie inszeniert einen ihrer geschicktesten, von Journalisten und Satirikern weidlich ausgeschlachteten

Schachzug: sie »pilgert« zu Charlotte Wolter in deren Hietzinger Villa, um von ihr den schauspielerischen Segen für ihre künftige Tätigkeit am Burgtheater einzuholen. Julius Bauer »dichtete« dazu:

»Du vielgepriesene Herrin,
Wie bin ich kühn und keck,
Daß ich Dir die besten Rollen,
Spiel von der Nase weg.«

Und neben all dem hat Adele noch die innere Energie, mit Schnitzler laufend zu streiten und ihr Auge auf den nächsten Liebhaber zu werfen.

[TB] 15.12.1894
Vorm[ittag] bei Förster für Dilly Sachen gekauft. – Hatte Ab[en]ds Rendezvous ½ 8 mit ihr, sie schreibt um 12 Mittag – sei zu nervös, müsse aufs Land, ich solle um 10 kommen. – Nachm[ittag] teleph[oniert] sie, sie müsse zur Marberg-Westphal ich war *so* froh. Kfh [Kaffeehaus] – hörte nachher sie war bei Nora mit Charles W[einberger] u[nd] Ellbogen.

[Sa] *16/12.94* [Von Schnitzler handschriftlich datiert]
Geliebter theurer Arthur!
Das Stückchen was ich gestern aufgeführt habe, ist auf Anrathen des Hermann gescheh'n – und er sowohl wie ich haben uns *gründlich* getäuscht. – Ich habe Deine Liebe zu mir erproben wollen – ich telefonire Dir – ich gehe in Gesellschaft – in der Früh schreibe ich Dir, ich bin am Land – ohne ein Wort zu sagen sagst Du mir, gut gehe – ich frage Dich »Bist Du mir böse!« Du sagst kaltblütig *nein* – daraufhin schreibe ich Dir – es wäre immer noch Zeit gewesen *sofort* zu mir zu kommen und zu sagen – Dilly, ich *verbiete Dir* dahin zu geh'n – das *hättest* Du auch gethan wenn Deine Liebe zu mir echt und wahr gewesen. –
Nun bin ich *beruhigt*, denn ich habe das Unmöglichste aufgeboten, Deine Eifersucht zu erwecken – aber ein Mann der eine Frau *nicht liebt* – ist eben nicht eifersüchtig! Heute kann und will ich es Dir sagen, daß ich *nie* daran gedacht habe, zur Marberg zu geh'n – und ich diese Feste dort nur als Mittel für meinen Zweck ersann, um Dich doch mal aus Deiner Ruhe zu bringen – nichts hat da geholfen – Du bist gewiß ein

zu großer Herr, eifersüchtig zu sein. Um 6½ Uhr kam Charles zu mir, der mich in dieser Verfassung antraf. Er lud mich für das Volkstheater ein – ich sagte ihm – nein – ich erwarte jeden Augenblick den Arthur – ja – da konnte ich lange warten – es war ihm nicht der Mühe wert, sich nur einen Augenblick aufzuregen – von ihm aus konnte ich ruhig die Nacht um 5 Uhr heimkommen – und da soll ich glauben, daß Du mich liebst? Nein! – Die Sache hat mir vollauf Gewißheit verschafft! – Das *Geschenk* mein Kind, beweist mir Deine Liebe nicht – – nein – *Bahr hat recht* – er sagte mir – stelle ihn auf die Probe – wenn er Dich *wirklich* liebt wird er *Dich nicht* fortgeh'n lassen – hat er Dich nicht lieb, dann thut er nichts dergleichen! Nun – ich kann Dir sagen, Arthur, ich danke meinem Herrgott, daß ich nun weiß woran ich bin. Um 8 Uhr fuhr ich ins Volkstheater und ging zu Weisse in die Loge, der mit Ellbogen dasaß. Ich wäre zu Hause irrsinnig geworden. Vor Ellbogen wollte ich nicht mit Carl darüber sprechen, als die Vorstellung aus war bat ich ihn mich in ein Gasthaus zu führen – dort habe ich ihm den ganzen Sachverhalt erzählt – und der Mann gab mir noch Unrecht, verteidigte Dich und sagte mir »Dilly« wie konntest Du so einen *Unsinn* machen! Also auch da keine Stütze. – Na – ich sage Dir Arthur – diese Sache kostet mich das Leben, denn ich bin so grenzenlos *unglücklich*, so ein schauderhafter Ekel erfaßt mich, wenn ich mir denke, solche Komödien aufführen zu müssen, um mich zu überzeugen daß Du mich liebst – nein – es ist schrecklich – schrecklich – scheußlich! – Ich zittere am ganzen Körper!! – Ich verwünsche den Bahr – der mich da so gehetzt hat – dieses wüste Scheusal – ich hätte mir großen Kummer erspart, wenn ich dem sauberen Herrn nicht gefolgt hätte! – *Na* – diese Sache hat doch etwas Gutes mit sich gebracht – ich bin denn doch im Klaren! Sei'n wir *Freunde*, Arthur, willst Du – sieh Engel – es ist ja gewiß nicht Deine Schuld, wenn Du mich nicht lieben kannst – – sei mir dann wenigstens ein Freund – ich bitte Dich darum! Ich bin jeder Stunde bereit mein Leben für Dich zu lassen – denn nichts, nichts liebe ich so grenzenlos wie Dich! –

Verzeih Engel, wenn ich so frei bin Dir Deinen Brief zurückzusenden ich habe *genug durchgemacht* – verbrenne diesen garstigen Brief – so grobe Worte will ich von Dir nicht aufbewahren – alles was mit Dir in Erinnerung zusammenhängt soll ja in Zukunft mein Rath und meine Stütze fürs Leben sein – laß mir das wenigstens. Ich habe nie glauben können, daß ich mit Dir so bitter unglücklich werden sollte – einen Mann *so zu lieben* – ist nicht gut! – Ich könnte verzweifeln! – Arthur – ich habe heut – nachdem was ich da gestern in dem Theater bei uns geseh'n – meine sofortige Entlassung verlangt – in längstens 14 Tagen dürfte ich am Burgtheater sein – der Direktor Burckhard hat jemand gefunden, der sofort die 8000 Gulden für mich zahlt – verzeih – aber ich muß Dir das sagen – jetzt, da wir Freunde sind, nimmst Du auch Antheil an mir – gelt – Du süßer einziger Junge? – Thuri – Thuri wie war ich dumm und blöd – hätte ich nur nicht geforscht – ich hätte nichts erfahren und lebte noch heut in dem Wahn, Du liebst mich und ich wär selig was habe ich heute? – Ach, Kind – könnte ich mich doch sterben lassen. Bitte komme Montag Abend zu mir – ich muß *doch* noch mit Dir sprechen.

Deine Dilly, die Dich

anbetet.

[Sch] 16. 12. 1894

Meine liebe Dilly,

Lehre aus dem allen: Keine Komödie spielen, besonders keine so dumme. Wärst Du nie in deinem Leben bei der Marberg gewesen, so hättest du ja vielleicht eine Spur von Recht zu dem was du mir sagst warum aber soll mir dein Besuch bei ihr unwahrscheinlich vorkommen, da du ja schon dort warst – (ohne Absicht eine Komödie zu spielen! –) daß ich *nie* etwas verbiete, konntest du längst wissen – das hat mit der Liebe gar nichts zu tun – im Moment wo man was *verbieten* muß, soll man es lieber erlauben. Was ich mir dachte, wie Du mir zuerst schriebst (nachdem wir ein Rendezvous für ½ 8 verabredet!) daß du aufs Land fährst und 10 zurückkommst – dann telephonirtest; bin bei der M[arberg] – und gar erst wie ich erfuhr, daß du gemütlich, dich sehr gut unterhaltend im Theater gewesen – was ich mir dabei dachte, kannst du ja ungefähr aus dem Ton meines ersten Briefs von heut Mittag ersehn.

– Laß dir ein andermal von Hermann keine Rathschläge in Liebesaffairen geben – mit Komödien ist bei mir nichts zu erreichen. – Ich bitte keine mehr zu spielen. –

Wenn das mit dem Burgth[eater] wirklich wahr ist, so gratulir ich dem Burgtheater, der Kunst und dir. –
Vielleicht hör ich noch was von dir. – Um 5 kommen die Menschen zu mir, um 9 geh ich zur Schwester.
– Über das mit der »Freundschaft« sprechen wir morgen, wenns dir recht ist.
haha. –
Leb wohl, ich küsse dich – freundschaftlich – und bin, wie stets

Dein Arth

[TB] 16. 12. 1894
Brief Dillys, Bahr hat sie überredet um meine Liebe zu prüfen etc.

[TB] 17. 12. 1894
N[ach]m[ittag] Mz Rh [Mizi Reinhard] da, die mich einen Verbrecher nannte, mich küßte, fortgehen wollte, weil ich ein »Verhältnis mit einer Schauspielerin« habe, wüthend war, als ich sie fortschickte, da Loris kam. Loris brachte einen Brief von Speidel an Gomperz, der günstig ist und findet, daß das Stück vielleicht mit Adele Sandrock siegreich durchzusetzen wäre. – Erzählt es ihr Abends. Hoffnung daß sie vielleicht schon im Frühjahr vom Volksth[eater] los kann.

[TB] 18. 12. 1894
N[ach]m[ittag] war Burkhard bei mir, hatte schon von Speidels Urtheil (durch ihn selbst?) vernommen. Sprachen vom eventu[ellen] Uebertritt der Sandrock im Frühjahr, von Bezezny, Weg zu ihm, event[uelle] Schwierigkeit Hohenlohe. Etc. – Interessanter wäre das alles, wenn ich in Dilly verliebt wäre; da B[urck]h[ard] eins ihrer heftigsten Verhältnisse war. Ihr Bild stand auf dem Tisch, während er da war u[nd] rührte sich nicht. –

[TB] 19. 12. 1894
N[ach]m[ittag] bei Burkhard, ziemlich günstiger Stand der Angelegenheit. War bei Dilly, überhörte sie Sodom's Ende. – Bin nervös u[nd] abgespannt. Eigentlich ist mein Verh[ältnis] mit ihr scheußlich. Excesse ohne Liebe. Ich habe die Empfindung, rasch zu altern, wenn ich noch lange mit ihr bleibe.

Meine Rettung wäre ein junges liebes Mädel, sehr zärtlich u[nd] duftend, in die ich nicht allzu heftig verliebt wäre.

[TB] 21. 12. 1894
Sodoms Ende. Dilly spielt Adah. Bei ihr soup[iert]. Ich vertrage ihre Küsse nicht mehr.

[TB] 22. 12. 1894
Im Nachdenken über Dilly den Unterschied zwischen reproduc[ierenden] u[nd] produc[ierenden] Genies entwickelt. Dilly als menschliches Wesen unbedeutend. Das beste an ihr eigentlich menschlich, was ihr von der Zeit zurückgeblieben, wo sie ein kleines Cocöttchen war. Das prod[uzierende] Genie durchtränkt bis ins Innerste. Alles ist Genie, auch das Leben. – Das reproduz[ierende] bleibt auf der Oberfläche. Die Schicht kann sehr dick sein. Kann auch an einzelnen Stellen mit der Haut verwachsen sein. –

[Sa] Samstag Abend 9 Uhr
22. 12. 94

Mein Edelstein!
Heute trage ich sicher die Seele der »Messalina« in meinem Körper umher – mit weit offenen leuchtenden Augen betrachte ich Dein Bild und sage, wie schön, wie entzückend schön – wie wundervoll! Und ich fühle mich wie durch Zauberei aufs neue an Dich gekettet! Deine Schwächen halte ich für Tugenden – ich bin, was man so recht sagt – *verliebt* in Dich – ich ich möchte jetzt *Dein sein!* – Könntest Du die Schönheit eines Mannes beurtheilen, Du würdest dieses Verlangen billigen! – Für jedes freundlich liebenswürdige Wort was Du mir heute so huldreich zusprachst, danke ich Dir noch aus vollster Seele! Du warst lieb – zum ersticken – Du kamst heute in Gestalt eines Engels zu mir aus dem Sonnengold Deines Geistes, aus dem Glanz Deiner schönen, bestrickenden Augen – erklang mir eine himmlische Melodie entgegen – leider aber mit sehr irdischen Grundtönen – denn alsbald warst Du verschwunden – ich lag da – ein langgezogener Athemzug brachte mich zum Bewußtsein daß ich lebe – und eigenthümlich versunken in göttliche Erinnerungen schlich ich in den Tag hinein – *kleidete* mich an, fuhr in den Prater und auf lohnenden Umwegen zerstreute ich meine ganz

eigenthümlichen Gedanken! – Hach! – Na! Jetzt sage Du mir gefälligst noch einmal daß ich keine poetische Ader habe! Potz tausend – das ist nicht leicht, einen solchen Satz herauszubringen! – Mutzi – komm her Du guter, herrlicher Junge – ohne jedwede Poesie, ohne Gefühlsausdrücke – nein, schlicht – einfach aber ehrlich – ich liebe Dich. Du einziger, lieber lieber Arthur! – Du hast mir heute telefonirt – allerdings war ich nicht zu Hause – wo war die blonde Bestie? – Hi – hi – hi – geschwind wie ein Eichkätzchen hüpfte ich in den Straßen der Großstadt umher – den Blicken der neugierigen Menge mutig entweichend! – Nein, – Schatz – jetzt werde ich neckisch – das will ich Dir doch nicht anthun – scht – ich hab schon Erbarmen mit Dir – schärfe Deine Öhrlein und überhöre ja nicht die Worte – Arthur Schnitzler – *Du* wirst unerhört geliebt, vergöttert – *angebetet* von Deiner in glänzenden Verhältnissen lebenden Dilly

Tragödin am Deutschen Volkstheater

Befehlt über Alles, erhabener Herr, was ich habe, ja – laßt mich das Schwerste für Euch besorgen – und es wird mir das größte das höchste Glück sein – Euch mit Gut und Blut dienen zu können!
Verstehst Du diesen Galgenhumor? – Du glaubst? – *Gewiß! So ist es!*
Schluß.

[TB] 23. 12. 1894
Nacht bei Dilly. – [...]
Dilly nervös durch meine Kühle. Und nannt[e] mich, wenn ich auf ihre gesprochnen und andern Zärtlichkeiten nicht reagirte, arrogant, Poseur, ev[entuell] auch Schuft. – Zehnmal ging ich, zehnmal rief sie mich zurück. Ich hatte auch eine dumme Angst, sie könne sich in ihrer Hysterie was anthun – sehr dumm. Endlich stürzte sie wieder auf mich mit großen Worten von Liebe usw. u[nd] ich blieb bei ihr. Unter Zanken wurde es 2, dann 4. Ich war nervös. Draußen Nässe u[nd] Wind, u[nd] in mir, im Nachhausegehn ein Ekel vor ihr u[nd] vor mir selbst.

[TB] 24. 12. 1894
[...] Vorher von Dilly herrliche Blumen, was mich fast peinlich berührt.

[TB] 25. 12. 1894
Mit Dilly im Prater beim Lusthaus genachtm[ahlt]; dann bei ihr, es war heut ein guter Tag; wir vertrugen uns. –

[TB] 27. 12. 1894
Nacht bei Dilly. – Ihr Dramenstoff. Sie denkt darüber nach, wenn sie früh im Bett liegt und keine Lust hat, daß das Leben schon anfängt. – Erster Akt: Frau und Stubenmädchen decken im Försterhaus den Tisch; Maria soll Robert heiraten, den Förstersohn. – Vor allen Gästen bekennt diese, daß sie die Geliebte des jungen Grafen ist. Aktschluß. Im 4. Akt kommt der junge Graf u[nd] fleht Robert an, er soll das Mädchen heiraten; dann geht er hinaus und erschießt sich. – Ich: Und was macht Robert? Heiratet er sie? – Nein. Er fühlt nur grenzenloses Mitleid und dann – ist Gruppe. – Ich heulte. –

[TB] 30. 12. 1894
Im Kfh [Kaffeehaus] sehr tiefes Gespräch über Dilly, die Bajadere mit Hugo.

[Hugo von Hofmannsthal, Aufzeichnungen,
30. 12. 1894]
Nachts Schnee, im Cafe Arthur – Über den kommt jetzt das Leben. Er redet über seine Geliebte, die Adele Sandrock. Wie diese Frau für ihn notwendig war, um zur tieferen Wahrhaftigkeit der inneren Anschauung zu gelangen. Diese Frau und der Tod, als Offenbarer des Lebens. Ihr bewußtes Ich und das traumhafte, das schauspielerische, wissen voneinander nichts. Die Äußerungen des bewußten sind sprunghaft, gemein, ohne Zusammenhang, lassen ein höchst verstümmeltes Weltbild erraten. Sie vermag sich über nichts zu wundern. Alle Eindrücke fallen und versinken lautlos wie in tiefem Wasser. Offenbar dringen die Erfahrungen in das andere Ich hinüber und kommen dort zu einem komplexeren Ausdruck (ähnlich wie bei musikalischen Virtuosen). Diese Spaltung des Ich scheint die Daseinsform des reproduzierenden Genies zu sein.

[TB] 31. 12. 1894
Vorm[ittag] Prater. Dilly. Gezankt. Widerlich. [...]
Abends sandt ich an Dilly u[nd] bestellte für Mz Rh [Mizi Reinhard] Blumen. [...]

Zu Dilly um ½1. Bahr macht mir, etwas betrunken, auf. Hinein, zu Dilly, die im Bett liegt. Auch etwas betrunken und heiser. Zwei Champagnerflaschen stehen auf dem Nachtkastel. – Sie ist zärtlich mit Bahr um mich zu ärgern – es war mir angenehmer als wenn sie mit mir zärtlich gewesen wäre – Bahr ging. Ich blieb. – Wie ich sie hasste! mit ihren Dummheiten und mit ihren Ekstasen. Wie ich ihr so höhnisch auf ihre Fragen, ob ich sie liebe etc ja erwiderte, daß es fast sehr wieder wie Liebe klang. Wie froh ich war um 2½ wegzugehn.

[TB] 2. 1. 1895
Ab[en]d bei Dilly. Meine phys[ische] Abneigung wird bald unüberwindlich werden.

[TB] 5. 1. 1895
Vorm[ittag] Mz Rh [Mizi Reinhard]. Sie schien gerade in den letzten Tagen erfahren zu haben, daß Dilly meine Gel[iebte]; war immerfort gereizt; redete von meinem schlechten Ruf. Ich begleitete sie ein Stück. – N[ach]m[ittag] schrieb ich an Mz [Mizi Glümer], ein Brief von Dilly kam währenddem, den ich mit »Geliebter Schatz« beantwortete – ich hatte einen leichten Ekel vor meiner Verlogenheit, die eigentlich keine ist, sondern Schwäche. – Bahr erzählte mir, daß die Ang[elegenheit] Dilly – Burgth[eater] gut stehe u[nd] Brkh [Burckhard] Liebelei als erstes aufführen will.

[TB] 6. 1. 1895
Abend bei Dilly – Anfangs, »um mich zu prüfen«, läugnete sie, daß Dir[ektor] Bur[c]kh[ard] da gewesen; ich nun riesig nervös; widerliche Scene. Also, die Burgth[eater] Aff[äre] erledigt, in wenig Wochen tritt Dilly ihr Eng[agement] an. Dann weinte sie wegen Brkh [Burckhard] (mit dem sie ein langes Verhältnis gehabt) – »Der Mann für den ich so viel gelitten« – Dann schwur sie abwechselnd, daß sie noch nie jemanden so geliebt habe wie ihn – noch nie jemanden so geliebt wie mich. Ihre Thränen erinnerten mich wieder an Mz [Mizi Glümer] u[nd] ich weinte auch. Sie war mir sogar ein paar Minuten rührend; und dadurch fast sympathisch. Das verlor sich aber. Ich komme mir geradezu prostituirt vor in der letzten Zeit.

[TB] 9. 1. 1895
Schneesturm. – Dilly fand diesen Umstand geeignet, mich um Mitternacht abzuholen, weil sie »gestorben« wäre, wenn sie mich nicht mehr gesehn.

[TB] 11. 1. 1895
Ab[en]ds mit Richard bei Dilly. – »Kameraden«-Rolle.

[TB] 13. 1. 1895
Nachts bei Dilly. – Zank; Joël (eine kleine Schauspielerin, jetzt Bahr's Geliebte) hatte ihr vor der Odilon u. a. gesagt, daß ich ihr neulich gesagt: Ihre Frisur ist wunderschön. Darüber 1½ Stunden Zank. – Ich war zehnmal am definitiven Weggehn u[nd] wurde wahrscheinlich nur zurückgehalten, weil ich meinem Stück nicht neue Schwierigkeiten bereiten wollte. Wie mich ekelt ist nicht zu sagen.

[TB] 15. 1. 1895
Höre durch Löwe (Volksth[eater]), daß Speidel mein Stück als Antrittsrolle der Sandr[ock] empfiehlt u[nd] andres von mir lesen will. – Nachts bei Dilly »Kameraden« durchgenommen.

[TB] 16. 1. 1895
Im Museum Olga [Waissnix], die mir gestern geschrieben hatte. – Sehr hübsch u[nd] elegant. Sie hatte gehört, daß ich durch die Sandr[ock] moralisch, physisch u[nd] finanziell zu Grunde gerichtet werde, wollte für diesen Fall, da sie mir ja da gar nichts mehr bedeute, meine Briefe zurück. Konnte sie enorm beruhigen. [...]
Es gibt Wesen, die nicht in der Continuität leben, die dadurch jederzeit von ihrer Vergangenheit, ja selbst von ihrem gestern unsäglich getrennt sind und sich selber nie ganz haben können. Sie wirken geradezu unheimlich. (Dilly). Andre fühlen die Continuität ihres Lebens zuweilen, andre immer (was wieder schmerzlich u[nd] auch unheimlich ist; – der Künstler, der producirende, der Dichter.)

[Sa] Mittwoch – 3 Uhr Nachts
16/1. 95 [Von Schnitzler eigenhändig datiert]
Mein geliebter angebeteter Arthur – Kind – Kind – süßes trotziges boshaftes störrisches Kind – aber lieb – lieb – unsagbar lieb – Engel! – –

Eigentlich müßte ich Dir heute den Abschied geben – denn Du warst *frech* – namenlohs frech – gemüthsroh – – wild – boshaft – gleichgiltig! –
Na – ich habe ja »Gott sei Dank« 13 Monate Zeit gehabt, mich daran zu gewöhnen und darum zürne ich Dir *nicht* – sondern – sage Dir feierlich – Arthur – ich liebe Dich so *rasend*, so schrecklich – daß ich vor lauter Liebe zu Dir blödsinnig bin! – Du – süßer Hund Du! Hach!
Felix – Felix – war heute zwei Stunden bei mir – – – – – – – – – – – – – –
Also – Du willst mich nicht seh'n – Gut – übereile Dich nicht Schatz – es wäre ja auch *zu viel* verlangt vor so einer großen Gesellschaft zu mir zu kommen. Nur theile ich Dir mit daß *ich* am Freitag keine Zeit habe – ebenso Samstag und Sonntag. Samstag gehe ich mit Salten nach der Vorstellung soupiren – Sonntag habe ich Bahr bei mir – und Montag bin ich für Dich zu sprechen, solltest Du nicht in ein Theater gehen (??) Ha–ha – dann komme zu mir. Leb wohl Du – Du – ah wie nenn ich Dich Scheusal. –

Der Diltsch

Ich liebe Dich doch.

[TB] 18. 1. 1895
N[ach]m[ittag] war Brkh [Burckhard] da, meldete die offic[ielle] Annahme des Stücks. – Ab[en]ds bei Dilly, die widerlich sekirte u[nd] weil ich fortgehen wollte, eine Vase zerbrach. Dann kam Nhil, u[nd] sie reichte mir nicht die Hand zum Abschied. – So kann man nur eine Geliebte hassen.

8

»Also Schluß!«
(Mitte Jänner 1895)

Für Adele Sandrock steht nun eine doppelte Veränderung in ihrem Leben bevor: sie wechselt das Theater und den Liebhaber. Daß Felix Salten, der Erkorene, Schnitzler versprochen hat, ihn über den Gang der Ereignisse auf dem laufenden zu halten, ahnt sie nicht...

»Kameraden«, Adeles letzte Premiere am Deutschen Volkstheater, wird ein rauschender Erfolg. Erstmals versucht sie sich im »heiteren Fach« und brilliert durch Selbstironie: denn Fuldas Komödie ist eine Parodie auf die Stücke, die Adele Sandrock als »blonde Bestie« berühmt gemacht haben. Thekla, die Hauptfigur, ist eine überspannte Frau, die mit ihrem Kameraden Dr. Wulff »das Außergewöhnliche« sucht und dabei ihren Gatten an eine einfache, vernünftige Frau verliert. Daß dieser Dr. Wulff von Josef Giampietro in der Maske Arthur Schnitzlers gespielt wird, amüsiert alle, die um das Verhältnis des Dichters mit der Schauspielerin wissen.

Die Kritik ist von Adele Sandrocks souveräner Eignung für das komische Fach überrumpelt und reagiert begeistert:

Sie wirkt durch den Widerspruch mit sich selbst, indem sie ihre eigenen nervösen Heldinnen parodierte und durch ihre kecken Übergänge und dazwischengeworfenen unartikulierten Laute dem Sinn der Rede Nebengedanken lieh, die in den Bereich des Komischen und Grotesken hinüberleiten. So mit sich selbst Ball spielen zu können, verrät eine große Kraft und Freiheit des Geistes,

schreibt Ludwig Speidel im Neuen Wiener Journal vom 20. Jänner.

Nach der Premiere widmet sich die stürmisch gefeierte, in ihrer Stimmung zweifellos hochgemute Adele nun unverhohlen Felix Salten. Schnitzler ahnt ihren Betrug wohl voraus.

Dieser findet auch wenig später statt und wird von dem Dichter dazu benützt, die Beziehung – endlich! – abzubrechen. Wie sehr Schnitzler die ganze Angelegenheit trifft, weniger aus Liebe zu Adele als aus gekränkter Eitelkeit, beweisen die ausführlichen Tagebucheintragungen zu diesem Thema.
Adele Sandrocks Burgtheater-Debüt als Maria Stuart wird für den 7. Februar vorbereitet. An dem Kragen ihrer von Modekönig Drecoll entworfenen Robe arbeiten allein 35 Stickerinnen. Im Burgtheater probt Adele an der Seite von Hedwig Bleibtreu, von Bernhard Baumeister, Josef Lewinsky, Emmerich Robert – einer »alten Burgtheater-Garde«, die dem »Star«, den Burckhard da ins Haus gebracht hat, eher mißtrauisch gegenübersteht. Daneben schwankt Adele innerlich zwischen Schnitzler und Salten, ihren beiden Liebhabern, die sich zu ihrem Ärger vorzüglich verstehen. Bahr schaltet sich wieder ein, Max Burckhard, der um seine »Liebelei«-Besetzung mit der Sandrock bangen muß, gleichfalls.
Nach dem Betrug ist Schnitzler Adeles Flehen gegenüber taub, bleibt betont distanziert und erklärt, sie erst nach ihrem Burgtheater-Debüt wiedersehen zu wollen. Nachdem sein Ärger verflogen ist, erkennt er jedoch die »göttliche Komödie in dem allen« – in dem unauflösbaren Gewirre von Männern und Liebhabern, von Gerüchten und Indiskretionen, von Intrigen und Lügen, von Beschimpfungen und Liebesgeständnissen, die das Ende dieser Beziehung begleiten.

[TB] 19. 1. 1895
In der Z[ei]t[ung]: »Liebelei« angenommen. – Première der Kameraden; Giampietro meine Maske, was sehr auffiel u[nd] belacht wurde. – Im Riedhof. – Mit Dilly, Nhil, Salten, Rich[ard] – Dilly kokett[iert] mit Salten u[nd] ich ärgerte mich ein wenig, als sie ihn aufforderte, im Wagen mit mir u[nd] ihr nach Haus zu fahren. Auch sein Blick im Wagen ärgerte mich. –

[TB] 20. 1. 1895
N[ach]m[ittag] Salten bei mir. Ich fragte ihn, was es gestern gegeben; er gestand Füßeln u[nd] Kokettieren ohne weiters zu u[nd] gab mir sein Wort, mir mitzutheilen, sobald es zu was gekommen. [...]

Dann bei Dilly, die ich herankommen ließ. Sie begann. »S[alten] hat sich gestern etwas frei benommen –« Ich: Er hat recht; gegen eine Canaille wie du kann sich jeder Mann so benehmen. U.s.w. Eigentlich ruhige Discussion. Sie war dann auffallend zärtlich. Beim weggehn: »Sage Salten nicht, daß ich behauptet, er habe sich sehr frei benommen. –« Wie dumm doch auch die raffinirtesten Weiber in den Vorstadien eines Betruges sind!

[TB] 21. 1. 1895
Ab[en]ds um 7 ging ich – unerwartet u[nd] absichtlich – zu Dilly, fand Salten dort, der ihr den Bürstenabzug seines Feuill[etons] über die Kamer[aden] gebracht. – Ich behandelte sie so hämisch, daß sie weinte. – Dann mit Salten theor[etisches] Gespräch über den Fall. – S[alten] erzählte mir auch das Gerücht: Die Sandr[ock] habe zur Bedingung ihres Übertritts an die Burg die Annahme meines Stückes gemacht – kurz, ich habe in 2 Tagen plötzlich den Ruf eines »geschickten Strebers« bekommen – es ist zu dumm. –

[TB] 22. 1. 1895
Vorm[ittag] bei Dilly. Widerliche Scene. »Oh wenn mir noch je einer deiner Freunde heraufkommt. –«
Dann begleitete ich sie hinunter zu ihrem Fiaker. Im Hausthor sie: »Aber man muß doch wohl auch deine Launen in Kauf nehmen, wenn man das Glück hat, dich überhaupt etc.« – Ab[en]ds im Ronacher mit Richard. Dann Griensteidl. Salten nicht da. Ich beschloß vor Dillys Haus zu warten. Da traf ich aber auf dem Burgplatz Schwarzk[opf] u[nd] ging mit ihm ins Kfh. [Kaffeehaus] zurück – kämpfte beim Nachhausegehn wieder mit dem Entschluß vors Haus zu gehn, ging aber lieber schlafen.

[TB] 23. 1. 1895
Nachzutragen: Dilly teleph[onierte] gestern Ab[en]d um 12 zum 2. Mal ins Kfh [Kaffeehaus], wo ich gewesen. Ich fragte: Was machst du? – Sie: Ich lese Klein Eyolf – ich geh aber gleich schlafen. –
– Heute Mittag ein sehr zärtlicher Brief von Dilly, sie habe vor meinem Haus gewartet. N[ach]m[ittag] teleph[oniert] sie. Ich fragte sie, in meinem wachen Verdacht: Gestern gut

unterhalten? Sie: »Ich hab gespielt etc.« Ich meine nachher. – [»] Oh ich war noch lang auf, bin im Haus herumgegangen, konnte bis ½4 nicht einschlafen, das passirt mir jetzt oft – ich habe dann noch den Schluß von »Sterben« gelesen – du, das ist aber schrecklich –« Ich antwortete nichts. – Sie: Kommst du heut Abend um ½11? – Ich: Ja. – Nun war mein Verdacht beinahe zur Sicherheit; ich glaubte deutlich die Angst herausgehört zu haben, daß ich Licht in ihrem Zimmer gesehn. – War sehr, sehr verstimmt, war es schon den ganzen Vorm[ittag] gewesen. –
Salten kam etwa um 5 zu mir. – Wie er hereintrat, wußte ich es. Zuerst sprachen wir gleichgiltiges, dann fragte ich: Warum waren Sie gestern nicht im Kfh [Kaffeehaus]? – Er: Ich bin vom Theater direct nach Haus gegangen. – Ich: Das ist nicht wahr; Sie waren bei der S[androck]. – Er bestritt es anfangs, allerdings nicht sehr energisch. Ich: Wenn ich Ihnen nun sagte, daß ich Sie beim Hausthor hinausgehn gesehen? – Er: Wann? Ich z. B. um halb vier? – Er: Nein. Später. Ich: Fünf? Er: Nein, um sechs. – Ich ging während des ganzen Gesprächs im Zimmer auf und ab – wie dieses entscheidende Wort gesprochen wurde, gab's mir doch einen Stoß. – Er erzählte mir alles. Gestern bevor ich dort gewesen, ½1 Vorm[ittag], hatte sie um 12 teleph[onisch] gefragt, was wir gestern noch miteinander gesprochen. Dann wurde event[uell] verabredet, daß er sie Ab[en]ds vom Theater abholen solle. (Sie spielte). Er war im Carlth[eater]; ich hatte anfangs auch dazu wollen, in diesem Falle hätte er mich, sagte er, vorher avisirt. Nun, um 10 holte er sie ab. Beim Hausthor: »Nun, auf eine viertel Stunde kommen Sie noch zu mir herauf.« – Er kam herauf; bis drei blieben sie im Speisezimmer, sie trank Wein. Um drei schickte sie ihn quasi weg, lud ihn aber da (sie nimmt sich nicht die Mühe, die Technik ihres Liebeslebens zu ändern) ein, in zehn Minuten zu ihr ins Schlafzimmer zu kommen, mit dem Ehrenwort, keine Dummheiten zu machen. Er gab es. – Bis sechs war er bei ihr – und nun kommt das erbärmliche, komische, widerliche – berührt sie nicht – aus einem mir selbst so wohlbekannten Grund – der das glaubhaft macht, so unglaublich es sonst auch sein mag. Es ist übrigens absolut belanglos – daß es nicht an ihr lag, das weiß ich! –
– Was ich bei dieser Geschichte empfand, war sonderbar. Alles mögliche, was bei einem Betrug von einer wirklichen

Geliebten empfunden wird, trat auf, aber rudimentär. Es war selbst ein momentaner Schmerz da. Dann eine wehmütige Sehnsucht z. B. nach den Ischler Tagen, die ich mit ihr verbracht (damals hab ich sie ja auch eigentlich nicht leiden können) – Und endlich eine große Abspannung wie nach gewaltigen Aufregungen. – Im ganzen war ich froh, daß Salten sein Wort gehalten hatte.
Nach dem Souper holte ich Salten ab; es war beschlossen worden, daß statt meiner (*ich* hatte ja um ½ 11 mit Dilly Rendezvous!) er hingehen sollte sagen, ich wisse alles, habe ihn um 6 aus dem Thor kommen sehn. – Wir setzten uns dann in das Casa Piccola, vor dem Volksth[eater] vorüberzugehen, hatte ich einen Widerwillen – waren beide aufgeregt u[nd] hatten Angst vor den kommenden Scenen. – Er ging zu ihr; ich über die Rahlstiege – nach Margarethen, meine psychologischen Andachten verrichten, vor Mz's Haus, vor die »Glocke« usw. Um ½12 ins Grienst[ei]dl. – Da wurde teleph[oniert]. – Sie! – »Thuri«. – Ich rief einfach »Schluß«. – Dann ging ich nervös weg, mit Leo Fanj[ung], der eben gekommen war; wir bummelten durch die Stadt und sprachen von den Betrügereien der Frauen u[nd] Männer. Fischerstiege, dann die alte Ruprechtskirche, die ich sehr gern habe. – Zurück ins Griensteidl. – Salten kam um 2, wir gingen zusammen weg, in ein kleines Kafee in d[er] Währingerstraße. – Wie er gesagt hatte, ich wüßte alles, war ihr erster, rasch verschwundener Verdacht, daß er mir's gesagt; dann aber nahm sie die Nachricht – mit großer Fidelität auf. »Es mußte ein Ende nehmen – es ist eigentlich gut so – es war nicht mehr das rechte –« Dann kam plötzlich das Gefühl (jetzt wird es sehr komisch,) der Unschuld über sie, es sei ja eigentlich nichts geschehn, u[nd] sie könne ohne mich nicht leben. (Da ließ sie telephoniren und kam zurück mit »Schluß hat er gesagt«) – Dann kamen die Selbstmordideen; in die Donau. Dann sagte sie – (und dieses Wort ist göttlich!) »Ich bin ja keine ordinäre Person! Wenn ich gewußt hätt, daß er es erfährt – hätt ich das ja nie gethan! –«
Salten kam zurück, entsetzt von ihrer Leere, ihrer Zusammenhanglosigkeit – und konnt mir alles nachfühlen. – Wir mußten sehr lachen; und alles schmerzliche von Nachmittag war verflogen. Ich hatte nur das angenehme Gefühl, von diesem Weib erlöst zu sein. – Nachzutragen: ich hatte Salten

beauftragt zu sagen, daß ich fassungslos vor Wuth sei, daß es eine fürchterliche Scene geben würde, wenn sie versuchen würde, mich zu begegnen und sogar daß ich die Absicht habe, mein Stück vom Burgth[eater] zurückzuziehen. Das letztere scheint sie doch nicht geglaubt zu haben.

[Sa] Dienstag 2 Uhr Nachts.
23/1.95 [Von Schnitzler handschriftlich datiert]
Geliebter Arthur!
Also Schluß! – So war Deine Antwordt beim Telefon – – Du hättest es doch der Mühe Werth erachten können wenigstens bei mir anzufragen was eigentlich gescheh'n! Um Dich und Deinen Freund Salten nicht auseinanderzubringen habe ich Dir die Vorgänge der vorigen Nacht absichtlich verschwiegen! – *Ich habe Dich nicht betrogen,* und glaube Du jetzt, was Du willst – verdamme mich – beschuldige ihn – *ich war Dir nicht* untreu. Die Versicherungen dürften Dir – nach dem was Du dem Felix Salten gesagt hast wohl nicht genügen – also ich ergebe mich drein – und sage Dir – thue was Du willst, mein Kind. – Gerade *die* Nacht, die Du als äußerst willkommen bezeichnest für meinen Treuebruch – hat die [unleserlich] gehabt – daß ich Dir *treu war.* Sechs Uhr schlug die Uhr – und – ich war dennoch die *Deine.* – Und wäre es acht Uhr abends geworden – ich hätte mich nicht entschlossen Dich zu betrügen! – Arthur – *so* – wie Du es Dir denkst mein Kind – kann dieses Verhältnis nicht enden! – *Ich* habe *nichts begangen – ich war Dir treu.* Entweder Du bist heute Abend um acht bei *mir – oder* ich bin um 9 Uhr eine *Leiche!* – Thuri – das kannst Du ja nicht von mir glauben – und wenn die Versuchungen *noch* so groß wären – Kind – Du weißt doch *wie ich Dich liebe* – – – – Muth! Arthur – komm nur *erst* zu mir – jetzt – nachdem Du selbst von Salten weißt – *kann* ich ja reden bisher habe ich es Dir immer verschwiegen und wollte es Dir nie sagen – um Dich nicht zu *kränken* – aber jetzt – jetzt – jetzt – sollst Du alles wissen – Alles. – Und Du – Du Kind – Du willst mich dafür verantwortlich machen, spiele Dich nicht mit mir – Du weißt daß ich *Dich liebe,* Dich anbete.
Hier gibt es nur eines – entweder um 8 Uhr bei mir oder – *Thuri Thuri* – ich habe *Dir nichts angethan* so wahr ein Gott

im Himmel lebt – ich war standhaft ich war *Dir treu, Kind* – so leicht wirst Du mich nicht los – Du weißt ja wie ich Dich liebe Dich anbete

Deine Deine
Dilly

Arthur Du kannst das nicht von mir glauben – Du nicht – nein – Du nicht.

[Sch] 23/1.95 [Irrtum. Richtig: 24. 1.]

Es ist mir, was du möglicherweise begreifen wirst, nicht möglich, auf eine Beantwortung deines Briefes oder auf irgend welche Auseinandersetzung mit dir einzugehn. Ich glaube, nachdem was vorgefallen, wirst du doch einsehn, daß du mir wenigstens die Rücksicht schuldig bist, mich einige Zeit mir selbst zu überlassen. Ich werde dann eventuell selbst zu einer letzten Auseinandersetzung die Gelegenheit herbeiführen.

ArthSch

[TB] 24. 1. 1895

In der früh kam ein unsäglich alberner Brief von Dilly, in welchem sie leichte Versuche machte, alles auf Salten zu wälzen, u[nd] behauptet mich anzubeten. Ich erwiderte kurz u[nd] ungefähr, daß ich momentan nicht in der Stimmung zu Diskuss[ionen] sei u[nd] schon selber einen Termin zu einer letzten Auseinandersetzung bestimmen werde. – Während ich bei Tisch saß, kam die Schwester Willy – ich müsse sofort zu Dilly, sie sei rasend, wolle in die Donau, liebe nur mich, ich solle ihr verzeihen, es sei ja »eigentlich« gar nichts geschehn. – Ich war sehr erregt, hatte geradezu Thränen in der Stimme vor Wuth – als wäre da wirklich ein geliebtes Weib, das mich betrogen! – Ich antwortete Willy: Nein; und nannte Dilly eine Dirne, worüber Willy sehr indignirt war. – Mittags war Salten bei ihr gewesen; sie schwankte zwischen »Ich kann ohne ihn nicht leben« und »Eigentlich weiß ich noch gar nicht, wozu das gut ist!« – Dazwischen hinein erklärte sie ihm: »Sie haben Samstag im Frack sehr gut ausgesehn!« – Salten zu ihr: Sie haben's ja doch schon oft so erlebt – was sprechen Sie denn diesmal davon, in die Donau zu gehn. Sie ernsthaft: Das sag ich auch immer! –

– Abends teleph[onierte] Willy, ob ich schon beruhigt sei; u[nd] ob ich sie besuchen wolle u[nd] ob ich am 5. Feber zu ihr käme. Dann teleph[onierte] Dilly – ich rief einfach wieder »Schluß« – Nachts war ich mit Salten beim Schwender. – Von heute noch nachzutragen ein Brief der Nachm[ittag] kam: »Mein geliebter Arthur! Das vollkommene Bewußtsein meiner Schuldlosigkeit gibt mir Kraft, dieser Sache mit Würde entgegenzusehn. Es grüßt Dich vom Herzen Deine Dilly. [«]

[TB] 25. 1. 1895
Erhielt den ganzen Tag keine Nachricht. [...]
Salten kam von Dilly, die schon recht beruhigt schien. – Gestern war Brkh. [Burckhard] bei ihr, wollte als 2. Stück Liebelei – sprach viel von mir. Dilly zu Salten: »Ich kann doch nicht in dem Stück von diesem Mann spielen!« – Dann sah sie's natürlich ein. – Sie waren heute per du (das erste Mal nach Saltens Berichten.) Sie sagte ihm ungefähr: sie hätte das Verh[ältnis] mit mir noch gern fortgesetzt, und mich vorläufig nur mit ihm betrogen, bis sie ihn so recht lieb gewonnen, um ganz mit mir zu brechen.

[TB] 26. 1. 1895
Vorm[ittag] sehr schlechte Stimmung, zweifellos über den »Verrath« Dillys. Geradezu Lebensekel. – Ging Vorm[ittag] in den Handschuhladen, Minni einen Zettel zustecken. – [...]
An Salten telephonirt Dilly: »Ich bin außer mir, kommen Sie nicht.« – Das freute mich. Er teleph[oniert] hin, später im Kfh [Kaffeehaus]: Bleibt's dabei? – Sie: Kommen Sie sofort. – Ich zu Minni, mit ihr Riedhof; sehr nett. – Sie sagte: Ist vielleicht die Sandr[ock] deine Geliebte? – Sie meinte die Willy – weil ich zufällig einmal mit Willy ein paar Minuten gerade vis-à-vis von ihrem Geschäft stehen geblieben war. – [...]
Dann im Kfh. [Kaffeehaus] – Salten. Hatte Dilly in Verzweiflung gefunden; Mutter und Bruder bei ihr. Sie kann ohne mich nicht leben, tödtet sich u. s. w. Sie war heute bei Bez. [Besezny] u[nd] Berger gewesen, die beide sehr günstig von meinem Stück gesprochen. – Dann sagte sie: »Nie werd ich in diesem Stück spielen, nie! –« Dann: »Wenn dieser Mann

sehen wird, wie ich in seinem Stück spiele, wird er vor mir auf die Kniee sinken.« Um 11 schickt sie Salten fort, will ihn nie wieder sehen. »Du wirst meinen Körper nie berühren.«

[TB] 27. 1. 1895
Weder an mich noch an Salten Nachricht von Dilly. [...] N[ach]m[ittag] wie Salten bei mir, kam Hugo, schien schon was zu wissen, lachte u[nd] war komisch. Richard kam. Durch diesen vielfach geheime, komödienhaft verwickelte, sonderbare Stimmung u[nd] viel Lachen. Richard, immer der Psycholog, sagte mir ins Ohr: Ihre Heiterkeit ist sonderbar – so wie wenn die Sandr[ock] Sie betrogen hätte.

[TB] 28. 1. 1895
Bahr teleph[onierte] in der früh. Ich zu ihm. Dilly hat ihn rufen lassen, weint, sie ist unschuldig, u[nd] es kam darauf hinaus, daß sie unter solchen Umständen in der Burg nicht spielen könne u[nd] in meinem Stück erst recht nicht. Ich sagte, daß ich auf Erpressungen nicht hereinfalle, daß sie machen solle, was sie will, daß ich aber nichts dagegen habe in ein paar Wochen wieder freundschaftlich mit ihr zu verkehren.
Bahrs (für Bahr sehr charakter[istische]) Auffassung von der Sache: »Salten, wie er überhaupt ein gescheiter Kerl ist, wollte sich als junger Theaterkritiker dadurch posiren, daß er ein Verh[ältnis] mit der ersten Tragödin habe.« – [...]
Bahr: Dilly hatte ihn wieder anteleph[oniert]: sie liebe nur mich, S[alten] sei ein Lügner u. s. w. – Schien sich mit seiner Antwort zufrieden zu geben.

[TB] 29. 1. 1895
Vorm[ittag] bei Bahr. – Dilly wird Schwierigkeiten mit dem Stück machen, nicht aus Trotz, sondern weil sie wirklich nicht kann. Ich erzählte nun Bahr die ganze Geschichte (natürlich in der Fassung, daß ich wirklich bis 6 gewartet habe etc) u[nd] da fand er nun, daß ich nicht die richtige Auffassung von Dilly habe, die eben eine Bajadere sei, irgend was göttliches, in eine ihr fremde Welt gestellt; als Bajadere sei ihr Sinn eben auf Lug und Betrug gerichtet, u[nd] führte ein Gespräch zwischen sich (Bahr) u[nd] Hugo an, daß ich zu sehr im weltlichen stehe (»wie mir überhaupt manches an dir

unklar ist, auch im Schriftsteller« – was deutlich gehässig gemeint war). Er verstand nicht oder wollte nicht recht verstehn, daß ich das bajaderenhafte recht gern gelten lasse, daß nur die erbärmlichen kleinen feigen Lügen (das telephoniren in der Nacht ihres Betrugs z. B.) durchaus nichts bajaderenhaftes haben sondern einfach hurenhaft sind. Dilly hatte sich immer beklagt, daß ich sie brutal behandle; auch darüber daß ich ihr im Prater einmal eine Scene gemacht, weil sie den Wunsch geäußert, einmal mit einem Cardinal ein Verhältnis zu haben. (Ich hatte ihr ja keine Scene gemacht, sondern war nur etwas verstimmt gewesen, was sie damals riesig freute.) – Welch göttliche Komödie eigentlich in dem allen. In Ischl kam Dilly zur Joël u[nd] beschwor sie auf den Knien, sie (J.) solle mich ihr (D.) nicht nehmen; ich sei ihr Christus, sie solle überhaupt nie einen Arzt zum Geliebten nehmen, weil der zu sehr auf seine Gesundheit bedacht sei. – Wir verblieben, daß Bahr bei Bur[c]kh[ard] event[uellen] Intriguen Dillys vorbauen sollte.

[TB] 30. 1. 1895
Bei Bahr. Hat gestern mit B[urck]h[ard] gesprochen; der vorgestern bei Dilly war. Hatte von 5 Rollen gesprochen, u[nd] Brkh. [Burckhard] (Erzählung Bahr's!) hatte die Empfindung, daß sie eigentlich von meinem Stück u[nd] ihrer Rolle wenig halte. Bahr theilte ihm den ungefähren Sachverhalt mit (Burckh[ard]: Sie wird ihn halt betrogen haben, das hätt er sich ja bei der D[illy] denken können. Aber in zehn Tagen sind's entweder gut, oder sie hat einen anderen Geliebten – wozu hab ich denn die vielen feschen jungen Leut' an der Burg? Den Zeska u[nd] den Reimers etc? [)]
Abends war Bahr bei Dilly, ich könne (so hatt ich ihr sagen lassen) jetzt erst recht nicht mit ihr verkehren, bevor sie die Rolle spielen wolle, da das so herauskäme, als verkehrt ich mit ihr, *um* sie dazu zu bewegen. – Dilly unter Thränen, ja sie wolle es als 4. Rolle spielen; beschimpfte Salten unerhört u[nd] läugnete alles. – Zum Schluß machte mich Bahr auf infame Gerüchte aufmerksam, welche die Familie S[androck] (die hetzen schon seit November gegen dich) über mich in Umlauf setze (»Es ist besser, wenn du das von einem guten Freund erfährst«) – ich hätte Dilly soviel – gekostet – sie hätte mir soviel Geschenke gemacht, ein Necessaire (richtig) –

Bonbons (Lüge) – Wie sehr hatte ich sie immer gebeten, mir nichts als Blumen zu geben! – Ich war aufs tiefste verstimmt – unsagbar.
N[ach]m[ittag] erschien plötzlich Mz Rnh [Mizi Reinhard]. Ich war ganz glücklich. Wie sie hereintrat, merkt ich, daß auch der kleine Bleistift den ich seit Wochen verloren (ihr Weihnachtsgeschenk) auf meinem Schreibtisch lag. Ich theilte ihr mit, daß mein Verh[ältnis] mit Dilly aus sei.

[TB] 31. 1. 1895
Vorm[ittag] in Hietzing – Die Hohenfels hatte mich rufen lassen, consult[ierte] mich aerztlich. Sonderbar, gerade mich. Denke an die Möglichkeit, daß die Hoh[enfels] vielleicht jetzt gern die Rolle spielen möchte, da sie keine große neue für die nächste Zeit hat u[nd] von den vielen Sandr[ock] Notizen in der Z[ei]t[un]g verstimmt ist. – Berger sprach über alles mögliche theatralische, über mich, hauptsächlich über Rollen für Dilly.
An der Kasse des Volksth[eaters]. Der Kassier bittet mich herein u[nd] theilt mir mit daß die S[androck] mit dem Gr[a]f[e]n Westphal eben ½ St[un]d[e] da gewartet u[nd] sich eingehend erkundigt, ob ich einen Sitz für ihre heutige Abschiedsvorstellung genommen habe. Er wußte es nicht. Vor drei Minuten war sie weg. Nun nahm ich einen Sitz. – An Bahr hatte Dilly teleph[oniert], sehr sentimental, ob er glaube, daß ich ihr Blumen schicken werde? Ich hatte schon vorher einen Blumenkorb bestellt. Dazu schrieb ich »Der großen Künstlerin in immer gleicher Bewunderung.« –
Abschiedsvorstellung – »Kameraden«. Sie spielte mit meinem kleinen Armband u[nd] dem Anhängsel (Kleeblatt) dran! Hatte, wie ich glaube, abwechselnd Blumen von meinem Korb. Es war großer Jubel; sie dankte unter Thränen. – Was hätte ich heute empfunden – wenn ich dieses Weib je geliebt hätte! – Zu ergänzen: wie die alte S[androck] gesagt (zu Salten) was ich für einen Schaden angerichtet hätte, Vasen, Teller etc zerschlagen – die Wahrheit ist: daß ich einmal eine Kefirflasche an die Wand haute! – Dilly zu Bahr: Sie hätte Salten in jener Nacht nicht hinausgeworfen, weil *ich* sie dann sicher beschimpft hätte – daß sie meinen Freund schlecht behandle! – Zum gesundlachen! –

[TB] 1.2.1895
Nachm[ittag] teleph[onierte] Bahr. Dilly ist bereit, Liebelei 3 Rolle zu spielen. Schön. »Willst sie sprechen? Gratuliren? Sie ist bei mir.« Bitte. – Dilly: Thuri! – Ich: Gratulire. – Sie: Danke für die Blumen. – Ich möcht dich sprechen, mich auseinandersetzen. Ich: Auseinandersetzung überflüssig. ich weiß alles; mir ist alles klar. – Sie: Starrkopf. Aber ich liebe nur dich. Das kannst du mir nicht verbieten. – Ich: Bitte. – Sie: Ich spiele dein Stück, ich werde dir zu einem großen Erfolg verhelfen. Ich: Ich dir hoffentlich auch. – Sie: Ellbogen hat mir einen schönen Brief geschrieben – der hätte mehr Grund mir böse zu sein als du. Warum bist du nicht auf Nhil oder Beer-Hofmann eifersüchtig? – Ich möchte dich wiedersehen. – Ich: Ja, nach Maria Stuart. – Sie: Nun, wenn *du* so lang warten kannst – *ich* halt es aus. Das war übrigens ein verabredetes Geschichtchen. Ich: Schluß.
Abends Bahr im Volksth[eater] [...] – Dilly war noch bis ½5 bei ihm, gestand ihm zu, sie wollte das Stück hinausschieben, denkend, ich müsse im Interesse desselben zu ihr zurückkehren; bis Bahr ihr das Gegentheil klar machte.

[Sa] *4/2.95* [Von Schnitzler eigenhändig datiert]
Thuri –
Laß es jetzt genug sein – – hab Mitleid – *erbarme Dich* – ich *kann* ja so nicht weiter leben.
Ich bin dem Wahnsinn verfallen – ich bin ein Bild des *Jammers* – ich finde die Kraft nicht mehr – ich breche zusammen – ich *bin* zusammen gebrochen! – Wälze nicht alle Schuld auf mich – ich war leichtsinnig – *ja* – *ja* Du hast ja recht, ich bin das grauenhafteste Geschöpf auf dieser Welt – aber *lieben* thue ich Dich doch um Gottes Willen! –
Untreu war ich Dir doch nicht – so erlöse mich doch von diesen Qualen – *wie* soll ich denn spielen am Donnerstag –? Ich muß lernen – ich kann *nicht* – ich bin ja fassungslos – fassungslos *hab Mitleid* – *treibe* mich nicht in *Verzweiflung!*
Ich *bitte* Dich – bei Gott hab doch endlich Erbarmen! O Gott, Du marterst mich entsetzlich. –

[TB] 4. 2. 1895
Während ich an Mz [Mizi Glümer] schrieb, Brief von Dilly »um Erbarmen«[.] Ich antwortete abwehrend, Wiedersehen verschiebend. –

[Sa] *5/2. 95* [Von Schnitzler handschriftlich datiert]
Thuri – mein Freund! –
So mutterseelen allein – nicht ein Wesen, das in diesen Tagen mit mir fühlt – mich aufrafft! – O Gott – ich habe gebüßt – – was unser Herrgott am Kreuz gelitten *ich* habe es in diesen Wochen durchgemacht! – Du hast mich gestraft – ich habe jämmerliche Qualen durchlebt – und bin auch zu Ende mit meiner Kraft. – Schmerz – *namenloser* Schmerz tobt und rast in meinem Innern – Empörung und Rache gegen den Schurken, der mir das angethan! –
Der gerechte Zorn unseres Herrgotts wird aber diesen elenden Wicht – diesen Hund – diesen Mordgesellen strafen – ich kann – und konnte nichts tun als leiden und dulden – aber *Gott* wird mich rächen! *Dich* habe ich verloren – nun gut – ich werde meine ganze Zuflucht in meiner Kunst suchen – der einzige Freund – der mich nie verläßt. – Ein *ganzes* Leben voller Reue soll nicht genügen mir selber klarzumachen – was ich für ein elendiges erbärmliches Wesen war diesen Lump nicht hinausgeworfen zu haben. – Ich war wieder einmal das Opfer meines Leichtsinns ich war nicht schlecht – aber *verflucht* sei die Rache – sie wende sich gegen den Rächer selbst! – Ich danke Dir für Deinen Brief. Du *hast* ein Menschenleben gerettet hättest Du mir *nicht* geschrieben – ich hätte dem Allen ein Ende gemacht! –
Dein Stück spiele ich gleich als *dritte* Rolle! Heute wurde es beschlossen, da werde ich Dir zeigen *wie ich Dich liebe*. Lebe wohl Arthur – tröste Dich damit daß es kein unglücklicheres Wesen giebt als
Deine verlassene Dilly Sandrock

[TB] 5. 2. 1895
Ab[en]ds ein Brief, dumm Reue, Beschimpfungen Saltens.

[TB] 6. 2. 1895
Ab[en]ds schrieb Salten der Willy; sie berief ihn, er sagte ihr, sie solle Dilly warnen, über ihn Lügen zu verbreiten, auch

Beschimpfungen über mich werde er nicht dulden. Sie zu ihm: Sie sind mir im kleinen Finger lieber als Sch[nitzler]. Zugleich erzählte sie, Dilly habe schon Mittwoch (nach jenem Dinstag) von ihm geschwärmt, u[nd] Bahr hatte Dilly seine psychol[ogische] Auffassung über Salten (Carrière, Liebhaber der ersten Tragödin) gesagt.

Am 7. Februar 1895 liefert Adele Sandrock eine ihrer größten schauspielerischen Leistungen – nicht nur als Maria Stuart auf der Bühne des Burgtheaters, sondern auch danach in der Wohnung Hermann Bahrs. Man muß sich die Umstände dieses Abends vergegenwärtigen, um die Sandrock zu – bewundern. Und sei es für nichts anderes als für die innere Energie, die ungeheure Kraft, die es gekostet haben muß, nach der Tragödie der Maria Stuart noch das Satyrspiel der Adele Sandrock zu liefern.
Nicht nur »ganz Wien« ist da, nicht nur alle Kritiker, die das Debüt der Sandrock mit größter Spannung erwartet und mit vielen Spekulationen belastet hatten (Kann sie die Nachfolgerin der Wolter sein? Wird sie Schiller »modern« spielen?), sind gekommen, auch der Hof hat sich versammelt. Kaiser Franz Josef erscheint mit seinen Brüdern, den Erzherzogen Karl Ludwig und Ludwig Viktor. Das gesellschaftliche und das zu erwartende künstlerische Ereignis ist dazu geeignet, die Nerven der Hauptakteurin des Spektakels aufs äußerste anzuspannen.
Adele Sandrock erhält als Maria Stuart keinen Auftrittsapplaus. Das Publikum wartet ab. Aber schon nach ihrer ersten Szene rauscht der Beifall auf, und im Laufe des Abends festigt sich der Erfolg. Der Kaiser applaudiert heftig. Zweifellos erlebt Adele Sandrock, zweiunddreißigjährig, mit diesem Einzug in das Burgtheater, der eines »Stars« würdig ist, den bisher stolzesten Abend ihrer Laufbahn.
Nach der Vorstellung fährt sie zu Hermann Bahr. Dort sieht sie Arthur Schnitzler zum ersten Mal seit ihrem Betrug wieder. Sie will ihn zurückhaben. Sie geht in die Knie. Sie spielt den drei Männern – Bahr, Schnitzler und dem zur Konfrontation herbeigeholten Salten – die Komödie der unschuldig Verfolgten vor. »Tragödin, Genie«, hat Schnitzler sie einmal genannt. Nun findet er sie »zum Erschlagen« – was

zweifellos für die übersteigerte Intensität dieses Satyrspiels spricht.
Und das wahrlich abgründige Seelenleben von Adele Sandrock geht so weit, daß sie in dem Augenblick, als sie Schnitzler gegenüber ihre Unschuld beschwört – die größte Lust auf Salten hat... »Die Seele ist ein weites Land«, wird Arthur Schnitzler später in einem seiner schönsten Stücke sagen.
Die Posse dauert noch einige Tage. Adele verfolgt Schnitzler mit Besuchen, tragischen Briefen, Telefonaten. Gleichzeitig arbeitet sie – wieder ein Beweis für ihre stupende Fähigkeit, mit der gleichen Intensität Beruf und Privatleben nebeneinander zu betreiben – an der eminent schwierigen Rolle der Rita Almers in Ibsens »Klein Eyolf«.

[TB] 7.2.1895
Nach dem ersten Auftreten Dillys in der Burg als Stuart (großer Erfolg) bei Bahr. – Dilly kam bald. – Sofort auf die Kniee, ich: Du hast ja bis ½ 11 Komödie gespielt – mußt du gleich wieder anfangen? – Sie log so ekelhaft und enervierte mich durch ihre Frechheiten und Zärtlichkeiten beim Souper so sehr, daß ich den Salten aus dem Café herauftelephonirte, um zu confrontiren. – Er kam. Bahr war anfangs dumm grob mit ihm. S[alten] ließ mich ganz im Stich, da er durch seine Aussagen Dilly entlastete; sie lag vor ihm auf den Knieen, schrie bald: Sagen Sie kein Wort, bald: Sagen Sie alles und war einfach zum erschlagen. Wollte in die Donau, wenn ich sie nicht wieder zur Geliebten nähme. Ich begleitete sie im Wagen, wo sie mir durch Thränen und tausendmaliges Fragen, ob ich sie liebe und Drohungen, daß sie sich in die Donau stürze (an der wir vorbeifuhren), einige »Ja, ich liebe dich« erpreßte. Beim Hausthor verließ ich sie, mit tiefem Ekel. –
Im Anfang bei Bahr sagte sie einmal: Du bist ein Tyrann, – ich werde dich von jetzt an (pathetisch) Nero oder Mentor nennen, – bis wir ihr begreiflich machten, daß Nero ein Tyrann, Mentor jedoch ein Hofmeister gewesen sei.

[TB] 8.2.1895
[...] Dann kam Dilly, sehr elegant, brachte Veilchen u[nd] log fröhlich weiter, säuselte: Kehre zurück zu deiner Diltsch, weinte und war gefasst, – zärtlich. Ich: »Ich glaub dir kein

Wort – auch wenn du in die Donau gehst.« Sie ernsthaft: Wie kann ich denn in die Donau gehn? Willst du meine Familie erhalten? – Ich sagte: Freunde – sehr gern. – Sie ging, nachdem sie mich gebeten hatte, ihr treu zu sein. –
Im Kfh. [Kaffeehaus] Salten. Sie hatte ihm, bevor sie zu mir kam, telephonirt, er solle heute Ab[en]d zu Willy kommen – mir aber ja nichts davon sagen: »Sie sind ein Ehrenmann.« – Ich erwartete Salten im Griensteidl, dann im Central – Er kam um ½5 früh. War bei Willy gewesen; dort Dilly. Willy: »Ich möcht mir nicht überlegen.« – Dilly u[nd] Salten fort, ins Cafe Wortner. – Dilly: In welchem Erdenwinkel kann ich dich besitzen –? Er zu ihr, im Comfortable. – Bei ihr: Die Mutter hocherfreut, wie sie mit Salten kommt: »Jetzt hat sie so viel gelernt, jetzt soll sie ihr Verchnüche haben.« – Nun, und dann geschah es. Sie erklärte ihm zwar, daß sie noch immer mich liebe – aber – »wenn du heut nicht bei mir geblieben wärst, wär ich gestorben.« – Ich kann es vor mir selbst nicht verhehlen; – ich hab mich ein bissel geärgert. Aber die Sache ist großartig u[nd] werthvoll – ein Spiel zu spielen, in dem man alle Karten sieht. Gestern, während der Confrontation, während sie ihre Unschuld beschwor, hat sie, sie erzählte es S[alten], am heftigsten Lust auf ihn bekommen. In der Sekunde drauf hatte sie mir dann unter Thränen erklärt, sie werde sich umbringen, wenn ich nicht wieder etc.

[TB] 9. 2. 1895
Schlechte Stimmung. Da handelt es sich nur um ein Weib, das man nie geliebt, in der letzten Zeit gehasst hat, die man um jeden Preis loswerden wollte, die man stets, wie die ganze Welt, für eine Canaille hielt, und hat noch außerdem das so seltene Glück, vollkommene Klarheit zu haben – und doch hat man eine Regung der Eifersucht, wenn sie einen betrügt.

[TB] 10. 2. 1895
Abends Salten bei Dilly. Sie weinte. Er erzählte (wie ich gebeten) ich habe ihm gestern gesagt: »Ich habe am Montag ein Rendezvous mit Ihrer Geliebten. Sind Sie bös?« – Dann sie: »Er sagt, er habe Ekel vor mir – begreifst du nicht, daß mich das reizt? – Ich *muß* ihn wieder haben. – Glaubst du, er wird wieder kommen?« – Er: Nein. – Sie: Du hättest wohl *ja* sagen können! – Salten räth ihr, zu gestehn. Sie: Das hat ja er

auch wollen. Er ist auch mit der Gemüthskiste gekommen! (Dann, stolz:) Was! ich bin ein Luder!

[TB] 11.2.1895
Im Prater. Sie (Dilly) steigt weinend aus dem Wagen. »Ich bin so krank.« Soll ich dich vielleicht bedauern? – »Ich habe ja nichts gethan.« – Genug – oder ich gehe. – »Was soll ich anfangen –? Ich liebe ja nur dich.« – Dein Verh[ältnis] mit S[alten] fortführen. – »Laß es genug sein, gib mir einen Hoffnungsschimmer!« Möglicherweise, in einigen Monaten oder Jahren – wenn du einen anderen Liebhaber hast, aber den Salten betrüg ich nicht, das fänd ich geschmacklos. – Ausbruch von ihr: »So, jetzt fahr ich wirklich zu Salten – u[nd] heut Nacht wird er bei mir schlafen! –« Ich lachte sie aus. – Dann erklärte sie wieder, sie werde sich umbringen. – Sie: »Was hast du Freitag gemacht[«] (Tag des Betrugs). Ich sehe sie nur scharf an; dann: Ich werde dir's schon einmal erzählen. – Dann: Siehst du, wenn du nicht mehr zu lügen versuchst, bist du mir ganz sympathisch, denn den Betrug versteh ich ja. – Vorher. Ich: Ich werde dem S[alten] sagen, er soll dir die Rendezvous mit mir verbieten. – Viel Thränen. – Abschied. Wann wieder? Sie: in 14 Tagen. Ich: Gut. – Sie blieb weinend an der Wagenthür stehn; ich drehte mich um u[nd] lachte. – Wohlgefühl im Herumgehn wie noch bei keinem Praterspaziergang mit ihr. – [...] Salten. Er war bei Dilly gewesen. Anfangs: sie will ihn erst in 14 Tagen wiedersehn, bis sie mich wiedergesehn. Sie möchte ihn wieder bei sich haben – erst wenn sie wieder mit mir ein Verhältnis habe. Er: Du möchtest also einfach nur ihn mit mir betrügen. Sie nannte mich einen Galeerensträfling. Am wüthendsten ist sie, wenn sie bedenkt, daß wir gemütlich als die besten Freunde im Kafehaus zusammensitzen – und keiner bei ihr ist! – Dann weinte sie wieder; dann wieder: sie möchte mich noch einmal haben und dann – Adieu sagen. Dann wollte sie wieder das Ehrenwort von *ihm*, daß *ich* wieder ein Verh[ältnis] mit ihr haben werde. (Bei Bahr verlangte sie immer von *mir* das Ehrenwort, daß – *sie* mich nicht betrogen habe! –)

[TB] 12.2.1895
Wie Salten mir N[ach]m[ittag] erzählt, daß Dilly ihm teleph[oniert], sie verzweifle, freute ich mich. Irrsinnige Eitelkeit

eigentlich. – Im Theater [...] überbringt er mir einen Brief von ihr. Sie war heut sehr verzweifelt. »Wir hätten das nicht thun sollen! –« Dann »Wir hätten nicht so unvorsichtig sein sollen. –« Dann: Wenn ich den Mann wieder hab, müssen wir auseinander. – Dann wurde sie wieder fidel u[nd] küsste ihn. –

[Sa] *12/2. 95* [Von Schnitzler handschriftlich datiert]

Lieber Arthur.

Ich sitze hier – ich kann nicht lernen – kann nicht arbeiten, bin zu allem unfähig – daß *kann* nicht mehr so fortgeh'n – ich sag Dir das nicht um Dich zu irgend etwas zu zwingen – ich sag Dir das ganz ruhig weil ich fühle daß ich es nicht mehr einen Tag länger aushalte. Ich weiß daß Du mir das nicht glauben wirst aber ich kann mir nicht helfen, ich muß Dir das noch einmal schreiben damit ich dann nicht alle Schuld *allein* habe!

Bedenke doch welche schwere Aufgabe jetzt meiner wartet und lasse mich nicht zusammenbrechen unter der Last meines Kummers. Beschließe was Du willst. Ich warte auf ein Wort von Dir um wieder daran denken zu können daß ich überhaupt noch lebe.

Dilly Sandrock

[Sch] 14/2.95. [Irrtum. Richtig: 13.2.]

Liebe Dilly!

Ich danke dir für deinen Brief. Nun ist jene widerliche Lüge wenigstens weggeräumt, und ich kann dir ein wirklicher Freund sein, wie ich es so gern möchte. Ich freue mich dich bald zu sehen, und grüße Dich vielmals und herzlich.

Arthur Schnitzler

[Sa] Wien, 13/2.95

Mein lieber Arthur!

Ja – Du hast recht – es *soll* keine Lüge mehr zwischen uns sein und glaube mir, ich hätte es selbst auf die Dauer nicht vertragen mit dieser Unwahrheit Dir gegenüber zu stehen. Was Du Dir denkst – es ist gescheh'n und Du kannst mich nicht ärger verurtheil'n – als ich selbst mich verurtheile! Ich will keine Ausflüchte gebrauchen ich will keine Entschuldigungen hervorbringen, aber das eine kannst Du mir glauben

Der Kreis um Adele

Links oben: Wilhelmine Sandrock, Adeles treue Schwester.
Rechts oben: Der Schauspieler Robert Nhil, oft Adeles Partner im Deutschen Volkstheater und mit ihr befreundet.
Rechts: Der Komponist Charles Weinberger, mit Adele eng befreundet.

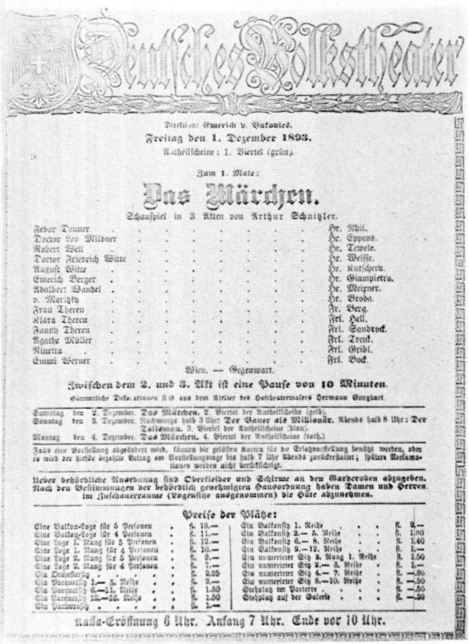

Deutsches Volkstheater

Direktion: Emerich v. Bukovics.

Freitag den 1. Dezember 1893.

Antheilscheine: 1. Viertel (grün).

Zum 1. Male:

Das Märchen.

Schauspiel in 3 Akten von Arthur Schnitzler.

Fedor Denner	Hr. Rhil.
Doctor Leo Mildner	Hr. Eppens.
Robert Well	Hr. Tewele.
Doctor Friedrich Witte	Hr. Weisse.
August Witte	Hr. Kutschera.
Emerich Berger	Hr. Giampietro.
Adalbert Wandel	Hr. Meixner.
v. Moritzky	Hr. Broda.
Frau Theren	Fr. Berg.
Klara Theren	Frl. Hell.
Fanny Theren	Frl. Sandrock.
Agathe Müller	Frl. Trenk.
Ninetta	Frl. Gribl.
Emmi Werner	Frl. Bock.

Wien. — Gegenwart.

Zwischen dem 2. und 3. Akt ist eine Pause von 10 Minuten.

Sämmtliche Dekorationen sind aus dem Atelier des Hoftheatermalers Hermann Burghart.

Samstag den 2. Dezember. **Das Märchen.** 2. Viertel der Antheilscheine (gelb).
Sonntag den 3. Dezember. Nachmittags halb 3 Uhr **Der Bauer als Millionär.** Abends halb 8 Uhr: **Der Talisman.** 3. Viertel der Antheilscheine (blau).
Montag den 4. Dezember. **Das Märchen.** 4. Viertel der Antheilscheine (roth.)

Falls eine Vorstellung abgeändert wird, können die gelösten Karten für die Ersatzvorstellung benützt werden, oder es wird der hiefür bezahlte Betrag am Vorstellungstage bis halb 7 Uhr Abends zurückerstattet; spätere Reclamationen werden nicht berücksichtigt.

Ueber behördliche Anordnung sind Oberkleider und Schirme an den Garderoben abzugeben. Nach den Bestimmungen der behördlich genehmigten Hausordnung haben Damen und Herren im Zuschauerraume (Logensitze ausgenommen) die Hüte abzunehmen.

Preise der Plätze:

Eine Balkon-Loge für 5 Personen	fl. 13.—	Ein Balkonsitz 1. Reihe	fl. 2.—
Eine Balkon-Loge für 4 Personen	fl. 11.—	Ein Balkonsitz 2.—5. Reihe	fl. 1.80
Eine Loge 1. Rang für 5 Personen	fl. 12.—	Ein Balkonsitz 6.—8. Reihe	fl. 1.40
Eine Loge 1. Rang für 4 Personen	fl. 10.—	Ein Balkonsitz 9.—12. Reihe	fl. 1.—
Eine Loge 2. Rang für 5 Personen	fl. 9.—	Ein numerirter Sitz 2. Rang 1. Reihe	fl. 1.50
Eine Loge 2. Rang für 4 Personen	fl. 7.—	Ein numerirter Sitz 2.—3. Reihe	fl. 1.—
Ein Orchestersitz	fl. 2.25	Ein numerirter Sitz 4.—7. Reihe	fl. —.80
Ein Parquetsitz 1.—5. Reihe	fl. 2.—	Ein numerirter Sitz 8.—10. Reihe	fl. —.50
Ein Parquetsitz 6.—11. Reihe	fl. 1.80	Stehplatz im Parterre	fl. —.50
Ein Parquetsitz 12.—16. Reihe	fl. 1.50	Stehplatz auf der Galerie	fl. —.30
Ein Parterresitz	fl. 1.—		

Kassa-Eröffnung 6 Uhr. Anfang 7 Uhr. Ende vor 10 Uhr.

Stätte der gemeinsamen Niederlage: Das Deutsche Volkstheater

Am 1. Dezember 1893 fiel Schnitzlers erstes abendfüllendes Stück »Das Märchen« mit Adele Sandrock im Deutschen Volkstheater durch, obwohl die Sandrock der unangefochtene Star dieser Bühne war.

Stätte des gemeinsamen Erfolgs: Das Burgtheater

Am 9. Oktober 1895 bedeutete der Erfolg von »Liebelei« im Burgtheater den Durchbruch und die Anerkennung des Dichters Schnitzler. Adele Sandrock spielte die Christine. Sie verließ das Burgtheater nach wenigen stürmischen Jahren des Wirkens, sehnte sich aber ihr Leben lang nach diesem Hause zurück.

K. K. Hof-Burgtheater.

Mittwoch den 9. Oktober 1895.

26. Vorstellung im Jahres-Abonnement.

Zum ersten Mal:

Rechte der Seele.

Schauspiel in einem Akt von Giuseppe Giacosa. Deutsch von Otto Eisenschitz.

Paul	Hr. Hartmann.
Anna, seine Frau	Fr. Hohenfels.
Marius, sein Bruder	Hr. Krastel.
Johanna, Magd	Fr. Kratz.

Ort der Handlung: Eine Villa auf dem Lande. — Zeit: Die Gegenwart.

Zum ersten Mal:

Liebelei.

Schauspiel in drei Akten von Arthur Schnitzler.

Hans Weiring, Violinspieler an einem Vorstadttheater	Hr. Sonnenthal.
Christine, seine Tochter	Frl. Adele Sandrock.
Mizi Schlager, Modistin	Frl. Kallina.
Katharina Binder, Frau eines Strumpfwirkers	Frl. Walbeck.
Lina, ihre 9jährige Tochter	Camilla Gerzhofer.
Fritz Lobheimer } junge Leute	Hr. Kutschera.
Theodor Kaiser }	Hr. Zeska.
Ein Herr	Hr. Mitterwurzer.
[illegible]	Hr. Slanar.

Ort der Handlung: Wien. — Zeit: Die Gegenwart.

Zwischen dem ersten und zweiten Stück größere Pause.

Der freie Eintritt ist heute ohne Ausnahme aufgehoben.

Kassa-Eröffnung 6 Uhr. Anfang 7 Uhr. Ende vor halb 10 Uhr.

Unpäßlich: Fr. Mitterwurzer. Fr. Wolter. Hr. Gabillon. Hr. Robert. Hr. Stätter.

Donnerstag	den 10.	Rechte der Seele. Liebelei.
Freitag	den 11.	Don Carlos.
Samstag	den 12.	Rechte der Seele. Liebelei.
Sonntag	den 13.	Mittags halb 2 Uhr: König Richard II. Abends: Die Karlsschüler.
Montag	den 14.	Schach dem König.
Dinstag	den 15.	Rechte der Seele. Liebelei.

Preise der Plätze:

Eine Loge Parterre oder 1. Galerie	fl. 25.—
Eine Loge 2. Galerie, u. z. Nr. 1, 2 und 7 bis 12	fl. 18.—
Nr. 3, 4, 5 und 6	fl. 12.—
Eine Loge 3. Galerie, u. z. Nr. 1, 2 und 7 bis 10	fl. 12.—
Nr. 3, 4, 5 und 6	fl. 8.—
Ein Logensitz Parterre oder 1. Galerie	fl. 6.—
Ein Logensitz 2. Galerie, u. z. Nr. 1, 2 und 7 bis 12	fl. 4.50
Nr. 3, 4, 5 und 6	fl. 3.50
Ein Logensitz 3. Galerie, u. z. Nr. 1, 2 und 7 bis 10	fl. 3.—
Nr. 3, 4, 5 und 6	fl. 2.50
Ein Parquetsitz 1. Reihe	fl. 6.—
Ein Parquetsitz 2. bis 5. Reihe	fl. 4.50
„ „ 6. bis 10. Reihe	fl. 4.—
„ „ 11. bis 14. Reihe	fl. 3.50
Ein Parterresitz 1. Reihe	fl. 3.50
„ „ 2. bis 5. Reihe	fl. 3.—
Ein Sitz 3. Galerie 1. Reihe	fl. 2.75
„ „ 3. „ 2. bis 4. Reihe	fl. 2.25
„ „ 3. „ 5. bis 7. Reihe	fl. 1.35
Ein Sitz 4. Galerie 1. Reihe, Mitte	fl. 2.—
„ „ 4. „ 1. „ Seite	fl. 1.60
„ „ 4. „ 2. bis 5. Reihe	fl. 1.25
„ „ 4. „ 6. bis 9. Reihe	fl. 1.—
Eintritt in das Stehparterre (nur Herren gestattet)	fl. 1.—
Eintritt in die 4. Galerie (Stehplatz)	fl. —.40

Zu jeder im Repertoire angekündigten Vorstellung erfolgt **Tags vorher** bis 1 Uhr Nachmittags die Ausgabe der Stammsitze; um halb 2 Uhr Nachmittags **(Tags vorher)** beginnt der allgemeine Verkauf von Logen und Sitzen.

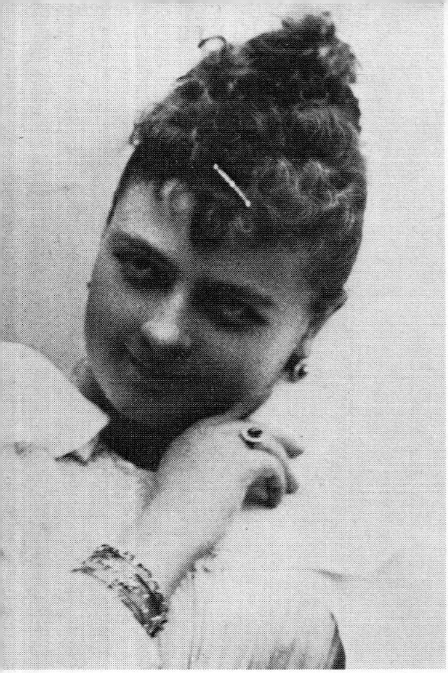

Die Freundin . . .

Links oben: Olga Dvorak war mit Adele eng befreundet.

Die Kollegin . . .

Rechts oben: Bertha Hausner, am Volkstheater engagiert, suchte aus Berechnung die Freundschaft der Sandrock.

Die Rivalin . . .

Links: Helene Odilon verdrängte Adele Sandrock im Deutschen Volkstheater aus dem Rang des unangefochtenen Stars.

daß – von dieser unglücklichen Stunde keine Erinnerung in mir zurückgeblieben ist. So! Jetzt ist Klarheit zwischen uns – und Du magst nun beschließen was Du willst – ich werde es ruhig hinnehmen. Aber das eine darf ich Dir zum Schluß wohl sagen – daß ich nie einen anderen lieb gehabt habe daß ich keinen Anderen lieb habe – noch haben *werde*. – Hoffentlich weigerst Du Dich nun nicht mehr mich wiederzuseh'n – und mit mir zu sprechen ohne – mich zu beschimpfen – Du kannst das ganz ruhig thun und dabei überzeugt sein, daß ich Dir nie wieder mit meinen Liebesbetheuerungen *lästig* fallen werde! – Ich hoffe Dich recht bald zu seh'n und bin bis dahin Deine jetzt wirklich aufrichtige

Dilly Sandrock

[TB] 13. 2. 1895
N[ach]m[ittag] hatte ich Salten einen Brief an Dilly mitgegeben, wir können gute Freunde werden, wenn sie ihr Lügen aufgibt. – Ab[en]ds brachte mir Salten ihren Brief ins Kfh [Kaffeehaus] – mit dem Geständnis. (Unglückliche Stunde u. s. w.) Anfangs hatte sie sich sehr gewehrt. Den Brief dictirte ihr Salten. Für ein »Geständnis« ist er noch immer ausreichend verlogen. – Am meisten ärgerte mich heut, daß sie sagte, sie habe das Stück in die Burg gebracht – u[nd] ich müsse mich mit ihr verhalten. – Salten sagte ihr seine resp[ektive] meine Meinung hierüber. – Ich kann nicht läugnen, daß ich ihr nach der Aufführung gern noch was anthun möchte; ich werd ja sicher nicht – aus Bequemlichkeit.
Nervosität der letzten Tage, das Klingeln u. s. w. – Sehnsucht nach Frühling, einem Verhältnis mit Mz Rh [Mizi Reinhard] u[nd] ruhiger Arbeit.

[TB] 14. 2. 1895
N[ach]m[ittag] ließ sich Dilly durch ihr Stubenm[ädchen] teleph[onisch] um mein Befinden erkundigen.

[Sa] Freitag 8 Uhr Abend.
15/2.95 [Von Schnitzler handschriftlich datiert]
Mein lieber Freund! –
Herzinnigen Dank für Deinen lieben Brief! – Nachdem ich Dir das Geständnis gemacht, ist mir wesentlich leichter. – Deine herzlichen Worte haben mich nun auch

ungemein beruhigt – bei meiner schrecklichen Schuld – die ich ja mit meinem Leben büßen möchte – habe ich nun doch den einzigen Throst – Dich *als* Freund zu besitzen! –
Ein Augenblick des Leichtsinns – drei Flaschen Wein – haben mein Leben von nun an völlig – *gänzlich zerstört*, die heftigen warmen Liebesbetheuerungen eines Mannes haben mich in einen unzurechnungsfähigen Zustand vergessen lassen – was eigentlich wahre innige Liebe ist – ich war schwach – ein Temperament wie das meinige – von Dir nur immer mit der größten Gleichgiltigkeit behandelt vergaß ich mich – und sehe nun ein – daß Deine stille ruhige gleichgiltige Liebe – doch *mehr* ist – als die aufbrausende Leidenschaft! – Nun – ich habe aber *gebüßt*. – Die größte Demüthigung für mich Arthur war wohl Dein Brief. – Ein Mann wie *Du* – so stolz – ein solcher Charakter – und Du reichst mir die Hand als Freund! – *Ich danke Dir* – ich habe keine anderen Worte – ich kann Dir nicht sagen welch eine unbegrenzte Hochachtung ich vor Dir besitze. *Du* bist ja ein ganzer Mann! – Sei'n wir *Freunde*, Thuri – wahre gute redliche *Freunde* – von mir kannst Du mein Leben verlangen – es gehört ja doch nur Dir – denn jetzt habe ich erst geseh'n – wie *grenzenlos ich Dich liebe*. – Komm zu mir – *kein* Wort soll je meinen namenlosen Schmerz verrathen – was ich leide – ich will und werde Dir eine Freundin sein, bis über das Grab hinaus!
Du weißt lieber Arthur ich bin jeden Abend allein zu Hause – *jetzt* mehr denn je – komm zu mir – ich habe viel mit Dir zu reden – namentlich über Eyolf möchte ich mit Dir sprechen – auch über *Dein* Stück – lassen wir bis dahin gute Freunde sein – sonst müßte ich verzweifeln. – Thuri – sei lieb, Kind – sei vernünftig ermögliche mir die Aufgaben zu lösen – laß *Du* mich jetzt nicht im Stich – jetzt wo sich mir so eine Zukunft offenbart. Sei mein wirklicher Freund – und komme *bald, bald*. – Vergesse, was ich als elendiges Weib an Dir verbrochen, sei barmherzig und gib mir meine Ruhe wieder – Du hast ein Menschenleben in der Hand – vernichte es – oder richte es *auf!*

Deine

Dilly

[Sch] 16/2.95.

Liebe Dilly,

es freut mich sehr, daß du ruhiger bist, und ich danke dir für den Brief, der mir das mittheilt. Ich will sehr gerne mit dir sprechen, sag mir nur wann. In deine Wohnung werd ich im Laufe der nächsten Zeit selbstverständlich nicht kommen – du wirst die Güte haben das zu verstehn, ohne daß ich dir nähere Erklärungen liefern muß. –

Wollen wir nächstens wieder im Prater spazieren gehn? Das wäre mir das allerliebste. Jedenfalls erwarte ich deine Antwort, liebe Dilly, und bin mit vielen herzlichen Grüßen dein

ArthSch

[TB] 16.2.1895

Von Dilly ein dumm-flehender Brief. [...] Salten war bei Dilly gewesen, die sehr verzweifelt ist, weil Bur[c]kh[ard] u[nd] Mitterwurzer sie bei der Probe ausgezankt. Sie »liebt« mich. – Salten räth ihr nichts zu versuchen, nicht zu mir zu kommen etc. Auch ihn bittet sie, ihn nicht zu verlieren. – Wir bedauerten sie beide. –

[TB] 17.2.1895

Von Dilly nichts gehört. – Richard constatierte den wunderbaren Lebensmoment: eine Geliebte los sein – ein Mädel lieb haben u[nd] sich nach ihrem Besitz sehnen – ein Mädel die einem ganz sympathisch ist, besitzen – vor der Aufführung eines Stückes an den zwei ersten Theatern deutscher Zunge Wien u[nd] Berlin stehn – – – Und doch! –

Adele nimmt an, mit der Drohung, »Liebelei« am Burgtheater nicht zu spielen, eine Trumpfkarte in der Hand zu haben. Aber Schnitzler läßt sich nicht erpressen. Da schickt sie ihm seine Briefe und Bilder zurück und macht sich in hilflosem Geschimpfe Luft.

Schnitzler sieht Adele Sandrock bisweilen auf der Bühne des Burgtheaters: als Rita Almers in Ibsens »Klein Eyolf«, als »Fedora« von Sardou, als Adelheid in Goethes »Götz von Berlichingen«. Schnitzler wird in der Beurteilung ihrer Leistungen unsicher. Private Begegnungen gleiten an ihm ab. Der Plan von Adele Sandrock, in Schnitzlers »Märchen« in Berlin zu gastieren, scheitert. So lösen sich die Bindungen.

[Sa] Sonntag. 17. 2. 95

Lieber Freund! –

Die Proben die ich die ganze Woche hindurch habe – verhindern mich Dich im Prater zu seh'n. – Ich werde mir erlauben Dir mitzutheilen, wann ich Dich seh'n kann.

Mit Gruß und Achtungsvollst

Adele Sandrock

[TB] 18. 2. 1895

Ein komisch dummer Brief von Dilly, den sie »hochachtungsvoll mit Gruß« unterschreibt – [. . .]

Mz [Mizi Reinhard] [. . .] Ich hab sie lieb, offenbar. Und jetzt ist das Schöne des Beginns. [. . .]

Von den Widerlichkeiten der letzten Wochen ist zurückgeblieben das herrliche Gefühl, von Dilly erlöst zu sein.

[TB] 20. 2. 1895

Dilly teleph[oniert] mir. So dumm. Ob ich das ertrage, sie nicht zu sehn; sie freue sich daß keine Reibung mehr sei; sie wolle nach Klein Eyolf mit mir soupiren. Ich: Ja, aber nicht allein. – »Mit wem?« – Mit dem berechtigten. – Sie: »Das war wohl eine Verirrung.« Du bist irrsinnig. – Ich solle die Rolle in der Liebelei mit ihr studiren, sonst spiele sie sie nicht. – »Erpresserin.«

[Sa] 5 Uhr

21/2. 95 [Von Schnitzler handschriftlich datiert]

Lieber guter Arthur!

Ich bitte Dich, zürne mir nicht wenn ich Dich belästige, mir ist heute das Herz so furchtbar schwer – ich bin so fürchterlich allein in dem Elend – es ist zu viel, zu viel für mich! *Wohin* soll ein solches Dasein führen – Gott – ich werde noch wahnsinnig darüber. Könnte ich Dich doch nur mit einem Blick seh'n, Dir auf drei Stunden die Hand drücken – daß Du mir nichts mehr sein kannst und willst, sehe ich nur allzugut ein! Arthur – *was* habe ich an Dir verloren, und das einzigste, was mir geblieben, mein Talent – das verläßt mich nun auch! – Bettelarm – allein – hilflos – zerstört verloren und *verachtet* – so stehe ich nun in der Welt! Soll da ein Weib nicht *verzweifeln!* Und ich *liebe Dich*, ich liebe Dich mehr denn je – ich liebe Dich, du *stolzer*, Du erhabener Mensch – du goldiger edler Charakter – ich bete Deine Grausamkeit an, die mich so unmenschlich leiden läßt – *so* und nicht anders benimmt sich ein *Ehrenmann.* – Du süßes herrliches Gesicht – die lieben treuen Augen – Du mein *Herrgott – mein Arthur* – der Du bleibst und bist für mich in Ewigkeit! So! – Jetzt grolle nicht – wirf diese Zeilen von Dir – aber ich bitte Dich – verachte mich nicht zu sehr. Ich habe ja so schrecklich gelitten – ich habe *Alles*, Alles zehntausendfach gebüßt – ich habe meine Strafe vollkommen erduldet – sei ein milder Richter, der mir wenigstens so weit verzeiht, daß ich doch weiterleben kann. – Mehr wie unglücklich kann ja der Mensch nicht sein – und das *bin* ich.

Dilly Sandrock

[TB] 21. 2. 1895
Brief, dumm von Dilly.

[TB] 22. 2. 1895
N[ach]m[ittag] teleph[oniert] Dilly – Abend ¼ 9 Maria Theres[ien]monument. Sie log ekelhaft blöd, war mir zuwider, ich erklärte, daß ich nicht zu ihr käme. Plötzlich läuft sie davon; stürzt weinend vor dem Museum zusammen; Leute kamen; ich hätte das Weib erdrosseln können; Wagen wird geholt, sie und eine samaritirende Passantin stieg ein – ich beobachtete von fern – Wagen blieb stehn. Nach zehn Minuten stieg sie aus u[nd] ging mit der samarit[ierenden] Pass[antin] nach Haus.

[Sa] 3 Uhr Nachts.
22. zum 23. 2. 95 [Von Schnitzler handschriftlich datiert]
Mein Herr. –
Wir beide sind wohl miteinander fertig fürs *ganze Leben!* – So etwas herzloses wie Sie sind – ist mir in meinem ganzen Leben noch nicht vorgekommen! Ich danke Gott daß er mir den Beweis gegeben hat – was Sie für einen elendigen erbärmlichen Trotz besitzen. – Ich habe ihretwegen fünf Wochen mitgemacht die jeder Beschreibung spotten – heute – wo ich glaubte, Sie wenigstens ruhig und entgegenkommend zu finden, haben Sie mich derart gereizt daß ich nun endlich nach langen qualvollen Wochen zusammenbrach! So weit haben Sie mich gebracht! – Ich ersuche Sie, nein, ich verlange es mir momentan, meine Briefe und Bilder zu senden – die Ihrigen

steh'n Ihnen sofort zur Verfügung! Ich danke Gott – der mich von so einem *Scheusal* – befreit hat wie Sie es sind! Wenn Sie sich nun, nach Ihrem Benehmen von heute einbilden daß ich in Ihrem Stück spielen werde – dann *irren Sie sich*. Ich werfe Ihnen die Rolle bei der Probe am Kopf – Sie *elendiges brutales abscheuliches* Wesen! Sie haben geglaubt, ein Menschenleben zu vernichten – *nein, mein Herr* – wer *sind* Sie denn eigentlich, daß Sie sich so aufs große Roß setzen? *Ihretwegen* noch lange nicht! – Meine Bilder und meine Briefe, aber *sofort*.

Adele Sandrock

[TB] 23.2.1895
Blödsinnig frecher Brief von Dilly, Briefe u[nd] Bilder zurück. Ging zu S[alten] in die Red[aktion]. – Da kam grad ein Brief von Dilly, er solle gleich zu ihr. – Er war vor u[nd] nach dem Theater bei ihr, sie weinte u.s.w. Dumm, ekelhaft langweilig.

[TB] 24.2.1895
Salten kam von Dilly. Bahr war N[ach]m[ittag] dort gewesen; hatte ihr gesagt: Wie kann sich eine Ad[ele] S[androck] um einen A[rthur] S[chnitzler] kränken. – Sie: »Ich bin fertig.« Schön. Dann reizte sie ihn (Salten) – versagte sich ihm aber. »Ja – aber nur wenn du mir den Arthur zurückbringst. –« Darauf beschimpfte er sie. Sie: [»]Oh, mit – Euch zweien bin ich fertig.« – Dann fing die Sache wieder von vorn an. So ging das etwa drei Stunden.

[TB] 27.2.1895
Klein Eyolf. Première Burg. – Nachher mit Dilly, Salten, Rich[ard] im Riedhof – im selben Cab[inet] part[iculier] wie nach den Kameraden. – Sie benahm sich gut; und war langweilig. Richard kam drauf – durch den ungeschickten Ton Saltens. – Während Rich[ard] u[nd] ich draußen waren, sagte sie zu S[alten], daß sie nicht wisse, was sie thun soll – sie liebe mich wahnsinnig –

[TB] 1.3.1895
N[ach]m[ittag] die Mutter Dillys da, ungeheuer demüthig, ich möchte doch wieder zu Dilly zurückkommen, die immerfort weine. Ich lehnte ab; – höflich.

[TB] 2. 3. 1895
Kfh. [Kaffeehaus] Dilly telephonirte schluchzend hin.

[Sa] Wien. –
3/3. 95 [Von Schnitzler handschriftlich datiert]
Lieber Freund! –
Anbei Deine Briefe, Bilder und Geschenke. Habe die Liebenswürdigkeit, mir meine Briefe und Bilder zu senden. Nach gründlicher Überlegung bin ich doch zur Einsicht gekommen, daß diese ganze Affäre mit dem Herrn Salten von Dir verabredet war. Du bist ein ebenso großer Schurke wie Dein sauberer Freund – der Herr *Felix Salten*. Ich will nur zu Gott hoffen, daß Ihr zwei mir im Leben nicht mehr begegnet – denn wo ich Euch – Ihr gemeinen feigen Hunde erblicke, bekommt Ihr von mir *Ohrfeigen* –! Du – elendiger abscheulicher Kerl hast Dir eingebildet, daß ich Deinetwegen trauern werde – ha – lächerlich – wer bist Du denn, Du Trottel – Du blödes Viech – Du Herr Doktor Arthur Schnitzler. – Ein Mist bist Du in der Welt, verstehst Du mich – eine *Null* – Du elendiger Hund – Du Scheusal *hast* mich gemartert aber jetzt bin ich *geheilt*. Du kannst Dich freuen. Wer nur Ohren hat, werde ich erzählen, was Du für ein gemeiner erbärmlicher Schuft bist. – Du gemeiner Kerl hast geglaubt, mir meine Zukunft zu zerstören, nein, Du Hund, Du elendiger – Du Abschaum der Menschlichkeit, ich *verachte* Dich, Du bist *brutal* – ein *Scheusal!* Bleibe nur, wo Du bist – zu mir brauchst Du im Leben nicht mehr zu kommen – ich peitsche Dich von meiner Thür – Du – elendiges Wesen – Du Hund – Du gemeines Scheusal! Meine Briefe und Bilder aber sofort – sonst würde ich meinen Advokaten damit beauftragen. – –
Ich hoffe aber daß Du noch so viel Ehre im Leib hast, mir wenigstens das zu senden.

Adele Sandrock.

[TB] 3. 3. 1895
Nachts fand ich einen ungeheur beschimpfenden Brief von Dilly, sammt meinen Briefen u[nd] Geschenken.

[Sa]
4/3. 95 [Visitenkarte. Von Schnitzler handschriftlich datiert]
Adele Sandrock [gedruckt]
wollte sich heute nur nach Deinem Befinden erkundigen, und

Du warst wieder so bös, Arthur – Gott im Himmel wird sich denn der Zorn des Herrn Doktor nie legen – schau, Thurichen, Du ein so bedeutender Geist, thu' es der Künstlerin zu Liebe und sei nicht so hart mit mir. Ich verehre Dich doch so unendlich! Seh'n wir uns Samstag? Du Kind – Du darfst nicht absagen! Wo sitzt Du in Götz? Sei gnädig Herr, und telefonire mir zu Mittag. Deine Sklavin

Dilly

[TB] 4. 3. 1895
Schickte Dilly ihre Sachen (nicht Briefe) zurück; fand sie Abend wieder da.

[Sa] Wien, den 5. März 95

Mein lieber guter Arthur.
Ich habe Dir die Sachen zurückgeschickt, weil ich empört war daß Du mir meine Briefe und Bilder um die ich Dich gerade gebeten, nicht geschickt. Noch am Vormittag hast Du Dir erst den Rath des Salten geholt und ihn gefragt, ob Du mir wohl die Briefe geben solltest. Es konnte also von einer Vernichtung derselben *nicht* die *Rede sein!* Du, der Mann der großen Wahrheit hast also auch gelogen – Du siehst mein Kind daß kein Mensch auf dieser Welt erhaben ist. Nun ist es aber doch die höchste Zeit, daß diese Streitigkeiten und Beleidigungen zwischen uns ein Ende haben. Schließlich haben wir uns ja doch einmal zu lieb gehabt Arthur – und man muß auch an die guten Stunden denken. Also ich behalte meine Geschenke die ich Dir gab – und lasse Dir auch Briefe und Bilder. Und nun noch eins. – Ich habe Dich in den letzten Tagen gekränkt und geärgert, verzeih es mir – ich bitte Dich darum. – Wir müssen ja noch einmal im Leben zusammenkommen – und ist es da nicht besser Kind – wenn wir zwei nicht so verbissen und empört aufeinander zu sprechen sind! – Sei gut, Arthur – versuche den Groll und den Haß den Du gegen mich hegst zu beseitigen – ich werde nie mehr von mir hören lassen – aber wenn ich Dich im Theater seh'n muß – will ich doch wenigstens gut mit Dir sein! – Reiche mir Deine Hand zur Versöhnung Arthur, ich habe Dich doch zu lieb gehabt um jetzt mit Dir in solcher Feindschaft zu sein. Nochmals Arthur – verzeih mir alle meine Aufregungen, wenn ich aufgeregt bin, bin ich sinnlos – blind in meiner Wuth

– ich habe es nicht schlecht gemeint. Sollte der Tag kommen wo Du mir voll und ganz verziehen hast – dann sende mir als Zeichen mein Bild von Dir zurück mit Datum 6. Dezember 94! – Ich werde dann dem großen Dichter einen Ehrenplatz einräumen und nicht mehr an Thuri denken. Das verspreche ich Dir. – Leb wohl Kind – und sei überzeugt, daß ich dieselbe Verehrung für Dich hege wie ehedem. Ich grüße Dich herzlich und bin Deine ganz ergebene

Dilly Sandrock

Versäume nicht in Feodora zu geh'n, die Vorstellung wird großartig.

[TB] 6. 3. 1895
Dilly schickte mir meine letzten Briefe u[nd] Saltens Brief aus München, u[nd] letzte Sachen. – Ich ihr wieder die meinen. – [...]
Salten erzählte mir, daß die alte S[androck] ihm u. a. erzählt, Dilly habe im Riedhof – für sich zahlen müssen.!

[Sa] Donnerstag, 11 Uhr Abends
7/3. 95 [Von Schnitzler handschriftlich datiert]
Mein lieber, guter Arthur! –
Ich habe es ja gewußt – sobald wir zwei miteinander reden – ohne die gütige Hilfe von dritten und vierten Personen – werden wir bald im Klaren sein! – Seit acht Wochen – ein herrlicher angenehmer Augenblick – ein Sonnenstrahl – Du hast mir Dein Bild geschickt – über Deinen Brief will ich gar nicht sprechen. Du bist ein Engel an Güte – Du bist ein Heiliger – Du bist erhaben über all diesen Erdenmenschen! – Ich nehme Deine Hand, schlag ein – ja – Arthur – hier hast Du auch meine Hand – auch ich will und werde Dir ein Freund sein – fürs Leben. –
Was ich gelitten habe, alles ist vergessen wo Du mir Dein Bild wiedergeschickt hast – ich werde es *heilig* halten – es soll mein Schutz und mein Schirm sein, wenn ich allein bin. – Du weißt Arthur – ich bin allein –!
Gott wird Dich segnen für diese Wohlthat, die Du da an mir begangen hast! – Du guter lieber Engel – Du einziger Mensch auf dieser Welt – *Dich* werde ich nie vergessen. Gefehlt habe ich – aber ich habe auch gebüßt. – Es geht mir gut Arthur – Dein Brief – Dein Bild hat mich gesund gemacht. – Dank,

innigen Dank – Du hast eine größere Wohlthat dadurch geübt als Du es vielleicht ahnst.
Innige Grüße – und wenn Du es erlaubst einen unsagbar herzlichen Kuß von Deiner Dilly
die Dich *anbetet.*
Thuri – ich hab Dich lieb – lieb – bis zum Ersticken.

[Sa] *9/3. 95* [Von Schnitzler handschriftlich datiert]
Arthur mein Engel –
verzeih mir – ich *bete Dich an,* ich *liebe Dich wahnsinnig* [fünfmal unterstrichen] – Thuri – ich leide *entsetzlich.*

[TB] 9. 3. 1895
Von Dilly ein liebeswüthiger Brief. [...]
Burckhard: »Jetzt brauchen wir Diplomatie –« Ich ging wenig drauf ein.

[TB] 10. 3. 1895
Mittags teleph[onierte] Dillys Mutter, Dilly krank, weint, ob ich kommen werde. Ich vertröstete.

[TB] 11. 3. 1895
Las N[ach]m[ittag] meine Briefe an Dilly durch, die zum Theil gut sind. – Fand u. a. einen Brief von Ellb[ogen], den sie aus Versehn mitgeschickt, u[nd] aus dem mit Sicherheit hervorgeht, daß sie noch am 29. Jänner v[origen] J[ahres] ein Verh[ältnis], mit ihm gehabt. –

Kanzlei des
Dr. Friedrich Elbogen,
Hof- und Gerichts-Advocaten. Wien am 28.
Wien I., Gonzagagasse 16

Mein liebster einziger Diltsch!
Ich kann heute nicht kommen, ich habe noch zu thun, und Mittags sind Gäste, unter denen *Du* leider nicht bist. Aber morgen Abend gegen o Uhr bin ich bei Dir und dann – – – –

Ich sende Dir meine besten Sonntagsküsse und bitte Dich, mich recht lieb zu behalten.
Adieu, Engel, Dein in Liebe –

Fritz.

[Von Schnitzler handschriftlich hinzugefügt:]
War aus Versehen Dillys unter den Briefen, die sie mir zurücksandte, wie beiliegendes Telegramm.
Telegramm aus Berlin.
auf seidenen telegrafendraeten, die seidenwurm von wien nach berlin gesponnen, sende ich den groszen blauen gluren tausend kuesse in der minute – pawnuzi

[TB] 12. 3. 1895
Vorm[ittag] war ich bei Richard. Gestern auf d[em] Concord[ia]-Balle erzählte ihm Dilly die ganze Geschichte, ziemlich verlogen. Salten war dort; den beachtete sie nicht u[nd] beschimpfte ihn nur einmal kurz im vorübergehn... »Da geht der Ehrenmann«. –

[TB] 14. 3. 1895
Bei Feodora. – Dilly. Ich erinnerte mich kaum, daß Dilly »einst« meine Gel[iebte] war – hatte eine Unsicherheit im Urtheil über ihr Spiel.

[TB] 18. 3. 1895
Vorm[ittag] Olga [Waissnix]. Sagte ihr, daß jenes aus sei – u[nd] nun eine andre da sei – Wir saßen im Museum, auf derselben Bank wie neulich ich mit Mz Rh [Mizi Reinhard] u[nd] plötzlich rannen Olga große Thränen unter dem Schleier. »Und ich hab nichts, nichts, gar nichts«!

[TB] 21. 3. 1895
N[ach]m[ittag] telef[onierte] Dilly – »Märchen« Berlin gastiren, will Rolle, mich sehen, ob ich Gel[iebte] habe. – Ich fragte um »Liebelei«. – Censurschwierigkeiten sagt Brkh. [Burckhard] – [...]
Im Kfh. [Kaffeehaus] erzählte mir Rich[ard] [,] Schwk [Schwarzkopf] habe ihm gesagt, man wisse allgemein, daß Dilly mich mit S[alten] betrog, finde es gemein von ihm – aber auch gemein von mir, daß ich mit ihm verkehre. – Aus-

schmückung der Geschichte natürlich von Bahr ausgehend. – Schwk [Schwarzkopf] kam, ich erklärte ihm. – Auch an ihn hat sich Dilly via Weigl wenden wollen, u[nd] als dieser von der Aussichtslosigkeit sprach, sagte Dilly: »Also ist er auch einer von den modernen, die an die Frauen nicht glauben? –« Sie läugnet jede Schuld; sie hat nur vergessen, mir von dem harmlosen Besuch eines Mannes zu erzählen, der aber nicht S[alten] war –

[TB] 22. 3. 1895
Einige Z[ei]t[un]gen bringen: Märchen Berlin S[androck] (Fremdenbl[att] »worauf sich die Künstlerin nicht wenig freut«) –

[TB] 23. 3. 1895
Dilly Stadtpark Vormittag. Ueber Märchen, Liebelei; schimpfte auf Salten; begriff nicht meinen Verkehr, u[nd] liebt mich. – »Mich wird nie wieder ein Mann berühren – Herr S[alten] war der letzte. (In ihrem tragischen Ton.)« – Ich hatte so was wie einen faden Geschmack im Herzen u[nd] war froh, als wir ganz freundlich schieden. – [...]
Im Kfh. [Kaffeehaus] Salten. Ich kann mir nicht helfen, – ich bin ihm geradezu dankbar. –
Teleph[onat] Dilly: »So allein«

[Sa] Wien, den 25. [Von Schnitzler hinzugefügt: *3. 95*]
Mein lieber guter einziger Arthur.
Ich sitze fortwährend zu warten auf meinen Gegenvertrag aus Berlin, der aber jeden Moment eintreffen muß. Ich habe direkt gewünscht, daß Blumenthal mir das Honorar garantiert damit Direktor B[urckhard] nicht auskann. Dein Märchen wurde nun dort angekündigt – und ich harre in Ungeduld der Entscheidung. Es wird mich aber doch einen schweren Kampf kosten den Urlaub zu erhalten. Heute komme ich eben von der Probe Götz. Bei meinem Unglück werden mir diese Rollen so unendlich schwer – mein Kopf ist eben nur bei Dir – aber wenigstens habe ich doch die Hoffnung, Dich wieder seh'n zu dürfen. Also Samstag, nicht wahr? 12¼ Uhr, Prater, 3. Caffeehaus. Lang ist es bis dahin – Gott – Arthur – ich habe hier zu Hause wieder Sachen durchgemacht, *die jeder* Beschreibung spotten. – Ich bin auch

so verzweifelt, so gänzlich vernichtet – und keinen einzigen Freund auf der Welt – oh – es ist hart.
Was habe ich an Dir verloren – eben Alles! – Sonst wenn ich so malträdiert wurde zu Hause – hatte ich Dich – ich konnte mich aussprechen – ein liebes gutes Wort von Dir – und wo war mein Kummer – ich sah und hörte nur Dich – jetzt – na – ich schweige lieber. Denke Dir, Arthur ich wurde *geschlagen*, mit der Hand ins Gesicht – von wem kanst Du Dir ja denken. – Meinem Vater habe ich telegraphirt – er ist gestern gekommen. Ersten Mai zieht meine Mutter und Bruder aus – 1 halbes Jahr bleibe ich noch in meiner Wohnung dann ziehe ich ebenfalls aus – *allein* für mich! – Morgen geh'n hier zur Abwechslung schon wieder zwei Dienstboten fort – alles das bei solcher Aufregung, für die neue Rolle! – Gott – ich bin gänzlich blöd –! – Wenn ich nur schon aus dieser unglückseligen Wohnung heraus wäre – hier hat mein Elend begonnen. Wie geht es Dir Kind? – Kommst Du am Samstag? – Bitte bitte schicke mir mein Armband – vielleicht habe ich dann wieder Ruhe. – Bis in den Tod bin und bleibe ich Deine Freundin

Dilly

[TB] 26. 3. 95
Von Dilly zärtlicher Brief; ich schickte ihr Armband zurück. Brief Abend: »Gott an Güte«.

[TB] 30. 3. 1895
Im Prater Vorm[ittag] Dilly. Freundschaftliches Gespräch. Regen, Wagen, Kuß. Sie war mir gleichgiltig aber nicht unsympathisch. Sie, mit einem großen Blick hatte das köstliche Wort: »So muß – der liebe Gott – gewesen sein!« (Offenbar wie er so alt war wie ich.) –

[Sa] *6/4. 95* [Von Schnitzler handschriftlich datiert]
Mein lieber Arthur! –
Ich höre so absolut gar nichts von Dir, bin deshalb sehr verstimmt. Jeden Abend habe ich telefonisch angefragt, ob Hoheit geruhen im Caffeehaus zu sein – ich erhielt immer die Antwort bedaure nicht anwesend. Wenn ich nun schon Verzicht leisten muß Dich öfters zu seh'n – so bin ich aber lange nicht entschlossen, mein Samstag Vormittag Verhältnis mit Dir zu lösen. Sei nun lieb und gut, kleines bleiches Wurm,

und schreibe mir einen *lieben*, hörst Du – lieben Brief – ob ich Dich morgen 12¼ Uhr erwarten kann im Prater III. Caffeehaus. Ich grüße Dich herzlichst und bleibe in nie vergehender Verehrung und Liebe – nicht in Freundschaft – Deine gute – seelensgute schlechte

Dilly

Heut ist es so herrlich draußen, der milde Sonnenschein veranlaßt mich Dir einen innigen noch nie verabreichten »Frühlingskuß« zu senden. –

[TB] 30. 4. 1895
Dilly teleph[oniert] Abends »Wiedersehen«

[TB] 4. 5. 1895
Die Liebe ist eigentlich immer ein Symbol für was andres. Mz Rh [Mizi Reinhard] für mich die »Rettung« (von Dilly), ich für sie das Princip des Mannes. – Jeanette war die Sinlichkeit – Olga [Waissnix] die grande passion, Fifi die Behaglichkeit, Jenny, Minni die Leichtlebigkeit, Fännchen die »Jugendliebe« – also gewiß nicht die Liebe, – Dilly die Sensation eine berühmte zu besitzen (obzwar ich nicht stolz war bei Gott!) Mz [Mizi Glümer] – allerdings meine Tugend, die Jugend – darum wohl die Liebe selbst, die »wahre Liebe«. – Mittag war ich bei der Golovin im Hotel Kummer – Dilly kam, zitterte, weinte, beschimpfte mich u[nd] erklärte mich anzubeten.

[TB] 21. 5. 1895
Macbeth in d[er] Burg. [...]
Dilly gab die Lady Macbeth. – Sie ist mir persönlich ganz fremd – wirkt auch als Künstlerin weniger auf mich als früher.

[TB] 27. 6. 1895
N[ach]m[ittag] teleph[onierte] Dilly [...] Brkh. [Burckhard] hat mir dein Stück geschickt. Ich werde (lachend) deine Rolle *nicht spielen*. – Ich: Schön. – Sie: Sonst hast du mir nichts zu sagen? – Nein. –

[TB] 30. 6. 1895
Schickte an Dilly ins Theater (letzte Vorstellung, Maria Stuart) Blumen, meine Karte »wünscht von Herzen glückliche Ferien« – Sie sendet Blumen u[nd] Karte (eröffnet) zurück. –

9

»*Vergessen kann ich dich nicht*«
(1895–1898)

Nach dem Sommer 1895, wo Schnitzler in Karlsbad unter anderen Wilhelmine Sandrock traf, die ihm äußerst feindselig begegnete, wird im Herbst in Wien die Uraufführung der »Liebelei« aktuell. Mit dem Hinweis »Alles in Ordnung« erhält der Dichter am 16. September von Burckhard die Einladung zur Leseprobe.
Bei den Proben des Stücks sehen sich Schnitzler und Adele Sandrock wieder häufig. Adele macht erneut Anstrengungen, den einstigen Geliebten zurückzugewinnen, aber dieser ist mit Marie Reinhard sehr glücklich. So kann Adele nur die Erfahrung der großen Schauspielerin betonen, die dem »unerfahrenen« Dichter freundschaftlich rät, sich doch eine Claque zu kaufen, um den Erfolg des Stückes zu sichern...
»Liebelei« wird ein großer Erfolg – auch für die im Grunde fehlbesetzte Adele Sandrock. Daß sie die Rolle überhaupt spielt, daß Schnitzler die Besetzung mit der großen Tragödin billigte, ist wohl nur mit dem Phänomen zu erklären, das Max Burckhard die »allumfassende Individualität« der Sandrock nannte. Sie konnte eben alles. Ihre Darstellung der Tragödie im 3. Akt wiegt auf, daß sie zu Anfang nicht das schlichte Wiener Mädel sein kann, das einfach und zart ihre Liebe bekennt. Um so eindrucksvoller spielt sie die elementare Erschütterung einer Frau, die zur Erkenntnis kommt, daß sie dem geliebten Mann nichts bedeutet hat. Das liest man vor allem aus der Kritik Hermann Bahrs, der von der »unbeschreiblichen Größe, Gewalt und Pracht« der Sandrock spricht.
Ein Satz der Christine aus dem 3. Akt, der verzweifelte Aufschrei »Wer bin denn ich?«, hat sich übrigens so in das Unterbewußtsein von Adele Sandrock gesenkt, daß er wörtlich in dem 1900 herauskommenden Stück »Vergeltung« steht, das sie mit Robert Eysler schreibt.

Adele Sandrock hat sich von der »Liebelei« vermutlich mehr erhofft als nur den schauspielerischen Erfolg. Aber sie bekommt ihren »Thuri« nicht wieder. Dafür wird sie wenig später als Figur in seinem Werk erscheinen.

[TB] 18.9.1895
Leseprobe. Die S[androck] kam nach mir, als letzte, ignorierte mich. Sonnenthal leitete. – Guter Eindruck. Im 1. Akt wurde viel gelacht. Sonnenthal: Ich habe gute Hoffnung. – Um 2 ein Dienstmann bei mir, ein Herr erwarte mich bei der Votivkirche. Ich ließ bitten, heraufzukommen. – Niemand kam. [...]
Dilly teleph[onierte]. Ich gratuliere dir zum Erfolg. – Ich war um 2 bei dir. Freue mich, daß du so gut aussiehst. – Ich: Du bist dir heut wohl sehr großartig vorgekommen. Sie: Du hast mich ja nicht begrüßt. –

[TB] 19.9.1895
Salten im Kfh [Kaffeehaus]; hatte gestern die Dilly getroffen. – Harmloses Ansprechen. – Erfolg erwünschenswerth. Salten: Auch materiell. Sie: Er bekommt ja jeden Kreuzer von seiner Mutter. Er: Nein, sondern – (erklärt, daß ich durch Praxis verdiene etc.) Sie: Ah, ich wußte nicht, daß der Mann so im Elend ist!

[TB] 26.9.1895
N[ach]m[ittag] teleph[onierte] mir Dilly alles möglich schmeichelhafte über eine Probe der Liebelei, die heute stattgefunden. – »Es gibt mir noch immer einen Stich, wenn ich dich sehe – ganz vergessen kann ich dich nicht.«

[TB] 30.9.1895
Bei einer Probe der Liebelei. – Mitterwurzer enttäuscht mich. Er ist gar nicht unheimlich. – Die andern gut, Dilly außerordentlich. – Alle sehr charmant mit mir. – Dilly sagte mir einiges schöne, bat mich ins Garderobenzimmer, wo sie mich plötzlich küsste; dann begleitete sie mich, u[nd] wir gingen zusammen zur Golovin. Sie ist von ihrer Rolle sehr entzückt –

[TB] 1.10.1895
Probe im Burgth[eater]. – Ich ließ meinen Walzer im 1. Akt spielen. Dilly: Nein! – Zu Kutschera: Den hat dieser Mann

mir 500 Mal vorgespielt! – Hab ich jetzt nicht geweint? – (im Probiren.) – Die Leute liebenswürdig; besonders Sonnenthal; Burckhard gefiel mir einmal im Ton nicht. Sonneth[al] sagt: Wenn der 1. Akt durchgeht, wird es ein Zugstück. –

[Sa] *4/10. 95* [Von Schnitzler handschriftlich datiert]
Mein lieber Freund!
Sei doch nicht wieder so schrecklich stolz – wenn ich Dir zu so was rathe dann weiß ich auch warum! Eben weil Dein Stück so großartig ist – soll der Erfolg auch ein *enormer* sein, und das Publikum muß mit der Nase darauf gestoßen werden, vergiß das nicht. Du bist doch noch nicht so fest eingebürgert in der Burg, daß Du auf Alles verzichten sollst – thue doch endlich einmal was in Deinem Interesse – opfere da einige Gulden – glaube mir Arthur – *es gehört dazu*. Bist Du erst einmal so wie ich – oben auf – dann kannst Du ja auf Alles pfeiffen, dann hast Du das nicht mehr nöthig – aber Dein Eintritt und Dein Erfolg soll und *muß* beim ersten Mal ein ganzer sein, und das blöde blassirte abgeschmackte Premierenpublikum verhilft Dir nicht dazu! Geh – Thuri – Du weißt doch daß ich Dir gewiß zu Nichts raten würde – wenn ich nicht von der Nothwendigkeit überzeugt wäre. Es ist nun einmal so bei unserem Handwerk – und Deinen sicheren Erfolg kannst Du dadurch noch *steigern*. Ich kann Dir nicht sagen, wie unendlich ich mich freue auf diesen Abend – und bedenke nur, Kind Gottes, mein Glück wenn Du einen sensationellen Erfolg hast!
Geht es Dir gut? Ja? Geschieht Dir recht! Sonntag ist Probe. Kommst Du hin? Mir ist es nicht »unangenehm«! Ich grüße Dich herzlich und sei »Gescheiterl[«]!

Dilly

[TB] 6. 10. 1895
Neulich ließ ich den Claquechef abweisen; Dilly teleph[oniert] mir, dann schrieb sie mir einen zuredenden Brief; heute Gespräch bei der Probe: Nothwendigkeit; es sei nur Geiz von mir etc. – Burckh[ard] rieth offic[iell] ab, menschlich zu. – Burckh[ard] während der Probe im Parquet zu mir: Gut daß ich nicht Publikum bin – ich möcht brüllen!... weil so viele wahre Sachen drinstehn. – Dilly gab in Hinsicht auf den Walzer nach, unter der Bedingung, daß ich ihr einen Kuß

gebe. Ich: Soviel du willst. – Kokettirt unerhört. In der Scene, wo sie von Fritz gefragt wird, Hast du noch Keinen lieb gehabt, sagt sie: Oh ja, u[nd] sieht mich an (statt des abwehrenden Blickes). – Ich habe nicht die Spur einer Aufregung vor der Première.

[TB] 7. 10. 1895
Probe. Fühle mich unbeschreiblich wohl im Theater. Dilly: Ich bin rasend in dich verliebt. – Sah mir auch die Probe an [»]Rechte der Seele[«] an; saß bei Dilly u[nd] Kallina. –

[TB] 8. 10. 1895
Generalprobe. – [. . .]
2. u[nd] 3. Akt gut. Die Weiber weinten alle; [. . .]
Der Schluß des 3. Aktes schien Brhd [Burckhard] plötzlich zu lang; Kürzung auf der Bühne versucht, allgem[eine] Nervosität, Dilly Weinkrampf, etc. –
[. . .]
Bei der Golov[in] (wie immer) Die alte S[androck] da, hatte Skandal gemacht, die dumme Canaille, weil die Gol[ovin] der Dilly geschrieben, Th[uri] käme Abend (ich) – Dilly kam zu uns herein, war sehr zärtlich, küsste mich, schwärmte für das Stück u[nd] fragte mich, ob meine Geliebte drin sein würde. [. . .] sie fragte auch: Ist am Ende jemand da, der deinen Triumphen folgen darf? –

[TB] 9. 10. 1895
Ins Theater. [. . .] Auf die Bühne; gute Stimmung; ich nicht. – [. . .] alle gratulirten, ich hatte nicht die Empfindung eines Erfolgs. – [. . .] Bekam Lorbeer von Dilly, [. . .] Ich erwartete beim Bühnenthor Dilly, die küßte mich, Mutter hinten nach; [. . .] Eindruck eines mäßigen Erfolgs.

[TB] 10. 10. 1895
Kritiken sehr verschieden; Speidel (N[eue] Fr[eie] Pr[esse]) u[nd] Kalbeck (N[eues] W[iene]r T[a]gbl[att]) glänzend. –
[. . .]
Ab[en]d im Theater mit Rich[ard] u[nd] Salten. – Fast ausverkauft. Gute Stimmung. – Bühne; Dilly – »Ich habe dich so lieb. Gestern hab ich gedacht, wie schön wär das, wenn ich noch mit dem Thuri zusammen wäre.«

[TB] 15. 10. 1895
Ab[end]s ins Theater. Devotion der Leute bis zum Theaterarbeiter. Ausverkauft. – Ich knöpfle eben Kallina die Handschuhe zu; da erscheint Dilly, geht ohne Gruß vorbei; dann winkt sie mich zu sich: »Ich liebe dich, ich kann keine Nacht schlafen – willst du nicht ein Verhältnis mit mir anfangen? –« Affichirt sich, absichtlich. Zärtlichkeit.

[TB] 20. 10. 1895
Hinter d[er] Scene bei der Liebelei, zum 5. Mal, total ausverkauft. Dilly enervirt mich durch ihre Dummheit u[nd] Zudringlichkeit.

Im Jahre 1896 – Adele ist am Burgtheater engagiert und spielt u. a. die Amalia in Schillers »Räubern«, Shakespeares Cleopatra, Hebbels Judith; Schnitzler ist mit Marie Reinhard glücklich liiert und arbeitet an seinem Stück »Freiwild« – sehen der Dichter und die Schauspielerin einander nur sporadisch. Sie schreibt ganz unvermittelt glühende Briefe, zum »Jahrestag des Betrugs« etwa, oder wenn sie Schnitzler im Zuschauerraum weiß. Er wiederum notiert von Zeit zu Zeit in seinem Tagebuch ohne äußeren Anlaß Charakterisierungen ihres Wesens. Das sind teilweise gewiß unbewußte »Vorarbeiten« zum »Liebesreigen«, den er gegen Ende des Jahres zu schreiben beginnt und der später als »Reigen« eines der skandalumwittertsten Stücke der Weltliteratur sein wird. In der Szene »Der Dichter und die Schauspielerin« bewältigt Schnitzler mit wörtlichen Zitaten die Beziehung endgültig, unvergleichlich das Wesen der Sandrock treffend.

[Sa] 21. 1. 96
Geliebter einziger theurer unvergeßlicher Arthur!
Soeben bin ich im Begriff nach Maria Lanzendorf zu fahren. Ich will Wallfahrten und beten daß ich wieder glücklich werde. Heute ist es ein Jahr, wo ich mich ins Unglück stürzte, ich habe schwer an Dir und an mir gesündigt – ich habe Dich – den Mann, den ich verbrecherisch liebte elend und heimtükkisch hintergangen – Dich habe ich nur dadurch befreit – mich habe ich unglücklich gemacht. Es ist ein Jahr verstrichen – aber vergessen kann ich es nicht. Ich habe schwer gelitten, Arthur – ich leide noch – ich *kann* Dich nicht vergessen – ein

Weib das von Dir geküßt wurde vergißt Dich *nie!* Ich habe die Schuld redlich abgebüßt – ich wurde von Dir in den Abgrund geschleudert, Du hattest kein Erbarmen mit mir. – Du hast mich elend verkommen lassen – hast mir nicht die Hand gereicht, mich zu erheben – hast mich mir selbst überlassen! – Nun – ich lebe noch – aber Dein gedenke ich immer – ewig. Ich liebe Dich mit derselben Gluth – mit derselben Innigkeit wie vorher – auch heute möchte ich für Dich mein Leben lassen – in dieser langen schweren Zeit, wenn ein anderer Mann mich in seinen Armen umschlossen hielt, dachte ich nur an Dich – ich fühlte nur Deinen Athem, der meinen starren Körper beseelte die Küsse die ich empfing sie schienen mir von Dir gegeben – und im Moment des seligen Entzükkens da sprach ich in Gedanken – bitte, bitte! Ich war bei Dir – mit meiner ganzen Liebe – mit der ganzen unbegrenzten Anbetung für Dich – ich *war* – ich *bin* Dein – und *werde* Dein sein – bis in den Tod! – In einer Zeit, wo ich an diesen Verhältnissen zu Grunde gehen zu glaubte, da stand Dein Bild vor mir – ein *Christus* erscheinst Du mir, der mir sanft und liebevoll sagte: »Verzage nicht – ich hab Dich dulden und leiden lassen – aber ich bin Dein Herr, Dein Gott – ich kann Dich wieder befreien von Deinem Elend – Du hast gesündigt aber – ich bin größer als Du – ich vergebe Dir – ich ziehe Dich zu mir empor aus dem Schlamm – sieh mir frei ins Auge – Du liebst mich doch – ich vergebe Dir – ich bin Dein Herr Dein Gott – Dein künftiges Leben soll eine Reihe von Demuth und Qualen sein – zu meinen Füßen sollst Du büßen – aber ich verzeihe Dir – denn Du liebst mich und hast gesündigt aus Liebe zu mir.«
So sprachst Du zu mir mein Arthur – mein Kind – mein Leben – meine Welt – mein Licht – mein *Alles!* Was würdest Du beginnen – wenn Die Thür zu Deinem Zimmer aufgerissen würde, und man Dir ins Ohr brüllen würde, sie hat sich umgebracht???? Und ist denn das so ganz ausgeschlossen? Wer hat ein Recht, mich armes Geschöpf zu schelten? Ich – die ich mit dem Leben nicht fertigwerden kann, gewiß nicht! Wer? *Du* vielleicht? Ich ging ja doch *für Dich!* Das alles hat wohl in unseren Kreisen niemals das mindeste Verständnis gefunden, im Gegenteil – Du würdest hohnlachen und fröhlich sein – aber diese Fröhlichkeit ist traurig von Dir mein guter mein theurer Arthur! Wirst Du jetzt... »lüg nicht – sag

es gedämpft – wirst Du mich noch verabscheu'n?« – Arthur meine ganze Seele – ein ganzes Herz – legt sich Dir zu Deinen Füßen. Weshalb verbitterst Du mir so das Leben? Warum fügst Du Dich nicht in das Unvermeidliche – thue, was Du längst hättest thun sollen – erhebe mich zu Dir – laß mich Deine Geliebte sein – erhebe mich in Deinen sonnigen Himmel hinein – wo Leid und Sorge vor Gottes Odem schweigt – wo Frieden ist! –
Ein reiner Engel – in hellem weißem Gewande will ich zu Dir niedersteigen vom blauen Himmel herab und dann bist Du meiner sicher! Du schweigst? Arthur schreibe mir zwei Zeilen – ich bitte Dich darum

Deine Dilly

bis in den Tod.
Kind – ich möchte Dich seh'n – wann und wo? Arthur sei lieb – schreibe mir zwei Zeilen, wann ich Dich seh'n kann!

[TB] 21. 1. 1896
Bahr. [...] Während er da, kam ein Brief von Dilly, glühend, einfach zum todtlachen, zum Jahrestag ihres Betrugs. U. A. ich solle mich ins unvermeidliche fügen u[nd] wieder ihr Geliebter werden.

[Sa] Wien. 27. 3. 96
Mein innig geliebter unvergeßlicher Arthur!
Hier *hast* Du mich! Bitte, bitte! --------------------

Kind – Du bist der beste Mann unter dieser Sonne! Du hast mich ganz vervollkommnet, wie ich vor Dir schon so lange zu sein wünschte. Wenn *Du* mein angebeteter Engel – mein Thuri glaubst, daß *ich Dich* vergessen haben – ja – dann irrst Du Dich! – Gott sei Dank daß Du nicht verlobt bist! Du sollst nicht heiraten, vielen Frauen entginge dadurch ein Genuß! Ich armer Teufel fahre morgen nach Salzburg. Was wird sich da in mir abspielen! Wie habe ich Dich doch geliebt – und eine Stunde des Vergessens hat Dich mir genommen für immer! – Thuri – sei versichert, daß ich Dich liebe mit Leib und Seele – ganz und gar – ewig – immer! Dich vergesse ich nie! Lebe wohl – ich bin glücklich daß es Dir gut geht! Ich küsse Deine

lieben Hände, Deinen Mund, Deine Augen, Deine Ohren, Deine Stimme – Deinen Geist, Alles was mir so theuer war – und bin in zerrütteter Einsamkeit

Deine Dich anbetende
Adele Sandrock

Thuri – ich hab Dich herzlich lieb! –
Ich bete Dich an mein Kind! – –

[TB] 27. 3. 1896
Vorm[ittag] telegr[aphierte] Dilly – Schickt mir eine Masse Bilder mit einer zärtlichen Widmung und einen unendlich komischen Brief, der u. a. die Stelle enthält: »Du hast recht, daß du nicht heiratest – vielen Frauen entginge dadurch ein Genuß.«

[TB] 27. 4. 1896
Schick will (wie ich schon lange, auch von Dilly selbst, weiß) Dilly heiraten. War mit ihr und Mutter sowie Willy in Salzb[urg,] wo sie gastirt hat. – Sie erzählt von ihm im Conversationszimmer des Burgtheaters, läßt Telegramme, um Liebe flehende, von ihm liegen, der »Fritz« heißt, um glauben zu machen, sie seien von Mitterwurzer, der auch Fritz heißt.

[TB] 8. 5. 1896
Vorm[ittag] traf ich Dilly, die mich bis nach Haus begleitete. Ich fragte sie nach Schick. »Ich habe ihn hinausgeschmissen.« – Warum? Er hat um meine Hand angehalten, da hab ich ihn gefragt, was sind Sie eigentlich, er antwortete – »Ein Philosoph!« Oh, ich kenne den Mann! Er gibt sich für einen Philos[ophen] aus, um seine Dummheit zu verbergen! Ich habe Charley W[einberger] um Rath gefragt – er hat eine Stunde mit ihm gesprochen, ich habe sie allein gelassen – dann sagte er mir – [»]Der Mann ist ein Phil[osoph]? – Das ist ja ein Idiot –!« Zu Ch[arles] W[einberger]. Ich weiß heut (ohne daß andere Beweise dazugekommen) ganz sicher, daß er auch zu meiner Zeit Dillys Geliebter war – damals hab ich doch eigentlich nie ernstlich daran gedacht. Man ist eben immer der Frau gegenüber, mit der man ein Verh[ältnis] hat, pathologisch dumm. –

[TB] 9. 5. 1896
Man stellt sich jedes Geschöpf mit irgendwelchen Gesten vor, oft mit solchen, die sie gar nicht haben, die nur sozusagen ein arithm[etisches] Mittel aus einer Anzahl von Bewegungen vorstellt, welche man beobachtet (so hab ich von Dilly eine deutliche Vorstellung immer in einer Position, in der ich sie eigentlich nie gesehn.)

[TB] 10. 5. 1896
Dilly wird sich nie wundern, daß man irgendwas erfahren hat; ihr fehlt wie vielen Frauen vollkommen der Begriff des Geheimnisses. – Höchstens wird sie rhetorisch fragen: Woher weißt du denn das? – Nie: Um Himmelswillen, wie hast du denn das erfahren? –

[TB] 16. 5. 1896
Ins Rmdth. [Raimundtheater] Dilly Magda.

[Sa]

Nachts 2 Uhr –.
17. Mai 96.

Thuri – Engel – mein *Leben!* –!
Jetzt wirst Du doch erst einseh'n, das ich Dich liebe mein Kind – denn ich habe ja heute nur für *Dich* gespielt! – Arthur – Dich *kann ich nicht vergessen!* –
Ach Gott das ist ja doch alles Blödsinn was ich Dir da schreibe, ich Trottel sitze hier – denke an Dich – und Du – ha – wo bist Du jetzt – in welchen Armen der Wollust schwelgst Du jetzt – oh – ich Narr – ich Viech – ich unverbesserlicher Thor – na – leb wohl – meine Seele – mein *ich* gehört Dir – verstehst Du mich – ich liebe Dich Kind – *rasend* – unaussprechlich.
Deine Deine und noch einmal – Deine Deine Deine nur Dein und allein Deine

Dilly Sandrock.

Bis ins Grab hinein, gehört sie Dir – mit Leib und Seele! – Du Hund! –

[TB] 18. 5. 1896
Komischer Brief, von Dilly, Engel beginnend, Hund endend, habe nur für mich gespielt.

Eine Nordlandreise führt Schnitzler im Sommer 1896 auch zu Henrik Ibsen. Ihm gegenüber spricht er von Adele Sandrock, deren Rebekka West und Rita Almers Höhepunkte der Wiener Ibsen-Darstellung waren. Aber der nordische Dramatiker »schien wenig von ihr zu wissen«. (TB, 26. 7. 1896)
In Stockholm findet Schnitzler unter der nachgesandten Post einen Brief von Adele Sandrock aus Berlin. Sie schickt ihm das mit 14. 7. 1896 datierte Schreiben eines Unbekannten, der dem Dichter begeistert huldigt. Auf demselben Papier fügt sie hinzu:

[Sa]
Siehst Du Thuri – wie Du anerkannt wirst? –
So schreiben die Menschen, die Dein Stück nur lesen. Ich sprach hier mit Paul Lindau! er sagte mir, Liebelei sei das schönste, was er je gelesen hat – er hat Dir auch gleich geschrieben – der Mann war weg von Dir – er hält Dich für das größte Genie dieser Zeit. Nächsten Winter spiele ich die Liebelei in einer Extravorstellung vor dem Herzog von Meiningen *allein* – ohne Publikum – das habe ich mit Lindau abgemacht. Publikum wird nicht zugegen sein – nur der Herzog – Du wirst dann eingeladen. Lindau erzählte mir, daß die Sorma in Berlin sich gegen Dich so brutal benommen hätte bei der Probe – Sie hätte zu Dir gesagt – bitte nehmen Sie erst die Hände aus den Hosentaschen. Lindau meinte – wenn ich Schnitzler bin – dann ohrfeige ich eine solche Gans. Du, der Mann ist von Dir ganz *weg*. Das wollte ich Dir in aller Eile sagen. Wo bist Du – wo weilst Du, Thuri? Ich denke an Dich – leider kann ich für Dich nicht mehr leben.
Du hättest mich heiraten sollen – das meinte der Lindau auch!
In Reue ersterbend

Deine Dilly

Am 19. [Juli] ist Deine Liebelei, ich habe hier jeden Abend ausverkaufte Häuser. Grüß Dich Gott, Thuri, meine Sonne!
Kind – Dich hab ich geliebt – na Schluß –

[TB] 27. 7. 1896
Stockholm [...]
Briefe. U. a. von Dilly; sie werde Liebelei in Meiningen vor dem Herzog allein spielen; ich werde dazu eingeladen werden. Und ich hätte sie heiraten sollen »Lindau sagt es auch«.

[Sa] Caffee Masethal, 8. 8. 96

Geliebter süßer Thuri

Hier sende ich Dir meine neueste Photographie, hoffentlich gefalle ich Dir. –

Ich denke noch immer ununterbrochen an Dich – so ein Esel bin ich – nichts ist im Stande mich Dir zu entreissen, mein Herz für Dich abzukühlen. Hoffentlich Du süßer Schatz geht es Dir gut – beten thue ich – genug für Dich. Gott mit Dir.

Deine Dilly

[Olga Golovin fügte einige Zeilen hinzu. Danach schrieb wieder Adele Sandrock]

Olga geht es glänzend – von Nerven keine Spur mehr. mir ebenso.

1897 sieht Schnitzler Adele Sandrock wieder auf den Brettern des Burgtheaters: als Grillparzers Medea, als Gina Ekdal in Ibsens »Wildente«, als Adrienne Lecouvreur von Scribe. Friedrich Mitterwurzer, der ihr ein kongenialer Partner war, stirbt. Adele kommt zu Schnitzler, teils um sich auszuweinen, teils um ihren Schmerz in einer großen Szene zu gestalten, für die der Dichter allerdings weniger denn je das richtige Publikum ist.

[TB] 23. 2. 1897

Dilly erschien um 5, sagte, seit Mitterwurzer todt, gehe sie täglich in ein anderes Theater u[nd] habe jede Nacht einen andern Mann bei sich. – Über Burckhard: der fühlt ja nichts, der war schon am Montag im Theater! – Sie nannte mein Zimmer noch ein Unkennest, küßte mich sehr, ich blieb eiskalt, dann ging sie.

Noch immer hat sie die Affäre nicht überwunden. Einen Monat später kommt es wieder zu einem hektischen Ausbruch ihrerseits.

[TB] 19. 3. 1897

»Romeo« in d[er] Burg. – Dilly Julia. – [...]

Riedhof ch[ambre] sep[arée]: Dilly, Willy, Salten, Georg Hirschf[eld] – Klavier; ganz lustig. Ich fuhr mit Dilly nach Hause, sie weinte, hyster[isch] verliebt, ich steinern. –

[Sa] ½3 Uhr Nachts, Freitag.

19. 3. 97 [Von Schnitzler handschriftlich datiert]

Thuri – Engel – Du mein Leben – mein Alles! –
Entweder ich habe mit Dir in Zukunft eine Beziehung – oder ich *lebe nicht mehr!* Ich *kann* nicht mehr ohne Dich sein – ich liebe Dich ich habe es heute gefühlt – ich bete Dich an! Thuri – ich bin wahnsinnig – Kind ich liebe Dich so rasend es ist *schrecklich!* –
Kehre zu mir zurück oder ich *sterbe* – so wahr ein Gott lebt – ich will nicht mehr ohne Dich leben! – Thust Du es nicht – dann trage Du die Verantwortung! Ich liebe Dich grenzenlos – entweder für Dich *leben* oder *sterben!*
Ich kann nicht mehr sein ohne Deine Liebe – ich habe Dich geseh'n – ich liebe Dich *glühend* Thuri – stoß mich nicht von Dir – ich *bete Dich an!* – Du mein Gott – ich habe nur Dich geliebt – ich liebe nur Dich – ich werde nur Dich lieben! Ich bin irrsinnig! –
Habe *Mitleid* und schreibe mir wann ich Dich wiederseh'n kann!

Arthurs
Dilly

Ganz – einzig nur – ewig immer! – Ich liebe Dich schrecklich wahnsinnig!

[TB] 20. 3. 1897
Früh der fällige Brief von Dilly, entweder mit mir leben, oder für mich sterben; ich antwortete nicht. –

Im Jahre 1897 hat Schnitzler den Tod von Olga Waissnix zu beklagen, Adele Sandrock nach dem Ableben Mitterwurzers noch das ihres Vaters. Eine Affäre mit dem in Wien gastierenden italienischen Virtuosenschauspieler Ermete Zacconi ist für Adele nicht mehr als eine Episode.

[TB] 30. 9. 1897
Ab[en]d im »Lear« Zacconi. Vorher Dilly; die sich selbst spielte. »Jetzt weiß ich erst, was Liebe ist... Zacconi...« »Schreibe mir ein Stück für mein Berl[iner] Gastspiel. Ich höre, du willst es dem Frl. Gl[ümer] zuliebe dem Carlth[eater] geben –« – (Neulich sie zu Salten über den Tod ihres Vaters: Ich wundere mich, wie leicht ich diesen Schicksals-

schlag überwunden habe. Freilich, der Tod ist ein Element, gegen das sich nichts sagen läßt. –)

[Arthur Schnitzler: Zug der Schatten, 8. Bild]
Roveda (zum Baron) Ich höre eben – es soll eine ernste Ohnmacht sein.
Baron Selbstmord.
Roveda Nun, der Tod ist ein Element, gegen das sich nichts sagen läßt.

Im Jänner 1898 fällt im Burgtheater der Vorhang über der Ära Burckhard. In dem neuen Direktor, dem Berliner Paul Schlenther, hat Adele Sandrock keinen Freund (Schnitzler übrigens auch nicht). Schlenther schätzt die Sandrock nicht, überträgt ihre Repertoirerollen anderen Schauspielerinnen, darunter die Christine in »Liebelei« Lotte Medelsky), und besetzt sie in keiner Premiere.
Adele hat viel Zeit und nützt sie u. a. für die Mitwirkung an Wohltätigkeitsveranstaltungen. So fällt ihr am 16. 1. 1898 ihre dritte Schnitzler-Uraufführung zu. Im Rahmen eines Abends des »Ferienheims« kreiert sie in den Sophiensälen die Gabriele in dem »Anatol«-Einakter »Weihnachtseinkäufe«. Geprobt wird in aller Harmonie bei und mit Schnitzler.

[TB] 8. 1. 1898
Probe bei mir vom »Abschiedssouper«: Sandrock, Christians, Schildkraut, Kramer.

Um die Spannweite ihrer schauspielerischen Fähigkeiten zu demonstrieren, spielt Adele Sandrock anschließend die Annie in dem »Anatol«-Einakter »Abschiedssouper«. In der Wahl ihrer Mittel ist sie dabei nicht wählerisch.

[TB] 16. 1. 1898
Weihnachtseinkäufe (Dilly, Christians) u[nd] Abschiedssouper aufgeführt; das letzte ging ganz in Lärm unter.

Ein größerer Kontrast als die elegant-wehmütige »Mondäne« Gabriele und die kleine, freche Ballettratte Annie sind kaum

denkbar. Dennoch gelingt es Adele Sandrock, das Publikum in beiden Rollen zu begeistern.
Die Annie nimmt sie gleich in das Repertoire ihrer Gastspielrollen auf. Vom Burgtheater erhält sie nur zu bereitwillig Urlaub. Im Mai 1898 geht sie nach Berlin und spielt mit stürmischem Erfolg Schnitzlers »Liebelei« und »Abschiedssouper« an einem Abend.

[Sa] 22.5.98

Liebster Thuri! –
Kind – ich habe *Sensation* erregt mit Liebelei und mit der Annie. Einen solchen Wein- und *Lach*erfolg war noch nicht da! – Ich hatte die Stücke in Szene gesetzt – die Leute sind tatsächlich nicht zu sich gekommen vor Lachen! Wie ich als *Annie* nach der Christine herauskam, war ein solches Gelächter, daß die Leute in einen Sturm von Beifall losbrachen! Jedes Wort in Abschiedssouper war ein Schlager – ich wurde zum Schluß 14 mal gerufen. –
Ich habe hier einen Erfolg als Stuart und Christine gehabt wie er in Berlin noch *nie* da war! Für Deine lieben Telegramme herzinnigen Dank – Du bist ein lieber Mensch! – Die Woche spiele ich noch zweimal Liebelei und Abschiedssouper.
Für heute tausend Grüße, Deine Dich verehrende
Dilly

Kind – Du bist ein Genie – –
Hofmannsthal – der Idiot ist hier schmählich durchgefallen – die Leute haben ihn verhöhnt – ha – ha – ha Du bist in Berlin rasend beliebt – die Leute schwärmen von Dir. – Die Schauspieler konnten sich nicht fassen über das Abschiedssouper!

Im Herbst 1898 nimmt Adele Sandrock ausgerechnet ein Stück von Schnitzler zum Vorwand, um mit Krach vom Burgtheater abzugehen, was sie zweifellos schon vorhatte, seitdem ihre Schwester Wilhelmine im Juni von Schlenther aus dem Verband des Hauses entlassen worden war.
Schlenther hat Schnitzlers neuestes Stück, »Das Vermächtnis«, zur Uraufführung angenommen. Adele Sandrock soll darin die Emma Winter, eine Mutter- und Nebenrolle, spielen. Damit ist für sie, der man auch die Titelrolle der »Jungfrau von Orleans« zugunsten von Lotte Medelsky nicht

zugebilligt hat, der Bogen überspannt. Auch Schnitzler bekommt ihren Zorn zu spüren, amüsiert sich aber nur darüber.

[Sa] *12/10. 98* [Von Schnitzler handschriftlich datiert]
Wenn *Sie* mir diese Dreckrolle in Ihrem Stück zugedacht haben, so ist die Unverschämtheit noch größer als vom Direktor – Sie hätten allein aus Anstand, weil ich Ihnen diesen Schmarrn Liebelei durchgebracht und vor einem sicheren Durchfall gerettet habe, so viel Takt und Dankbarkeit besitzen sollen, sich nicht so pöbelhaft zu benehmen. Da sieht man wieder, was ein schmutziger Mensch ist.

Sandrock

[TB] 13. 10. 1898
Saugrober komischer Brief von Dilly (die Emma Winter zurückgeschickt, vom Burgtheater fort will.)

10

»Alt geworden«
(1898–1931/1937)

Am 18. Oktober 1898 steht Adele Sandrock als Grillparzers Medea in einer Nachmittagsvorstellung zum letzten Mal auf den Brettern des Burgtheaters. Anschließend läßt ihr Schlenther den Kündigungsbrief überreichen, womit er sich für die große Szene revanchiert, in der sie bei der Hoftheaterbehörde gegen ihn Klage geführt hat.
Adele ist beglückt über die neue Freiheit. In großaufgemachten Interviews verkündet sie ihre Ambition, eine »Theatergeneralin« zu werden, und stellt eine Tournee zusammen. »Ich gehe auf eine Reise, weil ich nicht dem Burgtheaterschlaf verfallen will.«
Diese erste große Tournee (es werden viele folgen – bis zu ihrer totalen Erschöpfung) beginnt in Graz und kommt anschließend nach Wien, wo Adele die Annie in »Abschiedssouper« (nach Bahrs »Juana«) spielt. Bis August 1899 wird sie mit ihren Starrollen unterwegs sein.
Schnitzler sieht Adele bei einer Probe von »Abschiedssouper« im Raimundtheater wieder.

[TB] 16. 11. 1898
Rmdth [Raimundtheater] bei einer Probe von »Abschiedssouper«, die Sandrock: Ich habe Ihnen einen bösen Brief geschrieben – nicht von Herzen – aber die Situation hat es erfordert. –

1899, in dem Jahr, da Schnitzler seine Gefährtin Marie Reinhard durch den Tod verliert – sie stirbt innerhalb von drei Tagen an einer Sepsis –, sieht er Adele Sandrock nur einmal: auf der Bühne. Sie beginnt ihre zweite große Gastspielreise wieder in Wien und spielt u. a. den Hamlet. Schnitzler wird am 27. Dezember Zeuge dieses Ereignisses, ohne ihre Leistung, die heftiges Für und Wider, aber ent-

schieden mehr Kritik als Lob herausforderte, näher zu kommentieren.
Diese zweite Tournee, die mit großen körperlichen und seelischen Strapazen verbunden ist, läßt Adele Sandrock ihren Austritt aus dem Burgtheater bitter bedauern. Im März 1900 schreibt sie aus Köln einen flehenden Brief an Schlenther, in dem sie um ein Wiederengagement bittet. Aber man hat in Wien genug von ihr und ihren Launen.
Privat ist Adele mittlerweile mit ähnlicher Leidenschaft wie einst an Schnitzler an den Schriftsteller Roda Roda gebunden. In dessen »Roman« (Titel: Roda Rodas Roman), der ein Schlüsselroman ist, wird Adele Sandrock als Tänzerin Manja Karinskaja später ebenso unverkennbar umhergeistern wie durch Schnitzlers »Reigen«.
Dieser verteilt das Stück eben damals als Privatdruck unter seine Freunde. Am 20. April 1900 dankt Hermann Bahr mit dem Vermerk »Die Sandrock ist einfach famos« für das Buch.
Selbstverständlich liest auch Adele den »Reigen« und erkennt sich.

[TB] 12. 6. 1900
In Wien auf dem Bahnhof Dilly getroffen. – Sie hat die Scene aus Reigen »Schauspielerin« »Dichter« mit ihrem jetzigen Liebhaber Robert E. (einem albernen Burschen, Bruder Joh. Fr.) zusammen gelesen – er sagte: »Nein, so gemein bist du nicht!« Dann haute er das Buch um die Erde.

Aber auch Adele betätigt sich literarisch. 1900 erscheint, als Bühnenmanuskript gedruckt, das Stück »Vergeltung«, das sie zusammen mit dem Wiener Schriftsteller Robert Eysler geschrieben hat. Die Hauptfigur, die Schauspielerin Lia Rosen, ist Adeles Ebenbild. Das Stück ist unendlich aufschlußreich, wenn man Adele Sandrocks Persönlichkeit betrachtet, da es nicht nur ihre Weltanschauungen und ihre privaten Verhältnisse demonstriert, sondern auch ganz in dem Stil geschrieben ist, den man aus ihren Briefen kennt. Die szenischen Bemerkungen geben Einblick in Adeles Spielstil. Und wenn Lia Rosen in einer dramatischen Abrechnungsszene deklamiert:

»Du hast kein Ballettmädel vor dir, das monatlich sein Abschiedssouper feiert, keine Choristin, keine Nähmamsell«,

ist es nicht schwer zu erraten, woher Adele Sandrock dieses Schnitzler-Vokabular hat.

Adele ist andauernd auf Tournee. Im Herbst 1900 reist sie durch Serbien und Ungarn, die erste Hälfte des Jahres 1901 ist sie in Deutschland und Böhmen unterwegs. Es ist eine so schwere Zeit für sie, daß sie froh sein muß, 1902 unter den schlechtesten Bedingungen wieder am Deutschen Volkstheater unterkommen zu können.

Auch privat hat sie wenig Glück. Ihre leidenschaftliche Beziehung zu Roda Roda, die bis zur Verlobung geführt hat, zerbricht. Übrig bleiben, wie im Fall von Schnitzler, Briefe. Roda Roda hat sie »Manja Karinskaja« in den Mund gelegt und in seinem »Roman« veröffentlicht. Aber wer anderer als Adele Sandrock könnte sie geschrieben haben?

»Ich spreche mit niemand mehr, seit Du von mir gegangen bist, um die Lippen nicht zu entweihen, die Du geküßt hast – Du – mein Licht, Trost, Glaube, meine Ruh und Offenbarung! Komm endlich – Deine Versprechungen und Absagen haben mich krank gemacht. Wie lange wirst Du mich noch martern, bissiges Ungeheuer?«

In diesen Jahren, die Adele Sandrock unstet auf Reisen, unstet zwischen vielen Männern schwankend, verbrachte, hat Schnitzler seinen Weg gemacht. Zwar fehlte es auch in seinem Leben nicht an dramatischen Ereignissen – seine Stücke »Freiwild« und »Der grüne Kakadu« brachten ihn in schwere Konflikte mit der Zensur, die Novelle »Leutnant Gustl« provozierte einen Skandal und kostete ihn seinen Offiziersrang –, aber er hat Erfolg, er ist berühmt. »Das Vermächtnis« ist (ohne Adele Sandrock) am Burgtheater uraufgeführt worden, desgleichen die drei Einakter »Der grüne Kakadu«, »Die Gefährtin« und »Paracelsus«. Er hat den Bauernfeld-Preis erhalten und dank Otto Brahm, dem großen Theatermann, auch im Berliner Theaterleben Fuß gefaßt. Seit 1899 hat Schnitzler in Olga Gussmann, die er später heiratet, die Gefährtin seiner beiden nächsten Lebensjahrzehnte gefunden, 1902 kommt sein Sohn Heinrich zur Welt.

Am 4. Jänner 1902 ist der aus vier Stücken bestehende

Einakterzyklus »Lebendige Stunden« am Deutschen Theater in Berlin mit mäßigem Erfolg uraufgeführt worden. Am 6. Mai 1902 wird diese Aufführung auch in Wien gezeigt, und das Publikum genießt die Begegnung mit der Kunst Albert Bassermanns. Dennoch will das Deutsche Volkstheater gerade mit diesen Einaktern die vor zehn Jahren – seit dem »Märchen« – abgerissene Beziehung zu Schnitzler wieder herstellen. Und der Dichter, der seit der »Kakadu«-Affäre mit Schlenther zumindest ebenso schlecht steht wie Adele Sandrock, willigt ein.
So trifft es sich, daß die berufliche Arbeit Schnitzler und Adele Sandrock zum drittenmal am selben Theater zusammenführt. Adele soll ursprünglich nur die Pauline in dem Einakter »Die Frau mit dem Dolche« spielen. Aber sie reklamiert auch die Margarete in »Literatur« für sich, mit ihrem schauspielerischen Instinkt ahnend, daß ihr hier eine Rolle ebensolche parodistische Möglichkeiten bietet wie einst die Thekla in »Kameraden«. Der Brief, in dem Adele Sandrock Schnitzler für die Übersendung des Buches dankt, gewährt einen tiefen Einblick in den Zustand hektischer Resignation, in dem sich die nunmehr Vierzigjährige nach ihrem tragischen künstlerischen Abstieg befindet.

[Sa] Wien, 17. 5. 1902

Liebster Arthur.
Empfange meinen herzlichsten Dank für das Buch, und für die charmante Widmung. Ich freue mich unendlich daß ich nun doch die beiden Stücke spielen werde – ich finde sie einfach herrlich. Schade daß Dir die Literatur so wenig nach Deinem Geiste gespielt wurde! Die Rolle ist doch einzig! Warum hast Du so viel Garantie vom Volkstheater verlangt – dadurch hast Du mich um einen enormen Erfolg gebracht, und wie oft wären sie bei uns gewesen! –
Was bist Du idealer Mensch jetzt plötzlich so geldgierig? Thuri – das ist ja ganz was Neues.
Zu Deinem Geburtstag der ja am 15ten Mai war, noch nachträglich herzliche Gratulation. Mit Salten war ich neulich und mit seiner Frau bis 4 Uhr früh im Cafehaus! Schade daß Du nicht dabei warst. Wenn Du erlaubst Arthur suche ich Dich Anfang nächster Woche Nachmittags in Deiner Ordination einmal auf um Dir selbst zu danken. Ich finde das zu

lieb von Dir – wenn es auch auf Wunsch der Ottie geschah. Du ahnst gar nicht wie unendlich ich mich freue wenn ich von Dir was höre. Was macht die Gesundheit – mäßig? Hast noch Kopfweh? Mir geht es, dank meiner klugen völlig abgeklärten Lebensweise glänzend! Ich liebe jetzt einen Mann der eine Frau hat, verlobt ist, und eine Geliebte hat! Siehst Du Thuri da ist nix zu machen – das ist so gesund für den Menschen, dabei kann man hundert Jahre alt werden, bei dieser Hoffnungslosigkeit. – Leb wohl Thuri – auf Wiederseh'n. Es dankt und grüßt tausendmal Die

Adele Sandrock.

Oetzelt Gasse 1

Adele Sandrock ist also wieder in Wien. Von Zeit zu Zeit begegnen Schnitzler und sie einander.

[TB] 2. 10. 1902
Nachm[ittag] Dilly bei mir; möchte auch »Literatur« spielen. – Auf Goethes Büste; »Dieser überschätzte Mensch«. –

Die Aufführung wird auf den Winter verschoben. Im Jänner 1903 beginnen die Proben. Schnitzler ist über die künstlerischen Verhältnisse, die am Deutschen Volkstheater herrschen, so entsetzt, daß er einen Skandal provoziert:

[TB] 14. 3. 1903
Bei der Probe selbst kam es zu einem Skandal. Ich nannte die Dekoration (Dolch-Bild) blödsinnig, Weisse erklärte: er [unleserlich] allein angegeben, ich: Angegeben ist alles, gemacht war nichts. – Er: Das ist doch zu viel: Blödsinn, Schmiere (man hatte es ihm zurück erzählt) ich denke, es ist genug gemacht worden. Ich: Ja, alles zu spät – Er (wüthend im Fortgehn –) Wären Sie früher dagewesen (!!!) – – Die Sandrock bekam ein paar Minuten später einen Weinkrampf. –
Die S[androck] gestern: »Nun, wie gehts denn dem Kind?« – Später, als ich nach ihrer Schwester fragte: [»]Na, der gehts gut; sie ist dem religiösen Wahnsinn verfallen ...«

Die Premiere wird dennoch ein großer Erfolg für alle Beteiligten. Max Burckhard, der ehemalige Burgtheater-Direktor, nun als Kritiker ein treuer Streiter für die Kunst der Sandrock, schreibt über ihre Leistungen als Pauline und Margarete:

»Trefflich brachte Fräulein Sandrock in der ›Frau mit dem Dolche‹ das phantastische, visionäre, man möchte fast sagen gruselige Moment zum Ausdruck, das von Pauline, der Gattin des Tragödiendichters, dem die Lebensschicksale seiner Frau zu Dramen werden, hinüberführt zu Paola, der Gattin des Malers, dem die Lebensschicksale seiner Frau zu – Bildern werden. [...] In dem Schlußstück ›Literatur‹ konnten jene, die es etwa trotz der ›Kameraden‹ [...] noch nicht wissen sollten, wieder sehen, welch ausgezeichnete Kraft auch für das Lustspiel in Adele Sandrock – brach liegt.«

Tatsächlich wird die »Frau mit dem Dolche«, die den Berlinern am wenigsten zugesagt hatte, in Wien dank der Sandrock zum größten Erfolg des Abends. So hat sie durch Schnitzler am Deutschen Volkstheater, das der einst am Burgtheater triumphal gefeierten Schauspielerin nichts anderes anzubieten weiß als Ganghofer, Halm, Daudet oder Dreyer (selten Rollen wie die Armgard im »Wilhelm Tell« oder die Porzia im »Kaufmann von Venedig«), wieder einmal moderne Aufgaben von Wert gefunden.
In der Nacht nach der Premiere schreibt Adele Sandrock Schnitzler einen ihrer enthusiastischen Briefe.

[Sa] Wien, den 14. III. 03
Nachts 12 Uhr.

Mein lieber, genialer Freund, theurer Arthur.
Kind – ich bin nicht die Frau die *übertreibt*, aber Du hast heute Abend einen *echten*, wahren sensationellen, grandiosen Erfolg gehabt! – Mama und Schwester haben die herrlichsten Urtheile im Auditorium gehört, die Leute waren begeistert und haben gesagt der Schnitzler ist ein Genie von Gottes Gnaden. Und das bist Du, Arthur, ein Mensch der vier solche *Meisterwerke* schreibt, ist wohl ein Genie. – Wie oft wurdest Du heute Abend gerufen! Es war ja ein *Jubel*. Echt – alles echt – keine Claque – und merkwürdig ist Alles gut gegangen. Deine genialen Stücke haben weit mehr gewirkt als bei den Berlinern – es war ein *stürmischer* Erfolg, auf den Du *stolz* sein kannst. – Aber Du bist auch ein *Gigant*, Du schreibst eine

herrliche wahre echte – tragische und satirische Feder – Du bist unter allen Modernen der »Einzige«, der das zustande bringt. – *Vorwärts* Arthur – Dir gehört die Künstlerwelt, die Erfolge bleiben nicht aus. Deine vier Meisterwerke wurden doch heute Abend bejubelt – *ohne Opposition!* – Sage nun sofort daß Meixner die Rolle von Weisse spielen soll, die Stücke *dürfen nicht* unterbrochen werden – dann werden es Cassa Stücke – Alle Leute im Zuschauerraum haben es gesagt, Gott sei Dank – daß wir endlich einmal einen literarischen Genuß hatten – Thuri – sorg dafür – Du bist *heute* »Arthur Schnitzler« – der *Einzige* – dring darauf, daß Meixner die Rolle bis Donnerstag spielt, glaube mir – Du bringst Dich sonst um Deinen herrlichen Erfolg!
Ich habe eine sogenannte Affenfreude, daß Du den glänzenden Sieg davongetragen hast, *ich* habe Deine herrlichen Worte mit meinem *Herzblut* gespielt – und wir zwei haben doch Glück zusammen, Thuri – siehe Liebelei – siehe Abschiedssouper – siehe heute Abend. Ich war glücklich, den Leuten Deine herrlichen Worte so zu serviren wie Du sie aufgetischt Dir dachtest, denn ich glaube doch Deinen genialen Geist derfangen zu haben! Arthur – nun vorwärts – der heutige grandiose Erfolg war doch ein stolzer für Dich – aber laß die Stücke *nicht* absetzen – dreimal in der Woche müssen sie geh'n! Ich die *Künstlerin* Adele Sandrock danke Dir aus tiefster Überzeugung, daß es mir vergönnt war diese genialen Stücke spielen zu können – Deine *Freundin* Adele drückt dem edlen Menschen – dem auserwählten unter zehntausenden die Hand – und sagt Dir – Du bist der beste Mensch, das größte Genie! Adieu, Thuri – ich danke Dir für den wahren, großen Erfolg, den Du mir bereitet, indem Du diese Meisterstücke schriebst! – Ich höchster Verehrung, Deine Dich hochschätzende treue Freundin (worauf ich stolz bin)

Adele Sandrock

Verzeihe die schlechte Schrift, ich bin hundemüde! Mama läßt Dir sagen, daß Du ein Gigant bist, Willy ist begeistert vom heutigen Abend! –

Nun beginnt die wahrhaft tragische Periode im Leben von Adele Sandrock. In finanziellen Schwierigkeiten ist sie immer gewesen. Auch die hohen Burgtheatergagen hatten ihren aufwendigen Lebensstil, ihre großartigen Toiletten, die Tat-

sache, daß ihre Familie bei und von ihr lebte, nicht bestreiten können. Das Deutsche Volkstheater hat die Diva, deren Skandale auf den Tourneen so berüchtigt waren, daß sich ihr diese Geldquelle verschloß, billig eingekauft. Ihre monatlichen Einkünfte sind von 22 000 auf 7000 Gulden gesunken. Trotzdem wohnt sie in einem Palais in der Ölzeltgasse.
Da erreicht Schnitzler erstmals ihre Bitte um Geld.

[Sa] Wien, den 8. 6. 1903

Mein lieber bester Thuri.
Ich komme mit einer großen Bitte. Ich will mich kurz fassen Dich nicht zu langweilen. Ich bin krank – überanstrengt, bleichsüchtig, nervenleidend – *Alles,* nur nichts Gutes. Ich soll nach Franzensbad und hab kein Geld. Thuri – aus alter Freundschaft leih mir 300 Gulden, ich bitte Dich. Nächste Saison hab ich mehr Gage da kriegst Du es mit Dank zurück! Bitte Thuri sei lieb, ich fühle mich so elend, daß ich Gott danken werde wenn ich reisen kann. Hilf mir, sonst muß ich den ganzen Sommer in Wien sitzen!
Schreib mir bitte! Es grüßt Dich herzlich Deine alte Freundin Dilly Sandrock.
Mein Gehalt am Volkstheater war so gering, daß ich den ganzen Winter die schwersten Sorgen hatte, daher bin ich so in Noth gerathen!

Bald darauf dankt sie ihm für den »Freundschaftsdienst« – er hat ihr also Geld geschickt.
Ein Besuch bei Schnitzler offenbart ihren desolaten Zustand.

[TB] 2. 3. 1904
Dilly S[androck] da, heulend, weil Schütz sie in d[er] N[euen] Fr[eien] Pr[esse] angegriffen. – Lernte O[lga] und Heini kennen. – Ihre schlimme Situation. – Das Madonnenbild. Dilly: Sind Sie fromm? Mir geht alles schlecht aus, seit ich keine Relig[ion] mehr habe ... Ich bin ja um den Finger zu wickeln ... man hat mir gesagt, es ist alles nichts, da hab ich die Heiligenbilder alle fortgegeben etc. ...

Nach der Spielzeit 1903/04 verläßt Adele Sandrock das Deutsche Volkstheater. Nun plant sie eine Karriere als Sängerin.

[TB] 7. 8. 1904
Die Sandrock, die im nächsten Jahr ans Jubil[äums-Stadt-] Theater kommt – und jetzt in Ischl die Carmen und das Gretchen singen soll?

Am 21. August singt sie im Theater in Bad Ischl die Margarethe in Gounods »Faust«. Adele hat lange Gesangsunterricht genommen, aber sie hat keinen Erfolg, und aus der neuen Karriere wird nichts.
Während Adele im Herbst 1904 mit ihren obligaten Gastierrollen im Kaiser-Jubiläums-Stadttheater auftritt und künstlerisch dabei immer tiefer sinkt, reist Arthur Schnitzler nach Berlin, um der Uraufführung seines Einakters »Haus Delorme« an Max Reinhardts Kleinem Theater beizuwohnen.
Die Aufführung kommt nicht zustande. Das Schlüsselstück auf die Sandrocks wird als solches erkannt, und die Schauspieler weigern sich, diese »Verunglimpfung ihres Standes« darzustellen. Die Zeitungen bringen spaltenlange Artikel, in denen festgestellt wird, »daß Schnitzler in seiner Komödie die Schicksale einer Schauspielerfamilie schildert, die für Eingeweihte eine unverkennbare Ähnlichkeit mit denen der Familie einer sehr bekannten Wiener Künstlerin aufweise«.
Die Neue Freie Presse berichtet am 23. November 1904:

Arthur Schnitzler und das Berliner Kleine Theater
(Telegramme der »Neuen Freien Presse«)
Berlin, 22. November. Das »Berliner Tagblatt« berichtet: Das neue Sittenstück »Haus Delorme« von Arthur Schnitzler, das heute im Berliner Kleinen Theater in Szene gehen sollte und verboten wurde, hat, wie wir aus unserer Quelle erfahren, nicht allein das übliche Schicksal eines Zensurverbots betroffen. Schon seit der ersten Leseprobe hatte sich bei der Regie und den mitwirkenden Künstlern eine Mißstimmung geltend gemacht, die schließlich in offene und ehrliche Frontstellung gegen die Dichtung überging. Nun hat allerdings auch die Zensur ihr Veto eingelegt und ist denen zu Hilfe gekommen, die mit dem Protest gegen das Kunstwerk einen Kampf pro domo geführt hatten, in dem sie ihren vielfach schon übel genug beleumdeten Beruf nicht noch durch eigene Darstellung verunglimpfen wollten.
»Haus Delorme« ist ein Schauspielerstück; die vier Personen

des Stückes sind: die Mutter Delorme, ihre Tochter, die Operettensängerin ist, ihr Sohn und das Dienstmädchen. Es besteht im Grunde nur aus der Aneinanderreihung von lärmenden und unerfreulichen Szenen. Die Tochter ist in interessanten Umständen durch ihren Geliebten Franz, das Dienstmädchen durch den Sohn des Hauses. Das hindert den Jüngling jedoch nicht, sich mit einem reichen Mädchen, Fräulein Else Pollack, zu verloben. Die ehrenwerte Mutter weiß von allem Bescheid. Fräulein Pollack erscheint eines Abends im Haus Delorme, und nach einer wilden Liebesszene erklärt sie ihrem Verlobten, daß ihr Vater falliert habe. Der Jüngling nimmt die Nachricht scheinbar mit Entrüstung auf und – will nunmehr die Tochter eines solchen Vaters nicht heiraten. In einer anderen Szene wiederum erscheint der Geliebte der Tochter und zieht sich mit dieser zurück. Auf die Frage der Mutter, ob sie nicht erst speisen sollten, antwortet die Tochter: »Ich habe nur Hunger auf Franz.«
Eine ganze Reihe von Szenen, die die Verderbtheit dieser Schauspielerfamilie schildern, in der der Mutter eine der degoutantesten Rollen zugeteilt ist, die je für die Bühne geschrieben sind, läßt sich hier nicht wiedergeben. Die Stellungnahme der Schauspieler des Kleinen Theaters gegen die Schnitzlersche Novität ist um so bemerkenswerter, als vom rein schauspielerischen Standpunkt eine Reihe durchaus dankbarer Rollen drin enthalten ist.
Der »Börsencourier« meldet: Die Direktion des Kleinen Theaters erklärt es für unrichtig, daß sich die Künstler mit Streikgedanken trugen. Es habe eben nur die Aufführungserlaubnis seitens der Zensur nicht erwirkt werden können.

So gehen am Kleinen Theater am 22. November 1904 nur die Uraufführung des Marionettenspiels »Der tapfere Cassian« sowie »Der grüne Kakadu« in Szene. Mit Max Reinhardt wird Schnitzler nie zu einem harmonischen Arbeitsverhältnis gelangen – ebensowenig übrigens wie Adele Sandrock...
Adele, um deren verunglimpfte Ehre sich so viele Leute Sorgen machen, nimmt die ganze Sache übrigens leicht:

[TB] 10. 1. 1905
Sie erzählte mir, daß man mich wegen der Delorme fordern wollte; dann erklärte sie, sie möchte die Rolle in einer Matinée spielen. –

Für Adele Sandrock gibt es in Wien vorläufig nur noch eine Aufgabe. Als Karl Kraus im Nestroy-Hof eine Privataufführung von Wedekinds »Die Büchse der Pandora« arrangiert, gewinnt er Adele für die Rolle der Gräfin Geschwitz. Tilly Wedekind, damals noch Tilly Newes, die die Lulu spielte, berichtet, daß Adele vorgibt, erst bei der Generalprobe zu merken, daß die Gräfin Lulu in hoffnungsloser, lesbischer Liebe verfallen ist. Sie erklärt darauf hin, »so etwas« nicht zu spielen. »›Da nimmt mich ja Willi vom Theater!‹ hatte sie mit meisterhaft in Szene gesetzter sittlicher Entrüstung gerufen.«

Daraufhin greift Wedekind zu einem Sandrockschen Mittel und geht, wie berichtet wird, vor Adele in die Knie. Sie spielt die Rolle und hat einen Riesenerfolg. Schnitzler wohnt der Vorstellung am 29. Mai 1905 nicht bei.

Danach ist für Adele Sandrock das Kapitel Wien vorläufig abgeschlossen. Sie löst ihren Haushalt auf und zieht nach Berlin, wo sie mit Mutter und Schwester in Charlottenburg lebt. Fünf Jahre lang fristet sie ein tragisches Dasein an Max Reinhardts Deutschem Theater, während Schnitzler menschlich und schöpferisch in einen seiner glücklichsten Lebensabschnitte eintritt: er schreibt seinen großen Roman »Der Weg ins Freie«, die Stücke »Der einsame Weg«, »Zwischenspiel«, »Der Ruf des Lebens«, »Komtesse Mizzi«, »Der junge Medardus«, »Das weite Land«, »Professor Bernhardi«. 1909 wird seine Tochter Lili geboren. Er ist einer der berühmtesten Schriftsteller des deutschen Sprachraums.

In Berlin trifft Schnitzler Adele Sandrock erstmals am 26. Februar 1906.

[TB]
Traf Sandrock [...]; O[lga] und ich frühstückten dann [im Hotel] Cont[inental] mit Dilly Sandrock und Vollmoeller. – (Sandrock Deutsches Theater, Anthiope.)

Über ihr Debüt bei Reinhardt als Anthiope in Hofmannsthals »Ödipus und die Sphinx« schreibt Adele selbst:

»Als ich mich aber ein paar Monate in Berlin aufgehalten hatte, ohne daß sich etwas von dem, was mir versprochen worden war, ereignete, sprach ich bei der Direktion des

Deutschen Theaters vor, machte Krach und verlangte energisch Beschäftigung. Darauf bekam ich als Antrittsrolle eine alte Zicke zu spielen. Gott möge mir verzeihen, aber es war eine alte Zicke, in einem Stück Hugo von Hofmannsthals, eines Dichters, der mich sehr verehrte, in Wien ein ständiger Gast des Café Größenwahn gewesen war und zu denen gehörte, die man damals modern nannte.«

Adele, die gewohnt war, »jeden Abend mit Bombenrollen auf der Bühne zu stehen«, kann sich mit den Nebenrollen, die Reinhardt ihr bietet, nicht abfinden. Dabei setzt sie, wo sie würdige Aufgaben findet, große Leistungen: als Kurfürstin im »Prinzen von Homburg«, als Königin in »Hamlet« und vor allem als Isabella in der »Braut von Messina«. Dazu meint Herbert Ihering im Hinblick auf die Nachwelt:

»... tragischer als alle ihre tragischen Rollen bleibt es, daß Adele Sandrock auf die Zukunft – kraft der Wirksamkeit und der Dauer des Films – nur als Komikerin kommt, die die Größe ihrer ernsten und medusenhaften Kunst verleugnet und das Schreiten der Medea und den schweren, dunklen, sternenlos nächtigen Ton der Isabella von Messina dem Gelächter hinwirft.«

1910 wird Adele Sandrock aus dem Verband der Reinhardt-Bühnen entlassen. Im Sommer dieses Jahres stellt sie ihren ungebrochenen Familiensinn unter Beweis und bringt in Bad Kissingen das Stück »Jeanne« ihres Bruders Christoph Sandrock zur Aufführung; sie spielt selbst die Titelrolle. Dann steht sie vor dem Nichts.
Da erreicht Schnitzler ein verzweifelter Brief.

[Sa] Charlottenburg d[en] 5. October 10
Leibniz Strasse 60

Lieber, sehr werther Herr Doctor Arthur Schnitzler.
Nachdem Herr Direktor Reinhardt mich in den fünf Jahren meines hiesigen Engagements derart schlecht beschäftigt hat daß es mir tathsächlich nicht möglich ist eine andere Stellung zu finden, und nachdem Herr Direktor Reinhardt mich auf die Straße gesetzt hat, obgleich sämtliche Berliner Blätter noch vor vier Monaten einstimmig bei der Isabella in der

Braut von Messina erklärten, Adele Sandrock ist die *beste* Schauspielerin an Reinhardts *Bühnen* – und nachdem ich nun mit all meinem großen und anerkannten Talent jetzt tatsächlich am Hungertuch mit meiner Familie nage – so habe ich mich entschlossen bevor ich zur Kugel greife – ans Varietetheater zu geh'n, wie mein Kollege Schildkraut es that.
Ich habe ein rührendes Majestätsgesuch eingereicht um Wiederaufnahme an das Burgtheater, Schlenther beantwortete *dieses* Gesuch mit »nein«. Ich habe mich Herrn Baron Berger zur Verfügung gestellt, darauf kam überhaupt keine Antwort. Ich schickte einen Theateragenten zu Berger – er ließ bedauern, aber das könne er der Bleibtreu nicht anthun. Und so bin ich jetzt durch Reinhardts Schuld so weit daß ich in Berlin sitze und *hungere*. Nun können *Sie* mich und *meine* ganze Zukunft retten, und hoffe lieber Arthur daß Sie auch mir jetzt beisteh'n in der Erinnerung, daß ich auch für Sie im Leben schon etwas gethan habe. Ich kann mich als Künstlerin *ersten* Ranges, die ich doch bin – nicht mit wegwerfenden Gemeinheiten im Apollotheater produziren. –
Die Sache muß *immerhin vornehm* und literarisch sein. Schreiben Sie mir eine *Sache* mit wenig Personen, oder eine *Soloszene*, die für mich paßt *tragisch* oder *lustig*, aber schreiben Sie mir was – denn dann bin ich gemacht, und mir steht mit der Sache die Welt offen, und ich brauche nicht zu *hungern*. Ich brauche die Sache in 4 Wochen, bis dahin werde ich mich über Wasser zu halten suchen, länger geht es nicht, denn dann ist die Saison, und ich fange dann in Berlin an – und werde dann auch nach Wien kommen, und die großen Städte Deutschlands besuchen.
Das ist der einzige Weg, der mir mit meiner Kunst noch bleibt. Ist das nicht mehr als traurig, Herr Doctor? [unleserlich] liegt im Grabe und am Todtenbett bot man ihm noch Unsummen, der arme Teufel kann nicht mehr arbeiten. – Ich wollte bei Reinhardt arbeiten – bat ihn flehentlich und mich setzte er vor die Thüre. Ich schwöre es Ihnen Arthur daß mir nur der Selbstmord bleibt, denn meine 76jährige alte Mutter hungern lassen müssen, das kann ich nicht überleben! –
Das werden Sie versteh'n. Also Sie haben mein Leben in Ihrer Hand. Mit einem von Ihnen verfaßten Manuskript komme ich überall an – und ich adle die Sache dadurch, daß ich einen Vortrag von *Arthur Schnitzler* bringe! Es kann 30–40 Minu-

ten dauern und Tantiemen erhalten Sie von *allen Gastspielen.* Denken Sie sich was aus lieber Arthur, daß die Menschen kopfstehen – womit ich thatsächlich Sensation mache – denn wenn ich den Varieteschritt tue, dann muß es wie eine *Bombe* einschlagen. Ich bitte Sie herzlich, die Angelegenheit noch vorläufig nur für Sie zu betrachten und von meiner erbärmlichen Lage Niemandem etwas zu sagen – denn bis ich nicht alles feststehend habe, lasse ich Nichts verlauten, sonst kommen die Intriganten und schnappen mir das vor der Nase weg! Also lieber bester Herr Doctor ich bitte Sie mich nicht zu verlassen, denn bei Gott, mir bleibt nicht viel mehr übrig. Schreiben Sie mir bitte umgehend, was Sie zu thun gedenken, damit ich wieder Hoffnung habe. Wie geht es Ihnen, und Ihrer lieben Frau Gemahlin? Singt sie noch – ist Ihre Stimme schön geworden? Grüßen Sie sie herzlich von mir und sei'n Sie selbst vielmals gegrüßt von Ihrer Sie verehrenden

Adele Sandrock

Schnitzlers Frau, Olga, schreibt damals (13. Oktober 1910) an ihre Schwester Elisabeth, die Gattin des Schauspielers Albert Steinrück:

So arm sind die meisten Menschen, so wenigen gehts gut, – heut ein Brief aus Berlin von einer ehemals großen Schauspielerin, die Reinh[ardt] hinausgeworfen hat, – die aus Hunger vor dem Selbstmord steht. Behalts für Dich, nächstens mehr davon. Hoffentlich kann man helfen. Es ist zu traurig.

[TB] 13. 10. 1910
Brief von der Sandrock: Reinhardt habe sie gekündigt; kein Ausweg; solle ihr eine Varietescene schreiben. – Zu Salten. Den morgigen [unleserlich] abgesagt, u[nd] über den Fall Sandrock, den er für hoffnungslos hält. –

[Felix Salten an Arthur Schnitzler] 14. Oktober 1910
Lieber,
ich möchte Ihnen, eh' Sie auf den Semmering fahren, rasch noch mitteilen, daß ich gestern Abend mit Berger sprach und die Gelegenheit wahrnahm, ein Wort für die Sandrock zu sagen. Berger ist bereit, sie zu engagieren. Bedingungen: Sie darf nicht gleich, darf überhaupt in diesem ersten Jahr keinen

Vorschuß verlangen, weil dafür kein Geld zu haben ist und sie dem Direktor mit solchen Affären Verlegenheiten bereiten würde. Dann: sie muß sich für den Anfang mit 8 bis 10000 Kronen Gage begnügen; muß auch wegen Rollen Geduld haben und darf dabei sicher sein, daß sie würdige Aufgaben erhält. Bergers Worte: »Ich werde die Sandrock nicht untergehen lassen!« Daß sie neben der Bleibtreu Platz haben wird, hält er für sicher. Vielleicht teilen Sie ihr das mit. Ich glaube, es wird ihr lieber sein, als ein Varieté-Stück. Sie kann sich, wenn sie die Sache auf dieser Basis betreiben will, mit mir in Verbindung setzen. Berger ist am Sonntag Mittag bei mir. Es wäre gut, wenn ich bis dahin eine Zeile von der Sandrock hätte. [...]

[TB] 14. 10. 1910
Brief von Salten, Berger will die Sandrock unter gewissen Bedingungen engagieren; ich telegraphire ihr. –

[Sa] Charlottenburg, den 15. 10. 10.
Lieber, sehr verehrter und guter, edler Arthur Schnitzler. Sie sind ein Übermensch! – Ihr Telegramm hat mich in einen Glückstaumel versetzt, daß ich lange Zeit überhaupt nichts reden konnte. Sollte sich dieser Traum auch *nicht* verwirklichen, so bin ich Ihnen schon Allein für die Größe und Güte Ihrer Gesinnungen fürs Leben dankbar. Ihr Brief der an und für sich schon ein literarisches Meisterwerk ist, hat mir ja *so wohl* gethan – und Sie haben keine Ahnung Arthur Schnitzler, was mir dieser Brief für einen unbeschreiblichen Halt giebt! Für solche Freunde gibt es keine Worte, da können nur Thaten beweisen, und Gott soll es mir vergönnen, daß ich auf der Bühne des Burgtheaters noch eine große mächtige Sache von Ihnen zu durchleben habe! – Dann werden Sie wohl meine Dankbarkeit für Sie herausfühlen! – Wenn *Sie* doch der Mann sind, der mich aus dieser perversen sadistischen Kunst herausreißt und mich wieder ans Tageslicht bringt, um dort zu Athmen, wo die reine strahlende Sonne all der Großen leuchtet, dann lasse ich auf meinen Grabstein die Worte drucken – hier ruht in ewiger Dankbarkeit für Arthur Schnitzler die Adele Sandrock! – Ich schrieb sofort an Felix Salten. So weit meine Verhältnisse es erlauben werde ich alles, alles thun, und auch durchaus nicht davon zurückschrecken,

mich gewissen Entbehrungen auszusetzen, da ich aber meine Mama zu erhalten habe, so muß ich doch eine solche Gage verdienen, womit sich's halbwegs in Wien durchkommen läßt. Ich schrieb an Felix, er möge um 6000 Gulden sofort verhandeln! Als ich das Burgtheater verließ hatte ich 15 000 Gulden – diese bodenlose Dummheit verdanke ich Herrn Schik, hätte mich der Mann nicht so gehetzt, wäre ich heute noch da! Ich hoffe, daß der Baron die Sache wegen 2000 Kronen mehr nicht zurückziehen wird. Vorschuß verlange ich nie im Leben und ich werde mich stets dem Baron seinen Anordnungen fügen. Heute nur in Eile diese innigen Dankesworte, werther, theurer, *wahrer* Freund! Ich harre in größter Ungeduld was jetzt wird!

Ihre Sie verehrende Adele Sandrock

Die freundschaftlichen Bemühungen Arthur Schnitzlers und Felix Saltens um ein Wiederengagement der Sandrock an das Burgtheater erregen böses Blut. Am 25. Oktober 1910 notiert Hugo Thimig in seinem Tagebuch:

Soeben erzählt mir Hedwig Römpler-Bleibtreu: Baron Berger hat ihr mitgeteilt, daß die Clique: Bahr, Schnitzler, Salten in ihn drängen, Adele Sandrock wieder zu engagieren. Er könnte diesem Druck schwer widerstehen und versichere ihr nur, falls dieses Engagement perfekt würde, daß es nicht gegen sie gemünzt sei.

[Sa] Charlottenburg 25. X. 10
Leibniz Strasse 60

Lieber, sehr werther Herr Doctor.
Seit Felix seinen letzten Brief vom 16. 10. höre ich Nichts von meiner Angelegenheit. Ich verbringe die Tage in solch unsagbarer Unruhe, daß ich kaum fähig bin zu athmen. Mein Gott Sie werden das begreiflich finden, lieber Herr Arthur, denn ein Engagement am Burgtheater bedeutet jetzt für mich *Alles*, Leben Existenz, Zukunft, Seelenruhe, *Alles*, Alles. Ich bin ein Schiffbrüchiger, der mit einem Beinchen schon halb im Verderben steht, und der nun durch edle Menschen halt emporgezogen werden, ans Licht der Sonne! – – Felix Salten der gute Mensch, schrieb mir ausführlich, er habe mit dem Baron alles besprochen – und wenn es so ginge, wie der Baron

es wünschte, wäre ich ab 1. November schon Mitglied des Burgtheaters. Der Baron habe natürlich viele Schwierigkeiten zu überwinden, und müsse erst beim Fürsten mein Engagement durchsetzen. Ich wollte mich schon aufsetzen und nach Wien fahren, telegraphirte aber erst als kluger Elefant an Salten, ob er damit einverstanden sei! Darauf erhielt ich von Felix die Antwort, »rathe Dir dringend erst beim Baron anzufragen, ob Du kommen sollst«. Nun schrieb ich heute Abend an Baron einen sehr schönen Brief, und bat ihn inständig meinen sehnlichsten Wunsch zu erfüllen und mein Engagement zu ermöglichen! Ich würde ihm sein allerbestes, threuestes Mitglied sein, und meine innige Dankbarkeit würde keine Grenzen kennen. Der Brief war nicht überspannt, ruhig, klar aber sehr innig geschrieben. Ich hielt es direkt für nothwendig, dem Baron auch selbst zu schreiben, denn nun kennt er genau meine Ideen, und weiß, daß er von meiner Seite nur *Gutes* zu erwarten hat. Hätte ich so gar nichts von mir hören lassen, hätte er vielleicht annehmen können, daß mir selbst nichts dran läge, so kennt er meine Intensionen, und weiß wie unsagbar ich dieses Engagement ersehne und wie unbeschreiblich dankbar ich ihm wäre, wenn er mir das erwirkt. Finden Sie das gut lieber Herr Doctor? Nicht wahr, ich glaube ich habe richtig gehandelt. Ich möchte Sie nun von ganzem Herzen ersuchen lieber Herr Doctor, an Ihren so edlen Bemühungen für mein ganzes ferneres Lebensglück nicht nachzulassen! Freunde wie Sie, und Salten vermögen viel, ja Alles! Lassen Sie nicht locker und es wird der Tag kommen, wo ich Ihnen für diesen Schritt den Sie für mich gethan, danken werde. Ich bin ein so kluger, philosophisch gefestigter Mensch geworden, daß es für den Director eine helle Freude sein wird mit mir zu arbeiten! Jeder Mensch der nicht in einer Durchschnittsnacht geboren wurde, muß sich am Zahn der Zeit seine Dummheiten mürbreiben – und heute bin ich in einer so glänzenden Verfassung innerlich, daß Mühe und strengste Pflichterfüllung die Devise meines Lebens sind! Sollte ich nun diese so glorreich errungenen Eigenschaften am Brettel, und nicht auf den ersten Brettern der Kunst vergeuden müssen! Nein – noch habe ich zwei Säulen auf die ich baue – Sie und Felix – darum wirken Sie für mich bis zum Äussersten.

Ewig dankbar Ihre
Adele Sandrock.

Man hat mir für einen Monat im Variete 6000 Mark geboten, jetzt wo ich nicht antworte bieten sie mir 10 000 Mark – aber für diese Cloaque bin ich doch nicht geboren, weiß Gott nein da kann ich doch dem Burgtheater andere Dienste leisten – und ich habe doch so viele Anhänger meiner Kunst in Wien, die doch jubeln würden, wenn ich wieder siegreich in die Burg einziehe. Und da ich besser denn je spiele, so bin ich fest überzeugt, daß ich jetzt dem Theater direckt eine Stütze sein könnte! Darum bitte ich Sie mit aufgehobenen Händen, lieber lieber Herr Doctor – lassen Sie nicht nach, und Gott wird Sie ewig segnen, daß Sie eine Tragödin großen Stiles für diesen kleinlichen Varieterummel bewahrt haben – denn so verlokkend das Geld auch immerhin ist – ein so feinfühliger complizirter Mensch wie ich, würde doch an all diesen Nebengeräuschen das seelische Gehör verlieren, und plötzlich taub dasteh'n für Alles Edle und Gute. Das befürchte ich – darum retten Sie mich, noch ist es Zeit.

Ewig die Ihrige.

Noch habe ich meine Gefühlsnerven nicht ausgeschaltet, noch kann ich die Adele von Einst sein, nein größer als diese es war! – Viele Grüße Ihrer lieben Frau Gemahlin.

[Sa] Charlottenburg den 4. 11. 1910
Leibniz Strasse 60

Lieber, hochverehrter guter, guter, Herr Doctor und edler Freund!

Schon wieder muß ich Sie belästigen, was Sie mir gütigst verzeihen werden, da ich doch in diesen schweren Tagen noch immer der Entscheidung harre vom Baron, und ohne *Ihr Wissen Nichts* unternehmen möchte.

Ich erhielt diesen Antrag nach *Wien!!* 2000 Kronen sind in meiner jetzigen Situation nicht zu verwerten. Mein Auftreten besteht darin, daß ich allabendlich eine halbe Stunde streng literarische Sachen vortragen soll!

Das Geld wäre also *ehrlich und auf* künstlerischem Boden zu verdienen.

Nun will ich nicht dem *Baron eine* Entscheidung telefoniren, weil das den Anschein eines *Drucks,* auf seine Entschließung erwecken könnte.

Andererseits hingegen ist doch *diese Summe* nicht von der

Hand zu weisen, da es doch auch *ehrlich* in der Kunst hergeht, und ich nicht die Schmach des *Varietes* und der *Rauchcalamitäten* zu ertragen hätte.
Am 18. November spiele ich hier die Elektra von *Wildbrand* bearbeitet in der Literarischen Gesellschaft. Diese Vorstellung soll 2 mal wiederholt werden.
Wenn mich das geliebte, einzig schöne Burgtheater wünscht, würde ich *selbstredend alle Brücken* hinter mir abbrechen, und auf Flügeln des gesprochenen Wortes nach Wien *stürzen!* Und *welch* eine Stütze könnte ich dem Baron sein. Ich habe in den letzten Tagen seinen Brief durchgearbeitet über seine *Hamburger Dramaturgie.* Wie würde ich mich mit diesem Geist verstehen – er redet darin mir aus der Seele – und das ist doch viel werth, wenn sich zwei Menschen auf künstlerischem Boden *derartig* vereinigen könnten, wie unsere Gesinnungen es da in klarste Aussicht stellen. Bei Gott, lieber Herr Doctor, ich fühle es in meinem Hirnkasten, was ich da unter dieser grandiosen Leitung schaffen könnte und *würde!!!*
Sie können sich denken, wie ich diese Tage jetzt hinlebe! Jeden Postboten auf der Straße frage ich haben Sie keinen Brief für mich??? Ich bin halb toll, denn die Aussicht nach Wien zu kommen dort noch einige Jahre im Vollbesitz meiner Geistigen und Körperlichen Kraft *siegreich* wirken zu können, und dann *Österreichs* Grund und Boden den ewigen Schlaf antreten zu können, aus dem es kein Erwachen mehr gibt, der Gedanke macht mich jetzt *untauglich* zur Arbeit. Und doch muß mein armes Hirn *weiterspinnen* denn Adele hat ihre liebe gute Mutter zu ernähren und die Schwester! Da heißt es *Vorwärts!* Also was thun jetzt, lieber Herr Doctor?? Soll ich nach Wien kommen im Dezember, und dort die Vorlesung halten? Ich selbst viel mehr dafür gestimmt nach so langjähriger Abwesenheit mich dem Publikum von der Bühne herab zu zeigen! Ich würde mir dann doch die ganze Wirkung, wenn die hohe Intendanz sich entschließt, mich wieder zu engagieren, mir diese *herrliche* Wirkung des Wiederauftretens im Burgtheater bringen! Bitte – lieber guter edler Freund – beraten Sie mit Felix Salten was da zu thun, und *telegrafiren* Sie mir Ihre Entscheidung! Ich will in dieser Sache nicht an den Baron herantreten, und ihm ruhig die Zeit zu seiner *gewiß nicht leichten* Angelegenheit zu lassen. Sie

waren so gütig und menschenfreundlich, sich meiner anzunehmen thun Sie auch das für mich.
Ewig dankerfüllt mit vielen vielen Grüßen,

Ihre Adele Sandrock.

Viele Grüße Ihrer Frau Gemahlin.

Als Adele Sandrock im Februar 1911 nach Wien kommt, um an der Kleinen Bühne als »Medea« des Euripides zu gastieren, hofft sie noch auf das Burgtheater.
Die Presse zeigt sich wenig beeindruckt, die Sandrock nach sechsjähriger Abwesenheit wieder auf einer Wiener Bühne zu sehen. Man ist sehr höflich und konstatiert »noch immer die ganze Wucht und Größe der Tragödin« (Abendpost, 9.2.1911), man meint, sie hätte »an geistiger Bedeutung gewiß nichts verloren« (Neue Freie Presse, 9.2.1911). Das Satyrspiel, das sie an die Tragödie anhängt, »Die Witwe von Ephesos« von Julius Berstl, wird allgemein als unnötig empfunden.
Aber das Wiener Publikum beweist seine oft gerühmte Treue:

»Stürmischer Beifall rief die Künstlerin immer wieder hervor. Als der Applaus kein Ende nehmen wollte, trat Adele Sandrock vor und sagte: ›Tausend Dank! Das ist ein Wiener Erfolg...‹« (Neue Freie Presse, 9.2.1911)

Bei dieser Gelegenheit sehen Schnitzler und Adele Sandrock einander wieder:

[TB] 10.2.1911
N[ach]m[ittag] erschien Adele Sandrock, – gastirt hier Kl[eine] Bühne in Euripides Medea; – sieht aus wie eine Hebamme; alt und ärmlich. Betrachtet ihre Lage ruhig; hofft wenig mehr aufs Burgtheater, will zur Schratt gehn; ist ohne Engagement, hat Variété Anträge. – »Alles geht...«

[TB] 16.2.1911
In der Kl[einen] Bühne (Wollzeile), mit Gustav. Sandrock als Medea von Euripides; als Witwe von Ephesus in einer Albernheit, Berstl. Immer noch das große Talent; aber wie traurig in dieser Umgebung. Willy, die Schwester, führt mich in die Garderobe, wo auch die Mutter. Wie unter schlechten

äußern Umständen gleich der Typ herauskommt. – Die Schratt, bei der Willy war, sei für das Burgtheater-Engagement; ich möge mit Berger reden. Willy noch leidlich aussehend, Schmuck, falsch? – Mutter und Dilly kläglich. –

[TB] 17.2.1911
Burg; [...] Am Ende Berger wegen der Sandrock

[Sa] Charlottenburg 23. III. 1911
Leibnitz Strasse 60

Sehr geehrter, lieber Herr Doctor.
Vollständig zusammengebrochen an Leib und Seele, bin ich vor Verzweiflung von Wien fortgefahren! Fühlte ich doch den Zusammenbruch meiner Gesundheit, und wenn ich in dem schrecklichen theuren Hotel noch wochenlang krank gelegen wäre, dann wäre mein Elend unabsehbar geworden. Das ist es auch ohnedies! Die bodenlose Schlechtigkeit der Menschen hat mich jetzt *vollständig* gebrochen! Das ein Mensch, der so seine Pflicht erfüllt, in solchem wiederlichen Rummel der Niedertracht hineinkommen kann, das ist genug um daran zu *verzweifeln.* Die Frau Guttmann von der kleinen Bühne hat direckt einen Mord an mir begangen, denn ich habe einen Nervenschock erlitten, durch all diese Gemeinheiten dieser Frau, und bin jetzt unfähig zu arbeiten! Und über die Behandlung die mir der Berger und der Rosenbaum angethan – daß die zwei Menschen mir prinzipiell nicht einen einzigen bitter, direkt flehenden Brief beantwortet haben, daß man mich behandelte, nicht wie eine Dame, wie eine Künstlerin – sondern wie eine Dirne – daß hat mir noch den Rest gegeben! Soviel hätte man doch meiner Kunst wenigstens achten können, daß mir einer der Herren geschrieben hätte »Wir bedauern, aber wir haben keine Verwendung für Sie.« So ließ man mich tagelang in dem theuren Hotel sitzen, ohne sich zu rühren, und ich hatte so dringend gebeten um Antwort. Oh, Herr Doctor – ich habe mich ja so bodenlos erniedrigt, ich habe mich angeboten, habe mich geduckt und gekuscht, wie ein Hund – und schäme mich vor mir selber wenn ich mein Gesicht im Spiegel sehe, daß ich so sinken mußte um Nichts, um Nichts. Ich bin ja so krank in meiner Seele, daß ich jetzt nicht mehr weiß was beginnen. Ich bat Sie ganz harmlos, für einen Einakter fürs Variete. Da kam

Ihr liebes Telegramm, was wie ein Blitz einschlug! Das war am 14. Okt. heute haben wir bald April, das sind 6 lange Monate, wo mich die Erregung verzehrt – wirst Du engagiert, oder nicht. Ich frug noch bei Ihnen an, bevor ich mit der kleinen Bühne abschloß, kann mir das Auftreten dort nicht schaden, nein, war ihre Antwort, ein Erfolg könnte nur nützen. Der Erfolg war da, und Nichts hörte ich. Und jetzt wo Monate verlaufen sind – und ich um mein Geld frug, weil ich ein armer, armer Teufel bin – jetzt sagte mir Salten per Telephon – Du hättest nicht um Dein Geld klagen sollen, denn nun hat Berger vor Deinen Leuten Angst. – Was haben nun meine Leute mit der Unanständigkeit der Frau Guttmann zu thun! Was können nun die dafür! Und zu Gericht mußten sie, weil sie einfach vorgeladen wurden! Nein, es war nie die Absicht von Berger mich zu nehmen, und er war zu feige das Ihnen zu sagen, weil Sie jetzt in Wien Alles sind, und er Sie braucht. Aber als Cavalier, hätte er mir doch antworten können, ja oder nein! –
Ich bin von dieser Behandlung todtkrank Herr Doctor, und das Schlimmste ist jetzt, daß ich in mindestens 6–8 Wochen Nichts unternehmen kann, weil meine Nerven total caput sind. Da ich Nichts verdiene, leidet auch meine Mutter Hunger, und das bringt mich noch ins Irrenhaus vor Schmerz. Ich werde mich ja schon wieder erholen, werde mir wieder Arbeit suchen, aber jetzt kann ich Nichts unternehmen, weil ich in Wien von all diesen Enttäuschungen nervenkrank wurde.
Herr Doctor Schnitzler – ich weiß jetzt nicht, was ich anfangen soll! Ich bitte Sie leihen Sie mir tausend Kronen, damit ich wenigstens 6 Wochen ausspannen kann und meine Gesundheit wieder herstellen. Ich bitte Sie, lieber, lieber Herr Doctor – ich habe Nichts mehr in Besitz, denn gerade mein Verdienst, die 950 Kronen, die für mein Leben für 2 Monate bestimmt waren, haben mir die bösen Menschen nicht gezahlt. Lieber Herr Doctor – helfen Sie mir, ich bitte Sie innig! Ich hungere bereits, denn ich bin aus Wien gekommen, mit Nichts – mit gar Nichts. Ich werde es Ihnen ehrlich zurück geben. Sie sind doch so gut, wirklich so seelensgut – denken Sie doch wie weh daß thut um Geld bitten zu müssen, ich weiß mir ja keinen Rath, denn ich bin jetzt krank und hungere. Das habe ich nie gedacht, daß ich so von Wien

zurück kommen sollte, und am allertiefsten hat mich die rücksichtslose Behandlung Bergers geschmerzt. Ihnen danke ich noch herzlich, lieber Herr Doctor für Ihre lieben Bemühung. Sie sind eine wahrhaft vornehme Natur – darum sind Sie auch so ein herrlicher Dichter! Lieber Herr Doctor, helfen Sie mir, ich bitte Sie nochmals – sowie ich arbeiten kann, dann gebe ich Ihnen, Alles ehrlich zurück. Bitte antworten Sie mir – denn sonst bleibt mir nur noch das Ende!

In Verzweiflung Ihre total gebrochene
Adele Sandrock

[TB] 25.3.1911
Brief von der Sandrock, der Verzweiflung, dem Verhungern nah; möchte tausend Kronen.

[TB] 27.3.1911
V[or]m[ittag] Burgth[eater] bei Rosenbaum [...] Dann über das Engagement der Sandrock, von der ich einen verzweifelten Brief (um 1000 Kr[onen] flehend – ich sandte 100) erhalten; wenig Geneigtheit. Es hängt natürlich nur von Berger ab, der nun aber trotz seines Versprechens die Verantwortung nicht übernehmen will. Gnadengehalt ev[entuell]. Wozu, frage ich, da sie doch als Schauspielerin gebraucht werden kann.

[Sa]

1/4. 11 [Von Schnitzler handschriftlich datiert]

Sehr werther Herr Doctor.
Entschuldigen Sie, daß ich erst heute Antworte, ich bin nervenkrank vor Sorgen. Vielen Dank für Ihre Freundschaft. Ich bin so trostlos, daß ich nicht weiß was anzufangen.

Ihre sehr ergebene
Adele Sandrock

Während sich Schnitzler 1912, als er seinen 50. Geburtstag feiert, auf dem Höhepunkt seines Erfolges befindet, reist eine Adele Sandrock, die am Ende ihrer Kunst, ihrer Karriere und ihrer Nerven zu sein scheint, von Ort zu Ort und fragt bei dem alten Freund an, ob er ihr nicht etwas zum Vorlesen senden kann.

[Sa] Charlottenburg, 5. 1. 13
Leibnizstr. 60

Lieber Herr Doctor Schnitzler.
Ich mache eine *große Vorlesetournee* durch ganz *Deutschland* und *Österreich*. Ihr *großer herrlicher* Name soll der *Triumph* sein. Bitte, senden Sie mir eine Novelle oder mehrere Sachen, die ich da vorlesen kann. Vielleicht haben Sie die *große Güte*, mir eine kurze Skizze zu schreiben, damit ich eine Novität hätte. Zeitdauer 15 Minuten. Ich bitte Sie herzlich, mir diesen großen Gefallen zu thun. – Die Tournee wird durch ganz Deutschland und Österreich gehen – und Ihr herrlicher Name soll da glänzen und Cassa machen. Lieber Doctor – tun Sie mir den Gefallen – ich bitte Sie herzlichst. Am 12. Februar fange ich in Berlin im [unleserlich] Vorort an – dann geht es weiter. Senden Sie mir also frühzeitig eine Sache – thun Sie es aus alter ehrlicher Freundschaft zu mir.
Herzliche Grüße für Ihre liebe Frau Gemahlin und für Sie

Ihre stets getreue Sie hoch verehrende
Adele Sandrock

Viele Grüße von Mama und Willi.

Adele, die »Löwin mit zerzaustem Fell«, wie Tilla Durieux sie nannte, erregte das Mitleid ihrer Kollegen. Sie wissen, daß kein Direktor sie an seinem Theater haben will.
Tilla Durieux, die damals ein Theater eröffnen will, bietet ihr die Hand zu einem neuen Beginn:

Wir schätzten sie sehr und waren überzeugt, sie würde eines Tages wieder ihren Platz in der Theaterwelt einnehmen. Wer aber sollte mit ihr verhandeln? Obwohl ich mich sträubte, wurde mein Besuch bei ihr angemeldet.
Sie hatte noch ihre alte große Wohnung beibehalten, in der sie mit ihrer Schwester hauste. Als ich klingelte, öffnete mir ein schlampiges Mädchen, das mich in einen Salon führte. Dort ließ man mich lange warten. So hatte ich Gelegenheit, mich gründlich umzusehen. Spielerische Goldsesselchen mit dünnen Beinchen standen herum, so zierlich, daß ich mich in Erinnerung an Adeles gewichtige Körpermassen wunderte, daß sie noch nicht geknickt waren. Da gab es Vitrinen mit verstaubten Lorbeerkränzen und ähnlichem Krimskrams, nicht zu reden von schrecklichen Bildern und Porträts, die sie

in verschiedenen Rollen zeigten. Endlich erschien das Mädchen wieder und führte mich durch ein Speisezimmer, vollgestopft mit altdeutschen Schauerlichkeiten. Dann tat sich die Tür zu einem kleinen, schmalen Zimmerchen auf, da saß sie, Adele, auf einem goldenen Königsstuhl, der auf einem mottenzerfressenen Eisbärfell prangte. Außer diesem Thron befand sich im Zimmer keine Sitzgelegenheit, so daß ich mich also ehrerbietig »nahete« und stehend mein Anliegen vorbringen mußte. Ich sprach zuerst von unserer Verehrung für sie, dann erzählte ich von der Neugründung des Theaters. Sie nahm es gnädig auf. Dann erwähnte ich die Gage, und sie stieß einen Ton der Befriedigung aus. Jetzt aber kam das bittere Ende.

Die Eröffnungsvorstellung sollte »Der Vater« von Strindberg sein, Wegener war als Vater gedacht, ich als Frau, die Amme aber sollte die Sandrock spielen. Ihr Gesicht überzog sich mit einer Zorneswolke; da legte ich ihr rasch Ibsens »Frau Inger von Östrot« mit der Hauptrolle für sie als zweite Vorstellung zu Füßen, ließ nochmals die Gage klingeln, und die Arme, sorgenbedrückt, gab nach.

Es ist sehr billig, über eine Schauspielerin zu lachen, die ihrem Alter nicht Rechnung tragen will, aber es ist ein schwerer Entschluß, von Jugend und Glanz Abschied zu nehmen. Manche können es nie. Was im privaten Leben leise hinüberführt, die Kinder, die mitalternden Freunde, nichts mildert am Theater den Verzicht auf alles, was bisher das Leben so reich machte, und bei einer Frau wie Adele Sandrock kam noch die Beziehung zum Manne dazu. Sie tat mir leid, aber ich wußte, daß mein Anerbieten für sie eine Rettung bedeutete, und da wir sie wirklich schätzten, hatten wir nur Gutes für sie im Sinn.

Nach einem starken inneren Kampf sagte sie also zu, ließ sich nun aber nicht davon abbringen, mir die Wohnung genau zu zeigen. Sie steuerte auf den Salon zu. Hier mußte ich die Beschreibung jeder einzelnen Siegestrophäe über mich ergehen lassen. Hierauf führte sie mich in ihr Schlafzimmer. Aber um Ihr Bett stand ein Paravent ganz aus Spiegeln, und auch im Plafond, oberhalb des Bettes, war ein großer Spiegel eingelassen.

Der Krieg zerstörte unseren Plan mit dem Theater. Die Sandrock aber erzählte: Diese Durieux, diese Schlange, wollte, daß ich eine alte Amme spiele, aber Gott ließ den Krieg kommen und vereitelte den Plan.«

Als sich auch diese Hoffnung zerschlagen hat, erhält Schnitzler wieder einen Brief von Adele Sandrock.

[Sa] Charlottenburg
Mittwoch 1914

Lieber *theurer* Freund.
Jetzt seh'n Sie selbst, wie das Schicksal ehrliche, arbeitsame Menschen *vernichten* kann. Für mich brauchte dieser unglückselige *Krieg nicht* erst auszubrechen – um meine Lage zu verschlimmern. Mich haben die lieben Direktoren auch ohne Krieg verhungern lassen, und [unleserlich] dieser Hund gab mir Brot und einen Verdienst. Nur jetzt, wo die Not da ist, da finden mich plötzlich die Leute und bitten mich, umsonst meine hohe hehre Kunst in den Dienst der Wohltätigkeit für arme Schauspieler zu stellen! Ich lache einfach dazu! – Wie habe ich gebettelt, um nur zweihundert Mark um mich und die meinen zu erhalten – nichts – gar nichts – fünfzig Mark die Sie lieber Freund, mir schickten, das war alles. Na, Sie haben doch noch Ihre große herrliche Reise nach Italien gemacht – und werden wohl in der Lage sein diesen Krieg ruhig abwarten zu können. Sie haben Vermögen und können auch mal ein Jahr abwarten!! Wie *elend* bin *ich* aber dran. Frau Durieux hat sich *natürlich zurückgezogen* und eröffnet das Theater *nicht. Die* engagierten Künstler aber wollen auf eigene Rechnung spielen, und da erhält jedes Mitglied 75 Mark monatlich! Ich habe natürlich mich diesen Leuten angeschlossen, denn 75 Mark ist doch wenigstens etwas. *Was* ich aber *leide,* davon machen Sie sich keinen Begriff. Mutter, die stets gewöhnt war mit Tausendern zu rechnen, hat absolut keinen Begriff für den völligen *Zusammenbruch* meiner Existenz. Sie sagt die Miete muß da sein – die Steuer muß bezahlt werden. – Der Arzt muß jeden Tag kommen – Arzneien müssen da sein – und alles soll so seinen Gang gehen, als wie ich 2400 Gulden Gage hätte. Und ich bin verzweifelt und eine *Leiche* geworden vor Sorgen! Nein – der Krieg, der ist mir nur günstig, da muß der Hausherr auf die Miete warten. Ich bin vor Sorgen und Elend so zerstört, daß ich überhaupt nicht mehr reden kann. Ich liege täglich bis drei

Uhr nachmittags im Bett, nur um den Tag nicht zu erleben – dann krieche ich heraus und sitze stumpfsinnig bis abends, esse eine saure kalte Milch und krieche um sieben Uhr Abends wieder ins Bett. Das ist mein Leben!! Der einzige Trost, der mir in meinem grenzenlosen Jammer bleibt ist der, daß jetzt auch andere Menschen mal wissen – was Sorgen und Elend ist. Ich bin vollständig vom Schicksal und von der Niedertracht der Menschen gebrochen!! Gott mit Ihnen, aber ich bin für diese Welt erledigt.

Ihre Adele

Was nützen jetzt Moden! Ist es da nicht besser, die Menschen kleiden sich so einfach wie ich? Und wie haben Sie mich stets verhöhnt wegen meiner Einfachheit! –
Jetzt werden die Weiber von der Polizei bestraft, wegen Ihrer brutalen Kleidung. Grüßen Sie Ihre liebe Frau von uns allen.

[Sa] 10. 9. 1914 Charlottenburg
Theurer Freund
Innigen Dank. Ich finde Ihre Güthe rührend! Es sind furchtbare Tage jetzt.

Herzlichst Ihre Sandrock.

1000 Grüße Ihrer lieben Frau.

[Olga Schnitzler an Elisabeth Steinrück] 15. 9. 1914
Was Du über die Tragödin A. S. schreibst, ist auch echt! sie hat diese uralte Mutter zu ernähren, – na, Lischen, – es ist leicht, aber nicht schön, sie auf die 20 Pfennig-Küche zu verweisen! abgesehen davon, dass man auch sonst noch was zum Leben braucht. Die Frau ist weit über 50. –

Mit dem Weltkrieg und dem Untergang der Habsburger-Monarchie bricht auch für Schnitzler eine neue Zeit an. Er sieht sich als »Dichter einer versunkenen Welt« etikettiert und zum »alten Eisen« geworfen. Die Theaterdirektoren, die ihn schätzen und sein Werk pflegten – Otto Brahm, Alfred Berger –, sind tot. Als unzureichende Zuflucht bleiben ihm nur die Berliner Bühnen Viktor Barnowskys. Dort landet auch Adele Sandrock. Für sie wenden sich die Verhältnisse langsam zum besseren. 1915 dreht sie ihren ersten Film, und von 1920 an wird ihre Filmkarriere nicht mehr abreißen. Und kaum geht es Adele etwas besser, ist sie die alte: da ist der bekannte Überschwang in ihrem Brief an Schnitzler, ja, da ist sogar das huldvolle Anerbieten, den Dichter für seine Bemühungen zu honorieren, wenn er ihr einen Film schreibt...

[Sa] Charlottenburg den 3. Oktober 1915
Leibnizstr. 60

Lieber – hochverehrter Doctor Schnitzler.
Heute war ich im Theater und sah Ihr herrlich geistvolles entzückendes Stück »Zwischenspiel«. Wie danke ich Ihnen für den Genuß. Ich war begeistert und labte mich an diesen geistvollen Dialogen. Nicht ein unanständiges Wort, jeder Satz eine geistvolle Pointe, ich sah Sie förmlich vor mir und konnte den Gedanken nicht loswerden daß Sie selbst der Kapellmeister sind, und Ihre Frau die Sängerin. Gespielt wurde glänzend. Nur die Servaes als Frau war zu wenig interessant, weil zu hausbacken. Götz als Kapellmeister war sehr gut und Forrest als Freund geradezu einzig. Bei der Stelle im Telegramm 71 mal gerufen, habe ich so laut gelacht daß ein Bravo durch das ganze Haus ging. Herrliche, geistvolle Sachen kommen drin vor, und der zweite Aktschluß ist einzig schön. Gott, was sind Sie für ein himmlischer Dichter, der erste den wir haben. Es war ein einziger schöner Abend. Ich hätte die Rolle anders gespielt, ja lieber Doctor, 20 Jahre jünger und ich wäre mit dieser Rolle gastieren gegangen. Schreiben Sie doch jetzt einen Film für mich. Ich bin gerne bereit, Ihnen 2000 Mark zu zahlen, ich habe jetzt einen Film gespielt, und der ist glänzend ausgefallen. Die Beichte einer Verurtheilten. Schreiben Sie mit Ihrer herrlichen Phantasie mir doch einen Film, eine ganz große Sache, da können wir beide viel Geld damit verdienen. So eine ältere große Demimonde, die durch sämtliche Schicksale des Lebens elend verkommt – und zum Schluß noch mit dem Mann Ihres eigenen Kindes durchgeht und der auch sie verläßt, zur Verbrecherin wird – na das muß eine große Sache werden. Überlegen Sie sich das mal – ich habe eine Firma die gewiß 2000 Mark dafür zahlt, wenn ich sie spiele und ich könnte mir auch viel damit verdienen. Ich habe ein großes Talent für die Film-Dramatik, und habe jetzt herrliche Bilder gestellt. Das wäre doch einzig schön und lieb von Ihnen, wenn Sie das mir zuliebe thäten! Ich bin bei Barnowsky engagiert, gehe aber leider dort spazieren. So ein thatenloses Leben tötet mich und

ich spiele besser und tiefer denn je. Mit der undankbaren Regentin in Egmont spielte ich hier zur höchsten Freude der Menschen. Weil sie mich aber absolut nicht beschäftigen wollen, möchte ich mich auf das Kino verlegen, und da bitte ich *Sie herzlich*, mir einen Film zu schreiben. Das gibt eine große Sensation, gelt, und sicheren Erfolg. Wie geht es Ihnen sonst? Wie Ihrer lieben Frau? Was macht ihre Stimme? Singt sie noch – oder ist sie jetzt nur Hausfrau?
Wo sind die schönen Wiener Zeiten von ehedem, wo ich Ihre herrliche Christine spielte? Ach, wie so ganz anders ist jetzt die Welt? Heute abend lachte mir das Herz, als ich Ihre Worte hörte ich war tief ergriffen in alter Erinnerung. Wie edel und vornehm sind Sie in Ihrer Kunst geblieben, eine geistige Weise [?] Ihnen zuzuhören.
Was ist mit meinem geliebten unvergeßlichen Wien? Gebe es da kein Mittel mehr je hinzukommen! Ich bin in der vollen Kraft meiner Talente und hätte noch so viel Schönes der Welt zu geben – und alle lassen mich spatzieren geh'n. Mein Leben als Künstlerin wäre der rührendste Film, hätte ich die Gabe, ich wollte eine Sache schreiben die den Leuten das Blut in den Adern stocken ließe. Also nochmals innigen Dank für den herrlichen einzigen Genuß.

Herzlichst Ihre
Adele Sandrock

Ihrer geliebten Frau Gemahlin herzliche Grüße! Meine Stimme ist jetzt sehr schön. Von Mammi und Willy herzliche Grüße, ich habe Ihnen alles begeistert erzählt.

Schnitzler sieht den Film, von dem Adele Sandrock schrieb – und ist entsetzt.

[TB] 11.6.1917
Mit O[lga] Kino. Ein fürchterliches Stück »Die Beichte des Verurtheilten« – Adele Sandrock in der Hauptrolle – Ein altes gedunsenes Weib – und bettelarm.

1920 wird Adele Sandrock »entdeckt«. An der Neuen Freien Volksbühne spielt sie in Oscar Wildes »Bunbury«. Sie gibt die Lady Bracknell in einem Kostüm aus ihrer Wiener Zeit und gebärdet sich wie ein Relikt einer vergangenen Epoche. Viele

Zeugen behaupten, sie hätte nicht gewußt, wie komisch sie wirkte. Aber sie war stets eine »gescheite« Schauspielerin, und sobald sie ihre unbewußt erreichten Wirkungen erkannte, hat sie sie auch bewußt eingesetzt.
»Bunbury« spielt Adele Sandrock immer wieder. Hubert von Meyerinck, der später ihr Partner in diesem Stück ist, überliefert, wie Adele die »komische Alte« regelrecht zelebrierte:

Was haben wir drei, Du, Rudolf Platte und ich, am Schluß von »Bunbury« gelacht, wenn der Vorhang sich immer wieder hob und Du uns, Dich selbst ironisierend, sagtest: »Und nun, Klamauk, meine Jungens.« Und dann küßten wir Dir beide Hände unter dem Beifall des Publikums, während Du beschämt tatest über so viel Aufmerksamkeit. Und das war doch alles vorher probiert.

»Die komische Alte« und der deutsche Film zusammengenommen, schenken Adele Sandrock eine beispiellose zweite Karriere, sichern ihr Nachruhm und Unsterblichkeit in einem Ausmaß, wie sie der Tragödin des Burgtheaters, der Virtuosin der Jahrhundertwende allein nie zuteil geworden wären.
Für Schnitzler ist 1920 dagegen kein glückliches Jahr. Im Dezember wird der »Reigen« in Berlin uraufgeführt, und mit dem Berliner »Reigen«-Prozeß sowie den »Reigen«-Krawallen, zu denen es im Jahr darauf in Wien kommt, wirft der Antisemitismus seine gefährlichen Schatten nicht nur auf Schnitzlers Leben.
Ein Vierteljahrhundert liegt die Beziehung des Dichters und der Schauspielerin zurück, aber Alfred Kerr (der allerdings ein intimer Kenner und liebender Verehrer des Schnitzlerschen Werks ist) erkennt »die Schauspielerin« sofort. Am 24. Dezember 1920 schreibt er im Berliner Tagblatt:

Die Rolle schreit, brüllt nach der Sandrock, – wo die noch keine grauen Herzoginnen gab. Fräulein Dregon war liebenswürdig – aber die Gestalt braucht noch mehr Feierliches, Unzusammenhängendes, Erhaben-Hundeschnäuziges, Unbeirrbar-Ruhevolles – daß man vom Stuhl fällt.

Vom Stuhl fällt Berlin über die echte Sandrock, über die Komikerin, begeistert ist das deutschsprachige Publikum

über die komische Alte des deutschen Films, die 1935/36 auf Grund einer Rundfrage zur beliebtesten Filmschauspielerin Deutschlands erkoren wird. Ihre berühmtesten Filme sind: »Die englische Heirat«, »Eva«, »Der Kampf mit dem Drachen«, »Alles hört auf mein Kommando«, »Amphitryon«. Es gibt keine Sandrock-Filmographie, aber verschiedene Zählungen sind bis zu 134 Titeln gekommen.
Adele wird also zum lebenden Denkmal. »Sie besaß das Format einer Herrscherin und wurde von allen, die sie kannten und liebten, als Herrscherin akzeptiert«, heißt es bei Ludwig Berger. Als Anekdotenlieferantin, aber auch als Mensch sichert sich Adele in den Memoiren ihrer Kollegen einen festen Platz.
Während die Sandrock eine kometengleiche zweite Karriere erlebt, wird Schnitzler von vielen Schicksalsschlägen getroffen: seine Ehe wird geschieden, seine Tochter stirbt durch Selbstmord, ein schweres Ohrenleiden und die Angriffe auf sein Werk durch den neuen »Zeitgeist« verdüstern sein Dasein. Viele Jahre lang, 1911 beginnend, dann 1927/28 und zuletzt von 1928 bis 1930, schreibt er an einem Stück, das den Titel »Zug der Schatten« trägt. Die »Schnitzler-Welt« wird darin lebendig. Noch einmal ist da das Wien um 1900, die Welt des Theaters und des Kaffeehauses. Und das Stück, das von den Schauspielern im Stück geprobt wird, ist – »Das Märchen«. Und Adele ist auch dabei, als Diva Roveda, die wörtlich Aussprüche von Adele Sandrock von sich gibt...
Schnitzler hat Adele 1922 in Berlin getroffen, als zu seinem 60. Geburtstag im Residenztheater »Das weite Land« aufgeführt wird.

[TB] 13.5.1922
Adele Sandrock, Dilly, jetzt hier angagiert begrüßt mich u[nd] fällt mir um den Hals.

Zum letzten Mal sieht er sie im Mai 1931 in Wien auf der Bühne. Sie kommt mit ihren Erfolgsrollen als Gast an »ihr« Deutsches Volkstheater.

[TB] 5.5.1931
Ab[en]ds mit C[lara] P[ollaczek] im Volksth[eater] Wilde, Bunbury; – die Sandrock spielt die alte Lady – uralt – grotesk – mit selbstironisierendem Pathos.

Sie findet ihn übrigens auch »alt«. Eine nicht verbürgte, aber wahrscheinliche Bemerkung darüber überliefert Hubert von Meyerinck:

Du hattest von seiner Anwesenheit gehört, und neugierig schlichst Du Dich vor Beginn der Vorstellung zu dem Guckloch im Vorhang. Du pralltest entsetzt zurück: »Gott – ist der Mensch alt geworden!« Deine eigenen Jahre hattest Du vergessen.

Zum letzten Mal begeistert Adele Sandrock das Wiener Publikum, die Wiener Kritik. Ernst Lothar schreibt am 5. Mai 1931 in der Neuen Freien Presse:

Der ebenso unentbehrlichen Komödientante aber hat sich Adele Sandrock angenommen. Nach vielen Triumphen an die Stätte zurückgekehrt, wo ihr Triumph begann, fand sie im ersten Augenblick wieder, was sie nie verloren hatte: die Bewunderung der Wiener. Die mimische Grandezza; das Heroinenorgan, dessen Oktave vom Pathos zum Gelächter reicht; der überlegene Sarkasmus, auf den sie Fragen und Antworten wie auf eine Glasplatte stellte, durch die man den Theaterantworten auf den Abgrund der Dummheit oder Gemeinheit sieht; die Gabe, anmutig, grotesk und mit Würde infam zu sein; die leidenschaftliche Theaterkraft, die in ihr ungebrochen lebt: all diese Summanden addierte das Publikum zum Beifallssturm, womit es die Meisterin willkommen hieß.

Arthur Schnitzler stirbt am 31. Oktober dieses Jahres. Adele Sandrock schreibt an seinen Sohn einen Kondolenzbrief, der allerdings so unkonventionell ausfällt, wie es ihrer Persönlichkeit entspricht.

[Sa] Am 1. November 1931

Lieber, sehr geehrter Herr Heinrich Schnitzler,
bis zum heutigen Tage war es mir noch nicht möglich, einige ruhige Gedanken zu fassen, über den unersetzlichen Verlust Ihres von mir so hochverehrten Herrn Vaters. So spreche ich Ihnen heute mein tiefstes inniges Beileid aus, und wenn es auch für einen solchen Schmerz keinen Trost gibt, so können

Sie sich doch daran aufranken, daß ganz Österreich und Deutschland um diesen herrlichen Dichter trauert. Mich, die ich das Glück hatte, die Anfänge seiner Dichterlaufbahn mitzuerleben, hat sein Heimgang besonders schmerzlich berührt.
Da ich mir sehr gut vorstellen kann, wie sehr Sie jetzt der Ruhe bedürfen und ich von Frau Dernburg, bei der Sie jahrelang wohnten, hörte, wie sehr Sie die Ruhe schätzen und suchen, erlaube ich mir, Sie auf eine möblierte Wohnung aufmerksam zu machen, wo Sie dies Alles in einer Villa im Grunewald, Königsallee 45 bei Frau Dr. Hirschberg, in herrlichem Garten und am See gelegen, finden. Wohnung und Garten sind bezaubernd. Jedenfalls wäre es sehr ratsam, da so etwas selten zu haben ist, sich die Wohnung anzusehen.
Nur die Arbeit kann uns über solche schwere Schicksalsschläge hinweghelfen. Indem ich Ihnen mehrmals die Versicherung meiner innigsten Teilnahme gebe, verbleibe ich

mit schmerzlichem Gruss
Adele Sandrock

Berlin-Charlottenburg
Leibnizstr. 60

Adele Sandrock überlebt Schnitzler um sechs Jahre. In dieser Zeit arbeitet sie unermüdlich, bis ein schwerer Unfall sie ans Bett fesselt. Sie stirbt am 30. August 1937 in Berlin. Wilhelmine läßt ihren Leichnam nach Wien überführen und am Matzleinsdorfer Friedhof beisetzen. So ist Adele Sandrock in derselben Stadt begraben wie Arthur Schnitzler.
In Adeles Memoiren, die 1940 erscheinen, kommt der Name Arthur Schnitzlers nicht vor. Das ist sicher auf die redigierende Hand von Wilhelmine Sandrock zurückzuführen, die, dem Zeitgeist gehorchend, »unserem Führer« und »Herrn Reichsminister Goebbels« Reverenz erweist und vorsichtshalber so gut wie keine Juden in dem Buch vorkommen läßt.
Olga Tschechowa aber erzählt, und man glaubt es ihr nur zu gern, daß Adele Sandrock Hitler unterbrach, als dieser gesprächsweise bedauerte, daß früher so viele jüdische Schauspieler in Deutschland zu Ruhm und Ehren gekommen seien. »Herr Reichskanzler«, meinte sie, »lassen wir dieses Thema.

Ich möchte da nichts hören. Aber – falls es Sie interessiert und unter uns: Meine besten Liebhaber waren immer Juden!«
Alles, was man in Adele Sandrocks Memoiren über ihre privaten Verhältnisse liest, ist:

> Eine tiefe, sehr tiefe Neigung trug ich im Herzen, aber diese geht mit mir ins Grab, und niemand wird ahnen, wem sie gegolten hat.

Burckhard? Roda Roda? Schnitzler? Olga Tschechowa jedenfalls überliefert uns diesen Ausspruch Adeles: »Du weißt, daß Arthur Schnitzler meine große Liebe war ...?«

»Alt geworden«

In ihren späteren Lebensjahren sahen Adele Sandrock und Arthur Schnitzler einander nur noch selten. Jeder stellte bei sich nur fest, wie »alt« der andere geworden war.

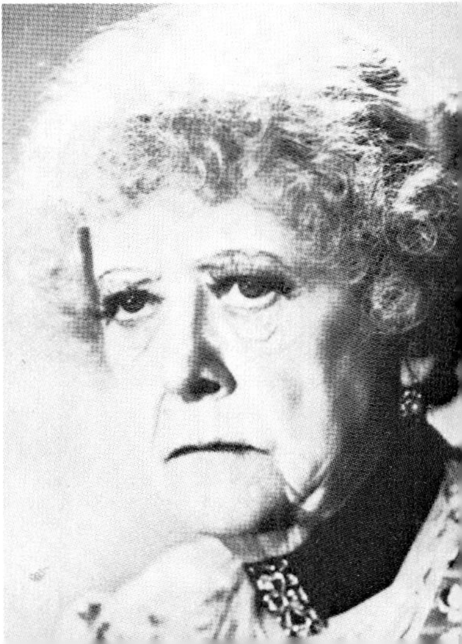

Adele, wie sie jeder kennt

Als »komische Alte« des deutschen Films wurde Adele Sandrock so populär, daß sie aus einer Umfrage 1935/36 als beliebteste Filmschauspielerin Deutschlands hervorging. Schnitzler, der 1931 starb, erlebte ihre zweite große Karriere nicht mehr in vollem Ausmaß.

Adele Sandrocks Episodenauftritte setzten in zahlreichen Filmen humoristische Glanzlichter. In »Die Töchter Ihrer Exzellenz« (Bild oben; mit Fritz Imhoff) gab sie eine ihrer bekannten grimmig-mürrischen Tanten, vor deren Kommandoton alle zitterten. In »Amphitryon« (Bild unten; mit Willy Fritsch) war sie die Göttermutter Juno, die ihren Jupiter streng zur Ordnung ruft.

In Wien begraben

Schnitzler, der sein ganzes Leben in Wien verbracht hatte, wurde natürlich in Wien begraben. Sein Grab befindet sich auf dem Zentralfriedhof.
Adele Sandrock dagegen wurde in Rotterdam geboren, verbrachte einen großen Teil ihres Lebens auf Reisen, wohnte und arbeitete jahrzehntelang in Berlin – und betrachtete dennoch Wien so sehr als ihre Heimat, daß sie nach ihrem Tod aus Berlin dorthin überführt und am Matzleinsdorfer Friedhof begraben wurde.

Die Werke

Halb zwei

Ein Akt

Es ist nachts, halb zwei Uhr. Bei ihr. Ein duftendes Zimmer, das beinahe ganz im Dunkel liegt. Nur die Ampel, ein mildes Licht. – Auf dem Nachtkästchen eine kleine Standuhr und eine Wachskerze in kleinem Leuchter, ziemlich tief herabgebrannt. Daneben liegt eine angeschnittene Birne und Zigaretten. – Er und Sie wachen eben beide nach leichtem Schlummer auf. Aber sie wissen nicht, daß sie geschlummert haben. –

ER *(sehr sanft)* Du ... Kind ...
SIE *(küßt ihn).*
ER *(küßt sie wieder)* ... Du ... Kind ... nun ... nun muß ich ja doch geh'n.
SIE *(plötzlich ganz fremd, kühl)* Bitte, ich halte dich nicht.
ER *(sehr mild)* – Ich weiß, ich weiß: ich sag dir's ja auch nur.
SIE Nun ja, ich halte dich ja nicht. Geh nur!
ER *(antwortet nicht, macht aber keine Miene fortzugehen. Schweigen. Etwas seufzend)* Na ja, ich muß ja doch gehn, es hilft nichts.
SIE Nun, bitte, bitte!
ER *(nahe zu ihr)* Schau ... du bist wieder gereizt.
SIE *(groß)* Ich?
ER *(immer mild)* Es ist halb zwei! Morgen muß ich um acht aufstehn!
SIE Na ja, so geh nur.
ER *(an ihren Lippen)* Glaub mir, ich möchte lieber hier bleiben ... bei dir ... ah, das ist ja so gut – aber leider, leider, leider – *(bleibt bei ihr und drückt sie an sich.)*
SIE *(ihn küssend)* Ah! – *(Umarmung).*
ER *(sich von ihr losmachend)* Na, da ist ja nichts zu machen! Pah, Kind!
SIE *(herb)* A-dieu!
ER Du ... Schatz! Du ... das ist ja kindisch! ... *(Er ist über ihr*

Gesicht gebeugt, das er mit seinem Atem streift) Kindisch! – – Das mußt du doch endlich einmal begreifen. Nicht? ...

SIE Halt ich dich denn? – Ich versteh dich nicht!

ER Du bist beleidigt, ich merk's ja. Du meinst, ich hab dich nicht lieb ... Ich bete dich ja an! ... Schau ... das mußt du doch begreifen, nicht wahr? – Man kann jemanden wahnsinnig lieben und muß doch um acht Uhr früh aufstehn, nicht wahr?

SIE Na, so geh nur, es ist ja gleich acht.

ER *(mit unvergleichlicher Milde)* Ich habe ja nicht behauptet, daß es gleich acht ist. Aber bevor es acht wird, muß ich nämlich ein wenig geschlafen haben.

SIE Du hättest auch schon um zehn weggehen können.

ER *(wie oben)* Es war für mich durchaus kein Grund, um zehn wegzugehen; es genügt, wenn ich um halb zwei weggehe, oder auch um zwei. Denn ... du, Schatz, hörst du ...?

SIE Ja! ...

ER Siehst du, wenn ich um zwei weggehe, komme ich um halb drei nach Hause; nicht wahr? ... Denn ich hab noch nie einen Wagen um zwei in der Nähe deines Hauses gefunden: ich muß also immer zu Fuß gehen.

SIE Oh, das sind Strapazen.

ER Ich sage ja nicht, daß das Strapazen sind ... fällt mir gar nicht ein – obwohl ich dein Gesicht sehen möchte, wenn du jetzt auf die Straße hinaus müßtest! ...

SIE Für dich? ... Für dich? ... Ach, da tät ich wohl noch manches andere!

ER Ich wahrhaftig auch! Aber ich wollte nur sagen: um halb drei bin ich erst zu Hause. Bis ich mich dann niederlege, ein paar Seiten gelesen habe, das Licht auslösche, wird es doch regelmäßig halb vier.

SIE Daß du eine Stunde zum Lichtauslöschen brauchst!

ER *(mild wie immer)* Zum Lichtauslöschen brauch ich nur eine Sekunde, aber, wie ich eben sagte, ich lese vorher –

SIE Ich möchte nur wissen, was du den ganzen Tag tust, daß du in der Nacht Bücher lesen mußt?!

ER Ich sage ja nicht, daß ich sie lesen muß; aber ich bin es so gewöhnt, – sonst schlaf ich überhaupt nicht ein ... Da wird es halb vier. Und um halb acht – da hilft nun einmal nichts – um halb acht muß ich wieder heraus. Du siehst ein, daß ich da nicht recht frisch zum Arbeiten kommen kann. –

SIE Ja – ich weiß nicht, du tust, als wenn ich dich davon abhielte? – Hab ich dich gebeten zu bleiben? – Du hättest mir ja auch abschreiben können, du hättest dich schon um acht Uhr zu Hause schlafen legen können... bitte... bitte. –

ER Schau, es ist wahrhaftig nicht notwendig, mich mißzuverstehen – nein! – Ich sag auch nicht – daß man nicht zuweilen mit vier oder fünf Stunden Schlaf genug hat; aber, Kind, erinnere dich doch; gestern war's fünf, wie ich von dir weggegangen bin.

SIE Hab ich dich vielleicht gestern zurückgehalten? – Und im übrigen hast du dich einfach verschlafen! – Ja, von eins bis fünf hast du geschlafen, so ruhig! – Das heißt, ruhig kann ich nicht sagen, denn du hast geschnarcht.

ER Das ist ein Unsinn. Ich schnarche nie.

SIE Na ja, du hast's gut, du schläfst dabei, da kannst du's nicht hören. – Ich versichere dich, du schnarchst... So... hörst du? *(Sie schnarcht)* Wenn du glaubst, daß das sehr schön ist –

ER Ah, das ist eine Erfindung von dir! – Ich kenne dich! – Du willst mir das Schlafen verleiden. Oh, gewiß, gewiß! Noch niemand hat mir gesagt, daß ich schnarche... Und im übrigen... das von eins bis fünf – das ist auch so eine –

SIE Na, ich lüge, wie gewöhnlich...

ER Ich sagte nicht: Lüge. – Aber wenn du mich nur ein bißchen lieb hättest, würdest du dich vielleicht daran erinnern, daß wir um drei Uhr wach gewesen sind.

SIE Ich allerdings; – du warst es nicht besonders.

ER Gleichviel... geschlafen... weißt du – richtig in meinem Bett geschlafen hab ich gestern von halb sieben bis acht. Du wirst zugeben, daß das nicht sehr viel ist.

SIE Du hast von eins bis acht geschlafen.

ER Wenn du mir also schon die Zeit bis fünf abstreitest – das wirst du doch einsehen, daß ich, um von hier nach Hause zu kommen, wach sein mußte. – Es war auch ein solcher Schneesturm, daß ich im Nachhausegehen unmöglich schlafen konnte.

SIE Zuweilen tust du das auch im Nachhausegehen?!

ER *(lächelnd)* Na, das ist schon wahr, daß ich manchmal im Halbschlummer nach Hause spaziere.

SIE Du bist eigentlich ein sonderbarer Mensch – du tust überhaupt nichts als schlafen.

ER *(erhebt sich ein wenig)* !!!!

SIE Du schläfst bei mir, du schläfst bei dir, du schläfst auf dem Weg –

ER *(resigniert)* Na... gut... da verlangst du wohl nicht, daß ich mich verteidige. Es verletzt dich, daß ich es überhaupt über mich bringe, von dir wegzugehen.

SIE Es verletzt mich durchaus nicht. Ich sage dir ja bereits seit zwei Stunden, daß du weggehen sollst.

ER Daß ich es kann, nicht daß ich es soll!

SIE Nun, warum gehst du nicht? Warum bist du nicht schon längst fort? Warum liegst du denn nicht schon eine Stunde lang in deinem geliebten Bett und schnarchst?

ER *(ganz nahe)* Kind – du siehst, wie schwer ich mich von dir trenne! Es kostet mich ja jedesmal eine Überwindung, einen Kampf... ich kann dir gar nicht sagen, wie mir dabei zu Mute ist, wenn ich aus diesem duftenden, halbdunklen Zimmer, aus deinen Armen fort muß, hinunter auf die Straße, in die Nacht, in die Einsamkeit – ach Schatz, ich sage dir, es ist geradezu ein Seelenschmerz.

SIE Schön – Ich versteh dann nur eines nicht...

ER Was denn?

SIE Daß du dich so sehr nach diesem Schmerze sehnst. –

ER Ich sehne mich ja nicht nach ihm: ich nehme ihn auf mich, weil ich nicht anders kann. Es muß ja zu irgendeiner Stunde geschieden sein, das ist doch klar.

SIE Zu irgendeiner Stunde, ja... Aber warum denn gerade um halb zwei?

ER Aber schau!! – Ich bitte dich!... Du bist wirklich... nein, du bist wirklich manchmal – *(zärtlich)* Ich hab ja doch versucht, es dir so deutlich zu machen, nicht wahr? – Ich bin ja nun leider einmal ein Mensch, der einen Beruf hat – ich muß arbeiten! –

SIE *(nervös, sich von ihm losmachend)* Nun – so geh arbeiten... Geh! –

ER *(sieht sie mehr traurig als ärgerlich an und sagt resigniert)* Adieu! –
(Er steht langsam auf.)

SIE *(höhnisch, mehr vor sich hin)* Arbeiten!... Es ist ja gar nicht wahr... Du gehst einfach schlafen. –

ER *(sehr ruhig)* Jetzt... ja! Aber ich tue das ausschließlich, um des Morgens erwachen zu können; – ich verbinde keinen anderen Zweck damit. – Ich tue es nicht, um ein besonderes Vergnügen zu haben – nein. Ich tue es auch nicht, um dich zu beleidigen. Ich unterwerfe mich einer allgemeinen menschlichen Notwendigkeit; einem Naturgesetz. – Begreifst du das? –

SIE *(schaut mit großen Augen zur Zimmerdecke auf)*

ER Ich gebe dir mein Wort: es wäre mir tausendmal lieber, wenn ich hier bis zum Morgen bleiben könnte; – aber ich kann unmöglich die Naturgesetze umstoßen. –

SIE Oh, es gibt Männer, die mehr getan haben, wenn sie wirklich liebten.

ER Das ist ein Irrtum, mein Schatz. Man ist für Weiber in den Tod gegangen, bisweilen; aber man hat noch nie ein Naturgesetz für sie umgestoßen, das geht nämlich nicht!

SIE Also in den Tod gehen würdest du für mich? Dein Leben würdest du mir opfern? –

ER *(bedeutende Bewegung).*

SIE Aber eine Stunde deines Schlafs, ein bißchen von deiner Bequemlichkeit bin ich dir nicht wert?!

ER *(etwas verdüstert)* Aber um Gottes willen –

SIE O, du bist ja so falsch!...

ER Falsch! – Ja, sag mir nur – Ich möchte wissen, wie du zu diesem Worte kommst! Mit demselben Rechte könntest du mir sagen, daß ich die Gewohnheit habe, kleinen Kindern die Ohren abzuschneiden!

SIE Die Ohren! Oh, du bist brutal!

ER Brutal! – Ich brutal! – Ah! Ah! *(Er steht auf und beginnt sich anzukleiden.)*

SIE Das kannst du mir eben doch nicht abstreiten, daß du brutal bist. Da hilft dir deine ganze Falschheit nicht.

ER Du hast recht...

SIE Gewiß hab ich recht!

ER Das sagt' ich ja eben. –

SIE Nun, so darf ich es doch selber sagen! Oder stört es dich, wenn ich rede? – Möchtest du schon schlummern, während du dir die Schuhe zuschnürst?

ER Das ist leider nicht möglich.

SIE Wer weiß? Für dich? Du bist ja ein förmlicher Kunstschläfer. –

ER *(pfeift ganz leise vor sich hin).*

SIE Du würdest mir einen Gefallen erweisen, wenn du jetzt nicht sängest.

ER Ich hab nicht gesungen, ich habe nur gepfiffen; wenn man das überhaupt pfeifen nennen kann.

SIE Nein, wahrhaftig, das kann man nicht pfeifen nennen! –

ER Sag, wo hast du denn eigentlich das Obst hingestellt?

SIE Was willst du? –

ER Ach, da ist es ja! – Du erlaubst. *(Er nimmt eine Orange von dem Aufsatz, der auf einem kleinen Tischchen steht, und schält sie.)*

SIE Zum Essen hast du natürlich noch Zeit. –

ER Du entschuldigst, liebes Kind, es ist eigentlich nur Durst... *(geht zu ihr und gibt ihr ein Stück der Orange).*

SIE *(indem sie das Orangenstückchen in den Mund nimmt)* Schlafen... essen... Du wärst eigentlich der richtige Ehemann!

ER Findest du?

SIE Ja, so hab ich mir immer die Ehemänner vorgestellt! – Das Unglaubliche ist nur – daß sich die dann wundern, wenn man sie betrügt.

ER Ach Gott, sie wundern sich gar nicht – sie ärgern sich nur.

SIE Wenn sie sich wunderten, so müßte man sie auch ins Narrenhaus sperren. –

ER Ja.

SIE Nicht ja! Es ist so.

ER Darum sagt' ich eben: »Ja« –

SIE *(setzt sich auf und betrachtet ihn, wie er eben seine Weste zuknöpft)* Egoist! –

ER Warum findest du denn plötzlich, daß ich ein Egoist bin! –

SIE Ach Gott! – Ein Mann! – Ich bin eben nur immer die Dumme, die das noch nicht weghat, wie man euch behandeln muß!

ER Das kommt mir auch manchmal so vor! –

SIE Herzlos! Kalt! Dürr! Vertrocknet! *(schüttelt sich. Sie legt sich wieder nieder und vergräbt sich bis unter die Nase in die Decke).*

ER *(ist vollkommen angekleidet und stellt sich vor sie hin)* Also warum bin ich eigentlich ein Egoist?

SIE Frag mich nicht! –

ER Du willst mir nicht sagen, warum ich ein Egoist bin? –

Weil ich eine Orange gegessen habe? – Weil ich dich jetzt verlasse?

SIE Du bist das Roheste, was mir in meinem Leben vorgekommen ist! –

ER *(nimmt eine Zigarette aus seinem Etui und brennt sie sich an dem Licht auf dem Nachttisch an)* Pah, Schatz! –

SIE *(antwortet nicht).*

ER *(geht langsam bis zur Tür. Bei der Tür)* Adieu! –

SIE Du! ... Du! –

ER Was willst du?

SIE So komm doch!

ER *(geht ziemlich langsam zu ihr, die Zigarette im Mund).*

SIE Gib die Zigarette weg!

ER *(legt die Zigarette auf die Lichttasse).*

SIE *(öffnet die Arme und zieht ihn zu sich herab, umarmt ihn lang, lang)* Hast du mich lieb?

ER *(einfach)* Wahnsinnig.

SIE Wann kommst du morgen?

ER Na, wann willst du denn?

SIE Wann du kannst.

ER Du weißt ja – von sechs Uhr abends an steh ich zu deiner Verfügung.

SIE Also um sechs Uhr ...

ER Ja. –

SIE Hast du mich lieb? –

ER Ja. –

SIE Wie lieb hast du mich?

ER Wahnsinnig! – Also adieu! –

SIE Na – er kann's schon nicht mehr erwarten! – Gib mir noch einen Kuß!

ER *(küßt sie)* Pah! – *(nimmt die Zigarette und geht. Wie er bei der Tür ist):*

SIE Du! –

ER Was denn?

SIE Komm noch einen Moment! –

ER *(zu ihr)* Nun?

SIE Wirst du mir morgen auch wieder so bald davonlaufen? –

ER Nein. –

SIE Wirst du mich morgen wieder so roh behandeln?

ER Nein.

SIE *(indem sie ihn heftig umarmt)* Geh, geh! – *(sie hüllt sich in die Decke).*

ER *(geht rasch; schließt die Tür. Er ist im Vorzimmer. Nachdem er Pelz und Hut genommen, zündet er ein kleines Wachskerzchen an, betritt das Stiegenhaus, geht die Treppen hinunter. Er läutet beim Portier; dieser ist taub und öffnet erst nach dreimaligem Läuten. Auf der Straße liegt der Schnee fußhoch, da die Schneeschaufler erst um sechs Uhr früh kommen. Weit und breit kein Wagen. Er hat seine Überschuhe oben vergessen, weil er das immer tut, und hat sehr dünne Lackschuhe an, weil sie ihn sonst nicht lieben würde.)* Der Teufel soll mich holen, wenn ich morgen um eine Minute später als Mitternacht weggehe. *(Er erinnert sich eben, daß er das die letzten vier Wochen allnächtlich auf derselben Stelle zwischen drei und sechs Uhr morgens gesagt hat, und spaziert lächelnd weiter. Nach dreiviertel Stunden ist er vor seinem Tor angelangt; es fällt ihm ein, daß auch sein Portier taub ist und daß er eine Viertelstunde wird läuten müssen. – Da merkt er, daß das Tor schon geöffnet ist. – Ein Lächeln des Glücks zieht über sein Antlitz. – – –)*

Ende

Haus Delorme

Ziemlich elegantes Zimmer bei Mathilde Delorme. Abend. Gedeckter Tisch, elektrischer Luster.
Die Mutter sitzt am Tisch und ißt. Die Uhr auf dem Kaminsims schlägt zehn. Die Mutter klingelt. Anita, das Stubenmädchen, tritt ein.

MUTTER *(immer mit französischem Akzent)* Räumen Sie ab! *(Anita räumt ab.)*

MUTTER *(liest Zeitung, dann blickt sie auf)* Was aben Sie denn, Anita? Was maken Sie ein solkes Gesikt? Wenn meine Tokter kommt, müssen Sie maken ein anderes Gesikt. Verstanden? Mathilde ist nervos, sie kann nik sehen ein solkes Gesikt. Maken Sie ein eiteres Gesikt. *(Es schellt draußen.)* Da ist sie son. *(Anita ab. Gleich darauf tritt Mathilde ein. Sie kommt aus der Vorstellung und hat einen Theatermantel um, eine Rolle in der Hand.)*

MATHILDE Guten Abend, meine Mutter.

MUTTER Guten Abend, mein Kind.

MATHILDE Ist er schon da?

MUTTER Wer?

MATHILDE Es gibt nur einen: Franz!

MUTTER Nein, ik glaube nik, daß er son da ist.

MATHILDE Du weißt ja nie etwas. *(Sie ruft:)* Fräulein Ringelspiel!

(Anita kommt.)

ANITA Was wünschen Fräulein?

MATHILDE Ist er schon da?

ANITA Bitte, welcher?

MATHILDE Fragen Sie nicht so stupid. Sie wissen, daß es seit acht Tagen nur einen gibt, ihn, den Herrlichsten von allen.

ANITA Es war noch niemand da.

MATHILDE Ich danke, Fräulein Ringelspiel. Sobald er kommt, nun, Sie wissen – *(Geste, daß sie ihn direkt in ein anderes Zimmer zu führen hat. Anita ab.)*

MUTTER Nun, mein liebes Kind, wie war es heut im Theater?

MATHILDE Ausverkauft. Ich habe gesungen wie eine Göttin. *(Sie ißt und trinkt.)*

MUTTER Viel Applaus?

MATHILDE Die Leute haben getobt. Voricki hat falsch gesungen wie ein Kamel. Wenn ich denke, daß ich diesen Mann einmal geliebt habe – allerdings nicht wegen der Stimme. – Warum ißt du nicht, Mama?

MUTTER Mein Kind, ik abe kein Unger, ik abe nur Sorg und Kummer.

MATHILDE Nun ja, das ist Menschenlos. *(Sie trinkt.)* O! *(Sie ruft:)* Fräulein Ringelspiel! *(Anita kommt.)*

MATHILDE Fräulein Ringelspiel, Sie sind wohl fest überzeugt, daß das Vöslauer Ausstich ist?

ANITA Ja, Fräulein, bitte –

MATHILDE Sie irren sich, Fräulein Ringelspiel, es ist Essigsäure.

ANITA Ich will eine andere Flasche holen.

MATHILDE Bemühen Sie sich nicht, Fräulein Ringelspiel. Für eine kleine Operettensängerin ist Essigsäure gut genug. – Warum sind Sie denn so traurig? Wer ist Ihnen denn schon wieder untreu geworden?

ANITA O, Fräulein –

MATHILDE Mein Bruder, der Lump?

ANITA O, Fräulein!

MATHILDE No, was haben Sie denn?

ANITA Fräulein, Fräulein! O Gott, o Gott!... Ich trau' mich's nicht zu sagen.

MATHILDE Ach so!... Mutter, und du läßt so etwas zu?

MUTTER Was soll ik denn tun? Es ist ja immer dieselbe Geschichte.

MATHILDE Nun, Fräulein Ringelspiel, es soll Ihr Schade nicht sein. *(Entläßt sie mit einer königlichen Handbewegung. Anita ab.)*

MATHILDE Wo ist denn der Bursche? Man müßte ihm wieder einmal ins Gewissen reden. Betti weint sich die Augen aus. Immer macht sie mir Szenen in der Garderobe, wenn dieser Rigo Janczi sie betrügt oder prügelt. Ich werde nicht mehr gestatten, daß Charles mit meinen Kolleginnen Verhältnisse hat. – Wo ist er denn?

MUTTER Er ist heute zum Diner geladen bei Pollak.

MATHILDE Bei diesem Börsenjobber?

MUTTER Ja.
MATHILDE Es wird doch damit enden, daß er eine Tochter Israels heimführt.
MUTTER Gott geb's.
MATHILDE Wieviel Töchter hat denn dieser Judas?
MUTTER Eine einzige. Sie bekommt eine Million Mitgift. Sie ist ja so verliebt in Charles!
MATHILDE Das ist allerdings begreiflich. Charles ist dazu geboren, ein Dollarkönig zu werden.
MUTTER Ja, mein liebes Kind, der ist klüger als du.
MATHILDE Was soll denn das nun wieder heißen?
MUTTER Ach Gott, mein liebes Kind, rege dich doch nicht auf. Iß nur weiter. Ik abe ja nikts gesagt.
MATHILDE Entschuldige, meine Mutter, du hast etwas gesagt.
MUTTER Nein, ik abe nikts gesagt. Gar niks! Da kannst ja maken, was dir Vergnügen makt.
MATHILDE Gott sei Dank!
MUTTER Ik war ja auch jung.
MATHILDE Wenn du es nur einsiehst. Du hast doch auch meinen Vater geliebt. Du hast ihn sogar geheiratet.
MUTTER Das ist ja meine Angst, liebes Kind, daß es dir auch so geht. Wenn ik diesen Filou nikt geheiratet ätte, säh' es anders mit mir aus.
MATHILDE Ach, erzähl mir doch nichts – der Großfürst hätte dich doch nicht geheiratet.
MUTTER Gewiß hätt' er es getan. O Gott, ik wäre heute Schwägerin von die Kaiser von Rußland!
MATHILDE Das ist abgeschmackt. – Keineswegs hast du mir vorzuwerfen, daß ich den Grafen hinausgeworfen hab!
MUTTER Aber nein, das fällt mir ja nikt ein.
MATHILDE Jawohl, du wirfst mir vor, daß ich Franz liebe!
MUTTER Rege dik dok nikt auf, denk an deine Stimme!
MATHILDE Nun, ich frage: wer erhält das Haus? Von wem lebt ihr? ... Ich kann Grafen hinauswerfen, soviel ich will, und ich kann so viele Fränze lieben, als es mir beliebt. *(Anita kommt.)*
MATHILDE *(leuchtend)* Ist er es?
ANITA Ja.
MATHILDE Nun, melden Sie doch, wie ich es Ihnen vorgeschrieben habe.
ANITA Der Herrlichste von allen.

MATHILDE Es ist gut, Fräulein Ringelspiel. *(Mathilde ab.)*

MUTTER *(zu Anita)* Nun, was aben Sie denn? Wenn Sie lieber den Staub besser abwischen mökten.

CHARLES *(tritt ein. Er ist ein sehr schöner, großer, junger Mann, mit schwarzem kleinem Schnurrbart. Er ist in eleganter Balltoilette:)* Bon soir, meine Mutter, bon soir.

MUTTER Mein lieber Charles!

CHARLES Anita, bringen Sie eine Flasche Champagner. *(Zur Mutter)* Ist Mathilde schon zu Haus?

MUTTER Ja. Aber – – – –

CHARLES Hm, eine Flasche Champagner, Anita! *(Anita ab.)*

CHARLES Mama, wir wollen eine Flasche Champagner auf das Wohl meiner Braut, Fräulein Elsa Pollak, trinken!

MUTTER O mein lieber Sohn – mein lieber, lieber Charles!

CHARLES Ja, ich bin Bräutigam. Heute abend haben wir uns verlobt, während des Diners. Jetzt eben spricht sie mit ihren Eltern, und morgen Mittag halte ich offiziell um ihre Hand an.

MUTTER Charles, Charles, ik bin so glücklik! Erzähl mir dok ausführlik!

CHARLES Geduld, Mama. – Wo ist Mathilde? Ich möcht' es ihr auch erzählen. Sie soll unsere Freude teilen.

MUTTER Nun ja –

CHARLES Mutter – sie ist nicht allein.

MUTTER Nein.

CHARLES Ich habe es geahnt. – Wer ist es denn?

MUTTER Dieser Herr Franz natürlich.

CHARLES Ich hasse diesen Menschen... Was ist er denn eigentlich? Weißt du, Mutter, wer dieser Herr Franz ist? – Wie heißt er mit dem Zunamen? Hat er überhaupt einen Zunamen?

MUTTER O gewiß.

CHARLES Warum bringt er ihn nicht mit? *(Geht hin und her. Pause.)* Und wo bleibt der Champagner?

MUTTER Sie muß ja in den Keller gehen. – Erzähl' mir dok unterdes... es ist also gewiß?

CHARLES Absolut. Sie ist in einer Weise verliebt... Ich habe sie einfach gefragt: Wollen Sie die Meine werden?... Während der Gansleberpastete habe ich sie gefragt. Sie ist beinahe ohnmächtig geworden vor Glück.

MUTTER Und die Eltern?

CHARLES Ach, du weißt ja, daß ich schon neulich einmal mit dem Vater Pollak über eine eventuelle Stellung in seinem Bankgeschäft geredet habe.

MUTTER Mein lieber Charles!

CHARLES Wenn wir von der Hochzeitsreise zurückkommen, trete ich ein. Es wird nicht lang dauern und ich bin Kompagnon.

MUTTER Und was sagt die Mutter Pollak?

CHARLES Ach Gott, die Mutter Pollak, die halt' ich sicher. Mit der könnt' ich doch jeden Moment ein Verhältnis haben.

(Anita bringt Champagner.)

CHARLES Gläser! *(Er öffnet die Champagnerflasche.)* So! *(Schenkt ein.)* So! – Sie, Anita, trinken Sie nur. Na ja, Sie können auch auf mein Wohl trinken.

ANITA O Herr Charles!... *(Sie will trinken.)*

CHARLES Nehmen Sie sich das Glas gefälligst mit. Trinken Sie's draußen.

(Anita ab.)

MUTTER Charles, mein liebes Kind, sie at mir gesagt –

CHARLES So?... Weiber, Weiber! –

MUTTER *(trinkt)* Ja, aber wie wird das sein mit Betti?

CHARLES Wieso?

MUTTER Ik abe große Angst vor Betti. Sie liebt dik abgöttis, sie wird dir Vitriol ins Gesikt gießen.

CHARLES Liebe Mama, mach' dir keine Sorgen. Es ist schon alles geordnet. Direkt vom Diner aus bin ich zu Betti gefahren. – Was, du staunst? Ich liebe Ordnung in allen Dingen.

MUTTER Aber, wie ist denn das möglik? Nok gestern at sie zu Mathilde gesagt, sie geht in die Donau, wenn du sie verläßt.

CHARLES Aber ich verlasse sie ja nicht! Was fällt dir denn ein, Mama?

MUTTER Ach so, ach so!... Was hast du für ein goldnes Erz!

CHARLES Also Mama, auf Betti!

MUTTER Auf Betti! *(Sie trinken.)*

CHARLES Jetzt wollen wir aber auch endlich einmal auf Elsa trinken. *(Beide trinken und beide beginnen allmählich leicht angeheitert zu werden.)*

MUTTER Sieht sie sehr jüdis aus?

CHARLES O nein, sie ist sogar blond. Sie ist ein schönes,

sanftes Geschöpf. *(Er wird weich.)* Sie wird dir gefallen, Mama. Du wirst sie lieb haben. Sie ist edel. Ich verdiene sie vielleicht gar nicht.

MUTTER Was für ein Unsinn! Du bist der schönste junge Mann in Wien, und jetzt wirst du auch fleißig werden in der Bank.

CHARLES Ja, ja Mama, ich werde ein neues Leben beginnen. Ja. – Ist es nicht traurig, Mama, daß wir dieses Fest ohne meine Schwester feiern müssen?

MUTTER Mein lieber Charles, was soll ik maken? Ik kann sie jetzt nikt rufen lassen.

CHARLES Warum?

MUTTER Aber Charles, sie plaudern jetzt wahrscheinlik.

CHARLES Gute Mama, du kennst die Welt nicht!

MUTTER Trinken wir doch ein Glas auf den guten Papa.

CHARLES Wo mag er jetzt sein?

MUTTER Was weiß ik? Seit er mit diesem Frauenzimmer durchgegangen ist vor sieben Jahren ab ik nikts mehr von ihm gehört.

CHARLES Du hast viel durchgemacht, Mama.

MUTTER Ja, was für ein Leben ab ik geführt! Wie at mik das Schicksal behandelt. *(Sie weint.)*

CHARLES Wir wollen Mathilde rufen.

MUTTER Charles, aber nein... es ist ja unmöglik! Bleib!

CHARLES Warum unmöglich? Du solltest es nicht dulden, Mama.

MUTTER Nun ja, es ist so swer mit ihr.

CHARLES Mama, bedenke doch: wir sitzen hier zusammen, – ich habe mich verlobt mit einem Mädchen aus einer der besten Familien – und du, Mama, bist in Ehren grau geworden... Und nur Mathilde, Mathilde –! Das muß sich ändern! Dieses Haus soll rein werden! Von Sittlichkeit und Edelsinn soll es widerstrahlen!... fleckenlos und blank!... Kurz und gut: – es muß anders werden!

MUTTER O Gott, mein lieber Charles – mein lieber Charles!

CHARLES Nicht weinen.

MUTTER O mein lieber Charles, was glaubst du, wie oft ik weine, wenn ik allein bin! Du kannst ja nikts wissen, du bist ja nikt zu Haus!...

CHARLES Wer ist er eigentlich, dieser Franz?... was ist er?... Sie ist auf einem schlechten Weg. Der Graf war ein

Edelmann. Erinnerst du dich, Mama. *(Beinahe schluchzend:)* Wie oft ist der Graf hier gewesen an diesem Tisch, hat unser frugales Mahl mit uns geteilt ... Was für ein charmanter, reizender Edelmann! Der Graf hätte sie heimgeführt, sie wäre sein ehelich Gemahl geworden ... Frau Gräfin! – Aber dieser Franz! Wann werd' ich endlich seinen Zunamen erfahren? ...

MUTTER Arme Mathilde! Sie ist ja zu gut. Er at ihr den Kopf verdreht. Er at sie bezaubert. Seit einem Monate lebt sie nur für Franz.

CHARLES Und jetzt, während Mutter und Bruder hier friedlich zusammensitzen, – während ein keusches Mädchen namens Elsa Pollak in ihrem jungfräulichen Bette des Geliebten denkt ... *(Er wird immer betrunkener.)* Ich duld' es nicht! Anita!

MUTTER Was willst du?

CHARLES Ich will dieser Sache ein Ende machen! *(zur Türe)* Mathilde! Mathilde!

MATHILDE *(von drinnen)* Ja, ist man denn in diesem Hause irrsinnig?

CHARLES Mathilde, wir wünschen –

MATHILDE Wie, bist du es, Halunke?

CHARLES Wir wünschen, daß du den Abend im Kreise deiner Familie verbringst.

MATHILDE Familie? Ha! Ha! *(Totenstille.)*

MUTTER *(zur Türe)* Alles still.

CHARLES Nur Geduld, Mutter. Sie wird kommen. Herr Franz mag unterdessen durchs Hinterpförtchen verschwinden. So beruhige dich doch, Mama.

MUTTER *(an der Türe)* Ganz still ... Am Ende aben sie sik umgebrakt! Mathilde *(Zärtlich)* Mathilde! ... Mein liebes Kind, was makst du denn? ... Warum antwortest du nikt? ... Es ist ja alles nur Spaß!

CHARLES Es ist kein Spaß.

MUTTER Es rührt sich nikst ... Mathilde! ... Bist du tot, Mathilde? ... Nikts!

(Mathilde tritt angekleidet mit Mantel aus der Türe, steckt eben den Hut fest und will einfach durchs Zimmer fortgehen.)

MUTTER Mathilde!

CHARLES Was tust du?

MATHILDE *(zornbebend)* Was ich tue? ... Ich verlasse dieses Haus!

CHARLES, MUTTER Mathilde!

MATHILDE Ich verlasse dieses Haus auf immer ... Wenn ich noch einen Augenblick hier bleibe, würde ich das Weib, das mich geboren hat, niederschießen! ... Und so etwas soll in besseren Kreisen nach Tunlichkeit vermieden werden. – Leben Sie wohl, Fräulein Ringelspiel. Mein Beileid zu dem Bösewicht, den Sie unter dem Herzen tragen. – Niemand folge mir! *(Ab.)*

MUTTER Charles!

CHARLES Laß sie nur gehen, es ist ganz gut so. In dieses Haus hat sie längst nicht mehr gehört, – sie ist deine Tochter nicht mehr!

MUTTER Wohin geht sie nur?

CHARLES Kümmere dich nicht drum; hast du nicht mich? – – – Ich bin ein reicher Mann. So Mama, jetzt leg dich schlafen. Ich will auch zu Bett, morgen muß ich frisch sein.

ANITA *(tritt auf)* Herr Charles!

CHARLES Was wollen Sie, Caroussel?

ANITA Herr Charles, es ist eine Dame da.

MUTTER Eine Dame ... c'est Babette!

CHARLES Aber nein, mit Babette ist ja alles in Ordnung.

ANITA Nein, es ist nicht Fräulein Babett', es ist eine noch ganz junge Dame.

MUTTER Noch eine?

CHARLES Hm ...

ELSA *(tritt ein. In Balltoilette, mit Mantilla und Shawl)* Ich bin es, Charles.

CHARLES Elsa!

MUTTER Deine Braut?

CHARLES *(wie erwachend)* Sofort bin ich zu Ihrer Verfügung, Fräulein Elsa. *(Von ihr fort, zu seiner Mutter.)* Mama, geh jetzt schlafen.

MUTTER Sei vernünftig, Charles, jetzt kann sie dir nikt mehr entgehen.

CHARLES *(drückt seiner Mutter verständnisvoll die Hand. Mutter und Anita ab.)*

CHARLES Elsa, ... ja – ich bin ...

ELSA Charles! – Charles!
(Sie wird beinah ohnmächtig.)

CHARLES Elsa, was gibt's denn? ... Ich bitte Sie, reden Sie doch! Was ist denn geschehen?

ELSA Charles, lieben Sie mich?

CHARLES Welche Frage! – Ich bete Sie an!

ELSA Nun, da bin ich. Ich habe keine Eltern mehr, ich habe nur mehr dich ... Sie haben mich hinausgeworfen!

CHARLES Das ist doch nicht möglich!

ELSA Ja, verstoßen! ... Ich habe nur mehr dich –

CHARLES So erzähle doch!

ELSA Sie haben mir erklärt, daß sie eher sterben, als daß sie je ihre Einwilligung geben werden.

CHARLES Na, dafür laß' mich sorgen, mein Kind. Sie werden sie dir geben.

ELSA Man hat dich bei ihnen verleumdet ... Sie sagen, du bist ein Taugenichts!

CHARLES Das ist stark!

ELSA Und Mama hat gesagt, eher stürzt sie sich zum Fenster hinunter ... Und Papa hat gesagt, er läßt dich die Treppe hinunterwerfen! ...

CHARLES Ha, famos! ... Na, mein Kind, beruhige dich nur. Auf den Knien sollen sie mich bitten, daß ich dich zur Frau nehme!

ELSA O, Charles!

CHARLES Geliebtes Wesen, vertrau' auf mich. Ich bete dich an!

ELSA Ah, Charles!

CHARLES Habe keine Angst, es kommt niemand ... O komm! Wie schön du bist! Laß' mich deine Hände küssen.

ELSA Charles!

CHARLES Elsa – Elsa! Ich bin berauscht! Verzeih mir, deine Schönheit reißt mich hin! ... Darf ich dir nicht ein Glas Champagner anbieten?

ELSA Nein.

CHARLES O bitte! Nippe nur daran, – nippe, mein Engel! ... So. Nun ist es Nektar für mich geworden. *(Er trinkt und schenkt ein zweites ein.)* So, nun will ich nippen und du sollst trinken. O bitte! *(Sie trinkt.)* So, ein Kuß! ... Ach, ein Kuß auf diesen Rosenmund! Welche Wonne! ... Ach! und ist es möglich, daß mich dieser Engel liebt, – wirklich liebt? ... Hab' keine Angst, es kommt niemand.

ELSA Charles ... ach Charles ... was machst du aus mir!

CHARLES Sei ruhig, mein Kind, es ist alles nur zu deinem Besten. Vor Gott bist du die Meine, du sollst es bald auch vor den Menschen werden. – Es kommt niemand.

ELSA Ach ja, ich weiß, daß du ein Ehrenmann bist. Ich hab' es ja immer gewußt, daß du nicht dein Spiel mit mir treibst. Sie sind nur alle neidisch, wenn sie auf dich schimpfen ... Ja, ich will deine Frau werden! O, ich kann mich in alle Verhältnisse finden! Wir werden arbeiten, Charles, nicht wahr? Du wirst irgendeine Stellung annehmen in einem Bureau, ich werde englische Lektionen geben ... Klavierstunden ... Aber wir werden beisammen sein.

CHARLES Ja, wir werden beisammen sein. Und dann werden wir sehen, was sie sagen werden, deine geschätzten Herren Eltern, – dann wollen wir sehen, ob ich ihnen noch zu schlecht sein werde! Ja, auf den Knien werden sie mich bitten, im Triumph werden wir einziehen, Rosengirlanden werden über dem Eingang prangen, bengalisch wird der Park beleuchtet sein, vor dem Tor wird ein Transparent leuchten: »Willkommen.«

ELSA Was für ein Tor? ... was für ein Park? ...

CHARLES Nun, euer Ischler Park?!

ELSA Der Park, – ach Gott, der gehört uns ja nicht mehr.

CHARLES Wieso?

ELSA Ach Gott! Die Villa ist ja längst verkauft.

CHARLES Seit wann denn? ... warum denn?

ELSA Ja, wahrscheinlich, weil Papa das Geld gebraucht hat.

CHARLES Warum hat dein Papa das Geld gebraucht?

ELSA Nun, weil wir zugrunde gegangen sind.

CHARLES Zugrunde gegangen?! ... Du scherzt wohl?

ELSA O nein, ich hab' es längst geahnt ... Daß es so arg ist, hab' ich freilich nicht gewußt. Heut Abend erst, in seiner Wut hat Papa alles gesagt.

CHARLES Er wird dich haben schrecken wollen.

ELSA O nein, das geht ja jetzt schon seit ein paar Monaten. Ich hab' oft Papa und Mama reden hören; ich schlafe ja nebenan.

CHARLES Zugrund gegangen? ... Ihr seid absolut zugrund gegangen.

(Elsa nickt.)

CHARLES Und da gebt ihr Diners? ... da ladet ihr die Leute ein? ... Das ist doch ein Leichtsinn sondergleichen!

ELSA Das sagt Papa auch. Aber Mama hat erklärt, wir waren so viel geladen, sie will wenigstens diese Schulden zahlen, ehe –

CHARLES Ehe...?

ELSA ...ehe wir eine kleine Wohnung nehmen, wie sie unseren jetzigen Verhältnissen entspricht.

CHARLES Das ist aber nett... das ist sehr nett!

ELSA Charles, bist du böse?

CHARLES Meine liebe Elsa, ich finde diese ganze Geschichte unerhört! – Was fällt dir denn eigentlich ein, unter solchen Umständen mitten in der Nacht zu mir gelaufen zu kommen?

ELSA Ja, wenn Papa absolut nicht zugeben will...?

CHARLES Dein Vater hat recht, dein Vater ist ein vernünftiger Mann. Wovon sollen wir denn leben?

ELSA Wir haben es ja eben besprochen: wir wollen arbeiten.

CHARLES Arbeiten? Ich bin nicht gesonnen, Opfer von dir anzunehmen.

ELSA Es ist kein Opfer, wenn es für dich geschieht.

CHARLES Bemüh dich nicht länger, es wäre alles vergebens. *(Er klingelt.)*

ELSA Was willst du? *(Anita kommt.)*

CHARLES Besorgen Sie einen Wagen für das Fräulein!

ELSA Aber – was fällt dir ein?
(Anita ab.)

CHARLES Du sollst in so später Stunde nicht zu Fuß nach Hause gehen.

ELSA Er schickt mich fort!...

CHARLES Ja, es wäre geradezu verbrecherisch von mir, deine Unüberlegtheit zu mißbrauchen. Du hast dich vertrauensvoll an mich gewandt, – du wirst hoffentlich nicht überrascht sein, einen Ehrenmann in mir zu finden.

ELSA Charles, du hast mich nie geliebt!

CHARLES Ich habe dich geliebt!

ELSA Nie... nie!... Ich durchschaue dich! Sie haben recht zu Hause. Auf mein Geld ist es dir angekommen.

CHARLES Was fällt dir denn ein?

ANITA *(kommt)* Der Wagen ist da.

CHARLES Anita, geleiten Sie das Fräulein zum Wagen!

ELSA Charles!

CHARLES Leben Sie wohl, mein Fräulein. *(Elsa, Anita ab.)*

(Charles setzt sich zum Tisch und trinkt ein Glas Champagner.)

MUTTER *(kommt)* Sie ist wieder fort?

CHARLES Ja.

MUTTER Nun?

CHARLES *(ärgerlich)* Sie ist fort. *(Geht auf und ab.)*

MUTTER Ah, du bist ein ungesikter Burs!

CHARLES Ich bin kein ungeschickter Bursch.

MUTTER Ihr Männer seid alle so dumm! Du bist brutal gewesen – gewiß. Du hast vergessen, daß es nikt Betti ist und nikt Anita, sondern ein anständiges junges Mädchen.

CHARLES Beruhige dich, Mama.

MUTTER Ich kann nikt. Wenn man solke Kinder at –

CHARLES Der alte Pollak ist zugrund gegangen.

MUTTER Wie?...

CHARLES Ja; wir hätten die Familie erhalten müssen. So steht die Sache. Man soll sich mit dieser Rasse nicht einlassen.

MUTTER Ja, aber was sollen wir jetzt tun?

CHARLES Inwiefern?

MUTTER Na ja, jetzt stehen wir da.

CHARLES *(dumpf)* Jetzt stehen wir da.

MUTTER Warum aben wir Mathilde... warum ast du Mathilde –

CHARLES Meine Mutter, hast du vielleicht Lust, mir Vorwürfe zu machen?

MUTTER So srei dok nikt mit mir! Ik kann dok nik dafür. Ättest du dik vorher erkundigt. Warum ast du Mathilde inausgeworfen?... Mathilde ist en anständiges Mädel, die wenigstens einen Beruf at. Sie kann maken was sie will. Sie verdient sik ehrlik ihr Geld. Sie singt in die Operett. Sie kann sik von Zeit zu Zeit auch einen solken jeune homme pour le coeur gönnen... Du weißt, das mit Franz ätte nik mehr lange gedauert. Dann wär ein anderer gekommen, ein Edelmann, wie der Graf, oder ein Bankier.

CHARLES Meine Mutter, wenn du mir eine Szene machst, gehe ich aus dem Hause.

MUTTER So geh dok, – geh zum Teufel, du Lump! Du bist gerade so ein Filou wie dein Vater! *(Anita tritt ein.)*

MUTTER Was wollen Sie?

ANITA Ein junger Herr im Frack ist da.

CHARLES Wer?

ANITA Ein junger Herr im Frack. Er will mit der gnädigen Frau sprechen.

MUTTER Nein, ik danke. Ik abe nikt zu spreken mit eine junge Err in Frack.

CHARLES Lassen Sie ihn herein. Man kann nie wissen. *(Anita ab.)*

PICCOLO *(tritt ein)* Guten Abend, küß die Hand.

CHARLES Wer sind Sie?

PICCOLO Bitte sehr, ich bin der Piccolo vom Hotel Royal.

CHARLES Was wünschen Sie? Ich habe nie im Hotel Royal gespeist. – Was wollen Sie denn mitten in der Nacht? Eine Frechheit!

PICCOLO Ja bitt' schön, i bin ja herg'schickt word'n vom Fräulein Delorme.

MUTTER, CHARLES Wie?

PICCOLO Ja, i soll der gnädigen Frau sagen, daß sie mir augenblicklich... *(stampft mit dem Fuß)* augenblicklich, ja so hat sie g'sagt, – alle ihre Toilettesachen, also das russische Kölnerwasser, die Zahnbürsten, das seidene Nachthemd... da hat sie eh alles aufg'schrieben – – –

MUTTER *(reißt ihm den Zettel aus der Hand)* Mon pauvre enfant!... O Gott! O Gott! im Otel muß sie slafen!... im Otel und nix hat sie dort!... Warten Sie ein Moment, junger Err, ik werde die Saken einpacken.

CHARLES Mama, sie soll nicht im Hotel schlafen. Es ziemt sich nicht, daß eine Mathilde Delorme im Hotel schläft. – Kleiner, holen Sie einen Fiaker, Sie bekommen schon was. Sie können dann auf dem Bock sitzen. Piccolo auf dem Bockolo – haha! *(Piccolo ab.)*

CHARLES Mama, du wirst deine Tochter holen!

MUTTER Anita, snell, snell, meine Mantille, meine Andsuh, mein Ut!... O, ik bin ja so froh!... Du mußt sie aber um Verzeihung bitten, Charles.

(Anita hat alles gebracht, hilft der Mutter beim Ankleiden und begleitet sie hinaus.)

CHARLES *(setzt sich, schenkt sich ein Glas Champagner ein; gedankenvoll)* Wenn ich noch zu Betti ginge?...

(Anita tritt ein.)

CHARLES Anita, Anita, was machst du denn?

ANITA Nun, ich will das Zimmer von Fräulein Mathilde wieder herrichten.

CHARLES Na! *(Er folgt ihr. Es klingelt.)* Was ist denn das? *(Anita eilt hinaus, gleich darauf erscheint die Mutter.)*

MUTTER O Charles, Charles! Sie ist da... sie ist wieder da!

CHARLES Wer? Elsa?

MUTTER Mathilde! – Sie hat im Wagen unten gewartet.

CHARLES Sie ist da?

MUTTER Sie kommt gleich hinter mir. Aber du mußt sie um Verzeihung bitten.

CHARLES Meinetwegen.

MUTTER Err Franz war auch im Wagen; er kommt mit erauf. Ik ab ihn eingeladen. –

CHARLES Du hast recht getan, meine Mutter. Man soll nicht unversöhnlich sein. *(Mathilde und Franz treten ein.)* *(Franz, ein sehr hübscher, ganz junger Mensch im Überzieher, ist sich nicht sehr klar über das, was vorgeht, bleibt ununterbrochen still.)*

CHARLES Schwester, sei mir gegrüßt!

MATHILDE Du bist wohl ein Halunke!

CHARLES Kannst du mir verzeihen?... Soll ich mich auf ein oder beide Knie niederwerfen? *(Er schickt sich dazu an.)*

MATHILDE Na, es ist schon wieder gut. Wir wollen die Sache nicht auf die Spitze treiben. – Aber Franz mußt du um Entschuldigung bitten.

CHARLES Herr Franz, hier reich' ich Ihnen meine biedere Rechte!

MATHILDE Nun, ich liebe keine Rührszene. Komm, Franz!

CHARLES Nicht also, meine Lieben! – Herr Franz, nehmen Sie Platz! Mathilde, nimm Platz! Meine Mutter, nimm Platz! Bitte, hierher, Herr Franz! *(Weist ihm den Sessel neben Mathilde an.)* Es ist kein schlechter Platz. Hier saß vor wenigen Wochen ein reizender Edelmann.

MUTTER *(leise)* Halt's Maul!

MATHILDE Was willst du denn eigentlich, Hanswurst?

CHARLES Anita – Anita Ringelspiel – Caroussel, wie ich sie scherzhaft zu nennen pflege – schenken Sie ein! Mehr als das: Nehmen Sie an unserer Seite Platz! Anita ist ein braves Mädchen, meine Herren! Ich kenne keine Standesunterschiede. Zarte Bande knüpfen uns aneinander. – Auf Ihr Wohl, Herr Franz! Auf daß es Ihnen bei uns behagen möge. *(Klingel.)*

MATHILDE Was ist denn das?

MUTTER Anita, schauen Sie nach!

(Der Vater tritt ein. Großer Herr, schwarzer Gehrock, rotes Bändchen im Knopfloch, schwarzgefärbter Schnurrbart.)

MUTTER Da hört sich alles auf!

MATHILDE Mon père!

CHARLES Guten Abend.

VATER Habt Ihr für mich auch noch einen Platz an diesem Tische?

MUTTER Halunke! Filou! Seit sieben Jahren ab ik niks von ihm gehört!... Jetzt kommt er mitten in der Nakt! Vor sieben Jahren at er mir alles davongetragen – alles! Küchengeschirr und Bettzeug!...

VATER Man muß doch haben, wo man sein Haupt hinlegt. *(Zu Franz:)* Ich heiße Narciss Delorme und bin aus einer Emigrantenfamilie. Im Jahre 1792 mußten wir Paris und unsere Schlösser in Frankreich verlassen. Unsere Güter wurden eingezogen, unsere Rinder- und Schafherden verkauft, ein Delorme ließ sein Haupt auf dem Schafott... Und mit wem habe ich das Vergnügen? – Daß Sie ein anständiger Mensch sind, sehe ich Ihnen an. Man hat ein Auge dafür. Ihr Name ist mir gleichgültig, denn es ist wahrscheinlich, daß wir uns nie wiedersehen werden.

MATHILDE Es ist mein Franz.

VATER Ich frage nicht, wann die Hochzeit sein wird, da ich verhindert sein dürfte, ihr beizuwohnen.

CHARLES Vater!

VATER Mein Sohn! – Donnerwetter, er ist ein schöner Kerl!

CHARLES Ein Glas für unseren Vater, Caroussel!

MUTTER Ich verbiet' es, ich duld' es nicht!... Ich stürze mich zum Fenster hinaus!

MATHILDE Aber Mutter, warum denn?... Wenn wir schon alle so gemütlich beisammensitzen... Auf ein Kuvert mehr oder weniger kommt es doch nicht an.

VATER Meine Kinder!... sie haben ein Herz für ihren alten Vater!

MUTTER Woher kommst du?... Wie kannst du es wagen?... Mein Bettzeug at er mir gestohlen, meine Staubtücher, mein Küchengeschirr!

VATER Ich habe viel durchgemacht, Kinder, – viel: die Frau, die ihr Schicksal an das meine gekettet hat, ist tot. Wir wollen ihrem Andenken ein Glas Wein widmen.

MATHILDE Du hast ja wieder einen neuen Orden.

VATER Ach, du weißt, daß ich darauf nie etwas gegeben habe. Aber es geht mir jetzt besser als seit langer Zeit. Ich lebe in Paris und führe einen Prozeß gegen die Republik wegen Rückgabe unserer Schlösser, und ihr könnt euch denken, daß man mich anfeindet, – um so mehr, als die Schlösser dem Erdboden gleichgemacht sind, und ich wünsche, daß sie neu aufgebaut werden. – Meine Feinde haben es endlich durchgesetzt, daß man mich für irrsinnig erklärt hat, und seit vielen Wochen bin ich in einem Irrenhaus. Vorgestern hab' ich meinen Wärter totgeschlagen, bin durchgegangen und habe mir ein Billet nach Konstantinopel genommen, um dem Sultan meine Angelegenheit vorzutragen. Dort werde ich Gerechtigkeit finden! – Da bin ich nun hier ausgestiegen, um doch meine Familie wiederzusehen. *(Zur Mutter:)* Habe keine Angst, altes Weib, es ist nur eine kleine Fahrtunterbrechung. Bitte, *(Er zieht sein Billet aus der Westentasche, zu Franz:)* wollen Sie sich überzeugen, junger Mann, hier hat der Stationschef einen Knips gemacht.

FRANZ *(bestätigt)* Ein Knips.

MATHILDE Ha, Franz hat gesprochen! Ein Knips! Sag's noch einmal, Franz! Was hat der Stationschef gemacht?

FRANZ Einen Knips!

MATHILDE Ha, er ist entzückend!

VATER Knips, mit p.

FRANZ Ja, Knips.

VATER Sie sprechen es mit einem weichen b aus. Es heißt Knips mit einem harten p.

FRANZ Knips.

VATER Knips. *(Er zieht einen Revolver.)* Ich bin nicht hergekommen, um mich verhöhnen zu lassen. *(Er legt auf Franz an, Mathilde schüttelt sich vor Lachen.)*

MUTTER *(zu Charles)* Mach Musik!

FRANZ *(in Todesangst)* Knips! *(Charles, am Klavier, beginnt einen Walzer zu spielen.)*

VATER Schön, trefflich! Ja, das laß ich gelten. Ein Tänzchen! ... Wer? ... Nein, mit der eignen Frau kann ich nicht tanzen. Aber dieses Fräulein – Darf ich bitten?

ANITA Oh, oh!

VATER Auf! Auf!

MUTTER So tanzen Sie dok!

CHARLES Na, Caroussel!

VATER Ich will tanzen!

MUTTER Anita, tanzen Sie! *(Der Vater tanzt mit Anita.)*

MATHILDE *(zur Mutter)* Er ist ja nicht böse, er ist nur irrsinnig.

(Der Vater läßt Anita plötzlich hinsinken.)

VATER Es wird spät. Meine Karte verfällt, meine Schlösser verfallen, der Sultan wartet, der Zug fährt ab ... Wo ist mein Knips? Da, da, – Gott sei Dank! Ich habe euch gesehen, meine Lieben, ich weiß, daß ihr alle wohl seid, – klingkling, trara! ...

(Er pfeift wie eine Lokomotive; rasch ab.)

MATHILDE Der Mann wäre imstande, mich nervös zu machen.

MUTTER So ein Filou! Mein Bettzeug at er mir gestohlen, Vorhänge, Teppiche, das Klavier ...

CHARLES Fassen Sie sich, junger Mann, er kommt erst in sieben Jahren wieder.

ANITA Sollte man nicht nachsehen, wohin der gnädige Herr –

CHARLES So setzen wir uns doch wieder hin und nehmen die unterbrochene Festlichkeit wieder auf. – Meine verehrten Herrschaften! Ich bin so frei, einen kleinen Toast zu halten, und zwar trink' ich auf die wahre Liebe, die frei und lose von den Fesseln der Konvenienz, uneigennützig, Herz zu Herzen, was auch geschehen möge, – wie auch die Hindernisse sich türmen – einem brausenden Strome gleich über die blühenden Fluren sich ergießt. Ich will nicht viel Worte machen – hier erheb' ich den schäumenden Becher und trinke auf den sympathischen jungen Mann, der heute zum ersten und hoffentlich nicht letzten Male unter uns weilt, und dem ich wünsche, daß er sich in unserem stillen kleinen Kreise so recht von Herzen wohl und behaglich fühlen möge! Herr Franz, ich bin so frei, Ihnen das Du anzutragen. *(Händedruck.)* So! Und nun ein Kuß!

MUTTER Er hat ein gutes Erz!

MATHILDE Nun, Herr von Knips. Wie fühlen Sie sich? Nun? Man muß wohl aus dem Irrenhaus entsprungen sein, um von Ihnen einer Antwort gewürdigt zu werden?

(Franz schluchzt plötzlich laut auf, dann beginnt er zu weinen. Alle sind um ihn bemüht.)

MUTTER Was aben Sie denn, Err Franz?

ANITA Der arme junge Herr!

MATHILDE Knips! So sprich doch!

CHARLES Ich bin nur froh, daß er endlich einen Zunamen bekommen hat!

MATHILDE So sprich doch! Was hast du denn?

FRANZ *(hilflos, irr)* Ich kenn' mich absolut nicht mehr aus! *(Er weint weiter.)*

Vorhang

[Variante des Schlusses:]

MATHILDE Der Mann wäre imstande, mich nervös zu machen.

MUTTER So ein Filou! Mein Bettzeug at er mir gestohlen, das ganze Küchengeschirr, die Vorhänge, die Teppiche. *(Charles hat den Revolver genommen und legt auf Anita an. Anita flüchtet schreiend in eine Ecke. Charles lacht.)*

MATHILDE Nun, Herr von Knips, wir haben schon zu viel versäumt. Komm!

CHARLES Noch nicht. *(Er nimmt ein Spiel Karten aus der Tasche.)* Jetzt wird's erst gemütlich. Erlauben Sie, daß ich Ihnen ein kleines Kunststück zeige. Wir sitzen heute so fröhlich zusammen, daß ich mir wohl erlauben darf. Zieh eine Karte, Franz!

MATHILDE *(ungeduldig)* Nun, zu solchen Dingen ist doch auch bei Tag Zeit.

CHARLES *(mit dem Revolver)* Zieh eine Karte, Franz! *(Franz zieht eine Karte.)*

CHARLES Hast du sie dir gemerkt, Franz? So mische sie nun wieder hinein. *(Er nimmt das Spiel wieder und schnippt die Karte in die Höhe.)* Ist es die? *(Franz nickt.)* Treff sieben.

MUTTER Großartig! Er kann alles.

CHARLES Noch ein kleines Kunststück. Franz, gib mir einen Silbergulden.
(Franz greift in den Sack.)

MATHILDE *(zu Franz)* Mensch, bist du irrsinnig? Wenn du ihm einen Silbergulden gibst, sind wir geschiedene Leute. Komm!
(Sie faßt Franz beim Arm und geht rasch mit ihm ab.)

CHARLES Mutter, gib mir einen Silbergulden.

MUTTER Ach, Gott, jetzt will ik slafen gehen. *(Ab.)*

CHARLES *(zu Anita, die noch immer verzweifelt in einer Ecke steht)* Anita, gib mir einen Silbergulden.

(Anita nimmt ihre Geldbörse aus dem Sack und gibt ihm einen Silbergulden.)

CHARLES *(steckt ihn ein)* Nun komm, ich werde dir gleich ein Kunststück zeigen. *(Er umarmt sie.)*

Aus »Reigen«, 8. Szene

Der Dichter und die Schauspielerin

Ein Zimmer in einem Gasthof auf dem Land. Es ist ein Frühlingsabend; über den Wiesen und Hügeln liegt der Mond, die Fenster stehen offen. Große Stille. Der Dichter und die Schauspielerin treten ein; wie sie hereintreten, verlöscht das Licht, das der Dichter in der Hand hält.

DICHTER Oh...

SCHAUSPIELERIN Was ist denn?

DICHTER Das Licht. – Aber wir brauchen keins. Schau, es ist ganz hell. Wunderbar!

SCHAUSPIELERIN *(sinkt am Fenster plötzlich nieder, mit gefalteten Händen.)*

DICHTER Was hast du denn?

SCHAUSPIELERIN *(schweigt)*

DICHTER *(zu ihr hin)* Was machst du denn?

SCHAUSPIELERIN *(empört)* Siehst du nicht, daß ich bete? –

DICHTER Glaubst du an Gott?

SCHAUSPIELERIN Gewiß, ich bin ja kein blasser Schurke.

DICHTER Ach so!

SCHAUSPIELERIN Komm doch zu mir, knie dich neben mich hin. Kannst wirklich auch einmal beten. Wird dir keine Perle aus der Krone fallen.

DICHTER *(kniet neben sie hin und umfaßt sie.)*

SCHAUSPIELERIN Wüstling! – *(Erhebt sich.)* Und weißt du auch, zu wem ich gebetet habe?

DICHTER Zu Gott, nehm ich an.

SCHAUSPIELERIN *(großer Hohn)* Jawohl! Zu dir hab ich gebetet.

DICHTER Warum hast du denn da zum Fenster hinausgeschaut?

SCHAUSPIELERIN Sag mir lieber, wo du mich da hingeschleppt hast, Verführer!

DICHTER Aber Kind, das war ja deine Idee. Du wolltest ja aufs Land – und gerade hierher.

SCHAUSPIELERIN Nun, hab ich nicht recht gehabt?

DICHTER Gewiß, es ist ja entzückend hier. Wenn man bedenkt, zwei Stunden von Wien – und die völlige Einsamkeit. Und was für eine Gegend!

SCHAUSPIELERIN Was? Da könntest du wohl mancherlei dichten, wenn du zufällig Talent hättest.

DICHTER Warst du hier schon einmal?

SCHAUSPIELERIN Ob ich hier schon war? Ha! Hier hab ich jahrelang gelebt!

DICHTER Mit wem?

SCHAUSPIELERIN Nun, mit Fritz natürlich.

DICHTER Ach so!

SCHAUSPIELERIN Den Mann hab ich wohl angebetet! –

DICHTER Das hast du mir bereits erzählt.

SCHAUSPIELERIN Ich bitte – ich kann auch wieder gehen, wenn ich dich langweile!

DICHTER Du mich langweilen? ... Du ahnst ja gar nicht, was du für mich bedeutest ... Du bist eine Welt für sich ... Du bist das Göttliche, du bist das Genie ... Du bist ... Du bist eigentlich die heilige Einfalt ... Ja, du ... Aber du solltest jetzt nicht von Fritz reden.

SCHAUSPIELERIN Das war wohl eine Verirrung! Na! –

DICHTER Es ist schön, daß du das einsiehst.

SCHAUSPIELERIN Komm her, gib mir einen Kuß!

DICHTER *(küßt sie.)*

SCHAUSPIELERIN Jetzt wollen wir uns aber eine gute Nacht sagen! Leb wohl, mein Schatz!

DICHTER Wie meinst du das?

SCHAUSPIELERIN Nun, ich werde mich schlafen legen!

DICHTER Ja – das schon, aber was das Gutenachtsagen anbelangt ... Wo soll denn ich übernachten?

SCHAUSPIELERIN Es gibt noch viele Zimmer in diesem Haus.

DICHTER Die anderen haben aber keinen Reiz für mich. Jetzt werd ich übrigens Licht machen, meinst du nicht?

SCHAUSPIELERIN Ja.

DICHTER *(zündet das Licht an, das auf dem Nachtkästchen steht)* Was für ein hübsches Zimmer ... und fromm sind die Leute hier. Lauter Heiligenbilder ... Es wäre interessant, eine Zeit unter diesen Menschen zu verbringen ... doch eine andre Welt. Wir wissen eigentlich so wenig von den andern.

SCHAUSPIELERIN Rede keinen Stiefel und reiche mir lieber diese Tasche von dem Tisch herüber.

DICHTER Hier, meine Einzige.

SCHAUSPIELERIN *(nimmt aus dem Täschchen ein kleines, gerahmtes Bildchen, stellt es auf das Nachtkästchen.)*

DICHTER Was ist das?

SCHAUSPIELERIN Das ist die Madonna.

DICHTER Die hast du immer mit?

SCHAUSPIELERIN Das ist mein Talisman. Und jetzt geh, Robert!

DICHTER Aber was sind das für Scherze? Soll ich dir nicht helfen?

SCHAUSPIELERIN Nein, du sollst jetzt gehn.

DICHTER Und wann soll ich wiederkommen?

SCHAUSPIELERIN In zehn Minuten.

DICHTER *(küßt sie)* Auf Wiedersehen!

SCHAUSPIELERIN Wo willst du denn hin?

DICHTER Ich werde vor dem Fenster auf und ab gehen. Ich liebe es sehr, nachts im Freien herumzuspazieren. Meine besten Gedanken kommen mir so. Und gar in deiner Nähe, von deiner Sehnsucht sozusagen umhaucht... in deiner Kunst wehend.

SCHAUSPIELERIN Du redest wie ein Idiot...

DICHTER *(schmerzlich)* Es gibt Frauen, welche vielleicht sagen würden... wie ein Dichter.

SCHAUSPIELERIN Nun geh endlich. Aber fang mir kein Verhältnis mit der Kellnerin an. –

DICHTER *(geht.)*

SCHAUSPIELERIN *(kleidet sich aus. Sie hört, wie der Dichter über die Holztreppe hinuntergeht, und hört jetzt seine Schritte unter dem Fenster. Sie geht, sobald sie ausgekleidet ist, zum Fenster, sieht hinunter, er steht da; sie ruft flüsternd hinunter)* Komm!

DICHTER *(kommt rasch herauf, stürzt zu ihr, die sich unterdessen ins Bett gelegt und das Licht ausgelöscht hat; er sperrt ab.)*

SCHAUSPIELERIN So, jetzt kannst du dich zu mir setzen und mir was erzählen.

DICHTER *(setzt sich zu ihr aufs Bett)* Soll ich nicht das Fenster schließen? Ist dir nicht kalt?

SCHAUSPIELERIN O nein!

DICHTER Was soll ich dir erzählen?

SCHAUSPIELERIN Nun, wem bist du in diesem Moment untreu?

DICHTER Ich bin es ja leider noch nicht.

SCHAUSPIELERIN Nun tröste dich, ich betrüge auch jemanden.

DICHTER Das kann ich mir denken.

SCHAUSPIELERIN Und was glaubst du, wen?

DICHTER Ja, Kind, davon kann ich keine Ahnung haben.

SCHAUSPIELERIN Nun, rate.

DICHTER Warte... Na, deinen Direktor.

SCHAUSPIELERIN Mein Lieber, ich bin keine Choristin.

DICHTER Nun, ich dachte nur.

SCHAUSPIELERIN Rate noch einmal.

DICHTER Also du betrügst deinen Kollegen... Benno –

SCHAUSPIELERIN Ha! Der Mann liebt ja überhaupt keine Frauen... weißt du das nicht? Der Mann hat ja ein Verhältnis mit seinem Briefträger!

DICHTER Ist das möglich! –

SCHAUSPIELERIN So gib mir lieber einen Kuß!

DICHTER *(umschlingt sie.)*

SCHAUSPIELERIN Aber was tust du denn?

DICHTER So quäl mich doch nicht so.

SCHAUSPIELERIN Höre, Robert, ich werde dir einen Vorschlag machen. Leg dich zu mir ins Bett.

DICHTER Angenommen!

SCHAUSPIELERIN Komm schnell, komm schnell!

DICHTER Ja... wenn es nach mir gegangen wäre, wär ich schon längst... Hörst du...

SCHAUSPIELERIN Was denn?

DICHTER Draußen zirpen die Grillen.

SCHAUSPIELERIN Du bist wohl wahnsinnig, mein Kind, hier gibt es keine Grillen.

DICHTER Aber du hörst sie doch.

SCHAUSPIELERIN Nun, so komm, endlich!

DICHTER Da bin ich. *(Zu ihr.)*

SCHAUSPIELERIN So, jetzt bleib schön ruhig liegen... Pst... nicht rühren.

DICHTER Ja, was fällt dir denn ein?

SCHAUSPIELERIN Du möchtest wohl gerne ein Verhältnis mit mir haben?

DICHTER Das dürfte dir doch bereits klar sein.

SCHAUSPIELERIN Nun, das möchte wohl mancher...

DICHTER Es ist aber doch nicht zu bezweifeln, daß in diesem Moment ich die meisten Chancen habe.

SCHAUSPIELERIN So komm, meine Grille! Ich werde dich von nun an Grille nennen.

DICHTER Schön...

SCHAUSPIELERIN Nun, wen betrüg ich?

DICHTER Wen?... Vielleicht mich...

SCHAUSPIELERIN Mein Kind, du bist schwer gehirnleidend.

DICHTER Oder einen... den du selbst nie gesehen... einen, den du nicht kennst, einen – der für dich bestimmt ist und den du nie finden kannst...

SCHAUSPIELERIN Ich bitte dich, rede nicht so märchenhaft blöd.

DICHTER ...Ist es nicht sonderbar... auch du – und man sollte doch glauben. – Aber nein, es hieße dir dein Bestes rauben, wollte man dir... komm, komm – – komm –

– – – – – – – – – – –

SCHAUSPIELERIN Das ist doch schöner als in blödsinnigen Stücken spielen... was meinst du?

DICHTER Nun, ich mein, es ist gut, daß du doch zuweilen in vernünftigen zu spielen hast.

SCHAUSPIELERIN Du arroganter Hund meinst gewiß wieder das deine?

DICHTER Jawohl!

SCHAUSPIELERIN *(ernst)* Das ist wohl ein herrliches Stück!

DICHTER Nun also!

SCHAUSPIELERIN Ja, du bist ein großes Genie, Robert!

DICHTER Bei dieser Gelegenheit könntest du mir übrigens sagen, warum du vorgestern abgesagt hast. Es hat dir doch absolut gar nichts gefehlt.

SCHAUSPIELERIN Nun, ich wollte dich ärgern.

DICHTER Ja, warum denn? Was hab ich dir denn getan?

SCHAUSPIELERIN Arrogant bist du gewesen.

DICHTER Wieso?

SCHAUSPIELERIN Alle im Theater finden es.

DICHTER So.

SCHAUSPIELERIN Aber ich hab ihnen gesagt: Der Mann hat wohl ein Recht, arrogant zu sein.

DICHTER Und was haben die anderen geantwortet?

SCHAUSPIELERIN Was sollen mir denn die Leute antworten? Ich rede ja mit keinem.

DICHTER Ach so.

SCHAUSPIELERIN Sie möchten mich am liebsten alle vergiften. Aber das wird ihnen nicht gelingen.

DICHTER Denke jetzt nicht an die anderen Menschen. Freue dich lieber, daß wir hier sind, und sage mir, daß du mich liebhast.

SCHAUSPIELERIN Verlangst du noch weitere Beweise?

DICHTER Bewiesen kann das überhaupt nicht werden.

SCHAUSPIELERIN Das ist aber großartig! Was willst du denn noch?

DICHTER Wie vielen hast du es schon auf diese Art beweisen wollen... hast du alle geliebt?

SCHAUSPIELERIN O nein. Geliebt hab ich nur einen.

DICHTER *(umarmt sie)* Mein...

SCHAUSPIELERIN Fritz.

DICHTER Ich heiße Robert. Was bin ich denn für dich, wenn du jetzt an Fritz denkst?

SCHAUSPIELERIN Du bist eine Laune.

DICHTER Gut, daß ich es weiß.

SCHAUSPIELERIN Nun sag, bist du nicht stolz?

DICHTER Ja, weshalb soll ich denn stolz sein?

SCHAUSPIELERIN Ich denke, daß du wohl einen Grund dazu hast.

DICHTER Ach deswegen.

SCHAUSPIELERIN Jawohl, deswegen, meine blasse Grille! – Nun, wie ist das mit dem Zirpen? Zirpen sie noch?

DICHTER Ununterbrochen. Hörst du's denn nicht?

SCHAUSPIELERIN Freilich hör ich. Aber das sind Frösche, mein Kind.

DICHTER Du irrst dich, die quaken.

SCHAUSPIELERIN Gewiß quaken sie.

DICHTER Aber nicht hier, mein Kind, hier wird gezirpt.

SCHAUSPIELERIN Du bist wohl das Eigensinnigste, was mir je untergekommen ist. Gib mir einen Kuß, mein Frosch!

DICHTER Bitte sehr, nenn mich nicht so. Das macht mich direkt nervös.

SCHAUSPIELERIN Nun, wie soll ich dich nennen?

DICHTER Ich hab doch einen Namen: Robert.

SCHAUSPIELERIN Ach, das ist zu dumm.

DICHTER Ich bitte dich aber, mich einfach so zu nennen, wie ich heiße.

SCHAUSPIELERIN Also, Robert, gib mir einen Kuß ... Ah! *(Sie küßt ihn.)* Bist du jetzt zufrieden, Frosch? Hahahaha.

DICHTER Würdest du mir erlauben, mir eine Zigarette anzuzünden?

SCHAUSPIELERIN Gib mir auch eine.

(Er nimmt die Zigarettentasche vom Nachtkästchen, entnimmt ihr zwei Zigaretten, zündet beide an, gibt ihr eine.)

SCHAUSPIELERIN Du hast mir übrigens noch kein Wort über meine gestrige Leistung gesagt.

DICHTER Über welche Leistung?

SCHAUSPIELERIN Nun.

DICHTER Ach so. Ich war nicht im Theater.

SCHAUSPIELERIN Du beliebst wohl zu scherzen.

DICHTER Durchaus nicht. Nachdem du vorgestern abgesagt hattest, habe ich angenommen, daß du auch gestern noch nicht im Vollbesitz deiner Kräfte sein würdest, und da hab ich lieber verzichtet.

SCHAUSPIELERIN Du hast wohl viel versäumt.

DICHTER So.

SCHAUSPIELERIN Es war sensationell. Die Menschen sind blaß geworden.

DICHTER Hast du das deutlich bemerkt?

SCHAUSPIELERIN Benno sagte: Kind, du hast gespielt wie eine Göttin.

DICHTER Hm! ... Und vorgestern noch krank.

SCHAUSPIELERIN Jawohl; ich war es auch. Und weißt du, warum? Vor Sehnsucht nach dir.

DICHTER Früher hast du mir erzählt, du wolltest mich ärgern und hast darum abgesagt.

SCHAUSPIELERIN Aber was weißt du von meiner Liebe zu dir. Dich läßt das ja alles kalt. Und ich bin schon nächtelang im Fieber gelegen. Vierzig Grad!

DICHTER Für eine Laune ist das ziemlich hoch.

SCHAUSPIELERIN Laune nennst du das? Ich sterbe vor Liebe zu dir, und du nennst es Laune –?!

DICHTER Und Fritz ...?

SCHAUSPIELERIN Fritz? ... Rede mir nicht von diesem Galeerensträfling! –

Anhang

Anmerkungen

Zu Seite 13

Marie (Mizi) Glümer: 1873 bis 1925, Schauspielerin. Schnitzler hatte sie im Juni 1889 kennengelernt. Die leidenschaftliche Beziehung währte bis 1893. Marie Glümer heiratete später den Regisseur Paul Martin (1914 geschieden, ein Sohn) und lebte in München.

Marie (Mizi) Reinhard: 1871 bis 1899. Schnitzler lernte sie im Juli 1894 kennen. Von 1895 bis zu ihrem Tod spielte sie eine große Rolle in seinem Leben.

Felix Salten: 1869 bis 1947, Theaterkritiker, Dramatiker, Erzähler. Emigrierte 1938. Seine berühmtesten Werke sind das Tierbuch »Bambi« und der anonym erschienene Roman »Josefine Mutzenbacher«.

Zu Seite 14

»Jugend in Wien«: Arthur Schnitzler, Jugend in Wien. Eine Autobiographie. (Hrsg. Therese Nickl, Heinrich Schnitzler) Wien–München–Zürich 1968.

Briefe an Olga Waissnix: Arthur Schnitzler – Olga Waissnix, Liebe, die starb vor der Zeit. Briefwechsel. (Hrsg. Therese Nickl, Heinrich Schnitzler) Wien–München–Zürich 1970.

Olga Waissnix: 1862 bis 1897, Gattin von Carl Waissnix, dem Besitzer der Kuranstalt »Thalhof« in Reichenau.

Briefe an Hugo von Hofmannsthal: Hugo von Hofmannsthal – Arthur Schnitzler. Briefwechsel. (Hrsg. Therese Nickl, Heinrich Schnitzler) Frankfurt 1964.

Hugo von Hofmannsthal: 1876 bis 1929. Veröffentlichte seine ersten Gedichte unter dem Pseudonym »Loris«. Lyriker, Dramatiker, Librettist (für Richard Strauss), Erzähler, Essayist.

Briefe an ... Otto Brahm: Der Briefwechsel Arthur Schnitzler – Otto Brahm. (Hrsg. Oskar Seidlin) Schriften der Gesellschaft für Theatergeschichte 57, Berlin 1953. Dazu: Unveröffentlichte Briefe Schnitzlers an Brahm. Ein Nachtrag zu Band 57 der Schriften (Hrsg. Heinrich Schnitzler), Kleine Schriften der Gesellschaft für Theatergeschichte 16, 1958, Seite 44 bis 55.

Otto Brahm: 1856 bis 1912. Als Theaterdirektor in Berlin Wegbereiter des Naturalismus und des Regietheaters, großer Förderer und Freund Schnitzlers.

Briefe an ... Georg Brandes: Georg Brandes und Arthur Schnitzler. Ein Briefwechsel. (Hrsg. Kurt Bergel) Bern 1956.

Georg Brandes: 1842 bis 1927, dänischer Literaturhistoriker und Kritiker.

... Erinnerungen: Adele Sandrock, Mein Leben. Ergänzt und herausgegeben von Wilhelmine Sandrock. Berlin 1940.

von ihrer Schwester: Wilhelmine Sandrock, 1861 bis 1948, Schauspielerin. Von 1884 bis 1898 Mitglied des Wiener Burgtheaters. Lebte die meiste Zeit ihres Lebens mit Adele zusammen. Ihr Spitzname war »Willy«.

»Vergeltung«: Schauspiel in drei Aufzügen von Adele Sandrock und Robert Eysler. Als Manuskript vervielfältigt. Berlin 1900. – *Robert Eysler.* 1874 bis ?, österreichischer Schriftsteller. Schrieb Satiren, Komödien, Dramen.

Zu Seite 15

»Reigen«: Zehn Dialoge. 1900 als Privatdruck erschienen. Heute in: Arthur Schnitzler, Die Dramatischen Werke I, Frankfurt 1962, Seite 327ff.

Johann Schnitzler: 1835 bis 1893, Laryngologe, Universitätsprofessor. War von 1880 bis zu seinem Tod Direktor der Allgemeinen Wiener Poliklinik. Er gründete 1860 die »Wiener Medizinische Presse«, die von 1887 an den Titel »Internationale Klinische Rundschau« führte.
sein Bruder: Julius Schnitzler, 1865 bis 1939, Chirurg.

Café Griensteidl: Herrengasse 1–3, seit der Gründung 1847 ein Wiener Literatencafé. Als es 1897 geschlossen wurde, schrieb Karl Kraus darüber die Satire »Die demolierte Literatur«.

Hermann Bahr: 1863 bis 1934, österreichischer Schriftsteller. Als Journalist und Kritiker der führende Theoretiker der Moderne.

Richard Beer-Hofmann: 1866 bis 1945. Bedeutender Dichter des österreichischen Fin de siècle. Emigrierte 1938.

Zu Seite 16

»Im übrigen kommen Sie ...«: In: BW Schnitzler – Waissnix, a.a.O., Seite 173.

Baudius: Auguste Wilbrandt-Baudius, 1843 bis 1937, Schauspielerin.

Zu Seite 17

Josef Jarno: 1866 bis 1932, Schauspieler, Theaterdirektor, Vorkämpfer für Strindbergs Stücke.

Deutsches Volkstheater: Das Deutsche Volkstheater war am 14. September 1889 eröffnet worden.

Emmerich von Bukovics: 1844 bis 1905. Der erste Direktor des Deutschen Volkstheaters, das er bis zu seinem Tod leitete.

Nans Sandrock den Hagen: 1834 bis 1917, eine der berühmtesten Schauspielerinnen Hollands.

Charlotte Birch-Pfeiffer: 1800 bis 1868, Schriftstellerin, Schauspielerin, Theaterleiterin. Verfaßte vielgespielte Rühr- und Effektstücke.

Zu Seite 18

Josef Kainz: 1858 bis 1910, der führende Schauspieler seiner Epoche, von 1899 bis zu seinem Tod am Burgtheater. Kainz und Schnitzler waren befreundet, Kainz spielte Schnitzlers Paracelsus, Henri (»Der grüne Kakadu«) und Amadeus (»Zwischenspiel«).

Burgtheater: Das österreichische Nationaltheater, 1741 von Kaiserin Maria Theresia im Hofballhaus neben der Hofburg als Hoftheater begründet, 1776 von Kaiser Joseph II. als »Teutsches Nationaltheater« proklamiert. 1888 übersiedelte das Burgtheater in einen Neubau auf der Ringstraße, der im Zweiten Weltkrieg zerstört, später wiederaufgebaut und 1955 neu eröffnet wurde.

Alexandre Dumas: 1824 bis 1895, Schöpfer des modernen französischen Gesellschaftsdramas.

ihr Bruder Christoph: Christoph Sandrock, ? bis 1924, einziger Bruder der Schwestern Sandrock, Maler und Schriftsteller (sein Stück »Jeanne« wurde 1910 von Adele Sandrock in Bad Kissingen uraufgeführt). Seine Tochter Jutta beging Selbstmord, sein Sohn Edgar ist verschollen; beide waren Schauspieler.

Max Burckhard: 1854 bis 1912, hoher Justizbeamter, von 1890 bis 1898 Direktor des Burgtheaters, dann Theaterkritiker. Schnitzler setzte ihm in der Person des »Hofrat Winkler« in seinem Stück »Professor Bernhardi« ein Denkmal.

»Man konnte die Sandrock ...«: In: Tilly Wedekind, Lulu – die Rolle meines Lebens, München–Bern–Wien 1969, Seite 22.

Tilly Newes: 1886 bis 1970, Schauspielerin, heiratete 1906 Frank Wedekind. In ihren Memoiren a.a.O. wird Adele Sandrock, die mit den Wedekinds gut bekannt war, ausführlich erwähnt.

Frank Wedekind: 1864 bis 1918, deutscher Dramatiker, stilistisch zwischen Naturalismus und Expressionismus.

Ganghofer: Ludwig Ganghofer, 1855 bis 1920, erfolgreicher Unterhaltungsschriftsteller, dessen Heimatromane noch heute viel gelesen werden. Als Dramatiker vergessen. Adele Sandrock brillierte vor allem als Sanda in seinem Stück »Die Hochzeit von Valeni«.

Voß: Richard Voß, 1851 bis 1918, zu seiner Zeit sehr beliebter Verfasser von Romanen und Sittenstücken. Adele Sandrock spielte u. a. in seinen Stücken »Eva«, »Alexandra« und »Schuldig«.

Blumenthal: Oskar Blumenthal, 1852 bis 1917, Journalist, Schriftsteller, Theaterdirektor (Gründer des Berliner Lessingtheaters). Verfasser effektsicherer Lustspiele, teilweise zusammen mit Gustav Kadelburg. Adele Sandrock spielte in seinen Stücken »Das zweite Gesicht« und »Mauerblümchen«.

Schönthan: Franz Schönthan, 1849 bis 1913, Schauspieler, Regisseur, Dramatiker. Verfasser von Lustspielen, oft zusammen mit seinem Bruder Paul Schönthan. Adele Sandrock spielte in seinem Stück »Das letzte Wort«.

Zu Seite 19
Henrik Ibsen: 1828 bis 1906, berühmtester norwegischer Dramatiker.

Zu Seite 22
Adolf Weisse: 1856 bis 1933, Schauspieler, von 1905 bis 1916 Direktor des Deutschen Volkstheaters.

Bertha Hausner: Schauspielerin, seit 1890 am Deutschen Volkstheater engagiert, zählte zum Bekanntenkreis von Adele Sandrock.

Marco Brociner: 1852 bis 1942, Dramatiker und Journalist (Redakteur des »Neuen Wiener Tagblatts«).

Theatersekretär Müller: Leopold Müller, der als selbstherrlich bekannte Dramaturg, galt in den ersten Jahren des Deutschen Volkstheaters als »graue Eminenz« des Hauses.

Zu Seite 25
»Das Märchen kommt...«: In: BW Schnitzler – Waissnix, a.a.O., Seite 279.

»Und die Sandrock?...«: Ebenda, Seite 280.

Fulda: Ludwig Fulda, 1862 bis 1939, deutscher Lustspielautor, Molière- und Rostand-Übersetzer.

Robert Nhil: 1858 bis 1938, Schauspieler. In den ersten Jahren des Deutschen Volkstheaters männlicher Star des Hauses, oft Partner von Adele Sandrock. Ging 1900 nach Hamburg, wo er an der Gründung des Deutschen Schauspielhauses beteiligt war.

Franz Tewele: 1843 bis 1914, Komiker, Direktor des Wiener Carltheaters, seit 1890 als Schauspieler am Deutschen Volkstheater.

Josef Giampietro: 1866 bis 1913, bekannter Komiker. Mitglied des Deutschen Volkstheaters seit der Gründung des Hauses.

Moritz Broda: 1842 bis 1910, Schauspieler, seit 1889 am Deutschen Volkstheater, mit Wilhelmine Sandrock befreundet.

Julius Meixner: 1850 bis 1913, Schauspieler, seit 1889 am Deutschen Volkstheater.

Lina Gribl: Schauspielerin, seit 1891 am Deutschen Volkstheater.

Jenny: Nicht eruiert. Schnitzler hatte kurze Zeit mit ihr ein Verhältnis.

Fifi: Josefine Weisswasser.

Zensurbescheide: Die Polizei hatte achtzehn, die Statthalterei zwei Striche im »Märchen« verfügt. Die Zensurbescheide liegen im Niederösterreichischen Landesarchiv auf.

Zu Seite 26
K.s: Heinrich Kadelburg, 1856 bis 1910, Bruder des Lustspielautors Gustav Kadelburg, gehörte dem Deutschen Volkstheater seit seiner Gründung zuerst als Schauspieler, später ausschließlich als Regisseur an. Zuletzt Mitdirektor des Carltheaters.

Moritzki: Moritzki ist der Name einer Figur in »Das Märchen«, ein Theateragent, der im 3. Akt in einer Szene der Schauspielerin Fanny Theren ein Engagement in Rußland anbietet. Die Rolle wurde nicht gestrichen und von Moritz Broda verkörpert.

»mancherlei dreinzureden«, »gespenstisch nüchterne Hin und Her«, »Sehr liebenswürdig die Sandrock«: In: BW Schnitzler – Waissnix, a.a.O., Seite 282.

Witte: Friedrich Witte, Figur in »Das Märchen«.

Zu Seite 27
Schnitzler, Das Märchen: In: Gesammelte Werke, Die Dramatischen Werke I, Frankfurt 1962, Seite 166.

Zu Seite 29
B.: Anna Bock, Schauspielerin, von 1882 bis 1893 Mitglied des Burgtheaters. Feierte in »Das Märchen« ihr Debüt am Deutschen Volkstheater und fiel durch.

Zu Seite 30
Geiringer: Anton Geiringer war bis 1937 Verwaltungsdirektor des Deutschen Volkstheaters.

Richard Specht: 1870 bis 1932, österreichischer Schriftsteller. Schrieb zahlreiche Romane, Gedichte, Stücke, bekannt durch seine Musikerbiographien. Schrieb 1922 die erste Biographie über Arthur Schnitzler.

»Ich entsinne mich ...«: In: Richard Specht, Arthur Schnitzler, Der Dichter und sein Werk. Eine Studie. Berlin 1922. Seite 84ff.

Zu Seite 32
Frl. Hell: Adele Hell, Schauspielerin, von 1884 bis 1886 am Burgtheater, seit 1892 am Deutschen Volkstheater.

Friedrich Schütz: 1845 bis 1908, Dramatiker, Theaterkritiker, Redakteur der »Neuen Freien Presse«.

Emil Granichstaedten: 1847 bis 1904, Journalist, Lustspielautor.

Zu Seite 33
»Aber zwei Akte lang ...«: In: Hermann Bahr, Kritiken. (Hrsg. Heinz Kindermann) Wien 1963, Seite 182f.

Zu Seite 35
Wie es dem Wildbrand erging am Burgtheater: Adolph Wildbrandts Stück »Bernhard Lanz«, Schauspiel in 5 Akten, hatte am 20. März 1893 am Burgtheater Premiere gehabt und war nach drei Vorstellungen abgesetzt worden.

Zu Seite 38
Operette an der Wieden: Im Theater an der Wien wurde an diesem Abend »Der Schwiegerpapa«, Operette in 3 Akten, frei nach einer Humoreske des Richard O. Mouroy von F. Zell und W. Ascher, Musik von Alfred Strasser und Max von Weinzierl, gespielt.

Zu Seite 40
Schnitzler, Ohnmacht: In: Arthur Schnitzler, Frühe Gedichte, Berlin 1969, Seite 66.

Zu Seite 42
Anatol zu Ende gelesen: Die Buchausgabe des Einakterzyklus »Anatol« war 1893 im Bibliographischen Bureau, Berlin, erschienen. Heute in: Arthur Schnitzler, Die Dramatischen Werke I, Frankfurt 1962, S. 28.

Zu Seite 43
Begräbnis eines Onkels: Ludwig Mandl, 1831 bis 1893, Getreidehändler, Gatte von Irene Mandl, geb. Markbreiter, die Schwester von Schnitzlers Mutter.

Zu Seite 46
Tulln: Stadt in Niederösterreich, nordwestlich von Wien.

Bicycletour: Schnitzler unternahm zu dieser Zeit oft Radtouren, allein oder mit Freunden, bei welchen auch ziemlich weite Strecken zurückgelegt wurden.

Zu Seite 48
Central: Café Central, 1. Bezirk, Herrengasse 14, im Gebäude der Österreichisch-Ungarischen Bank. War neben dem Café Griensteidl der hauptsächliche Treffpunkt der Wiener Literaten der Jahrhundertwende.

Zu Seite 50
Roda Roda: Alexander Roda Roda, 1872 bis 1945, österreichischer Schriftsteller, Satiriker. 1938 emigriert. Schrieb Romane und Lustspiele aus dem k. u. k. Milieu.

»Sie übte sie heiß ...«: In: Roda Rodas Roman, 1925, Ausgabe von 1958, Seite 432.

Zu Seite 52
Olga Dvorak: 1867 bis 1898, Volksschauspielerin und Operettensängerin, an verschiedenen Wiener Bühnen engagiert. Siehe auch Schnitzler, Jugend in Wien, a.a.O., Seite 76.

Theodor Pollak: Möglicherweise Dr. jur. Theodor Pollak, damals Ministerialsekretär im Eisenbahnministerium.

Olga Golovin: Möglicherweise die Gattin des russischen Malers Alexander Jakolewitz Golovin.

Friedrich Schik (Schnitzler schrieb den Namen stets fälschlich »Schick«): 1875 bis ?, Journalist, Redakteur der »Montags-Revue«.

»ein feiner Kollege«: In: Adele Sandrock, Mein Leben, a.a.O., Seite 131.

Charles Weinberger: 1861 bis 1939, Wiener Operettenkomponist, schrieb auch eine Oper, Konzertwalzer, Quartette, Lieder.

Friedrich Elbogen: 1854 bis 1909, Rechtsanwalt, Schriftsteller.

Alfred Grünfeld: 1852 bis 1924, Pianist und Komponist. Seine Konzertparaphrasen von Johann-Strauß-Walzern waren berühmt.

Karl Kraus: 1874 bis 1936. Sprach- und Kulturkritiker, Übersetzer, Satiriker. Gründete die Zeitschrift »Die Fackel« (1899 bis 1936).

Yvette Guilbert: 1866 bis 1944, französische Chansonette. Entwickelte um die Jahrhundertwende in Paris einen neuen Vortragsstil, der mimische Elemente in den Gesang einbezog.

Ronacher: 1. Bezirk, Seilerstätte 19. An der Stelle des 1884 abgebrannten Stadttheaters wurde das »Concert- und Ballhaus Ronacher« errichtet, ein Etablissement, das Theatersaal, Ballsaal, Hotel, Restaurant und Kaffeehaus vereinte.

Zu Seite 53
Politzer: Adam Politzer, 1835 bis 1920, Ohrenarzt, 1894 bis 1906 Uni-

versitätsprofessor in Wien. Verdienste um die Ausbildung der Ohrenheilkunde.

Schönbrunn: Sommerresidenz der österreichischen Herrscher im 13. Wiener Bezirk, ein nach dem Vorbild von Versailles errichtetes Schloß.

Zu Seite 59
Else, das Kind: Else Singer, Tochter von Alexander Singer, dem Chef-Administrator des »Neuen Wiener Tagblatts«. Schnitzler war mit der Familie Singer bekannt. Elses Briefe an ihn befinden sich (nicht abgeschrieben) im Schnitzler-Nachlaß.

Eigentlich liebe ...: In: Gesammelte Werke, Aphorismen und Betrachtungen, Frankfurt 1967, Seite 289.

Zu Seite 62
»Es gibt ein Glück ...«: Zitat aus der Oper »Lohengrin« (1847) von Richard Wagner (1813 bis 1883).

Votivkirche: Im 9. Bezirk, Roosevelt-Platz, nahe bei Schnitzlers Wohnung in der Frankgasse. 1856 bis 1879 im Auftrag von Erzherzog Ferdinand Max (später Kaiser Maximilian von Mexiko) erbaut, aus Dankbarkeit, daß ein Attentat auf seinen Bruder, Kaiser Franz Josef I., mißglückt war.

Zu Seite 65
Saubermänner: 1893/94 existierte unter der Bezeichnung »Saubermänner« eine geschlossene Tischgesellschaft von Künstlern und Schriftstellern, die wöchentlich im Alt-Wiener Gasthof »Bristol« am Kärntner-Ring (nicht identisch mit dem heutigen Hotel Bristol) zusammentraf. Schnitzlers Spitzname in dieser Runde war »Arthur, der Naturschnitzler«.

Zu Seite 69
In diesem Bande ...: Schnitzler schickte Adele Sandrock den Modernen Musen-Almanach auf das Jahr 1894 (Hrsg. Otto Julius Bierbaum). Die neben den Titeln in Klammer gesetzten Zahlen beziehen sich auf die Seite, auf denen das betreffende Werk zu finden war.

Schlaf: Johannes Schlaf, 1862 bis 1941, deutscher Dichter, in Theorie und Praxis einer der Begründer des deutschen Naturalismus.

Zu Seite 71
Raimundtheater: 6. Bezirk, Wallgasse 18–20. 1893 von einem Verein von Wiener Bürgern ins Leben gerufen und mit Raimunds »Die gefesselte Phantasie« eröffnet.

Zu Seite 72
Man muß sich mit einer Frau ...: In: Aphorismen und Betrachtungen, a.a.O., Seite 291.

Zu Seite 75
als Eva gastiere: Zu den Glanzrollen von Adele Sandrock zählte die Eva in dem gleichnamigen Stück von Richard Voß.

Zu Seite 76
An was für Frauen ...: In: Aphorismen und Betrachtungen, a.a.O., Seite 291.

Zu Seite 77
»ungläubigen Thomas«: Der Schwank »Der ungläubige Thomas« von Carl Laufs und Wilhelm Jacoby wurde im Raimundtheater gespielt.

St Gene: Die Komödie »Madame Sans Gene« von Victorien Sardou und Emile Moreau wurde am Deutschen Volkstheater mit Helene Odilon in der Titelrolle gespielt.

Zu Seite 79
Balthasar: Die Unterschrift »Balthasar«, die nicht wiederkehrt, muß sich auf einen nicht festgestellten Scherz zwischen Adele Sandrock und Arthur Schnitzler beziehen.

Fels: Friedrich Michael Fels, 1864 bis ?, Journalist, eröffnete die Wiener »Freie Bühne«, die zu keiner Bedeutung gelangte.

Hirschfeld: Robert Hirschfeld, 1857 bis 1914, Journalist, Musikkritiker, Lehrer am Wiener Konservatorium.

Mounet-Sully: Jean Mounet-Sully, 1841 bis 1916, berühmter französischer Tragöde. Gastierte damals im Carltheater.

Imperial: 1. Bezirk, Kärntner Ring 16. 1863/65 als Palais erbaut, 1872/73 in ein Hotel umgewandelt, das noch existiert.

Zu Seite 82
Atzgersdorf: Dorf bei Wien, das 1938 zur Stadt kam. Schnitzler wollte offensichtlich besonders abgelegene Orte zitieren.

Katzelsdorf: Kleines Dorf in Niederösterreich in der Nähe von Wiener Neustadt.

Zu Seite 83
verkaufte Braut: Die verkaufte Braut, Oper von Friedrich Smetana (1824 bis 1884).

Niels Lyhne: Roman des dänischen Schriftstellers Jens Peter Jacobsen (1847 bis 1885).

Zu Seite 85
Urbantschitsch: Viktor Urbantschitsch, 1847 bis 1921, Mitbegründer der modernen Ohrenheilkunde. Universitätsprofessor in Wien.

Zu Seite 87
nach der Waise: Adele Sandrock spielte die Jane Eyre in »Die Waise von Lowood« von Charlotte Birch-Pfeiffer.

Zu Seite 88
zu der Posse in die Josefstadt: Das Tagebuch verzeichnet keinen Besuch. Am 27.1.1894 wurde dort »O, Sie Schlimmer!« von Otto Bender (Musik: Karl Kleber) gespielt. – *Theater in der Josefstadt:* 8. Bezirk, Josefstädter Straße 26. 1788 eröffnet, damals eines der bekanntesten Wiener Vorstadttheater, kam unter der Direktion von Josef Jarno und Max Reinhardt zu hoher Blüte.

Zu Seite 89
Trick: Adele Sandrocks Hund.

Zu Seite 92
Douzzi: Dabei muß es sich um einen – in seiner Bedeutung nicht feststellbaren – Ausdruck zwischen Mizi Glümer und Arthur Schnitzler gehandelt haben.

Zu Seite 93
Schwarzkopf: Gustav Schwarzkopf, 1853 bis 1939, Kritiker, Erzähler, Bühnenautor, unter Hugo Thimig zeitweiliger künstlerischer Beirat der Burgtheaterdirektion. Freund Schnitzlers und Hofmannsthals.

Fanjung: Leo Fanjung (auch Vanjung geschrieben), 1866 bis 1939, Musiker, mit Schnitzler befreundet.

Zu Seite 95
Der süße Brief...: Nicht im Nachlaß, muß verlorengegangen sein.

Zu Seite 96
Herr aus Leipzig: Aus dem Tagebuch vom 15.2.1894 geht hervor, daß es sich um Wilhelm König handelte.

Zu Seite 97
Nothnagel: Hermann Nothnagel, 1841 bis 1905, Internist. Leiter der I. Medizinischen Klinik.

Stein oder Döbling: Wiener Heil- und Pflegeanstalt »Am Steinhof« und Wiener städtische Nervenanstalt Döbling. Adele Sandrock wollte damit ausdrücken, daß sie bald ins »Irrenhaus« käme.

Zu Seite 98
Emil Pohl: Schriftsteller.

Lothar: Rudolf Lothar, 1865 bis ?, Dramatiker, Journalist, Mitarbeiter der »Neuen Freien Presse«. Ging 1907 nach Berlin, starb in der Emigration. Schnitzlers »Entdecker«. Vgl. Jugend in Wien, a.a.O., Seite 284f.

Helene Odilon: 1863 bis 1939, bekannte Schauspielerin, ab 1891 am Deutschen Volkstheater. In erster Ehe mit dem berühmten Volksschauspieler Alexander Girardi verheiratet.

Giacosa: Giuseppe Giacosa, 1847 bis 1906, bedeutender italienischer Dramatiker und Librettist.

Zu Seite 102
Herrn Senator: »Der Herr Senator«, Schwank in drei Akten von Franz von Schönthan und Gustav Kadelburg, wurde am Deutschen Volkstheater gespielt.

Zu Seite 103
Schostal u. Härtlein: Wäschekonfektionsfirma mit Spezialgeschäft für feine Herrenmodeartikel, 1. Bezirk, Stephansplatz 2.

Zu Seite 105
den »kleinen Mann«: »Der kleine Mann«, Schwank in vier Akten von C. Karlweis, wurde am Raimundtheater gespielt.

»Wie steht's mit Ihren Beziehungen ...«: In: BW Schnitzler – Waissnix, a.a.O., Seite 290.

Zu Seite 110
»Blumen«: Novelle von Arthur Schnitzler, die am 1. August 1894 in der »Neuen Revue« erschien. Heute in: Arthur Schnitzler, Gesammelte Werke, Die Erzählenden Schriften I, Seite 220.

Zu Seite 112
Carltheater: 2. Bezirk, Praterstraße 31, ursprünglich Leopoldstädter Theater, umgebaut und 1847 als Carltheater neu eröffnet. Eine der bedeutendsten Bühnen Wiens. Im Krieg zerstört und 1951 abgerissen.

Silberner Brunnen: Restaurant in der Berggasse 5.

Goldmann: Paul Goldmann, 1865 bis 1935, Journalist, Redakteur der Zeitschrift »An der schönen blauen Donau«, in der seit 1889 frühe Arbeiten Schnitzlers erschienen waren. Später Berliner Korrespondent der »Neuen Freien Presse«, als Kritiker seiner harten Urteile wegen verrufen.

Zu Seite 114
Baden: Baden bei Wien, Kurstadt, in der 1. Hälfte des 19. Jahrhunderts kaiserlicher Sommersitz.

Zu Seite 115
Palais Lanckoronski: 3. Bezirk, Jacquingasse 18.

Belvedere: Barockpalais im 3. Bezirk, im Auftrag von Prinz Eugen von Savoyen errichtet.

»Examen«: »Das Examen«, Lustspiel in 5 Akten von Heinrich Lee, wurde am Burgtheater gespielt.

Zu Seite 116
Lee: Heinrich Lee, Schriftsteller.

Wortner: Kaffeehäuser namens Wortner gab es im 1. Bezirk in der Reichsratstraße und im 4. Bezirk auf der Wiedner Hauptstraße.

Sa.: Vermutlich Adalbert Eduard Saff, 1865 bis ?, bekannter Bildhauer.

Po: Vermutlich Michael Powolny, 1871 bis ?, Bildhauer.

Klosterneuburg: Nordwestlich von Wien am rechten Donauufer. Berühmt durch sein Augustiner-Chorherren-Stift.

Weidlingbach: Ort neben Klosterneuburg.

Mödling: Alte Babenbergerstadt am Rande des Wienerwaldes, südlich von Wien.

Gießhübl: Ausflugsort südlich von Wien.

Rodaun: Sommerfrische bei Wien, seit 1938 Teil des 23. Bezirks. Im Fuchs-Schlößl in Rodaun wohnte Hugo von Hofmannsthal.

Hoffmann: Vermutlich Dr. Josef Hoffmann, praktischer Arzt.

Zu Seite 117
Mama: Louise Schnitzler, Arthur Schnitzlers Mutter.

Zu Seite 118
Schriftstellerversammlung: Die am 10. 5. 1894 in das Hotel de France (1. Bezirk, Schottenring 3) einberufene Schriftstellerversammlung behandelte die Pressegesetzgebung. Vgl. Neue Freie Presse, 15. 5. 1894, Seite 3.

Zu Seite 119
Prater: Naturpark und Vergnügungsgelände im 2. Bezirk zwischen Donau und Donaukanal. Der sogenannte »Wurstelprater« war und ist eine vielbesuchte Belustigungsstätte mit Schau- und Schießbuden, Karussell, Liliput-, Schleuder-, Grotten- und Rutschbahn. Wahrzeichen des Wiener Praters ist das Riesenrad.

»braisgegrönte ...«: Schnitzler versuchte, den Jargon der Praterausrufer nachzuahmen und die »preisgekrönte Herkules-Kraftmaschine« phonetisch niederzuschreiben.

Zu Seite 123
»daß Cheristane einst ...«: Wörtliches Zitat aus »Der Verschwender«, Original-Zaubermärchen in 3 Aufzügen (1834) von Ferdinand Raimund (1790 bis 1836). Als am Ende des 1. Aktes die Fee Cheristane ihren Geliebten Flotwell verläßt, spricht sie die Worte: »Nur dieser Fels mag ein geheimnisvoller Zeuge sein, daß Cheristane einst auf Erden hat geliebt.«

Girardi-Jubiläum: Im Theater an der Wien wurde »Der Verschwender« aufgeführt, »Zur Feier des 25jährigen Künstler-Jubiläums des Herrn Alexander Girardi, unter gefälliger Mitwirkung des Herrn Louis Frappart, Mitglied der k. k. Hofoper, des Fräuleins Adele Sandrock sowie der Herren Robert Nhil und Adolph Weisse vom Deutschen Volkstheater und des Fräuleins Katharina Herzog«. – *Alexander Girardi:* 1850 bis 1918, war der populärste Wiener Volksschauspieler seiner Zeit. 1918, kurz vor seinem Tod, spielte er am Burgtheater den Weiring in Schnitzlers »Liebelei«.

Riedhof: 8. Bezirk, Wickenburggasse 15, eine wegen ihres schönen Gartens stark besuchte Bierwirtschaft.

»Kreuz«: Vermutlich Zum goldenen Kreuz, 6. Bezirk, Mariahilfer Straße Nr. 71 a, beliebtes Einkehrwirtshaus (heute Hotel Kummer).

Herr Dippel: Andreas Dippel, 1866 bis 1932, bekannter Heldentenor, sang in Wien, London, New York, Bayreuth u. a.

Zu Seite 124
Dr. Conrad: Michael Georg Conrad, 1846 bis 1927, frühnaturalistischer Kritiker und Erzähler, Reichstagsabgeordneter. Gründer der Zeitschrift »Die Gesellschaft«.

Halbe: Max Halbe, 1865 bis 1944, bedeutender naturalistischer Dramatiker. Sein Drama »Jugend« (1893) war einer der größten Theatererfolge dieser Zeit.

Zu Seite 127
Conrad-Ramlo: Marie Conrad-Ramlo, 1850 bis 1921, Gattin von Michael Georg Conrad, Schauspielerin, Schriftstellerin.

Zu Seite 129
Therese Krones: »Therese Krones«, Genrebild mit Gesang in 3 Akten von Karl Haffner, wurde am Deutschen Volkstheater gespielt.

Sonnenthal: Adolph Ritter von Sonnenthal, 1834 bis 1909, einer der berühmten Schauspieler des Burgtheaters.

Zu Seite 132
Christel singt »Trompeter«: Gemeint ist vermutlich die Oper »Der Trompeter von Säckingen« (1884) von Viktor Nessler (1841 bis 1890), die damals sehr populär war.

Zu Seite 133
Sudermann: Hermann Sudermann, 1857 bis 1928, erfolgreicher naturalistischer Dramatiker und Romanschriftsteller.

Eleonora Duse: 1859 bis 1924, weltberühmte italienische Schauspielerin.

Zu Seite 134
Hochzeit Julius mit Helene: Schnitzlers Bruder Julius heiratete am 8.7.1894 Helene Altmann (1871 bis 1941).

Zu Seite 135
Toni Schläger: Antonie Schläger, 1860 bis 1910, Hofopernsängerin. War damals zur Kur in Marienbad.

Zu Seite 136
meine Anna: Anna Banz, Adele Sandrocks Zofe.

Zu Seite 137
bei der Schlesinger: Modesalon Albertine Schlesinger, Wien, 4. Bezirk, Neumanngasse.

Lili Meißner: Schauspielerin in Laibach.

Reimers: Vermutlich Georg Reimers, 1860 bis 1936, Burgschauspieler.

Zu Seite 139
Tod des Erzherzogs Wilhelm: 1827 bis 1894, dritter Sohn des Erzherzogs Carl, des Siegers von Aspern, der damals noch lebte. Erzherzog Wilhelm verunglückte tödlich am 29. Juli in Baden bei Wien durch einen Sturz vom Pferd.

Zu Seite 140
Bela Haas: Jüdischer Industrieller, dessen witzige Aussprüche vielfach kolportiert wurden.

Zu Seite 145
Charlotte Wolter: 1834 bis 1897, seit 1862 am Burgtheater, eine der bedeutendsten Schauspielerinnen des Hauses, deren vielzitierter »Wolter-Schrei« damals als Höhepunkt der Schauspielkunst galt. Adele Sandrock sollte bei ihrem Eintritt in das Burgtheater in die Fußstapfen der alternden Tragödin treten und ihr Rollenfach übernehmen.

Zu Seite 146
Maria Plain: Wallfahrtsort am nördlichen Stadtrand von Salzburg, barocke Kirche.

Hellbrunn: Lustschloß bei Salzburg mit einem berühmten Park. 1613 bis 1619 für Erzbischof Marcus Sitticus erbaut.

Kaserer Bräu, Tiger: Hotel-Restaurants in Salzburg. Hier war Schnitzler mit Mizi Glümer während ihres Engagements am hiesigen Theater oft zusammen.

Hohensalzburg: Festung der Stadt Salzburg.

Bauer: Hotel in Bad Ischl.

Zu Seite 147
Pfandl: Ort bei Bad Ischl.

Zu Seite 148
Hallstatt: Stadt im Salzkammergut (Oberösterreich), durch Salzvorkommen und prähistorische Funde bedeutend.

Zu Seite 150
Frl. Joel: eigentlich Rosa Jokel, Schauspielerin. Heiratete 1895 Hermann Bahr.

Empfang bei der großen Tragödin: Charlotte Wolter.

Zu Seite 151
Weissenbach: Weißenbach am Attersee, Sommerfrische im Salzkammergut.

geistreich auf Ibsens Kosten: Den Begriff »Adelsmenschen« prägt Pastor Rosmer in Henrik Ibsens »Rosmersholm«. (Adele Sandrock hat die Rolle der Rebekka West in diesem Stück oft gespielt.)

Zu Seite 152
bei Leopold: Die Pension Leopold Petter in Bad Ischl.

Zu Seite 153
Frl. Weigel: Franziska Weigel, Schauspielerin, ab 1894 am Deutschen Volkstheater.

Zu Seite 154
Löwe: Konrad Löwe, Schauspieler, seit 1891 am Deutschen Volkstheater.

Liebhardt: Ignaz Liebhardt, Schauspieler, seit 1889 am Deutschen Volkstheater.

Eppens: Otto Eppens, 1860 bis ?, Schauspieler, seit 1890 am Deutschen Volkstheater.

Portepée: Quaste am Offizierssäbel.

Zu Seite 156
Stern: Julius Stern, 1858 bis 1912, Dirigent, Komponist.

zur Premiere (Samstag): Am Samstag, dem 22.9.1894, sah Arthur Schnitzler im Carltheater das Singspiel »Fürst Malachof«. Musik von Julius Stern.

FrzJosefs Bahn: Die Franz-Josefs-Bahn wurde 1870 mit dem Verkehr nach Eger und Prag dem Verkehr übergeben und dient auch heute noch für den Zugverkehr in den Norden (Ostblockstaaten).

Zu Seite 158
Acajon: Mahagoni.

Zu Seite 160
Toto-Tata: Vaudeville in 3 Akten von Bilhaud und Barré. Musik von Bauès. Wurde im Theater in der Josefstadt gespielt.

Komiker Rauch: Adolph Rauch, 1868 bis ?, Schauspieler und Operettensänger.

Zu Seite 162
»Mutter und Bruder ...«: Zitiert in der Einleitung zu Haus Delorme, Hrsg. Reinhard Urbach, in: Ver Sacrum, August 1970.

Zu Seite 169
»Sagen Sie, Herr Doktor ...«: Dieser Brief von Else Singer befindet sich im Schnitzler-Nachlaß.

Zu Seite 170
Pailleron: Edouard Pailleron, 1834 bis 1899, französischer Lustspielautor, Satiriker.

Baronin Hahn: Adele Sandrock kannte die russische Adelige aus der Zeit ihres Engagements in Rußland. Anschließend bereiste sie mit ihr Spanien und Frankreich.

Abfällige Kritik im Weltblatt: Im »Neuigkeits-Weltblatt« war zu lesen: »Fräulein Sandrock schuf in der von dem Geliebten getäuschten Frau in der Szene mit ihrer vermeintlichen Nebenbuhlerin eine geifernde Megäre, und fast schien es, als ob sie mit Wonne den Moment ergriffen hätte, um Fräulein Odilon einmal tüchtig den Text lesen zu können. Das Zankduell zwichen den beiden Damen klang sehr überzeugend.«

Zu Seite 171
Sternberg: Julian Sternberg, 1868 bis ?, Journalist, Redakteur der »Neuen Freien Presse«.

Orpheum: 9. Bezirk, Wasagasse 35. Ursprünglich das »Harmonietheater«, seit 1872 unter dem Namen »Danzers Orpheum« eine Varietébühne. Von 1908 bis 1928 befand sich hier das Theater »Neue Wiener Bühne«.

»Stützen«: »Die Stützen der Gesellschaft«, Schauspiel in 4 Akten (1877) von Henrik Ibsen, wurde am Burgtheater gespielt.

Wieden: 4. Gemeindebezirk.

Zu Seite 174
Kornau: Eduard Kornau, 1863 bis ?, Schauspieler und Schriftsteller.

Lunzer: Eduard Lunzer, 1842 bis 1913, Schauspieler.

den kleinen Fischer: Franz Fischer, 1857 bis ?, Gesangskomiker, als »der kleine Fischer« sehr bekannt.

Zu Seite 176
Hohenfels: Stella Hohenfels, 1858 bis 1920, berühmte Burgschauspielerin, verheiratet mit Alfred Freiherr von Berger.

Reinhold: Babette Reinhold, 1863 bis 1940, Burgschauspielerin, Gattin von Burgschauspieler Max Devrient.

Hans Sachs Abend: Vier Fastnachtsspiele von Hans Sachs hatten am 10. 11. 1894 am Burgtheater Premiere.

Maupassant: Guy de Maupassant, 1850 bis 1893, französischer Novellist, Meister der Kurzgeschichte.

»Entsagung«: In diesem Schauspiel in 4 Akten von Wilhelm Karczag spielte Adele Sandrock die Rolle der Irene.

Zu Seite 179
Marberg: Vermutlich Maria Gräfin Westphalen zu Fürstenberg, geborene Marberg.

Kefirflasche: Kefir war ein Getränk aus gegorener Kuhmilch.

Zu Seite 181
Julius Bauer: 1853 bis 1941, Journalist, Verfasser von Operettenlibretti, Theaterkritiker beim »Wiener Illustrierten Extrablatt«. »Die Wallfahrt nach Hietzing« erschien am 9. 2. 1895 im »Kleinen Journal«.

Förster: Firma A. Förster, k. u. k. Hof-Leder-Galanteriewarenfabriken am Kohlmarkt.

Nora: »Nora«, Schauspiel in 3 Akten von Henrik Ibsen, hatte an diesem Abend im Deutschen Volkstheater Premiere.

Zu Seite 184
zur Schwester: Gisela Schnitzler, 1867 bis 1953, heiratete den Laryngologen Univ.-Prof. Dr. Marcus Hajek.

Speidel: Ludwig Speidel, 1830 bis 1906, Schriftsteller, Journalist, Burgtheater- und Hofopernkritiker.

Gomperz: Hofrat Theodor Gomperz, 1832 bis 1912, Professor der klassischen Philologie.

Besezny: Josef Freiherr von Bezecny, 1829 bis 1904, Generalintendant der k. u. k. Hoftheater von 1885 bis 1898.

Hohenlohe: Konrad Prinz zu Hohenlohe-Schillingfürst, 1863 bis 1918, Obersthofmeister.

Zu Seite 185
Sodoms Ende: Tragödie in 5 Akten von Hermann Sudermann.

Zu Seite 187
Lusthaus: Noch existierender Pavillon im Prater (Restaurant), am Ende der Hauptallee.

Zu Seite 189
»Kameraden«-Rolle: Adele Sandrock spielte in Ludwig Fuldas »Kameraden« die Thekla.

Zu Seite 192
Hedwig Bleibtreu: 1868 bis 1958, berühmte Burgschauspielerin, in erster Ehe mit dem Schauspieler Alexander Römpler, in zweiter Ehe mit dem Schauspieler Max Paulsen verheiratet.

Bernhard Baumeister: 1827 bis 1917, Burgschauspieler.

Josef Lewinsky: 1835 bis 1907, Burgschauspieler.

Emmerich Robert: 1847 bis 1899, Burgschauspieler.

Zu Seite 193
»Klein Eyolf«: Henrik Ibsens Schauspiel in 3 Akten »Klein Eyolf« hatte am 27. 2. 1895 mit Adele Sandrock als Rita Almers am Burgtheater Premiere.

Zu Seite 194
»Sterben«: Schnitzlers Novelle »Sterben« war im Oktober 1894 in der »Neuen Deutschen Rundschau« erschienen. Heute in: Arthur Schnitzler, Gesammelte Werke, Die Erzählenden Schriften I, Frankfurt 1961, Seite 98.

Zu Seite 195
Casa Piccola: Kaffeehaus im 6. Bezirk, Ecke Mariahilfer Straße–Getreidemarkt.

Rahlstiege: Neben dem Café Casa Piccola, verbindet die Mariahilfer Straße mit der tiefer gelegenen Gumpendorfer Straße.

Margarethen: 5. Gemeindebezirk.

»Glocke«: Gasthaus Zur Glocke, 6. Bezirk, Gumpendorfer Straße 19.

Fischerstiege: 1. Bezirk, führte damals von der Donau in die Stadt.

Ruprechtskirche: 1. Bezirk, Ruprechtsplatz, ursprünglich romanische Kirche, in der Gotik umgebaut.

Zu Seite 198
Schwender: Vergnügungsetablissement in der Mariahilfer Straße.

Berger: Alfred Freiherr von Berger, 1853 bis 1912, Schriftsteller, 1899 bis 1910 Theaterdirektor in Hamburg, 1910 bis 1912 Direktor des Wiener Burgtheaters.

Zu Seite 200
Zeska: Carl von Zeska, 1862 bis 1938, Burgschauspieler.

Zu Seite 211
Mitterwurzer: Friedrich Mitterwurzer, 1844 bis 1897, einer der bedeutendsten Schauspieler des Burgtheaters, häufig Adele Sandrocks Partner.

Aufführung ... Wien und Berlin: »Liebelei« war von Otto Brahm für das Deutsche Theater angenommen worden und hatte dort am 4. Februar 1896 Premiere.

Fedora: »Fedora« von Victorien Sardou (1831 bis 1908) gelangte am 14. 3. 1895 mit Adele Sandrock zur Aufführung.

Götz: Adele Sandrock spielte die Adelheid in Goethes »Götz von Berlichingen« erstmals am 29. 3. 1895.

Zu Seite 213
Maria Theresmonument: Das Denkmal der Kaiserin Maria Theresia befindet sich im 1. Bezirk, zwischen dem Kunsthistorischen und dem Naturhistorischen Museum.

Zu Seite 222
Jeannette: Jeannette Heger. Vgl. Jugend in Wien, a.a.O., Seite 281 ff.

Fännchen: Franziska Reich, 1862 bis 1930. Vgl. Jugend in Wien, a.a.O.

Zu Seite 223
»Allumfassende Individualität«: Max Burckhard prägte diesen Ausdruck in einer Kritik über Ibsens »Die Frau vom Meer«, worin er der Bleibtreu die Sandrock gegenüberstellte. In: Max Burckhard, Theater, Kritiken, Vorträge und Aufsätze, Band 2, Wien 1905, Seite 166.

Zu Seite 224
meinen Walzer: Dieser Walzer, der sich im Nachlaß fand und auch bei der »Liebelei«-Aufführung 1968 im Theater in der Josefstadt gespielt wurde, ist 1968 im Josef Hochmuth Musikverlag, Wien, erschienen.

Kutschera: Viktor Kutschera, 1863 bis 1933, Schauspieler erst am Deutschen Volkstheater, dann am Burgtheater.

Zu Seite 226
Rechte der Seele: Der Einakter »Rechte der Seele« von Giuseppe Giacosa wurde vor »Liebelei« gespielt.

Kallina: Anna Kallina, 1876 bis 1948, Burgschauspielerin.

Kalbeck: Max Kalbeck, 1850 bis 1921, Lyriker, Opernlibrettist, Theaterkritiker.

Zu Seite 227
Maria Lanzendorf: Wallfahrtsort in Niederösterreich mit künstlichem Kalvarienberg und Nachbildung der Grabkapelle in Jerusalem.

Zu Seite 231
Magda: Hauptfigur in Sudermanns »Heimat«.

Zu Seite 232
Paul Lindau: 1839 bis 1919, damals Intendant des Meiniger Hoftheaters, später Theaterdirektor in Berlin. Schrieb Zeit- und Gesellschaftsromane, Dramen.

Sorma: Agnes Sorma, 1865 bis 1927, berühmte Schauspielerin in Otto Brahms Ensemble, spielte die Christine bei der Berliner Erstaufführung der »Liebelei«.

Zu Seite 233
Scribe: Eugène Scribe, 1791 bis 1861, französischer Schriftsteller, verfaßte Dramen, Lustspiele, Opernlibretti.

Georg Hirschfeld: 1873 bis 1942, naturalistischer Dramatiker.

Zu Seite 234
Ermete Zacconi: 1857 bis 1948, berühmter italienischer Schauspieler, gründete 1894 eine eigene Truppe.

Zu Seite 235
Paul Schlenther: 1854 bis 1916, Kritiker, mit Otto Brahm Wegbereiter des Naturalismus, von 1898 bis 1910 Direktor des Wiener Burgtheaters.

Lotte Medelsky: 1880 bis 1960, Burgschauspielerin.

Sophiensäle: 3. Bezirk, Marxergasse 17. Ursprünglich ein Bad, zu einem Tanzsaal für Bälle und Konzerte umgestaltet.

Christians: Rudolf Christians, 1869 bis 1921, Schauspieler in Wien, später Berlin.

Schildkraut: Rudolf Schildkraut, 1862 bis 1930, Schauspieler. Ging 1920 in die USA, wo er ein jiddisches Theater gründete.

Kramer: Leopold Kramer, 1869 bis 1942, einer der bekanntesten Schauspieler des Deutschen Volkstheaters, zu dessen Glanzrollen Schnitzlers Anatol zählte. 1918 bis 1927 Theaterdirektor in Prag.

Zu Seite 236
Hofmannsthal... durchgefallen: Am 15.5.1898 hatte am Deutschen Theater im Rahmen einer öffentlichen Matinee der Freien Bühne die Uraufführung von »Die Frau im Fenster« unter dem Titel »Madame Dianora« stattgefunden.

Zu Seite 238
»Ich gehe auf eine Reise...«: Wiener Rundschau vom 1. 11. 1898, zitiert bei: Walburga Renger, Adele Sandrock, Diss. München 1950.

Zu Seite 240
»Ich spreche mit niemand mehr...«: In: Roda Rodas Roman, a.a.O., Seite 430.

Olga Gussmann: 1882 bis 1970, von 1903 bis 1921 mit Arthur Schnitzler verheiratet.

Sohn Heinrich: Heinrich Schnitzler, geb. 1902, Regisseur.

Zu Seite 241
Albert Bassermann: 1867 bis 1952, der größte unter den realistischen Schauspielern deutscher Sprache.

Salten... mit seiner Frau: Ottilie Salten, geb. Metzl, 1871 bis 1942, Burgschauspielerin.

Zu Seite 243
»Trefflich brachte...«: In: Max Burckhard, Theater, Band 2, a.a.O., Seite 147f.

Halm: Friedrich Halm, 1806 bis 1871, epigonaler Dramatiker.

Daudet: Alphonse Daudet, 1841 bis 1897, französischer Schriftsteller.

Dreyer: Max Dreyer, 1862 bis 1946, erfolgreicher naturalistischer Dramatiker.

Zu Seite 246
Jubiläums-Stadttheater: 9. Bezirk, Währinger Straße. 1898 errichtet. Heute die Volksoper.

Max Reinhardt: 1873 bis 1943, einer der berühmtesten Regisseure des 20. Jahrhunderts, Theaterleiter in Berlin und Wien, 1938 emigriert.

Zu Seite 248
Nestroy-Hof: 2. Bezirk, Praterstraße 34, gegenüber dem Carltheater.

»Da nimmt mich ...«: In: Tilly Wedekind, Lulu – die Rolle meines Lebens, a.a.O., Seite 42.

Tochter Lili: Lili Schnitzler, 1909 bis 1928. Verheiratet mit Arnoldo Cappellini.

Vollmoeller: Karl Gustav Vollmoeller, 1878 bis 1948, neuromantischer Lyriker, Dramatiker.

»Als ich mich ...«: In: Adele Sandrock, Mein Leben, a.a.O., Seite 152.

Zu Seite 249
»Jeden Abend mit Bombenrollen ...«: Ebenda, Seite 154.

Herbert Ihering: Geb. 1888, Dramaturg, Regisseur, Theaterkritiker.

»... tragischer als alle ...«: In: Herbert Ihering, Von Josef Kainz bis Paula Wessely, Heidelberg–Berlin–Leipzig 1942, Seite 62.

Zu Seite 251
Elisabeth Steinrück: Geborene Gussmann, 1885 bis 1920, Schwester von Olga Schnitzler, Schauspielerin, verheiratet mit Albert Steinrück.

Albert Steinrück: 1872 bis 1929, einer der berühmtesten Schauspieler seiner Zeit, zwischen 1908 und 1920 am Münchner Hoftheater tätig.

Zu Seite 253
Hugo Thimig: 1854 bis 1944, Charakterkomiker, von 1912 bis 1917 Direktor des Wiener Burgtheaters.

»Soeben erzählt mir ...«: In: Hugo Thimig erzählt, Graz–Köln 1962, Seite 194.

Zu Seite 257
Kleine Bühne: 1. Bezirk, Wollzeile.

Julius Berstl: Geb. 1883, Chefdramaturg der Barnowsky-Bühnen, 1933 emigriert.

Zu Seite 258
Schratt: Katharina Schratt, 1855 bis 1940, Burgschauspielerin, deren Freundschaft mit Kaiser Franz Josef allgemein bekannt war.

Rosenbaum: Richard Rosenbaum, damals Chefdramaturg des Wiener Burgtheaters.

Zu Seite 261
Tilla Durieux: 1880 bis 1971, bedeutende Schauspielerin, bis ins hohe Alter aktiv.

»Wir schätzten ...«: In: Tilla Durieux, Meine ersten neunzig Jahre, München–Berlin 1971, Seite 201 f.

Zu Seite 264
Viktor Barnowsky: 1875 bis 1952, leitete verschiedene Berliner Bühnen.

Zu Seite 265
»Zwischenspiel«: »Zwischenspiel«, Komödie in 3 Akten von Arthur Schnitzler, wurde am 25.9.1915 im Deutschen Künstlertheater aufgeführt.

Servaes: Dagny Servaes, die die Cäcilie Adams spielte, war eine der wichtigsten Schauspielerinnen der Barnowsky-Bühnen, später in Wien.

Götz: Curt Goetz, 1888 bis 1960, Schauspieler, als Dramatiker Verfasser vieler erfolgreicher Lustspiele.

Forrest: Carl Forest, 1874 bis 1944, Schauspieler und Regisseur in Berlin und Wien.

»71 mal gerufen«: Die Stelle im »Zwischenspiel« lautet:
Marie: Sie hat ja wieder kolossale Erfolge gehabt!
Amadeus: Das will ich glauben! Sehen Sie, *das* Telegramm kam heute früh. *(Reicht es vom Schreibtisch.)* Über die gestrige Abschiedsvorstellung.
Marie: O! ... Einundsiebzig Hervorrufe! ...
Amadeus: Wie? ... Ach nein, der Strich gehört zum ›H‹! Sieben! Sonst wäre sie ja noch heute dort.
In: Arthur Schnitzler, Gesammelte Werke, Die Dramatischen Werke I, Frankfurt 1962, Seite 917.

Zu Seite 266
Regentin in Egmont: Goethes »Egmont« hatte am 27.2.1915 im Deutschen Künstlertheater Premiere. Bassermann spielte den Egmont.

Zu Seite 267
Hubert von Meyerinck: 1896 bis 1971, bekannter Film- und Theaterkomiker, Charakterdarsteller.

»Was haben wir...«: In: Hubert von Meyerinck, Meine berühmtesten Freundinnen, Düsseldorf–Wien 1967, Seite 49.

Rudolf Platte: Charakterkomiker, durch Theater, Film und Fernsehen bekannt.

Alfred Kerr: 1867 bis 1948, Schriftsteller, einer der einflußreichsten Theaterkritiker Berlins. 1933 emigriert.

»Die Rolle schreit...«: Berliner Tagblatt, 24. 12. 1920.

Zu Seite 268

»Sie besaß...«: In: Ludwig Berger, Theatermenschen, Velber 1962, Seite 37.

Ludwig Berger: 1892 bis 1969, Theater- und Filmregisseur.

C P: Clara Katharina Pollaczek, 1875 bis 1951, Schriftstellerin, die Gefährtin von Schnitzlers letzten Lebensjahren.

Zu Seite 269

»Du hattest von seiner Anwesenheit...«: In: Hubert von Meyerinck, Meine berühmtesten Freundinnen, a.a.O., Seite 55.

Ernst Lothar: 1890 bis 1975, Schriftsteller, Regisseur, 1935 bis 1938 Leiter des Theaters in der Josefstadt, emigrierte 1938, lebte nach 1945 wieder in Wien.

Zu Seite 270

Olga Tschechowa: Geb. 1897, Russin, wurde in Deutschland eine bekannte Filmschauspielerin. Sie spielte mit Adele Sandrock in dem Film »Der Favorit der Kaiserin« (1935).

»Herr Reichskanzler...«: In: Olga Tschechowa, Meine Uhren gehen anders, München–Berlin 1973, Seite 145 f.

Zu Seite 271

»Eine tiefe, sehr tiefe Neigung...«: Adele Sandrock, Mein Leben, a.a.O., Seite 93.

»Du weißt, daß Arthur Schnitzler meine große Liebe war?«: In: Olga Tschechowa, Meine Uhren gehen anders, a.a.O., Seite 144.

Personenregister